U0534013

莎士比亚全集

I

人民文学出版社

图书在版编目(CIP)数据

莎士比亚全集:纪念版:全11册/(英)莎士比亚著;朱生豪等译.—北京:人民文学出版社,2014(2023.6重印)
ISBN 978-7-02-010568-7

Ⅰ.①莎… Ⅱ.①莎…②朱… Ⅲ.①莎士比亚,W.(1564~1616)—全集 Ⅳ.①I561.13

中国版本图书馆 CIP 数据核字(2014)第 166161 号

责任编辑	张海香　王　婧
责任印制	宋佳月

出版发行	人民文学出版社
社　　址	北京市朝内大街 166 号
邮政编码	100705

印　　刷	三河市宏盛印务有限公司
经　　销	全国新华书店等

字　数	2742 千字
开　本	880 毫米×1230 毫米　1/32
印　张	136.375　插页 33
印　数	24001—27000
版　次	2014 年 10 月北京第 1 版
印　次	2023 年 6 月第 8 次印刷

书　号	978-7-02-010568-7
定　价	398.00 元(全十一册)

如有印装质量问题,请与本社图书销售中心调换。电话:010-65233595

目　次

前言 ……………………………………………… *1*

维洛那二绅士 …………………………………… *1*
爱的徒劳 ………………………………………… *81*
罗密欧与朱丽叶 ………………………………… *181*
驯悍记 …………………………………………… *287*

现存唯一一张当年天鹅剧场的草图,作者为荷兰人约翰·德维特,大约作于1596年

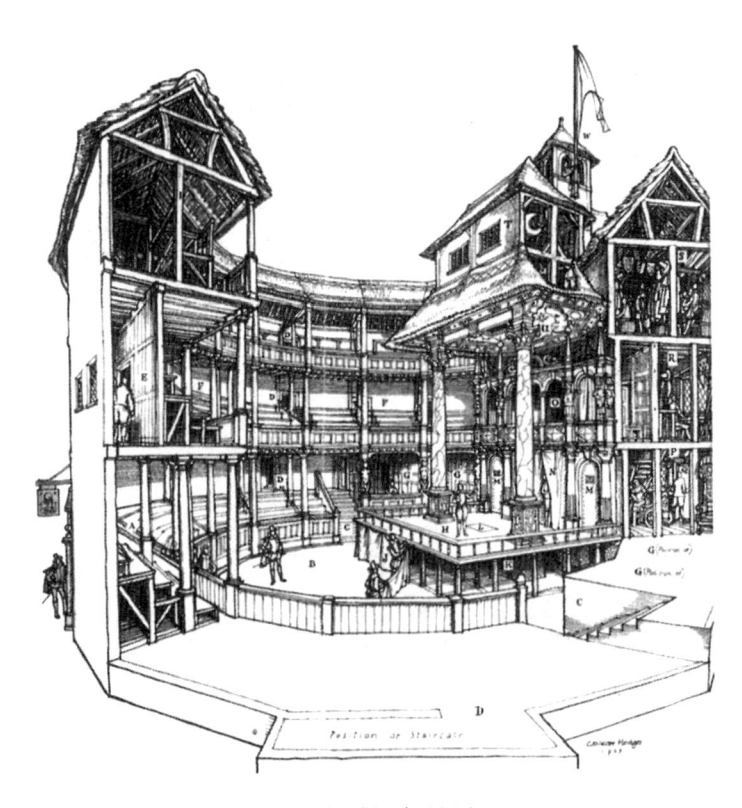

环球剧场复原图

环球剧场

1623年出版的第一对开本《威廉·莎士比亚的喜剧、历史剧和悲剧》。书名页上的作者像,由德罗肖特刻制

前　言

——伟大的戏剧家和诗人莎士比亚

今年是莎士比亚诞生450周年。为了纪念他，人民文学出版社推出了这部巨著。

摆在我们面前的是这位巨人的作品全集。说他是巨人，不仅因为他曾经有过一个辉煌的时代，有过一生不平凡的经历，曾经创作过伟大的作品，还因为他那个时代的光晕仍然照耀着今天的人们，他那不凡的经历仍然在吸引着当代的人们，他那伟大的作品仍然给今人和后世提供着永不枯竭的精神源泉。四百多年以前，他是一位杰出的戏剧家、诗人、演员、剧团掌门人；四百多年间，他是戏剧舞台上的一个灵魂，是文学文本中的一种精神，是一代又一代文学家、批评家、翻译家、导演和演员们心中追逐的一道光芒，一种思想，一个境界；而今天，他不仅出现在剧院、图书馆、课堂、研究所，他还是银幕和荧屏背后的一个存在；他甚至是一件衬衣上的形象，一个商标上的符号。他的一句台词可能是一部小说的书名，一句诗可能出现在电影或电视中，甚至他剧作中人物的一句台词会成为人们的口头禅。很难想象，在未来的岁月中，他还能是什么，还能怎样出现在后人的眼中和心中，还能如何影响一代又一代人的生活和灵魂，但可以肯定的是,在变化万千的身影中,在闪耀千秋的光晕后,他永不消亡。他就是英国伟大的戏剧和诗人威廉·莎士比亚(William Shakespeare,1564—1616)。

一 莎士比亚在爱汶河畔斯特拉福镇的生活

四百多年前,在英国中部一个小镇的一户家境殷实的人家,一个孩子诞生了。他就是莎士比亚。四百多年来,人们感叹,关于莎士比亚的生平,能知道的太少了,该说的也已经说尽。是啊,这不能不说是莎士比亚研究中的一件憾事。然而,这一有限的生平资料在给后人带来无限惋惜的同时,也给人们提供了猜测、想象和研究莎士比亚生平和作品的巨大空间。从这个意义上说,这种有限的资料反而成为一种机缘,一件幸事。否则,后人对莎士比亚的兴趣和研究或许反而会受到一定的限制。不过,根据当时的历史条件,目前莎学研究者所掌握的莎士比亚生平资料比起他同时代的其他剧作家和诗人来(本·琼生除外)还是较为丰富的。因此,现有的资料应该能够为我们认识这位巨人提供一定的线索。

莎士比亚出生在英国中部一个小镇爱汶河畔的斯特拉福。这是一座当时热热闹闹的商业小城,坐落在美丽幽静的爱汶河旁,这给这位未来的剧作家和诗人提供了两种信息和选择:一是作为剧作家和诗人的浪漫情怀;二是在经济方面的经营头脑。他的父亲约翰·莎士比亚是镇上的手套商,后来经营羊毛业。一五五七年,约翰·莎士比亚与邻村一个富有的农场主的女儿玛丽·阿登结婚。此后,他在当地的市政部门担任要职。一五六八年,他任当地的镇长和法官。莎士比亚的童年时代,家中的境遇在当地是相当优越的。一五六四年四月二十六日，莎士比亚在镇上的圣三一教堂受洗，根据当时的习惯，婴儿出生后第三天在教堂受洗，因此，后人推测他的生日是四月二十三日。家中八个孩子中有五个长大成人，莎士比亚是老三，长子。他有一个比他小十六岁的小弟弟埃德蒙，很小就显露出艺术天才，曾与莎士比亚一同去伦敦，当过演员，也许在莎士比亚的剧团里当过童伶，不幸的是埃德蒙在二十七岁时就去世了。

莎士比亚的受教育问题一直受到人们的关注。人们惊叹，这位作家下笔能纵横古今，其剧中人物能驰骋于古典拉丁文和英文间，而他本人却没有受过大学教育，他是如何掌握古典文学、语言、历史、文化的知识的？关于他小时候的求学经历目前没有留下可靠的记载，但是可以肯定，莎士比亚小时候进过镇上的国王新学校读书。这是一所管理严格的文法学校。莎士比亚在这里的学习经历无疑影响了他后来的戏剧和诗歌创作。学校所教授的课程已无法查证，但根据伊丽莎白女王时代文法学校的普遍情况，可以推断出学生们在这里的学习情况。学校只收男生，一般在校年龄是八岁至十五岁。对这些男孩子来说，这里的学习需要一种长久的忍耐和艰苦的磨练。从早上六点钟开始上课，课程漫长，节假日很少。所学内容主要是拉丁文。莎士比亚剧作《温莎的风流娘儿们》中描写过一个叫威廉的小男孩在文法学校学习的情况，可以看作是莎士比亚小时在校学习的缩影。课程一般分为四个阶段。学生入校后先学习拉丁文的朗读，发音必须清晰，语调必须准确。然后，要学习语法，如拉丁文复杂的变位等。此后进入文本学习的阶段，要读大量的古典文学作品，如伊索寓言，维吉尔(Virgil)和奥维德(Ovid)的诗歌，西塞罗(Cicero)的书信，特伦斯(Terence)和普劳特斯(Plautus)的戏剧等。最后一个阶段是学习拉丁文和英文的互译,练习用拉丁文写作,比如模仿某个人物的口吻给别人写信,写演讲词、宣言等。在莎士比亚剧作《裘力斯·凯撒》中,安东尼那段著名的长篇演讲应该与莎士比亚少年时代的写作练习有关。有时,学生们还用拉丁文排演古典戏剧中的一些片段。剧作家本·琼生(Ben Jonson,1572—1637)在赞扬莎士比亚才华的同时曾对莎士比亚在古典拉丁文和希腊文方面的知识欠缺表示惋惜,但所谓欠缺是和本·琼生的满腹经纶相比,如果和今人相比,莎士比亚在伊丽莎白女王时代文法学校所打下的扎实功底足以比得上今天英国一个古典专业毕业的大学生了。

莎士比亚应该在一五七九年他十五岁左右时离开了学校。他没有上大学,原因恐怕主要是家庭经济上的变故。在他离开文法学校的前两年,他父亲就已经不去市政厅开会了,所付的税金也比原来应付的要少,种种迹象表明他家陷入了经济困境。不久,他父亲就变卖田产,抵押房屋。一五八五年至一五八七年间,当地的法院曾因负债问题对他父亲有过几次指控。此时家中需要莎士比亚这个长子的帮助,当然更没有力量让他继续上学深造。一五八二年十一月,莎士比亚十八岁时和邻村一位年长他八岁的女子安·哈撒威(Anne Hathaway,1556—1623)结婚,此时女方已经怀有三个月的身孕。婚礼在斯特拉福镇边上一个村子里举行。六个月之后,他们的长女苏珊娜出生。一五八五年二月,他们有了一对孪生儿女,儿子哈姆内特和女儿朱迪斯。二十一岁的莎士比亚已经是三个孩子的父亲,养家糊口的重担已落在他的肩上。不幸的是哈姆内特在十一岁时就夭折了。他当时事业上蒸蒸日上,但丧子对他是很大的打击。

一五八五年至一五九二年之间的七年是莎士比亚生平中的

空白,研究者叹息地称之为"失落的年代"。有学者对他这七年的生活做出了种种猜测:出海,参军,当律师,等等。二十世纪晚期还有学者认为他在兰开夏郡的一个天主教家庭中当用人。不过,令研究者感到最可信的说法是莎士比亚早年曾在家乡的学校里当教师。这一说法出自一六八一年约翰·奥布瑞(John Aubrey)的记载,他是莎士比亚当年一位同事的儿子。

莎士比亚大概在一五八五年至一五九一年间的某个时候来到伦敦。我们不知道他去伦敦的具体时间和目的,但他前往伦敦谋职应该和他谋求家庭经济的好转有很大关系。十七世纪晚期有一种传说,说莎士比亚年轻好动,从事偷猎,触犯了法律,为躲避惩罚,他被迫出走,远离家乡。这个传说被莎士比亚第一篇传记作者尼古拉斯·罗(Nicholas Rowe,1674—1718)写进他的传记中,流传很广。但今天的学者大多把它视作一个故事,并不真信。从十六世纪九十年代初至一六一三年莎士比亚返回家乡这二十多年间,莎士比亚主要在伦敦发展他的戏剧事业,但他与家乡的联系仍然是密切的。事业上的成功使他和家人的经济状况有了极大好转。一系列资料都有明确的文件记载,可以看出他期待家中经济状况好转的心情和他实际的作为。一五九六年,他父亲已经可以申请家徽,这是当时有地位的家庭身份的标志;一五九七年,莎士比亚花六十英镑购置了当时镇上的第二大住宅"新居";一六〇二年,他付费三百二十英镑购置了斯特拉福镇北部一百零七英亩可耕田,当年又购得镇上教堂街的一处房屋;一六〇五年,他投资四百四十英镑购买当地的高息"十一税",每年可得六十英镑利息;一六一三年,他花一百四十英镑购置了伦敦黑修士地区的一处房屋。这一切都说明,他的戏剧事业给他在经济上带来了巨大的财富,他父辈时代家中的经济窘况得到了彻底的改变。然而,这些实际的物质财富跟他留给人们的精神财富相比又能持续多久呢?一六一四年和一六一五年他就陷入了土地纠纷。一六一六年四月二十三日(与他的生日同一天),伟大的戏剧家和诗人莎士比亚辞世,享年五十二岁,遗体安葬在斯特拉福镇的圣三一教堂里(出生时也在此教堂受洗)。至此,这位巨人的一生画上了一个完整的句号。他在遗嘱中声明:财产的大部分留给大女儿苏珊娜。苏珊娜于一六四九年去世。她的女儿、莎士比亚的外孙女伊丽莎白于一六七〇年去世,她是人们所知的唯一与莎士比亚有血缘关系的后裔。此后,有关莎士比亚个人生活的资料即告结束。莎士比亚夫人安·哈撒威于一六二三年去世,这年莎士比亚全集第一对开本出版,但哈撒威没来得及见到它的问世。"新居"于一七五九年坍塌,现在是一片绿草如茵的空地,供游人凭吊。而莎士比亚的戏剧和诗歌作品这一巨大的精神财富则永久不衰地留在了世间,随着时间的推移,不断焕发出新的活力,长久地变异,常变常新,成为后人取之不尽的创作源泉,用之不竭的精神积淀,永久地光耀在人间。

二 莎士比亚的戏剧事业和诗歌创作

莎士比亚于一五八五年到十六世纪九十年代这个"失落的年代"期间,他是何时来到伦敦的,是只身来到伦敦还是跟随剧团来到伦敦,是如何当上剧团里的演员的,日后又是何时开始戏剧创作的?这一切都是一个谜。

莎士比亚少年时,家乡曾有巡回演出的剧团来演出过。十六世纪八十年代,当时最成功的剧团女王剧团(Queene's Men)

曾经几度到斯特拉福镇演出。可以推测,当时年少的莎士比亚看过剧团的演出,并被这些演出所深深吸引。曾有传说,一五八七年,女王剧团的一位主要演员在进入斯特拉福镇之前几天的一场决斗中被杀,莎士比亚曾代替他出演戏中的角色,但这多属猜测。不过,莎士比亚对女王剧团的演出肯定是熟悉的。他可能与剧团中的演员有接触,他们中的一些人后来成为斯特兰奇勋爵剧团(Lord Strange's Men,即德比勋爵剧团 Lord Derdy's Men)的成员,这些演员后来又成为莎士比亚的同事。一五九二年三月,莎士比亚的历史剧《亨利六世》上篇曾由该剧团在"玫瑰剧场"(Rose Theatre)上演。那时,莎士比亚早期的戏剧还曾由从斯特兰奇勋爵剧团衍生出来的存在时间很短的彭布鲁克伯爵剧团(Earl of Pembroke's Men)演出过。因此,人们推测,莎士比亚演剧生涯的初期可能与这两个剧团的关系比较密切。

也有学者认为,莎士比亚在他演剧生涯的早期可能为多个剧团服务,他所创作的戏剧也曾由多个剧团上演。一五九四年,莎士比亚的早期悲剧《泰特斯·安德洛尼克斯》曾由萨塞克斯伯爵剧团(Lord Sussex's Men)上演。同年六月,此剧曾由海军大臣剧团(Admiral's Men)和宫廷大臣剧团(Lord Chamberlain's Men)上演。也就是从此时起,莎士比亚开始长期为宫廷大臣剧团服务,成为这个新组成的剧团的重要成员。当时的演员和编剧往往同时为多个剧团服务,而莎士比亚从一五九四年开始专心致志地为这一个宫廷大臣剧团工作了近二十年;他当过演员,成为编剧,后来做了剧团的负责人和股东之一,从一五九四年起一直到他一六一三年结束戏剧生涯回到家乡。

关于莎士比亚进入剧团之前或进入剧团初期做过什么工作,有些传记作家认为,他可能在正式进入剧团之前做过马夫,或在刚进入剧团时做过杂役,但这些都尚无确切记载。已掌握的明确记载是莎士比亚当过演员。根据一六一六年本·琼生的戏剧对开本,莎士比亚的名字在本·琼生一五九八年的戏剧《人人有脾气》和一六〇三年戏剧《瑟加努斯的衰亡》的演员表中出现,表明莎士比亚在本·琼生的戏剧中出演过。一六二三年出版的莎士比亚全集第一对开本的演员表中他列在第一位。此后,据十七世纪晚期的传统说法,他还在《哈姆莱特》中扮演过鬼魂,在《皆大欢喜》中饰演过亚当这一角色。

莎士比亚从事戏剧创作大约从十六世纪九十年代初期开始,甚至还要更早。很多莎剧的创作时间难以确定,只能从后来的剧本出版时间和上演的时间去推测。有些剧本的创作时间可以从一些社会事件或剧作语言风格、表现方式等方面去推断。关于莎剧创作时间的研究在不断推进,但一些研究的结果有时又被推翻,尤其是莎士比亚早期的戏剧更难认定准确的创作时间。因此,很多莎士比亚的创作年表至今仍存在不统一的情况。现存最早的莎士比亚戏剧是喜剧《维洛那二绅士》和《驯悍记》,历史剧《亨利六世》上、中、下三篇,古典悲剧《泰特斯·安德洛尼克斯》。他早期的创作多与别人合作,比如他与纳什(Thomas Nashe,1567—1601)合作创作了《亨利六世》上篇,与皮尔(George Peele,1556—1596)合作创作了《泰特斯·安德洛尼克斯》。这一时期,他还与人合作创作了《爱德华三世》,合作者不详,此剧未收入第一对开本中。此外,《亨利六世》中篇和下篇中似乎也有他人的笔迹。

一五九二年,莎士比亚在戏剧创作上已经崭露头角,引起了同行的注意,甚至是嫉妒和攻击。当时戏剧舞台上活跃的编剧大多毕业于牛津、剑桥等高等学府,被称作"大学才子"。这些人看不起出身平凡、且未受过大学教育的莎士比亚。在剧作家格林(Robert Greene,1558—1592)临终前写的小册子《千万悔恨换来一点才智》(*Groats-Worth of Wit*)的篇末有一段话提醒同行们提防"那只新抖起来的乌鸦",这乌鸦"借我们的羽毛来打扮自己,在戏子的外皮底下包藏着一颗虎狼的心,以为自己能叽哩呱啦地写出一手素体诗,比得上你们中最出色的一位","还狂妄地幻想着能独自震撼(Shake-scene)这个国家的舞台。(原文为 Mention of an 'upstart crow' who 'suppose he is as well able to bombast out a blank verse as the best of you' and who 'is in his own conceit the only Shake-scene in a country' suggests rivalry.)"格林的文字中有意新造了一个词 Shake-scene,用来影射 Shakespeare(莎士比亚)。令他始料不及的是,他那原本充满嘲弄与讥讽的提醒却成为后人了解莎士比亚当时在戏剧方面之成就的一个重要依据。它说明,莎士比亚此时已经是戏剧创作界的新锐,成为"大学才子"剧作家的竞争对手,他的才华很有可能超过这些"才子",统领当时英国的戏剧舞台。

格林对莎士比亚在戏剧创作方面的预测没有错,而莎士比亚接下来两年的诗歌创作却出乎这些文人才子的预想。一五九二年,伦敦爆发了严重的瘟疫,为防止疾病的传播,从一五九二年六月至一五九四年五月,伦敦几乎关闭了所有的剧院。这对在戏剧创作方面刚刚出头的莎士比亚是个不小的打击,他不得不离开戏剧。但是,离开剧院对他来说却是另一个机缘的开始。他涉足诗坛,成功地写出两部长篇叙事诗,成为风靡一时的著名诗人。一五九三年春,他的《维纳斯与阿都尼》面世,由莎士比亚家乡的朋友菲尔兹出版。次年五月,他的《鲁克丽丝受辱记》出版。两部诗作均以华丽的献词献给莎士比亚的庇护人、年轻的南安普顿伯爵。诗作的出版在年轻人中引起轰动。《维纳斯与阿都尼》成为当时的畅销书,伦敦和牛津、剑桥大学的时髦青年对其爱不释手。这部诗作在莎士比亚在世时再版了九次,在他逝世后的二十年间,又再版了六次。《鲁克丽丝受辱记》在他生前再版了六次,他逝世后二十年间再版了两次。莎士比亚生前出版的戏剧作品都没有经过他自己的校订,甚至出版人根本没有经过他的同意就擅自出版了盗版的莎剧作品。但这两部诗作却是莎士比亚亲自精心校订制作的精品,出版质量很高。他因这两部诗作而在当时获得了极高的声誉,有力地回敬了瞧不起他的文人作家对他的讥讽。或许因为这两部叙事诗的成功,莎士比亚在这一时期也开始了十四行诗的创作,但全部十四行诗一百五十四首的出版则要等到十几年之后的一六〇九年。就诗的质量来说,莎士比亚十四行诗的价值远远超过了上述两部叙事诗,成为与他的重要戏剧作品并驾的力作。

莎士比亚终究放不下他终生热爱的戏剧事业。一五九四年,瘟疫减退,剧院开始解禁,他即回到了剧场,再次投身到戏剧创作中去。原先的不少剧团都解散了。戏剧解禁之后活跃的剧团主要有两个:海军大臣剧团和宫廷大臣剧团。从这一时期开始,莎士比亚的戏剧事业一步步走向辉煌的高峰。宫廷大臣剧团由著名演员詹姆士·伯贝奇(James Burbage)和他的儿子理查·伯贝奇(Richard Burbage)组建,实行股份制。莎士比亚是这个剧团的入股人之一,剧团有他的股份,他可以参与剧团票房收入的分红。他在剧团作为演员也参加演出,但主要任务是编剧,每年写两到三个剧本供剧团上演。宫廷大臣剧团集中了当时戏剧界的强大阵容:悲剧演员伯贝奇、喜剧演员坎普(Kemp)和编剧莎士比亚。很快宫廷大臣剧团就成为当时最优秀的剧团。

如果说一五九四年剧场关闭之前的几年是莎士比亚开始尝试戏剧创作、崭露头角的时期,那么一五九四年之后的五年他的戏剧创作愈发成熟,进入了他戏剧创作的黄金时期。他写作喜剧更加得心应手,而悲剧和历史剧则开辟了新的写作方式和风格。一五九七年之前,宫廷大臣剧团主要是在"剧场"演出。这是著名悲剧演员詹姆士·伯贝奇于一五七六年在泰晤士河以北的伦敦郊区建造的第一家供专业剧团演出的剧场,其名称就叫"剧场"(The Theatre)。它的建造对当时戏剧业的发展具有划时代的意义。莎士比亚这几年创作的戏剧主要在"剧场"上演,其中有《罗密欧与朱丽叶》《爱的徒劳》《仲夏夜之梦》《约翰王》《威尼斯商人》《理查二世》《亨利四世》《亨利五世》等。一五九八年,剑桥大学毕业的批评家米尔斯(Francis Meres)在他的《才子宝典》(*Wit's Treasury*)中赞扬了莎士比亚这一时期的戏剧,尤其对莎士比亚能够熟练地写作两种类型的戏剧予以称赞。他说:"普劳特斯和塞内加是用拉丁文创作喜剧和悲剧的高手,而说起用英文创作,莎士比亚在悲剧和喜剧两个方面都做得最为出色。"值得一提的是,在诗歌方面,米尔斯文中除了赞扬《维纳斯与阿都尼》和《鲁克丽丝受辱记》之外,还提到莎士比亚"在私人朋友之间流传的甜美的十四行诗"。这表明,一些莎士比亚十四行诗此时已经以手稿形式在朋友中间流传开来。米尔斯还提到一出戏《爱的收获》,但该剧最终下落不明。

一五九七年,"剧场"的租期已满,宫廷大臣剧团可能到"帷幕剧场"(The Curtain Theatre)演出,直到一五九九年泰晤士河南岸的"环球剧场"(The Globe Theatre)竣工落成。莎士比亚的四大悲剧均在"环球"上演。十六世纪末,莎士比亚的喜剧进一步完善,作品有《无事生非》《皆大欢喜》《温莎的风流娘儿们》《第十二夜》等。而《亨利五世》则达到了他历史剧创作的顶峰。此后他转入悲剧的创作,写出了《裘力斯·凯撒》《哈姆莱特》《奥瑟罗》(又译《奥赛罗》),迎来了世纪转折之后他悲剧创作的全盛期。

一六〇三年,伊丽莎白女王逝世,国王詹姆士一世继位,宫廷大臣剧团随即更名为"国王剧团"(King's Men)。原来剧团实行股份制,改为国王剧团之后直接受国王庇护。五月十九日,剧团获得王家特许证。一六〇四年五月,举行新王入伦敦的列队仪式,剧团的主要负责人被赐予红布做衣服欢迎新王,以示他们是国王的仆从。此后的十三年间,剧团进宫演出的次数比其他所有剧团进宫演出次数的总和还要多。仅从一六〇四年十一月初至一六〇五年十月底这一年的时间里,国王剧团就有十一出戏剧进宫演出,其中七部剧出自莎士比亚之手。与此同时,剧团仍在环球剧场上演大量剧目。这一时期莎士比亚创作的多为悲剧,而喜剧也有一些灰暗的色调,失去了早期喜剧明朗欢快的气息。他每年作品的产量似乎也比前一时期有所减少。重要剧作有《一报还一报》《雅典的泰门》《李尔王》《麦克白》《安东尼与克莉奥佩特拉》《泰尔亲王配力克里斯》《科利奥兰纳斯》等。

环球剧场地处潮湿阴冷地带,冬令时节十分寒冷。一六〇八年,宫廷大臣剧团租下了规模较小的私人室内剧院"黑修士剧院"(Black Frias Theatre)。夏季的演出仍在环球剧场,而冬季则多在黑修士剧院演出。此时,莎士比亚似乎意识到自己的创作已进入晚期,他开始与人合作写戏。《雅典的泰门》中可能有米德尔顿(Thomas Middleton)的手笔,威尔金斯(George Wilkins)与他一起完成了他晚期的成功之作《泰尔亲王配力克里斯》。而此一时期,他最成功的合作者是比他年轻十五岁的剧作家弗莱彻(John Fletcher, 1579—1625)。他们共同完成了《卡迪尼奥》《亨利八世》《两位贵亲戚》等戏。《卡迪尼奥》在一六一三年五月二十日之前曾由国王剧团上演,在一份一六五三年的文件中被认为出自莎士比亚和弗莱彻之手笔。但此剧目前已经遗失。这一时期,莎士比亚最重要的诗歌作品《十四行诗》于一六〇九年出版,奠定了他不仅是英国最伟大的戏剧家,也是英国最重要的诗人的地位。

三 莎士比亚时代的戏剧业

十六世纪是英国戏剧发展的全盛时期。莎士比亚的戏剧能够在这一时期出现、成长并走向辉煌,与当时的时代氛围和戏剧业的繁荣有密切关系。当时英国涌现出了一大批有才华的剧作家。剧团从单个或散见的民间剧团发展到多个有规模的专业剧团;剧场从旅店、酒馆的场院发展到供专业剧团演出的剧场、剧院;演出从非专业的戏剧活动发展到专业水平极高的戏剧演出。这些都为莎士比亚伟大戏剧的出场和成熟创造了不可或缺的条件。而莎士比亚的戏剧创作又进一步推动了当时英国戏剧的蓬勃发展和繁荣昌盛,二者相辅相成、相互依赖、相互促进。

十六世纪早期,英国戏剧的发展比较缓慢,演出的主要是宗教剧,戏中说教意味比较浓厚。十六世纪中叶,英国戏剧开始走向世俗化。莎士比亚少年时正赶上英国戏剧发生大的转折,戏剧的世俗化和生活化逐步取代了早期的宗教内容;剧团的演出也十分活跃,巡回演出的剧团出现在英国各地,戏剧开始繁盛起来。莎士比亚的时代可以说是戏剧创作群星璀璨的时代,涌现出了一大批有影响的剧作家。这些剧作家中有些是文人,如"大学才子"群,他们擅长写宫廷剧,古典剧。如莎士比亚前代和同代的李利(John Lyly,1554—1606)擅长写宫廷喜剧;格林擅长写浪漫喜剧;悲剧方面的剧作家有基德(Thomas Kyd,1558—1594)、马洛(Christopher Marlowe,1564—1593)等。本·琼生是莎士比亚的一个强有力的竞争者,是他同行中的知音。有些剧作家则更多地接触社会,熟悉世俗生活,如比莎士比亚略晚的德克(Thomas Dekker,1570—1632),他擅长写世俗喜剧;还有擅长写讽刺剧的马斯顿(John Marston,1575—1634)。年轻一代剧作家中有些成为莎士比亚晚期剧作的合作者,如弗莱彻。莎士比亚熟悉生活,又善于向古典剧作家、他前代的文人和同时代的剧作家学习,吸收他们的长处来丰富和完善自己的戏剧创作。正是这一批灿烂的群星与莎士比亚一同将这个时代的戏剧推向了英国戏剧以至世界戏剧的高峰。

十六世纪早期的剧团规模比较小,一般三五个人就可以组成一个流动的戏班巡回演出。世纪中叶随着戏剧业的兴盛,剧团的规模逐渐扩大。这些剧团往往需要寻求贵族的庇护。十六世纪八十年代最有影响的剧团是女王剧团。此后出现了莱斯特伯爵剧团(Earl of Leicester's Men),斯特兰奇勋爵剧团,彭布鲁克伯爵剧团,萨塞克斯伯爵剧团等等。一五九四年之后,最有影响的是海军大臣剧团和宫廷大臣剧团。后者的主要经营者是詹姆士·伯贝奇。剧团实行股份制,早期有八个持股人,在莎士比亚创作的晚期,这个剧团有十二个持股人,剧团的财产由持股人共享,利润分红。此外,剧团还有雇佣人员,如提词人、次要演员、舞台管理员、服装管理员、奏乐人、收费员等等,剧团每周付给他们酬金。剧团还临时雇用剧本抄写员,把台词分别抄写给各个需要这些台词的演员。童伶的酬金分别由持股人分派。

莎士比亚时代的剧场对当时的戏剧创作起到很大的推动作用。早期的戏剧演出多在不固定的露天场所进行，比如在车站或小旅店的院子里，也有在室内的演出，一般是在学校、学院的大厅或显赫人家的厅堂中进行，演出地点往往不固定。一五七六年，伦敦建造了第一家供专业剧团演戏的固定公共演出剧场，这就是詹姆士·伯贝奇和他的一位姻亲建造的"剧场"（The Theatre）。伯贝奇看到了当时戏剧发展的大好前景，以及经营剧场可观的经济利益，于是决定建造这座在英国戏剧史上具有划时代意义的"剧场"，它标志着当时英国戏剧业开始走上真正的专业化道路。"剧场"坐落在伦敦郊区，泰晤士河以北的芬斯伯里地区，场地租期二十一年。它有自己的票房收入，有自己的剧团，有自己的上演剧目，有较为固定的观众群。此后，帷幕剧场落成。一五八七年，伦敦泰晤士河南岸出现了玫瑰剧场，它成为后来海军大臣剧团的演出场所。一五九五年，天鹅剧场（The Swan Theatre）建成。一五九九年，莎士比亚的宫廷大臣剧团的固定演出场所"剧场"场地租用期满之后，环球剧场在泰晤士河南岸落成，以代替"剧场"。环球剧场的建成对莎士比亚的戏剧创作意义重大，极大地激发和推动了他的创作热情，他为这一剧场的落成写出了《皆大欢喜》《亨利五世》《裘力斯·凯撒》《哈姆莱特》等一系列剧作。而他此后创作的大多数剧作，包括其四大悲剧，均在环球剧场上演。"环球"这个名字意味着整个世界就是一个大舞台，而世间人人都是这个大舞台上的演员，其意义非同寻常。不幸的是，一六一三年，在演出《亨利八世》一剧炮火齐鸣的情节时，操作人员不慎点着了剧场的顶棚，引起火灾，环球剧场遂付之一炬。一六〇〇年之后，又有幸运剧场，红牛剧场,希望剧场等相继建成。这些公共露天剧场一般容纳观众的数量相当可观,能一次接待两三千人,由此可见当时戏剧演出的红火热闹场面。公共的室内剧院在十七世纪开始逐步建立起来,但室内剧院规模较小,一般容纳六百至八百观众。室内剧院里观看演出的条件比露天剧场要好一些,票价也贵不少。露天剧场的站票当时是一个便士,室内剧院是坐着看戏,票价是六个便士。莎士比亚晚期的戏剧曾在室内的黑修士剧院上演。然而,公共露天剧场的演出更能激发莎士比亚的创作激情,他最优秀的剧作都在公共露天剧场上演。

公共露天剧场的具体设计目前只能根据一些记载和有限的剧场草图来推断。一九八九年,考古人员曾对玫瑰剧场旧址进行挖掘,所展现的当年玫瑰剧场的部分情况为今人了解当时的公共剧场提供了线索。可以看出,当时的玫瑰剧场舞台比较宽敞,但并不高,舞台呈梯形,舞台后部有三个出口,演员可以从出口上场或下场。环球剧场因被焚毁,今天很难再现它的原貌。可喜的是人们还可以看到一幅天鹅剧场的草图,这是现存的唯一一幅当时公共剧场的草图,它为我们了解那时的公共剧场提供了直观的形象。那时公共露天剧场的大致设计应该是类似的。

据记载,环球剧场内部直径约一百英尺,高三十六英尺,能容纳三千左右的观众。舞台前是一块空地,买站票的观众可以在这里站着看演出。这站席能容纳大约八百观众。在剧场的外墙与这块站席的空场之间有一个大约十二英尺宽的地方,置有三排阶梯式长条凳坐位,是观众的坐席,几乎环绕剧场,可容纳两千多观众。坐席上方有顶棚。演员从舞台后方的门中进场,一般有两个门,一边一个。舞台的后方一般还有一个洞穴,可用作卧室、藏身处、睡觉处等。阶梯坐席的二层观众席上某处可连接舞台的后方,此处可用作阳台、演讲台等。这个舞台二层楼的上面还可以有一个窗子或台子,表示最高处。舞台前面上方二层的高处有一个遮棚,由两根柱子支撑。这个棚子可以在天气不好的时候遮风挡雨,也可以根据演出的需要在这里制造雷声,或放烟火制造闪电。从此处还可以把演员放下到舞台上。舞台的地板上有一处可以打开,当作墓穴。后台有更衣间,奏乐处等。一个奏乐师一般会演奏几种乐器。

与我们今天剧院中舞台不同的是,那时公共露天剧场的舞台是伸展在观众中间的,舞台和观众并不分隔,而是融为一体。舞台上也没有帷幕,所谓第四堵墙根本不存在。后来的剧场都将观众和演员分开,演员在舞台上表演,观众在观众席观看,演员和观众被分成两个部分。莎士比亚时代的剧场是环形的,观众甚至伸展到舞台的后面,舞台在观众当中。现在的剧场都要打灯光,演员在亮处,观众在暗处。而莎士比亚时代戏剧演出在白天,在露天剧场,所以不用灯光照明,剧中的黑夜可用一盏灯来指示。因此,演员和观众融合为一。现今人们想象当年站着观看莎剧演出的观众文化层次不高,看戏时还有说有笑,或边吃边唱边看,而实际上,那时观众看戏大都全神贯注,目不转睛,静静地观看,跟着剧中人物的情绪走。

莎剧中大型的实物道具不多,只有几件,但服装一般比较讲究。演员的表演有时要讲象征法,一个姿态、一个手势都可以带有象征意味,流露出比较明显的表演痕迹。这是因为舞台环境能制造的幻觉效果比较弱,需要演员通过表演来唤起观众的想象。这有点像中国的京剧,观众要通过演员的表演来想象那些不在眼前出现的情景和事件。可以说,莎士比亚时代的剧场是他最好的合作者,剧场的简单甚至是一种优势。

莎士比亚时代的戏剧演出对演员的演技要求相当高。专业剧团一般由十二至十五个成人演员和三至五个童伶组成。剧团的主要演员是招揽观众的重要招牌。他们需要有超强的记忆力和表演才能。一般排一出新戏只有两周的时间,而同时,剧团还在上演其他剧目。演员们要在这么短的时间里背下所演人物的全部台词,还要理解人物,掌握性格,处理各个角色之间的相互协调,这对演员的能力是很大的挑战。早期的民间剧团往往只有很少的演员,三五个人就搭起一个戏班,一个演员在一出戏中要演几个角色,编剧要根据演员的人数和他们的能力来编戏。专业剧团的演员人数多了,但一个演员在一出戏中一般也要演两三个角色。莎士比亚的戏剧,尤其是历史剧和悲剧,总是人物众多,并且有大段独白式台词,人物关系也十分复杂。演这些戏中的角色,演员要有很好的功夫,不仅要记忆力好,能朗诵大段的台词,还得掌握人物的心理,表现人物的性格。莎士比亚的剧团中,头牌演员伯贝奇就是一位出色的性格演员,饰演了莎剧中的许多重要人物,如理查三世,罗密欧,奥瑟罗(奥赛罗),李尔王等。优秀演员当时很受尊重,甚至在英国国外都很有名气。

当时戏中的女性角色都由尚未发育成熟的男孩子或十分年轻的男演员来演。这些童伶大都受到过成人专业演员的培训。十六世纪的欧洲禁止女性在公共场所上台演戏,这种情况在英国尤为突出。观众对这种情况总是按习惯予以接受。但由于女性角色由男孩来演,编剧往往要顾及演员的情况,莎士比亚笔下常常设计女扮男装的剧情,这样,男孩表演起来就游刃有余了。当然这并不意味着可以不注重演技,演员得让观众意识到这是一个"真"的女人假扮的男人。这些小男演员有些非常出色。

想象一下,麦克白夫人,克莉奥佩特拉这样的角色要让一个男孩子来演,如何了得!不仅如此,小演员还得会唱歌、跳舞、舞剑、表演身段等等。莎士比亚对表演应该有发言权,他本人就是演员,他为演员写戏,要了解每一个演员的特长和优势,发挥他们的潜力,他和演员是亲密的合作者。

四　莎士比亚作品的出版

　　四百多年以来,莎士比亚的作品能被一代代读者阅读,由一代代导演和演员搬上舞台,予以解释,加以改造,这主要依靠莎士比亚作品的出版。只有将这些作品整理、编辑、印刷出来,后人才有可能接触到这些无比精美优秀杰出的作品。因此,出版这些作品,是使莎士比亚流传万古的功不可没的大事业。

　　莎士比亚写戏的目的是为了给剧团上演,他本人没有出版剧本的意愿和打算。他每年为剧团写出两到三个剧本,写完之后,剧本由剧团的演员排练、演出,这个剧本便是属于剧团的集体产品之一部分了,而不算是剧作家个人的私有物。况且,一个戏最终的演出往往和剧作家的原剧本有不小的距离。这有点像今天美国好莱坞的电影业:观众看重的是导演和演员,而编剧对一部电影所起的作用似乎总不如导演和演员。在莎士比亚时代,观众看重的是演员和戏本身,剧作者只是这个剧团中的一员。剧作家写戏的目的是为了观众看戏听戏,不是为了读者去阅读剧作的文本。剧作家写剧本给剧团演出,剧团一般不会将剧本的手稿卖给出版商去出版,除非剧团急需钱用。此外,剧团如果将剧本手稿卖给出版商,一般只能得到一次费用,出版商使用手稿即出版和再版剧本时不再给剧团和剧作家支付报酬。因此,剧作家在当时不会想到去出版自己的剧作。一些学术单位也不收出版的剧本。一六一二年,有人坚持牛津大学图书馆要保持其学术的纯洁性,拒收这些被视为"渣滓"的"无聊"剧作。

莎士比亚的手稿绝大多数已经遗失,唯一现存的莎剧手稿是一八四四年出版的《托马斯·莫尔爵士之书》中的一部分,莎士比亚参与了该剧的写作,为第四撰稿人,在手稿中以"Hand D"出现。研究人员视其为莎学研究中的珍品。在莎士比亚生前,他的不少剧作曾以单行本的形式出版,有些单行本是根据他的手稿排印的,有些则根据演出用的脚本,还有的是根据演员甚至观众的记忆拼凑而成。但是,无论是怎样出版的,它们都没有经过莎士比亚的亲自授权或校订。这些单行本均以四开本形式印行,大都印刷质量差,编校质量参差不齐,有些还有一定的可靠性,有些却并不可靠,甚至错误百出。一五九八年之前出版的莎士比亚剧作的四开本都没有印上作者姓名,一些版本上只有印刷商的名字或标明由哪个剧团演出过这出戏。

莎士比亚的名字最早出现在一五九八年出版的四开本剧作《爱的徒劳》上。但是,书名页上只印着"由莎士比亚新修改和增补",对莎士比亚的著作权显然并不关注。一六〇八年出版的《李尔王》四开本上明确地印上了作者莎士比亚的大名,但作品的印制差。这只能说明莎士比亚的名字在当时已经可以招徕读者了,出版商将会因为印上莎士比亚的大名而销售更多的书,赚到更多的钱,而并不说明莎士比亚本人对这部作品的出版花费了什么心血。莎士比亚对出版自己的剧作没有兴趣,且对别人盗印的粗制滥造的版本采取听之任之的态度。相反他对自己的两部叙事诗的出版做了精心校订,出版质量很高。不过,早期出版的四开本剧作,质量是有差异的,有些被认为低劣,有些则被学者认为可以接受。一些剧作不仅出版了一个四开本,而且有两个甚至两个以上的四开本;有些后来的四开本对先前错误百出的版本进行了修订,被认为有一定的价值。四开本大多是莎士比亚在世时出版者根据当时的演出脚本来编辑出版的,因此保留了很多对演出具有指导意义的提示,从中可以看出剧本对演出的具体要求。

一六二三年是莎士比亚戏剧出版史上的一个重要时间。莎士比亚生前一起工作的同事和好友海明斯(John Heminges)和康戴尔(Henry Condell)主持编辑、校订了莎士比亚戏剧全集的第一对开本,于这一年出版。其完整的书名是《威廉·莎士比亚的喜剧、历史剧和悲剧》。第一对开本的出现标志着莎士比亚作品出版和研究的重要转折。它将莎士比亚的剧作从单纯的戏剧脚本转变为文学文本的经典,使得莎剧能够流芳千古,永不磨灭。这项工作功不可没,价值巨大。一六一六年,戏剧家本·琼生出版了由他亲自校订的他的戏剧集对开本。在英国,这是剧作家首次自己编辑校订出版的剧作对开本,它使人们认识到剧作家的重要作用和独立地位,是肯定剧作家身份的一件了不起的大事。这可能引发了莎士比亚的两位亲密朋友为纪念莎士比亚这位"可敬的朋友"而出版他的戏剧作品全集的想法。全集由他们主持编辑,由爱德华·勃朗特和伊萨克·贾加德出版。他们从海明斯和康戴尔处获得了莎剧此前未出版过的作品的授权,又从已出版过莎剧四开本的出版商处购得这些作品的版权,然后对莎剧作品进行全面审阅、校订。他们对此前出版的四开本中的低劣本予以摒弃,对一些比较可靠的四开本加以对比和吸收,对个别较好的四开本基本上做了重印。应该说,第一对开本的出版在一定程度上受到了四开本的影响。四开本的存在对第一对开本的校订是起到积极作用的。大量的校订、编辑工作历时多年,印刷从一六二二年开始,经过二十一个月的艰辛劳作,这一对开本终于面世。它避免了原先四开本中的错误和篡改,成为莎士比亚剧作的第一个权威版本。此前以对开本形式印制的书籍多为神学书、历史书及经典作家的选集或全集,因此,莎剧以对开本形式面世,这本身就表明了莎剧已被认作文学经典的事实。书出版后几个月,牛津大学图书馆就接受了这部作品,盖上了牛津大学图书馆藏书的印章。可以说,第一对开本的出版标志着莎士比亚研究的重要文学转向。此后的莎剧一方面仍作为戏剧脚本不断被后人演出、改编,另一方面,莎剧又作为文学作品,再被后人阅读、评论、研究。两者从一六二三年起产生了分流。

第一对开本共收入三十六部莎剧,其中有十八部以前未曾出版过,如果没有这个对开本,这十八部莎剧可能永远遗失。对开本中还包括一个献词,以及海明斯和康戴尔的一封信以说明这部书的权威性,另有一组序言诗、由马丁·德罗肖特刻制的书名页和一幅经典莎翁肖像。第一对开本中未收入的莎剧有《爱德华三世》《泰尔亲王配力克里斯》《卡迪尼奥》和《两位贵亲戚》,之所以未收入这些剧作可能是编者考虑到这几部剧作是莎士比亚与别人合作写成的。目前,《卡迪尼奥》已经失传。第一对开本初版之后,又再版了三次,分别在一六三二年、一六六三年和一六八五年面世。

任何作品的出版都不可能没有错误。对开本中也存在一定的混乱和疏漏之处。特别是在戏剧脚本和文学文本哪个更接近莎士比亚原作的问题上,学者们存在一定的争议,此后的莎剧出版物也在这方面存疑。一些学者希望顾全不同版本的特点和长处,因此,由于版本的不同而出现了同一莎剧的不同版本。二〇〇五年牛津版莎剧全集收入了两个版本的《李尔王》,其中一个是一六〇八年的四开本《李尔王》,另一个是一六二三年的对开本《李尔王》。这样,读者可以更清晰地了解不同版本的莎剧。

十八世纪之后,莎剧的出版走了两条路:一是根据对开本的文学文本,一是根据四开本的供演出的版本。一七〇九年尼古拉·罗的《莎士比亚作品修订版》出版。十九世纪开始出版了多种不同的莎剧版本,有价格便宜的畅销版本,有供妇女和孩子阅读的版本等。二十世纪的莎剧版本更加多样化,有专供学生阅读的版本,有大众化的畅销版本,有供专业人员使用的演出版本,有供研究者使用的早期版本重印本等等。

莎士比亚的作品被翻译成多种文字,有的翻译成为经典之作,如雨果翻译的法语版莎剧,史莱格尔翻译的德语版莎剧,帕斯捷尔纳克翻译的俄语版莎剧以及马尔夏克翻译的莎士比亚十四行诗等。而莎剧和莎诗今天在世界各地仍有层出不穷的新译本问世。

五 莎士比亚之后的莎士比亚

四百多年来,莎士比亚的作品在后人的不断演绎、解读、搬演、评论和研究中一代代流传下来,经久不衰,不断焕发出新的耀眼的光芒。正如莎士比亚同时代的著名剧作家本·琼生在莎剧全集第一对开本的序诗中所说:"他不囿于一代,而照临万世。"这是对莎士比亚极为恰切的评价。然而,莎士比亚之所以能够在后人的传承中永远焕发出活力,首先源自莎士比亚作品的时代精神。按照本·琼生的话来说,莎士比亚是"时代的灵魂"。他首先属于他那个时代,他的戏剧是他那个时代的缩影,是那个时代的灵魂。也正因如此,莎士比亚才能够走出那个时代的局限,走向未来。可以说,他的作品所体现出来的当下性和永久性是相辅相成的。

莎士比亚的剧作有不少是从旧戏剧、编年史和小说改编而成。他笔下的历史人物众多而繁富。然而,所有莎士比亚的戏剧,无论是关于英国的历史事件,还是欧洲的古代故事,或是古希腊、古罗马的历史人物,他们都在与莎士比亚那个时代的人们进行对话。他的戏剧反映的是现世的生活,充满时代的气息。历史剧中有当代的寓意,古代的人物身上有着当代的特征。观众来看戏,看的是古代的故事,想的却是他们身边的人和事。莎剧的特点就是在他那个时代表现出很强的当代意识。而这种当代意识在莎士比亚身后的几百年以来一直延续至今。每个时代演出的莎剧都能突现那个时代的特征,都能凝聚那个时代的精神。在这四百多年的历史进程中,莎剧随着时代的演进被不断改编,不断衍化,不断出新就说明了这一点。

一六四二年后伦敦关闭了所有的剧场,直到一六六〇年王政复辟之后才开放。此时的剧场规模较小,是有闲阶层的娱乐场所,观众人数也较少,莎剧为适应剧场演出需要往往被改编,特别是莎剧语言中的比喻、夸张的词句等被改掉不少,使得莎剧台词更符合当时观众认同的所谓"规范的"语言。改编的幅度有时相当大,甚至成为一种新编的莎剧。在当时一些剧作家的作品中也可隐约见到莎剧的影子,如德莱顿(John Dryden,1631—1700)和戴文南特(William D'avenant,1606—1668)的《魔法岛》就是类似《暴风雨》的一种改编版。而德莱顿于一六七八年写作的《一切为了爱情》则被认作是《安东尼和克莉奥佩特拉》的改编版。十八世纪演出的莎剧一般也都有删节或被改编,留下了那个时代的痕迹。当时著名的莎剧演员加里克(David Garrick,1717—1779)为莎剧的演出增添了不少光彩。十九世纪的莎剧演出曾过多地注重舞台效果,影响了莎剧中那种精神质性的表现。这种状况直到十九世纪晚期才得到改变。其时,美国的莎剧演出开始形成其独特的传统。十九世纪由莎剧改编的作品呈现出多种形式,如音乐作品和歌剧等。哈姆莱特这个人物的一些经历或性格特征曾隐约地出现在歌德的小说《威廉·麦斯特的学习时代》(1795)、狄更斯的小说《远大前程》(1860—1861)和契诃夫的戏剧《海鸥》(1896)中。

二十世纪以来,莎剧的演出更为国际化和规范化。一九三二年英国建立了莎士比亚纪念剧院;一九六一年英国王家莎士比亚剧团成立,他们定期在英国和世界各地巡回演出。二十世纪早期的电影默片时代有不少改编的莎剧默片,在英、法、美、德、意等国家十分流行,戏剧的语言用视觉形象来替代,非常具有创造性。有声片的出现更带来了莎剧改编的电影业的繁荣。一九五七年,日本导演黑泽明导演了根据《麦克白》改编的电影《溅血的御座》;一九八四年,《李尔王》又激发他导演了电影《乱》。俄罗斯导演科津采夫导演了电影《哈姆莱特》,一九七〇年又导演了电影《李尔王》,都产生了很大的影响。此外,在音乐剧方面,则有根据《驯悍记》改编的《凯特吻我》(1948),根据《罗密欧与朱丽叶》改编的《西区故事》(1957)等。

二十世纪出现了一批非常优秀的莎剧演员,他们创造了一系列令人难忘的莎剧人物形象,如英国演员劳伦斯·奥利弗（Laurence Olivier）饰演的亨利五世（1944）、哈姆莱特（1948）、理查三世（1955）等；还有奥森·威尔斯（Orson Welles）饰演的麦克白（1948）、奥赛罗（1952）等。黑人演员保罗·罗伯逊（Paul Robeson）是扮演莎剧人物的第一位黑人演员,演技出色。他在二十世纪三十年代就开始扮演奥赛罗。一九四三年至一九四五年,他主演的《奥赛罗》在纽约百老汇上演,备受欢迎,长盛不衰,创造了直至二〇〇九年为止百老汇连演莎剧的最长时间纪录。

在小说方面,《李尔王》激发了美国小说家、普利策奖得主简·斯麦利（Jane Smiley）创作了小说《一千亩》。印度女作家苏妮蒂·南乔希（Suniti Namjoshi）则从《暴风雨》中获得灵感创作了诗歌《凯力班的快照》（1984）。又一位英国女作家玛丽娜·瓦纳（Marina Warner）也受到《暴风雨》的启发创作了小说《靛蓝》。

莎士比亚研究和评论也异常活跃。莎士比亚评论第一人是纽卡斯尔公爵夫人——诗人、戏剧家、评论家玛格丽特·卡文蒂什（Margaret Cavendish, 1623—1673）,她于一六六四年所写的评论,开创了由专业作家研究评论莎士比亚作品的传统。此后德莱顿、约翰逊（Samuel Johnson, 1709—1784）、哈兹列特（William Hazlitt, 1778—1830）、柯尔律治（Samuel T. Coleridge, 1772—1834）、艾略特（Thomas S. Eliot, 1888—1965）等人,都成为影响广泛和深远的莎评家。今天的莎评多由专门的研究人员来做,莎评呈现出专业化和多样化的结合,丰富多彩。据美国出版的《莎士比亚研究季刊》统计,目前每年出版的有关《李尔王》的各类研究文章、翻译及其他出版物就有二百余种,而有关《哈姆莱特》的则约有四百种。人们从语言、文学、戏剧、文化等各个方面来探讨和研究莎士比亚,从各种理论视角来观照、解读并重新阐释莎士比亚的作品。

六 莎士比亚在中国

莎士比亚开始传入中国,已到了十九世纪。一八三九年林则徐在广东主持禁烟时组织人辑译《四洲志》,其中提到英国四位文学家,第一位即是"沙士比阿"(莎士比亚),称其"工诗文,富著述"。这可能是莎士比亚首次受到中国人的关注。一八四三年魏源受林则徐委托编撰出版《海国图志》,其中照录了《四洲志》中有关莎士比亚的记述。十九世纪四十年代,中国早期留美学生容闳"夙好古文,兼嗜英国文艺""尤好莎士比亚",这可能是最早喜读莎士比亚作品的中国人。一八五六年,传教士慕维廉(William Muirhead)的译著《大英国志》在上海出版,其中提到"舍克斯毕"(莎士比亚)。早期阅读过莎士比亚作品的还有辜鸿铭。清末外交官郭嵩焘在一八七七年日记中记叙了他在英国见到莎剧的版本。十九世纪末二十世纪初,莎士比亚的名字通过英美传教士频繁地传到中国来。

清末思想界代表人物严复、梁启超都在其著译中谈到莎士比亚。中文译名"莎士比亚"即为梁启超首创。一九〇七年至一九〇八年,伟大的思想家和文学家鲁迅先生在他的启蒙文章中论及莎士比亚,鲁迅把莎士比亚看作健全人性的精神战士,希望中国也能出现莎士比亚这样的精神战士来发出民族的声音。

早期介绍莎士比亚剧作的内容,是通过英国兰姆姐弟(Mary and Charles Lamb)的莎剧故事之中文文言译本《澥外奇谭》

（1903，无译者署名）和林纾、魏易的文言译本《吟边燕语》（1904）。后来，二十世纪五十年代，萧乾的兰姆姐弟《莎士比亚戏剧故事集》（改写莎剧二十个）白话文译本出版（1956）。再后来，由中国学者编撰的《莎士比亚戏剧故事全集》（土生、冼宁、肇星、武专主编；改写莎剧三十九个）出版（2002）。

莎剧的正规文本汉语白话翻译始于田汉（1898—1968）的《哈孟雷特》（1921）和《罗密欧与朱丽叶》（1924）。田汉是莎剧汉译事业的开创者。紧接田汉之后的译莎学者便多起来。

必须郑重提起的是莎剧译家朱生豪（1912—1944）。他历经日本侵略的苦难、贫穷和疾病的折磨，只活了三十二岁。但他以惊人的毅力和顽强的意志，克服种种艰难险阻，译出莎剧三十一部半，终因恶疾缠身，回天无力，未能译完余下的莎剧，成为千古遗恨。他付出了毕生的精力，终竟成为播莎翁文明之火的普罗米修斯，成为译莎事业的英雄和圣徒。朱译莎剧，据他自称，务必做到"在最大可能之范围内保持原作之神韵，必不得已而求其次，亦必以明白晓畅之字句，忠实传达原文之意趣"。评论者认为，"朱译似行云流水，即晦塞处也无迟重之笔。"朱译莎剧文辞优美畅达，人物性格鲜明，已成为广大读者所珍爱的艺术瑰宝。朱译莎剧二十七部于一九四七年出版问世，在社会上引起强烈反响。新中国成立后，朱译莎剧受到重视，一九五四年朱译莎剧三十一部以《莎士比亚戏剧集》名义出版。一九七八年人民文学出版社出版以朱生豪为主要译者的《莎士比亚全集》，收入朱译莎剧三十一部，朱未能译出的六部莎剧分别由方平、方重、章益、杨周翰译出，莎士比亚的诗歌作品也全部译出收入。这是中国首次出版外国作家作品的全集。本书即是这个全集重印的新版。

虞尔昌(1904—1984)见到一九四七年出版的朱生豪所译二十七部莎剧,十分敬佩,但以不全为憾,于是补译了朱生豪未曾来得及译出的七部及一九四七年版中没有的三部共十部莎剧。一九五七年,朱生豪、虞尔昌合译的《莎士比亚戏剧全集》在台北出版。这是中译本莎翁《戏剧全集》第一次问世。

梁实秋(1902—1987)是中国迄今为止唯一一位个人独立完成莎剧莎诗汉译工程的翻译家。一九三六年梁译莎剧开始出版。其后历时三十七年,他译完莎士比亚的包括戏剧和诗歌的全部作品。二十世纪六十年代梁译《莎士比亚全集》在台北出版。梁译附有详尽的注释和说明,学术含量较高。

曹未风(1911—1963)是有计划翻译莎翁全集的译家。但他只翻译出版了十四部莎剧。五十二岁时病逝,未能完成夙愿。

曹禺(1910—1996)以诗体译出的《柔密欧与幽丽叶》(1944),是莎剧译本的典范之一,适宜于演出,又适宜于阅读和朗诵。

莎剧的重要译者还有孙大雨(1905—1997)、卞之琳(1910—2000)等。孙大雨译莎首创以汉语"音组"代原作音步的译法。他翻译的《黎琊王》(即《李尔王》)出版于一九四八年。他译的《莎士比亚四大悲剧》出版于一九九五年。卞之琳把孙大雨开创的译法加以完善,建立"以顿代步、等行翻译"法。卞译《哈姆雷特》于一九五六年出版,被誉为《哈姆莱特》最优秀的中文译本。英语片《王子复仇记》(《哈姆莱特》)的华语配音全部采用卞之琳的译本,获得巨大成功。卞译《莎士比亚悲剧四种》于一九八八年出版。莎翁剧作台词中很大一部分是用素体诗(blank verse)写出,所以也可称作诗剧。孙大雨、卞之琳的"音组"译法和"以顿代步、等行翻译"法,都是对原作中的素体诗的翻译而言。孙大雨、卞之琳开创了莎剧的诗体译法,可谓开一代译风。此前的朱生豪译本则是散文译本。

方平(1921—2007)是另一位重要的成绩卓著的莎剧莎诗翻译家。他译的《维纳斯与阿董尼》于一九五四年问世。此后不断有莎剧译本出版。一九七九年出版《莎士比亚喜剧五种》。二〇〇〇年方平主编主译的《新莎士比亚全集》出版,其中二十五部莎剧由方平译出,另外十四部莎剧由阮珅、吴兴华、汪义群、覃学岚、屠岸、张冲等译出。

莎士比亚的两篇叙事诗的译者有杨德豫,张谷若等;莎士比亚十四行诗的译者有梁宗岱,屠岸等。莎剧的译者还有戴望舒、顾仲彝、林同济、绿原、孙法理等。莎剧至今仍不断有新译本出现。

莎剧翻译由剧情故事介绍到剧作文本翻译,由散文译本到诗体译本,由供阅读的译本到兼供演出的译本,呈现步步进展的态势。翻译家们各展才华,各显风格,各领风骚,使莎剧的中文译作展示异彩纷呈的局面。

莎士比亚的戏剧登临中国舞台,最初是在二十世纪初叶,以文明戏形式演出。文明戏不同于中国的传统戏曲如京剧等,它是从戏曲到话剧之间的过渡形式。它没有剧本,只靠一张叙述故事梗概的幕表,没有固定的台词,只注明若干根据剧情发展非说不可的话,其余的台词全由演员即兴发挥,演员就根据这样的幕表登台表演。据记载,最早上演的莎剧是在一九〇二年:在上海圣约翰书院,演出《肉券》(《威尼斯商人》)。那一时期,主持上演文明戏莎剧的戏剧家有汪笑侬、陆镜若、郑正秋、汪优游等。一九一五年,袁世凯复辟帝制,民鸣社演出《窃国贼》(《麦克白》),演员顾无为在舞台上大骂皇帝,对袁世凯冷嘲热讽,受到观众的热烈响应。袁世凯恼羞成怒,以"煽动民心,扰乱治安"为名,逮捕顾无为,判处死刑。幸而袁世凯在全国人民声讨下很快垮台,顾无为才幸免于难。

从二十世纪二十年代开始,话剧运动在中国崛起。莎剧首先在学校以汉语话剧形式与观众见面。三十年代,抗日战争时期及其后,莎剧以话剧形式不断演出。《威尼斯商人》《罗密欧与朱丽叶》《哈姆莱特》《奥赛罗》等著名莎剧,一一搬上舞台,受到观众的热烈欢迎。这期间涌现出的著名莎剧导演有焦菊隐、余上沅、黄佐临等。一九三七年春章泯导演的《罗密欧与朱丽叶》在上海公演,赵丹饰罗密欧,俞佩珊饰朱丽叶,是一次影响深远的成功演出。抗战时期的一九四二年,焦菊隐导演的《哈姆莱特》在大后方演出。这是这出悲剧在中国的首演,演员是国立剧专的学生。演出强调复仇意识,鼓励国人抗击日本侵略者,影响巨大。一九四九年新中国成立后,话剧得到空前蓬勃的发展,莎剧演出几度形成高潮。"文革"结束后的八十年代初,先后有十几部莎剧搬上舞台。

一九八六年四月,在北京、上海两地同时举行首届中国莎士比亚戏剧节。在这届戏剧节期间,上演了二十五台莎剧,包括莎翁的十六部剧作。参演团体二十三个,参演人数一千九百多人,公演八十七场,观众八万五千人次。国内外学者专家三千人参加,举行学术报告会二十九场。与此同时,天津市及广东、辽宁、陕西、江苏、安徽等省也先后公演了莎剧。参加这届戏剧节活动的国际莎士比亚协会主席、英国伯明翰大学教授勃洛克班克盛赞中国莎士比亚戏剧节的举办成功,惊呼莎士比亚的春天来到了中国!说这样盛大的莎剧演出盛况在世界上也是罕见的!

一九九四年又举行"上海国际莎士比亚戏剧节"。这是继首届中国莎士比亚戏剧节之后莎剧演出的又一盛举。这次戏剧节的特点是国际性、创新性、多样性。正式参加演出的莎剧有九台,其中中国的六台,外国(英、德等)的三台。哈尔滨歌剧院演出的大型歌剧《特洛伊罗斯与克瑞西达》,是中国舞台上第一部莎剧歌剧,也在亚洲首开莎剧改编歌剧之先河。演出气魄宏大,效果独特,歌舞卓异,扣人心弦,获得巨大成功。

中国莎剧演出从文明戏进步到话剧形式后,又扩展到歌剧形式,芭蕾舞剧形式,广播连续剧形式,以及中国传统戏曲(包括京剧、昆剧、黄梅戏、豫剧、庐剧、丝弦戏、婺剧、东江戏等)形式。一九九四年"上海国际莎士比亚戏剧节"上,上海越剧院明月剧团演出《王子复仇记》(《哈姆莱特》),赵志刚饰演王子。此剧突出了"越味",演出优美、流畅,在莎剧戏曲化方面创造了成功的经验。演出受到新老越剧观众的喜爱。二〇〇五年上海京剧院的京剧《王子复仇记》赴哈姆莱特王子的故乡丹麦演出,获得巨大成功。丹麦观众用如雷的掌声表达他们的赞赏,他们激动地说,"很东方,也很莎士比亚!"丹麦媒体前所未有地给予京剧《王子复仇记》以"五星"的评价。这次活动开创了中国莎剧走出国门登上外国舞台的历史。

在莎翁作品不断翻译出版,莎剧纷纷搬上舞台的时候,中国多所大专院校设立莎剧研究课程,莎学研究机构和团体纷纷成立,对莎剧莎诗的研究探讨逐步深入,学术报告会不断举行,论文不断发表,专著不断问世,莎学研究刊物定期出版。《莎士比亚辞典》《莎士比亚简明词典》《莎士比亚大辞典》等多种莎学工具书出版。涌现出一批学养深厚、成果卓著的莎学专家,如卞之琳、孙家琇、林同济、戴镏铃、张君川、刘炳善、王佐良、李赋宁、张泗洋、赵澧、贺祥麟、陈嘉、索天章、阮珅、杨周翰、陈瘦竹、裘克安、辜正坤、孟宪强、郑土生等,他们都有学术含量高的专著或专论问世。

四百年以来莎士比亚和他的戏剧以及诗歌作品长久地活在人们的心中。这种永恒的艺术魅力之最关键的本质在于莎士比亚作品抓住了普遍的人性,表现了时代精神。而且,每个时代的人们都有其对莎士比亚作品的各自不同的解读。人性的本质在每个时代都表现出不同的面貌和特征,因而,解读莎士比亚作品也就永远都是未完成的。未完成的莎士比亚导致了我们未完成的解读。今天我们再版莎士比亚作品的全集,仍然是为了在未完成中去了解莎士比亚,阅读莎士比亚,品味莎士比亚,阐释莎士比亚,并与莎士比亚和他的作品一同走向下一个莎士比亚作品变异的新的起点。

屠岸　章燕
二〇一四年一月

维洛那二绅士

朱生豪译
吴兴华校

THE
TWO GENTLEMEN OF VERONA.

Page 33.

剧 中 人 物

米兰公爵　西尔维娅的父亲
凡伦丁 ⎫
　　　　⎬ 二绅士
普洛丢斯 ⎭
安东尼奥　普洛丢斯的父亲
修里奥　凡伦丁的愚蠢的情敌
爱格勒莫　助西尔维娅脱逃者
史比德　凡伦丁的傻仆
朗斯　普洛丢斯的傻仆
潘西诺　安东尼奥的仆人
旅店主　朱利娅在米兰的居停
强盗　随凡伦丁啸聚的一群

朱利娅　普洛丢斯的恋人
西尔维娅　凡伦丁的恋人
露西塔　朱利娅的女仆

仆人、乐师等

地　　点

维洛那;米兰及曼多亚边境

第一幕

第一场 维洛那。旷野

凡伦丁及普洛丢斯上。

凡伦丁　不用劝我,亲爱的普洛丢斯;年轻人株守家园,见闻总是限于一隅。倘不是爱情把你锁系在你情人的温柔的眼波里,我倒很想请你跟我一块儿去见识见识外面的世界,那总比在家里无所事事,把青春消磨在懒散的无聊里好得多多。可是你现在既然在恋爱,那就恋爱下去吧,祝你得到美满的结果;我要是着起迷来,也会这样的。

普洛丢斯　你真的要走了吗?亲爱的凡伦丁,再会吧!你在旅途中要是见到什么值得注意的新奇事物,请你想起你的普洛丢斯;当你得意的时候,也许你会希望我能够分享你的幸福;当你万一遭遇什么风波危险的时候,你可以不用忧虑,因为我是在虔诚地为你祈祷,祝你平安。

凡伦丁　你是念着恋爱经为我祈祷祝我平安吗?

普洛丢斯　我将讽诵我所珍爱的经典为你祈祷。

凡伦丁　那一定是里昂德①游泳过赫勒思滂海峡去会他的情人

---

① 里昂德(Leander),传说中的情人,爱恋少女希罗,游泳过海峡赴约,惨遭灭顶。

一类深情蜜爱的浅薄故事。

普洛丢斯　他为了爱不顾一切,那证明了爱情是多么深。

凡伦丁　不错,你为了爱也不顾一切,可是你却没有游泳过赫勒思滂海峡去。

普洛丢斯　嗳,别取笑吧。

凡伦丁　不,我绝不取笑你,那实在一点意思也没有。

普洛丢斯　什么?

凡伦丁　我是说恋爱。苦恼的呻吟换来了轻蔑;多少次心痛的叹息才换得了羞答答的秋波一盼;片刻的欢娱,是二十个晚上辗转无眠的代价。即使成功了,也许会得不偿失;要是失败了,那就白费一场辛苦。恋爱汩没了人的聪明,使人变得愚蠢。

普洛丢斯　照你说来,我是一个傻子了。

凡伦丁　瞧你的样子,我想你的确是一个傻子。

普洛丢斯　你所诋斥的是爱情;我可是身不由主。

凡伦丁　爱情是你的主宰,甘心供爱情驱使的,我想总不见得是一个聪明人吧。

普洛丢斯　可是做书的人这样说:最芬芳的花蕾中有蛀虫,最聪明人的心里,才会有蛀蚀心灵的爱情。

凡伦丁　做书的人还说:最早熟的花蕾,在未开放前就给蛀虫吃去;所以年轻聪明的人也会被爱情化成愚蠢,在盛年的时候就丧失欣欣向荣的生机,未来一切美妙的希望都成为泡影。可是你既然是爱情的皈依者,我又何必向你多费唇舌呢?再会吧!我的父亲在码头上等着送我上船呢。

普洛丢斯　我也要送你上船,凡伦丁。

凡伦丁　好普洛丢斯,不用了吧,让我们就此分手。我在米兰等着你来信报告你在恋爱上的成功,以及我去了以后这儿的一切消息;我也会同样寄信给你。

普洛丢斯　祝你在米兰一切顺利幸福!

凡伦丁　祝你在家里也是这样!好,再会。(下。)

普洛丢斯　他追求着荣誉,我追求着爱情;他离开了他的朋友,使他的朋友们因他的成功而增加光荣;我为了爱情,把我自己、我的朋友们以及一切都舍弃了。朱利娅啊,你已经把我变成了另一个人,使我无心学问,虚掷光阴,违背良言,忽略世事;我的头脑因相思而变得衰弱,我的心灵因恋慕而痛苦异常。

　　史比德上。

史比德　普洛丢斯少爷,上帝保佑您!您看见我家主人吗?

普洛丢斯　他刚刚离开这里,上船到米兰去了。

史比德　那么他多半已经上了船了。我就像一头迷路的羊,找不到他了。

普洛丢斯　是的,牧羊人一走开,羊就会走失了。

史比德　您说我家主人是牧羊人,而我是一头羊吗?

普洛丢斯　是的。

史比德　那么不管我睡觉也好,醒着也好,我的角也就是他的角了。

普洛丢斯　这种蠢话正像是一头蠢羊嘴里说出来的。

史比德　这么说,我又是一头羊了。

普洛丢斯　不错,你家主人还是牧羊人。

史比德　不,我可以用譬喻证明您的话不对。

普洛丢斯　我也可以用另外一个譬喻证明我的话不错。

史比德　牧羊人寻羊,不是羊寻牧羊人;我找我的主人,不是我的主人找我,所以我不是羊。

普洛丢斯　羊为了吃草跟随牧羊人,牧羊人并不为了吃饭跟随羊;你为了工钱跟随你的主人,你的主人并不为了工钱跟随你,所以你是羊。

史比德　您要是再说这样一个譬喻,那我真的要咩咩地叫起来了。

普洛丢斯　我问你,你有没有把我的信送给朱利娅小姐?

史比德　嗷,少爷,我,一头迷路的羔羊,把您的信给她,一头细腰的绵羊;可是她这头细腰的绵羊却什么谢礼也不给我这头迷路的羔羊。

普洛丢斯　这么多的羊,这片牧场上要容不下了。

史比德　如果容纳不下,给她一刀子不就完了吗?

普洛丢斯　你的思想又在乱跑了,应该把你圈起来。

史比德　谢谢你,少爷,给你送信不值得给我钱。

普洛丢斯　你听错了;我说圈,没说钱——我指的是羊圈。

史比德　我却听成洋钱了。不管怎么着都好,我给你的情人送信,只得个圈圈未免太少!

普洛丢斯　可是她说什么话了没有?(史比德点头)她就点点头吗?

史比德　是。

普洛丢斯　点头,是;摇头,不——这不成傻瓜了吗?

史比德　您误会了。我说她点头了;您问我她点头了没有;我说"是"。

普洛丢斯　照我的解释,这就是傻瓜。

史比德　您既然费尽心血把它解释通了,就把它奉赠给您吧。

普洛丢斯　我不要,就给你算作替我送信的谢礼吧。

史比德　看来我只有委屈一点,不跟您计较了。

普洛丢斯　怎么叫不跟我计较?

史比德　本来吗,少爷,我给您辛辛苦苦把信送到,结果您只赏给我一个傻瓜的头衔。

普洛丢斯　说老实话,你应对倒是满聪明的。

史比德　聪明有什么用,要是它打不开您的钱袋来。

普洛丢斯　算了算了,简简单单把事情交代明白:她说些什么话?

史比德　打开您的钱袋来,一面交钱,一面交话。

普洛丢斯　好,拿去吧。(给他钱)她说什么?

史比德　老实对您说吧,少爷,我想您是得不到她的爱的。

普洛丢斯　怎么?这也给你看出来了吗?

史比德　少爷,我在她身上什么都看不出来;我把您的信送给她,可是我连一块钱的影子也看不见。我给您传情达意,她待我却这样刻薄;所以您当面向她谈情说爱的时候,她也会一样冷酷无情的。她的心肠就像铁石一样硬,您还是不用送她什么礼物,就送些像钻石似的硬货给她吧。

普洛丢斯　什么?她一句话也没说吗?

史比德　就连一句谢谢你也没有出口。总算是您慷慨,赏给我这两角钱,谢谢您,以后请您自己带信给她吧。现在我要告辞了。

普洛丢斯　去你的吧,船上有了你,可以保证不会中途沉没,因为你是命中注定要在岸上吊死的。(史比德下)我一定要找一个可靠些的人送信去;我的朱利娅从这样一个狗才手里接到我的信,也许会不高兴答复我。(下。)

第二场　同前。朱利娅家中花园

> 朱利娅及露西塔上。

朱利娅　露西塔,现在这儿没有别人,告诉我,你赞成我跟人家恋爱吗?

露西塔　我赞成,小姐,只要您不是莽莽撞撞的。

朱利娅　照你看起来,在每天和我言辞晋接的这一批高贵绅士中间,哪一位最值得敬爱?

露西塔　请您一个个举出他们的名字来,我可以用我的粗浅的头脑批评他们。

朱利娅　你看漂亮的爱格勒莫爵士怎样?

露西塔　他是一个谈吐风雅、衣冠楚楚的骑士;可是假如我是您,我就不会选中他。

朱利娅　你看富有的墨凯西奥怎样?

露西塔　他虽然有钱,人品却不过如此。

朱利娅　你看温柔的普洛丢斯怎样?

露西塔　主啊!主啊!请看我们凡人是何等愚蠢!

朱利娅　咦!你为什么听见了他的名字要这样感慨呢?

露西塔　恕我,亲爱的小姐;可是像我这样一个卑贱之人,怎么配批评高贵的绅士呢?

朱利娅　为什么别人可以批评,普洛丢斯却批评不得?

露西塔　因为他是许多好男子中间最好的一个。

朱利娅　何以见得?

露西塔　我除了女人的直觉以外没有别的理由;我以为他最好,因为我觉得他最好。

朱利娅　你愿意让我把爱情用在他的身上吗？

露西塔　是的，要是您不以为您是在浪掷您的爱情。

朱利娅　可是他比其余的任何人都更冷冰冰的，从来不向我追求。

露西塔　可是我想他比其余的任何人都更要爱您。

朱利娅　他不多说话，这表明他的爱情是有限的。

露西塔　火关得越紧，烧起来越猛烈。

朱利娅　在恋爱中的人们，不会一无表示。

露西塔　不，越是到处宣扬着他们的爱情的，他们的爱情越靠不住。

朱利娅　我希望我能知道他的心思。

露西塔　请读这封信吧，小姐。（给朱利娅信。）

朱利娅　"给朱利娅"。——这是谁写来的？

露西塔　您看过就知道了。

朱利娅　说出来，谁交给你这封信？

露西塔　凡伦丁的仆人送来这封信，我想是普洛丢斯叫他送来的。他本来要当面交给您，我因为刚巧遇见他，所以就替您收下了。请您原谅我的放肆吧。

朱利娅　嘿，好一个牵线的！你竟敢接受调情的书简，瞒着我跟人家串通一气，来欺侮我年轻吗？这真是一件好差使，你也真是一个能干的角色。把这信拿去，给我退回原处，否则再不用见我的面啦。

露西塔　为爱求情，难道就得到一顿责骂吗？

朱利娅　你还不去吗？

露西塔　我就去，好让您仔细思忖一番。（下。）

朱利娅　可是我希望我曾经窥见这信的内容。我把她这样责骂过了,现在又不好意思叫她回来,反过来恳求她。这傻丫头明知我是一个闺女,偏不把信硬塞给我看。一个温淑的姑娘嘴里尽管说不,她却要人家解释作是的。唉!唉!这一段痴愚的恋情是多么颠倒,正像一个坏脾气的婴孩一样,一会儿在他保姆身上乱抓乱打,一会儿又服服帖帖地甘心受责。刚才我把露西塔这样凶狠地撵走,现在却巴不得她快点儿回来;当我一面装出了满脸怒容的时候,内心的喜悦却使我心坎里满含着笑意。现在我必须引咎自责,叫露西塔回来,请她原谅我刚才的愚蠢。喂,露西塔!

  露西塔重上。

露西塔 小姐有什么吩咐?
朱利娅 现在是快吃饭的时候了吧?
露西塔 我希望是,免得您空着肚子在用人身上出气。
朱利娅 你在那边小小心心地拾起来的是什么?
露西塔 没有什么。
朱利娅 那么你为什么俯下身子去?
露西塔 我在地上掉了一张纸,把它拾了起来。
朱利娅 那张纸难道就不算什么?
露西塔 它不干我什么事。
朱利娅 那么让它躺在地上,留给相干的人吧。
露西塔 小姐,它对相干的人是不会说谎的,除非它给人家误会了。
朱利娅 是你的什么情人寄给你的情诗吗?
露西塔 小姐,要是您愿意给它谱上一个调子,我可以把它唱起来。您看怎么样?
朱利娅 我看这种玩意儿都十分无聊。可是你要唱就按《爱的清光》那个调子去唱吧。

露西塔　这个歌儿太沉重了,和轻狂的调子不配。

朱利娅　沉重?准是重唱那部分加得太多了。

露西塔　正是,小姐。可是您要唱起来,一定能十分宛转动人。

朱利娅　你为什么就不唱呢?

露西塔　我调门没有那么高。

朱利娅　拿歌儿来我看看。(取信)怎么,这贱丫头!

露西塔　您就这么唱起来吧;可是我想我不大喜欢这个调子。

朱利娅　你不喜欢?

露西塔　是,小姐,太刺耳了。

朱利娅　你这丫头太放肆了。

露西塔　这回您的调子又太直了。这么粗声粗气的岂不破坏了原来的音律?本来您的歌儿里只缺一个男高音。

朱利娅　男高音早叫你这下流的女低音给盖过去了。

露西塔　我这女低音不过是为普洛丢斯低声下气地祈求。

朱利娅　你再油嘴滑舌,我可不答应了。瞧谁再敢拿进这种不三不四的书信来!(撕信)给我出去,让这些纸头丢在地上;你碰它们一下我就要生气。

露西塔　她故意这样装模作样,其实心里巴不得人家再送一封信来,好让她再发一次脾气。(下。)

朱利娅　不,就是这一封信已经够使我心痛了!啊,这一双可恨的手,忍心把这些可爱的字句撕得粉碎!就像残酷的黄蜂一样,刺死了蜜蜂而吮吸它的蜜。为了补赎我的罪愆,我要遍吻每一片碎纸。瞧,这里写着"仁慈的朱利娅":狠心的朱利娅!我要惩罚你的薄情,把你的名字掷在砖石上,把你任情地践踏蹂躏。这里写着"受创于爱情的普洛丢斯":疼人的受伤的名字!把我的胸口做你的眠床,养息到你的创痕完全平复吧,让我用起死回生的一吻吻在你的伤口上。这儿有两三次提着普洛丢斯的名字;风啊,请不要吹起来,好让我找到这封信里的每一个字;我单单不要看见我自己的名字,让一阵旋风把它卷到狰狞丑怪的岩石上,再把它打下波涛汹涌的海中去吧!瞧,这儿有一行字,两次提到他的名字:"被遗弃的普洛丢斯,受制于爱情的普洛丢斯,给可爱的朱利娅。"我要把朱利娅的名字撕去;不,他把我们两人的名字配合得如此巧妙,我要把它们折叠在一起;现在你们可以放胆地相吻拥抱,彼此满足了。

  露西塔重上。

露西塔 小姐,饭已经预备好了,老爷在等着您。

朱利娅 好,我们去吧。

露西塔 怎么!让这些纸片丢在这儿,给人家瞧见议论吗?

朱利娅 你要是这样关心着它们,那么还是把它们拾起来吧。

露西塔 不,我可不愿再挨骂了;可是让它们躺在地上,也许会受了寒。

朱利娅 你倒是怪爱惜它们的。

露西塔 呃,小姐,随您怎样说吧;也许您以为我是瞎子,可是我也生着眼睛呢。

朱利娅 来,来,还不走吗?(同下。)

第三场 同前。安东尼奥家中一室

  安东尼奥及潘西诺上。

安东尼奥 潘西诺,刚才我的兄弟跟你在走廊里谈些什么正经话儿?

潘西诺　他说起他的侄子,您的少爷普洛丢斯。

安东尼奥　噢,他怎么说呢?

潘西诺　他说他不懂您老爷为什么让少爷在家里消度他的青春;人家名望不及我们的,都把他们的儿子送到外面去找机会:有的投身军旅,博得一官半职;有的到远远的海岛上去探险发财;有的到大学校里去寻求高深的学问。他说普洛丢斯少爷对这些锻炼当中的哪一种都很适宜;他叫我在您面前说起,请您不要让少爷老在家里游荡,年轻人不走走远路,对于他的前途是很有妨碍的。

安东尼奥　这倒不消你说,我这一个月来就在考虑着这件事情。我也想到他这样蹉跎时间,的确不大好;他要是不在外面多经历经历世事,将来很难成为大用。一个人的经验是要在刻苦中得到的,也只有岁月的磨炼才能够使它成熟。那么照你看来,我最好叫他到什么地方去?

潘西诺　我想老爷大概还记得他有一个朋友,叫做凡伦丁的,现在在公爵府中供职。

安东尼奥　不错,我知道。

潘西诺　我想老爷要是送他到那里去,那倒很好。他可以在那里练习挥枪使剑,听听人家高雅优美的谈吐,和贵族们谈谈说说,还可以见识到适合于他的青春和家世的种种训练。

安东尼奥　你说得很对,你的意思很好,我很赞成你的建议;看吧,我马上就照你的话做去。我立刻就叫他到公爵的宫廷里去。

潘西诺　老爷,亚尔芳索大人和其余各位士绅明天就要动身去朝见公爵,准备为他效劳。

安东尼奥　那么普洛丢斯有了很好的同伴了。他应当立刻预备起来,跟他们同去。我们现在就要对他说。

　　　　　普洛丢斯上。

普洛丢斯　甜蜜的爱情!甜蜜的字句!甜蜜的人生!这是她亲笔所写,表达着她的心情;这是她爱情的盟誓,她的荣誉的典质。啊,但愿我们的父亲赞同我们缔结良缘,为我们成全好事!啊,天仙一样的朱利娅!

安东尼奥　喂,你在读谁寄来的信?

普洛丢斯　禀父亲,这是凡伦丁托他的朋友带来的一封问候的书信。

安东尼奥　把信给我,让我看看那里有什么消息。

普洛丢斯　没有什么消息,父亲。他只是说他在那里生活得如何愉快,公爵如何看得起他,每天和他见面;他希望我也和他在一起,分享他的幸福。

安东尼奥　那么你对于他的希望作何感想?

普洛丢斯　他虽然是一片好心,我的行动却要听您老人家指挥。

安东尼奥　我的意思和他的希望差不多。你也不用因为我的突然的决定而吃惊,我要怎样,就是怎样,干脆一句话没有更动。我已经决定你应当到公爵宫廷里去,和凡伦丁在一块儿过日子;他的亲族给他多少维持生活的费用,我也照样拨给你。明天你就要预备动身,不许有什么推托,我的意志是坚决的。

普洛丢斯　父亲,这么快我怎么来得及预备?请您让我延迟一两天吧。

安东尼奥　听着,你要是缺少什么,我马上就会寄给你。不用耽搁时间,明天你非去不可。来,潘西诺,你要给他收拾收拾东西,让他早些动身。(安东尼奥、潘西诺下。)

普洛丢斯　我因为恐怕灼伤而躲过了火焰,不料却在海水中惨遭没顶。我不敢把朱利娅的信给我父亲看,因为生恐他会责备我不应该谈恋爱;谁知道他却利用我的推托之词,给我的恋爱这样一下无情的猛击。唉!青春的恋爱就像阴晴不定的四月天气,太阳的光彩刚刚照耀大地,片刻间就遮上了黑沉沉的乌云一片!

潘西诺重上。

潘西诺　普洛丢斯少爷,老爷有请;他说叫您快些,请您立刻去吧。

普洛丢斯　事既如此,无可奈何;我只有遵从父亲的吩咐,虽然我的心回答一千声:不,不。(同下。)

第 二 幕

第一场 米兰。公爵府中一室

　　凡伦丁及史比德上。

史比德　少爷,您的手套。(以手套给凡伦丁。)
凡伦丁　这不是我的;我的手套戴在手上。
史比德　那有什么关系?再戴上一只也不要紧。
凡伦丁　且慢!让我看。呃,把它给我,这是我的。天仙手上可爱的装饰物!啊,西尔维娅!西尔维娅!
史比德　(叫喊)西尔维娅小姐!西尔维娅小姐!
凡伦丁　怎么,这狗才?
史比德　她不在这里,少爷。
凡伦丁　谁叫你喊她的?
史比德　是您哪,少爷;难道我又弄错了吗?
凡伦丁　哼,你老是这么莽莽撞撞的。
史比德　可是上次您却骂我太迟钝。
凡伦丁　好了好了,我问你,你认识西尔维娅小姐吗?
史比德　就是您爱着的那位小姐吗?
凡伦丁　咦,你怎么知道我在恋爱?

史比德　噢,我从各方面看了出来。您学会了像普洛丢斯少爷一样把手臂交叉在胸前,像一个满腹牢骚的人那样一副神气;嘴里喃喃不停地唱情歌,就像一只知更雀似的;喜欢一个人独自走路,好像一个害着瘟疫的人;老是唉声叹气,好像一个忘记了字母的小学生;动不动流起眼泪来,好像一个死了妈妈的小姑娘;见了饭吃不下去,好像一个节食的人;夜里睡不着觉,好像担心有什么强盗;说起话来带着三分哭音,好像一个万圣节的叫化子①。从前您可不是这个样子。您从前笑起来声震四座,好像一只公鸡报晓;走起路来挺胸凸肚,好像一头狮子;只有在狼吞虎咽一顿之后才节食;只有在没有钱用的时候才面带愁容。现在您被情人迷住了,您已经完全变了一个人,当我瞧着您的时候,我简直不相信您是我的主人了。

凡伦丁　你能够在我身上看出这一切来吗?

史比德　这一切在您身外就能看出来。

凡伦丁　身外?决不可能。

史比德　身外?不错,是不大可能,因为除了您这样老实、不知矫饰之外,别人谁也不会如此;那么就算您是在这种愚蠢之外,而这种愚蠢是在您身内吧;可是它还能透过您身体,就像透过尿缸子看得见尿一样,无论谁一眼见了您,都像一个医生一样诊断得出您的病症来。

凡伦丁　可是我问你,你认识西尔维娅小姐吗?

史比德　就是在吃晚饭的时候您一眼不眨地望着的那位小

---

① 万圣节(Hallowmas),十一月一日,为祭祀基督教诸圣徒的节日。乞丐于是日都以哀音高声乞讨。

姐吗?

凡伦丁　那也给你看见了吗?我说的就是她。

史比德　噢,少爷,我不认识她。

凡伦丁　你看见我望着她,怎么却又说不认识她?

史比德　她不是长得很难看的吗,少爷?

凡伦丁　她的面貌还不及心肠那么美。

史比德　少爷,那个我知道。

凡伦丁　你知道什么?

史比德　她面貌并不美,可是您心肠美,所以爱上她了。

凡伦丁　我是说她的美貌是无比的,可是她的好心肠更不可限量。

史比德　那是因为一个靠打扮,另一个不希罕。

凡伦丁　怎么叫靠打扮?怎么叫不希罕?

史比德　咳,少爷,她的美貌完全要靠打扮,因此也就没有人希罕她了。

凡伦丁　那么我呢?我还是很希罕她的。

史比德　可是她自从残废以后,您还没有看见过她哩。

凡伦丁　她是什么时候残废的?

史比德　自从您爱上了她之后,她就残废了。

凡伦丁　我第一次看见她的时候就爱上了她,可是我始终看见她很美丽。

史比德　您要是爱她,您就看不见她。

凡伦丁　为什么?

史比德　因为爱情是盲目的。唉!要是您有我的眼睛就好了!从前您看见普洛丢斯少爷忘记扣上袜带而讥笑他的时候,您的眼睛也是明亮的。

凡伦丁　要是我的眼睛明亮便怎样？

史比德　您就可以看见您自己的愚蠢和她的不堪领教的丑陋。普洛丢斯少爷因为恋爱的缘故,忘记扣上他的袜带;您现在因为恋爱的缘故,连袜子也忘记穿上了。

凡伦丁　这样说来,那么你也是在恋爱了;因为今天早上你忘记了擦我的鞋子。

史比德　不错,少爷,我正在恋爱着我的眠床,幸亏您把我打醒了,所以我现在也敢大胆提醒提醒您不要太过于迷恋了。

凡伦丁　总而言之,我的心已经定了,我非爱她不可。

史比德　我倒希望您的心是净了,把她忘得干干净净。

凡伦丁　昨天晚上她请我代她写一封信给她所爱的一个人。

史比德　您写了没有？

凡伦丁　写了。

史比德　一定写得很没劲吧？

凡伦丁　不然,我是用尽心思把它写好的。静些,她来了。

　　　　西尔维娅上。

史比德　(旁白)嘿,这出戏真好看！真是个头等的木偶！这回该他唱几句词儿了。

凡伦丁　小姐,女主人,向您道一千次早安。

史比德　(旁白)道一次晚安就得了！干吗用这么多客套？

西尔维娅　凡伦丁先生,我的仆人,我还你两千次。

史比德　(旁白)该男的送礼,这回女的倒抢先了。

凡伦丁　您吩咐我写一封信给您的一位秘密的无名的朋友,我已经照办了。我很不愿意写这封信,但是您的旨意是不可违背的。(以信给西尔维娅。)

西尔维娅　谢谢你,好仆人。你写得很用心。

凡伦丁　相信我,小姐,它是很不容易写的,因为我不知道受信的人究竟是谁,随便写去,不知道写得对不对。

西尔维娅　也许你嫌这工作太烦难吗?

凡伦丁　不,小姐,只要您用得着我,尽管吩咐我,就是一千封信我也愿意写,可是——

西尔维娅　好一个可是!你的意思我猜得到。可是我不愿意说出名字来;可是即使说出来也没有什么关系;可是把这信拿去吧;可是我谢谢你,以后从此不再麻烦你了。

史比德　(旁白)可是你还会找上门来的,这就又是一个"可是"。

凡伦丁　这是什么意思?您不喜欢它吗?

西尔维娅　不,不,信是写得很巧妙,可是你既然写的时候不大愿意,那么你就拿回去吧。嗯,你拿去吧。(还信。)

凡伦丁　小姐,这信是给您写的。

西尔维娅　是的,那是我请你写的,可是,我现在不要了,就给了你吧。我希望能写得再动人一点。

凡伦丁　那么请您许我另写一封吧。

西尔维娅　好,你写好以后,就代我把它读一遍;要是你自己觉得满意,那就罢了;要是你自己觉得不满意,也就罢了。

凡伦丁　要是我自己觉得满意,那便怎样?

西尔维娅　要是你自己满意,那么就把这信给你作为酬劳吧。再见,仆人。(下。)

史比德　人家说,一个人看不见自己的鼻子,教堂屋顶上的风信标变幻莫测,这一个玩笑也开得玄妙神奇!我主人向她求爱,她却反过来求我的主人;正像当徒弟的反过来变成老师。真是绝好的计策!我主人代人写信,结果却写给了自己,谁听到过比这更妙的计策?

凡伦丁　怎么?你在说些什么?

史比德　没说什么,只是唱几句顺口溜。应该说话的是您!

凡伦丁　为什么?

史比德　您应该作西尔维娅小姐的代言人啊。

凡伦丁　我代她向什么人传话?

史比德　向您自己哪。她不是拐着弯向您求爱吗?

凡伦丁　拐什么弯?

史比德　我指的是那封信。

凡伦丁　怎么,她又不曾写信给我。

史比德　她何必自己动笔呢?您不是替她代写了吗?咦,您还没有懂得这个玩笑的用意吗?

凡伦丁　我可不懂。

史比德　我可也不懂,少爷。难道您还不知道她已经把爱情的凭证给了您吗?

凡伦丁　除了责怪以外,她没有给我什么呀。

史比德　真是!她不是给您一封信吗?

凡伦丁　那是我代她写给她的朋友的。

史比德　那封信现在已经送到了,还有什么说的吗?

凡伦丁　我希望你没有猜错。

史比德　包在我身上,准没有差错。您写信给她,她因为害羞提不起笔,或者因为没有闲工夫,或者因为恐怕传书的人窥见了她的心事,所以她才教她的爱人代她答复他自己。这一套我早在书上看见过了。喂,少爷,您在想些什么?好吃饭了。

凡伦丁　我已经吃过了。

23

史比德　哎呀,少爷,这个没有常性的爱情虽然可以喝空气过活,我可是非吃饭吃肉不可。您可不要像您爱人那样忍心,求您发发慈悲吧! (同下。)

第二场　维洛那。朱利娅家中一室

普洛丢斯及朱利娅上。

普洛丢斯　请你忍耐吧,好朱利娅。

朱利娅　没有办法,我也只好忍耐了。

普洛丢斯　我如果有机会回来,我会立刻回来的。

朱利娅　你只要不变心,回来的日子是不会远的。请你保留着这个,常常想起你的朱利娅吧。(给他戒指。)

普洛丢斯　我们彼此交换,你把这个拿去吧。(给她另一个戒指。)

朱利娅　让我们用神圣的一吻永固我们的盟誓。

普洛丢斯　我举手宣誓我的不变的忠诚。朱利娅,要是我在哪一天哪一个时辰里不曾为了你而叹息,那么在下一个时辰里,让不幸的灾祸来惩罚我的薄情吧!我的父亲在等我,你不用回答我了。潮水已经升起,船就要开了;不,我不是说你的泪潮,那是会留住我,使我误了行期的。朱利娅,再会吧! (朱利娅下) 啊,一句话也不说就去了吗? 是的,真正的爱情是不能用言语表达的,行为才是忠心的最好说明。

潘西诺上。

潘西诺　普洛丢斯少爷,他们在等着您哩。

普洛丢斯　好,我就来,我就来。唉! 这一场分别啊,真叫人满怀愁绪难宣。(同下。)

第三场 同前。街道

朗斯牵犬上。

朗　斯　哎哟,我到现在才哭完呢,咱们朗斯一族里的人都有这个心肠太软的毛病。我像《圣经》上的浪子一样,拿到了我的一份家产,现在要跟着普洛丢斯少爷上京城里去。我想我的狗克来勃是最狠心的一条狗。我的妈眼泪直流,我的爸涕泗横流,我的妹妹放声大哭,我家的丫头也号啕喊叫,就是我们养的猫儿也悲伤得乱搓两手,一份人家弄得七零八乱,可是这条狠心的恶狗却不流一点泪儿。他是一块石头,像一条狗一样没有心肝;就是犹太人,看见我们分别的情形,也会禁不住流泪的;看我的老祖母吧,她眼睛早已盲了,可是因为我要离家远行,也把她的眼睛都哭瞎了呢。我可以把我们分别的情形扮给你们看。这只鞋子算是我的父亲;不,这只左脚的鞋子是我的父亲;不,不,这只左脚的鞋子是我的母亲;不,那也不对。——哦,不错,对了,这只鞋子底已经破了,它已经穿了一个洞,它就算是我的母亲;这一只是我的父亲。他妈的!就是这样。这一根棒是我的妹妹,因为她就像百合花一样的白,像一根棒那样的瘦小。这一顶帽子是我家的丫头阿南。我就算是狗;不,狗是他自己,我是狗——哦,狗是我,我是我自己。对了,就是这样。现在我走到我父亲跟前:"爸爸,请你祝福我;"现在这只鞋子就要哭得说不出一句话来;然后我就要吻我的父亲,他还是哭个不停。现在我再走到我的母亲跟前;唉!我希望她现在能够像一个木头人一样开起口来!我就这么吻了她,一点也不错,她嘴里完全是这个气味。现在我要到我妹妹跟前,你瞧她哭得多么伤心!可是这条狗站在旁边,瞧着我一把一把眼泪挥在地上,却始终不流一点泪也不说一句话。

  潘西诺上。

潘西诺 朗斯,快走,快走,好上船了!你的主人已经登船,你得坐小划子赶去。什么事?这家伙,怎么哭起来了?去吧,蠢货!你再耽搁下去,潮水要退下去了。

朗 斯 退下去有什么关系?它这么不通人情就叫它去吧。

潘西诺 谁这么不通人情?

朗 斯 就是它,克来勃,我的狗。

潘西诺 呸,这家伙!我说,潮水要是退下去,你就要失去这次航行了;失去这次航行,你就要失去你的主人了;失去你的主人,你就要失去你的工作了;失去你的工作——你干吗堵住我的嘴?

朗 斯 我怕你会失去你的舌头。

潘西诺 舌头怎么会失去?

朗 斯 说话太多。

潘西诺 我看你倒是放屁太多。

朗 斯 连潮水、带航行、带主人、带工作、外带这条狗,都失去了!我对你说吧,要是河水干了,我会用眼泪把它灌满;要是风势低了,我会用叹息把船只吹送。

潘西诺 来吧,来吧;主人派我来叫你的。

朗 斯 你爱叫我什么就叫我什么好了。

潘西诺 你到底走不走呀?

朗 斯 好,走就走。(同下。)

第四场　米兰。公爵府中一室

　　　　凡伦丁、西尔维娅、修里奥及史比德上。

西尔维娅　仆人！
凡伦丁　小姐？
史比德　少爷，修里奥大爷在向您怒目而视呢。
凡伦丁　嗯，那是为了爱情的缘故。
史比德　他才不爱您呢。
凡伦丁　那就是爱这位小姐。
史比德　我看您该好生揍他一顿。
西尔维娅　仆人，你心里不高兴吗？
凡伦丁　是的，小姐，我好像不大高兴。
修里奥　好像不大高兴，其实还是很高兴吧？
凡伦丁　也许是的。
修里奥　原来是装腔作势。
凡伦丁　你也一样。
修里奥　我装些什么腔？
凡伦丁　你瞧上去还像个聪明人。
修里奥　你凭什么证明我不是个聪明人？
凡伦丁　就凭你的愚蠢。
修里奥　何以见得我愚蠢？
凡伦丁　从你这件外套就看得出来。
修里奥　我这件外套是好料子。
凡伦丁　好吧，那就算你是双料的愚蠢。
修里奥　什么？

西尔维娅　咦,生气了吗,修里奥?瞧你脸色变成这样子!

凡伦丁　让他去,小姐,他是一只善变的蜥蜴。

修里奥　这只蜥蜴可要喝你的血,它不愿意和你共戴一天。

凡伦丁　你说得很好。

修里奥　现在我可不同你多讲话了。

凡伦丁　我早就知道你总是未开场先结束的。

西尔维娅　二位,你们的唇枪舌剑倒是有来有往的。

凡伦丁　不错,小姐,这得感谢我们的供应人。

西尔维娅　供应人是谁呀,仆人?

凡伦丁　就是您自己,美丽的小姐;是您把火点着的。修里奥先生的词令也全是从您脸上借来的,因此才当着您的面,慷他人之慨,一下全用光了。

修里奥　凡伦丁,你要是跟我斗嘴,我会说得你哑口无言的。

凡伦丁　那我倒完全相信;我知道尊驾有一个专门收藏言语的库房,在你手下的人,都用空言代替工钱;从他们寒碜的装束上,就可以看出他们是靠着你的空言过活的。

西尔维娅　两位别说下去了,我的父亲来啦。

　　　　　公爵上。

公　爵　西尔维娅,你给他们两位包围起来了吗?凡伦丁,你的父亲身体很好;你家里有信来,带来了许多好消息,你要不要我告诉你?

凡伦丁　殿下,我愿意洗耳恭听。

公　爵　你认识你的同乡中有一位安东尼奥吗?

凡伦丁　是,殿下,我知道他是一位德高望重的士绅,享有良好的声誉是完全无愧的。

公　爵　他不是有一个儿子吗?

凡伦丁　是,殿下,他有一个克绍箕裘的贤嗣。

公　　爵　你和他很熟悉吗?

凡伦丁　我知道他就像知道我自己一样,因为我们从小就在一起同游同学的。我虽然因为习于游惰,不肯用心上进,可是普洛丢斯——那是他的名字——却不曾把他的青春蹉跎过去。他少年老成,虽然涉世未深,识见却超人一等;他的种种好处,我一时也称赞不尽。总而言之,他的品貌才学,都是尽善尽美,凡是上流人所应有的美德,他身上无不具备。

公　　爵　真的吗?要是他真是这样好法,那么他是值得一个王后的眷爱,适宜于充任一个帝王的辅弼的。现在他已经到我们这儿来了,许多大人物都有信来给他吹嘘。他预备在这儿耽搁一些时候,我想你一定很高兴听见这消息吧。

凡伦丁　那真是我求之不得的。

公　　爵　那么就准备着欢迎他吧。我这话是对你说的,西尔维娅,也是对你说的,修里奥,因为凡伦丁是用不着我怂恿的;我就去叫你的朋友来和你相见。(下。)

凡伦丁　这就是我对您说起过的那个朋友;他本来是要跟我一起来的,可是他的眼睛给他情人的晶莹的盼睐摄住了,所以不能脱身。

西尔维娅　大概现在她已经释放了他,另外有人向她奉献他的忠诚了。

凡伦丁　不,我相信他仍旧是她的俘虏。

西尔维娅　他既然还在恋爱,那么他就应该是盲目的;他既然盲目,怎么能够迢迢而来,找到了你的所在呢?

凡伦丁　小姐,爱情是有二十对眼睛的。

修里奥　他们说爱情不生眼睛。

凡伦丁　爱情没有眼睛来看见像你这样的情人；对于丑陋的事物，它是会闭目不视的。

西尔维娅　算了，算了。客人来了。

　　　　　　普洛丢斯上。

凡伦丁　欢迎，亲爱的普洛丢斯！小姐，请您用特殊的礼遇欢迎他吧。

西尔维娅　要是这位就是你时常念念不忘的好朋友，那么凭着他的才德，一定会得到竭诚的欢迎。

凡伦丁　这就是他。小姐，请您接纳了他，让他同我一样做您的仆人。

西尔维娅　这样高贵的仆人，侍候这样卑微的女主人，未免太屈尊了。

普洛丢斯　哪里的话，好小姐，草野贱士，能够在这样一位卓越的贵人之前亲聆謦咳，实在是三生有幸。

凡伦丁　大家不用谦虚了。好小姐，请您收容他做您的仆人吧。

普洛丢斯　我将以能够奉侍左右，勉效奔走之劳，作为我最大的光荣。

西尔维娅　尽职的人必能得到酬报。仆人，一个庸愚的女主人欢迎着你。

普洛丢斯　这话若出自别人口里，我一定要他的命。

西尔维娅　什么话，欢迎你吗？

普洛丢斯　不，给您加上庸愚两字。

　　　　　　一仆人上。

仆　人　小姐，老爷叫您去说话。

西尔维娅　我就来。（仆人下）来，修里奥，咱们一块儿去。新来的仆人，我再向你说一声欢迎。现在我让你们两人畅叙家常,等会儿我们再谈吧。

普洛丢斯　我们两人都随时等候着您的使唤。(西尔维娅、修里奥、史比德同下。)

凡伦丁　现在告诉我,家乡的一切情形怎样?

普洛丢斯　你的亲友们都很安好,他们都叫我问候你。

凡伦丁　你的亲友们呢?

普洛丢斯　我离开他们的时候,他们也都很康健。

凡伦丁　你的爱人怎样?你们的恋爱进行得怎么样了?

普洛丢斯　我的恋爱故事是向来使你讨厌的,我知道你不爱听这种儿女私情。

凡伦丁　可是现在我的生活已经改变过来了;我正在忏悔我自己从前对于爱情的轻视,它的至高无上的威权,正在用痛苦的绝食、悔罪的呻吟、夜晚的哭泣和白昼的叹息惩罚着我。为了报复我从前对它的侮蔑,爱情已经从我被蛊惑的眼睛中驱走了睡眠,使它们永远注视着我自己心底的忧伤。啊,普洛丢斯!爱情是一个有绝大威权的君王,我已经在他面前甘心臣服,他的惩罚使我甘之如饴,为他服役是世间最大的快乐。现在我除了关于恋爱方面的谈话以外,什么都不要听;单单提起爱情的名字,便可以代替了我的三餐一宿。

普洛丢斯　够了,我在你的眼睛里可以读出你的命运来。你所膜拜的偶像就是她吗?

凡伦丁　就是她。她不是一个天上的神仙吗?

普洛丢斯　不,她是一个地上的美人。

凡伦丁　她是神圣的。

普洛丢斯　我不愿谄媚她。

凡伦丁　为了我的缘故谄媚她吧,因为爱情是喜欢听人家恭维的。

普洛丢斯　当我有病的时候,你给我苦味的丸药,现在我也要以其人之道还治其人之身。

凡伦丁　那么就说老实话吧,她即使不是神圣,也是并世无双的魁首,她是世间一切有生之伦的女皇。

普洛丢斯　除了我的爱人以外。

凡伦丁　不,没有例外,除非你有意诽谤我的爱人。

普洛丢斯　我没有理由喜爱我自己的爱人吗?

凡伦丁　我也愿意帮助你抬高她的身份:她可以得到这样隆重的光荣,为我的爱人捧持衣裾,免得卑贱的泥土偷吻她的裙角;它在得到这样意外的幸运之余,会变得骄傲起来,不肯再去滋养盛夏的花卉,使苛酷的寒冬永驻人间。

普洛丢斯　哎呀,凡伦丁,你简直在信口乱吹。

凡伦丁　原谅我,普洛丢斯,我的一切赞美之词,对她都毫无用处;她的本身的美点,就可以使其他一切美人黯然失色。她是独一无二的。

普洛丢斯　那么你不要作非分之想吧。

凡伦丁　什么也不能阻止我去爱她。告诉你吧,老兄,她是属于我的;我有了这样一宗珍宝,就像是二十个大海的主人,它的每一粒泥沙都是珠玉,每一滴海水都是天上的琼浆,每一块石子都是纯粹的黄金。不要因为我从来不曾梦到过你而见怪,因为你已经看见我是怎样倾心于我的恋人。我那愚骏的情敌——她的父亲因为他雄于资财而看中了他——刚才和她一同去了,我现在必须追上他们,因为你知道爱情是充满着嫉妒的。

普洛丢斯　可是她也爱你吗?

凡伦丁　是的,我们已经互许终身了;而且我们已经约好设计私奔,结婚的时间也已定当。我先用绳梯爬上她的窗口,把她接了出来,各种手续程序都已完全安排好了。好普洛丢斯,跟我到我的寓所去,我还要请你在这种事情上多多指教呢。

普洛丢斯　你先去吧,你的寓所我会打听得到的。我还要到码头上去,拿一点必需的用品,然后我就来看你。

凡伦丁　那么你赶快一点吧。

普洛丢斯　好的。(凡伦丁下)正像一阵更大的热焰压盖住原来的热焰,一枚大钉敲落了小钉,我的旧日的恋情,也因为有了一个新的对象而完全冷淡了。是我的眼睛在作祟吗?还是因为凡伦丁把她说得天花乱坠?还是她的真正的完美使我心醉?或者是我的见异思迁的罪恶,使我全然失去了理智?她是美丽的,我所爱的朱利娅也是美丽的;可是我对于朱利娅的爱已经成为过去了,那一段恋情,就像投入火中的蜡像,已经全然溶解,不留一点原来的痕迹。好像我对于凡伦丁的友谊已经突然冷淡,我不再像从前那样喜爱他了;啊,这是因为我太过于爱他的爱人了,所以我才对他毫无好感。我这样不假思索地爱上了她,如果跟她相知渐深之后,更将怎样为她倾倒?我现在看见的只是她的外表,可是那已经使我的理智的灵光晕眩不定,那么当我看到她内心的美好时,我一定要变成盲目的了。我要尽力克制我的罪恶的恋情;否则就得设计赢得她的芳心。(下。)

第五场　同前。街道

史比德及朗斯上。

史比德　朗斯,凭着我的良心起誓,欢迎你到米兰来!

朗　斯　别胡乱起誓了,好孩子,没有人会欢迎我的。我一向的看法就是:一个人没有吊死,总还有命;要是酒账未付,老板娘没有笑逐颜开,也谈不到欢迎两个字。

史比德　来吧,你这疯子,我就请你上酒店去,那边你可以用五便士去买到五千个欢迎。可是我问你,你家主人跟朱利娅小姐是怎样分别的?

朗　斯　呃,他们热烈地山盟海誓之后,就这样开玩笑似的分别了。

史比德　她将要嫁给他吗?

朗　斯　不。

史比德　怎么?他将要娶她吗?

朗　斯　也是个不。

史比德　咦,他们破裂了吗?

朗　斯　不,他们两人都是完完整整的。

史比德　那么究竟是怎么一回事呀?

朗　斯　是这么的,要是他没有什么问题,她也没有什么问题。

史比德　你真是头蠢驴!我不懂你的话。

朗　斯　你真是块木头,什么都不懂!连我的拄杖都懂。

史比德　懂你的话?

朗　斯　是啊,和我做的事;你看,我摇摇它,我的拄杖就懂了。

史比德　你的拄杖倒是动了。

朗　斯　懂了,动了,完全是一回事。

史比德　老实对我说吧,这门婚姻成不成?

朗　斯　问我的狗好了:它要是说是,那就是成;它要是说不,那也是成;它要是摇摇尾巴不说话,那还是成。

史比德　那么结论就是:准成。

朗　　斯　像这样一桩机密的事你要我直说出来是办不到的。

史比德　亏得我总算听懂了。可是,朗斯,你知道吗?我的主人也变成一个大情人了。

朗　　斯　这我早就知道。

史比德　知道什么?

朗　　斯　知道他是像你所说的一个大穷人。

史比德　你这狗娘养的蠢货,你说错了。

朗　　斯　你这傻瓜,我又没有说你;我是说你主人。

史比德　我对你说:我的主人已经变成一个火热的情人了。

朗　　斯　让他去在爱情里烧死了吧,那不干我的事。你要是愿意陪我上酒店去,很好;不然的话,你就是一个希伯来人,一个犹太人,不配称为一个基督徒。

史比德　为什么?

朗　　斯　因为你连请一个基督徒喝杯酒儿的博爱精神都没有。你去不去?

史比德　遵命。(同下。)

第六场　同前。公爵府中一室

普洛丢斯上。

普洛丢斯　舍弃我的朱利娅,我就要违背了盟誓;恋爱美丽的西尔维娅,我也要违背了盟誓;中伤我的朋友,更是违背了盟誓。爱情的力量当初使我信誓旦旦,现在却又诱令我干犯三重寒盟的大罪。动人灵机的爱情啊!如果你自己犯了罪,那么我是你诱惑的对象,也教教我如何为自己辩解吧。我最初爱慕的是一颗闪烁的星星,如今崇拜的是一个中天的太阳；无心中许下的誓愿，可以有意把它毁弃不顾；只有没有智慧的人，才会迟疑于好坏二者间的选择。呸，呸，不敬的唇舌！她是你从前用二万遍以灵魂作证的盟言，甘心供她驱使的，现在怎么好把她加上个坏字！我不能朝三暮四转爱他人，可是我已经变了心了；我应该爱的人，我现在已经不爱了。我失去了朱利娅，失去了凡伦丁；要是我继续对他们忠实，我必须失去我自己。我失去了凡伦丁，换来了我自己；失去了朱利娅，换来了西尔维娅；爱情永远是自私的，我自己当然比一个朋友更为宝贵，朱利娅在天生丽质的西尔维娅相形之下，不过是一个黝黑的丑妇。我要忘记朱利娅尚在人间，记着我对她的爱情已经死去；我要把凡伦丁当作敌人，努力取得西尔维娅更甜蜜的友情。要是我不用些诡计破坏凡伦丁，我就无法贯彻自己的心愿。今晚他要用绳梯爬上西尔维娅卧室的窗口，我是他的同谋者，因此与闻了这个秘密。现在我就去把他们设计逃走的事情通知她的父亲；他在勃然大怒之下，一定会把凡伦丁驱逐出境，因为他本来的意思是要把他的女儿下嫁给修里奥的。凡伦丁一去之后，我就可以用些巧妙的计策，拦截修里奥迟钝的进展。爱神啊，你已经帮助我运筹划策，请你再借给我一副翅膀，让我赶快达到我的目的！（下。）

第七场　维洛那。朱利娅家中一室

朱利娅及露西塔上。

朱利娅　给我出个主意吧，露西塔好姑娘，你得帮帮我忙。你就像是一块石板一样，我的心事都清清楚楚地刻在上面；现在我用爱情的名义,请求你指教我,告诉我有什么好法子让我到我那亲爱的普洛丢斯那里去,而不致出乖露丑。

露西塔　唉!这条路是悠长而累人的。

朱利娅　一个虔诚的巡礼者用他的软弱的脚步跋涉过万水千山,是不会觉得疲乏的;一个借着爱神之翼的女人,当她飞向像普洛丢斯那样亲爱、那样美好的爱人怀中去的时候,尤其不会觉得路途的艰远。

露西塔　还是不必多此一举,等候着普洛丢斯回来吧。

朱利娅　啊,你不知道他的目光是我灵魂的滋养吗?我在饥荒中因渴慕而憔悴,已经好久了。你要是知道一个人在恋爱中的内心的感觉,你就会明白用空言来压遏爱情的火焰,正像雪中取火一般无益。

露西塔　我并不是要压住您的爱情的烈焰,可是这把火不能够让它燃烧得过于炽盛,那是会把理智的藩篱完全烧去的。

朱利娅　你越把它遏制,它越燃烧得厉害。你知道泪泪的轻流如果遭遇障碍就会激成怒湍;可是它的路程倘使顺流无阻,它就会在光润的石子上弹奏柔和的音乐,轻轻地吻着每一根在它巡礼途中的芦苇,以这种游戏的心情经过许多曲折的路程,最后到达辽阔的海洋。所以让我去,不要阻止我吧;我会像一道耐心的轻流一样,忘怀长途跋涉的辛苦,一步步挨到爱人的门前,然后我就可以得到休息。就像一个有福的灵魂,在经历无数的磨折以后,永息在幸福的天国里一样。

露西塔　可是您在路上应该怎样打扮呢?

朱利娅　为了避免轻狂男子的调戏,我要扮成男装。好露西塔,给我找一套合身的衣服来,使我装扮起来就像个良家少年一样。

露西塔　那么,小姐,您的头发不是要剪短了吗?

朱利娅　不,我要用丝线把它扎起来,扎成各种花样的同心结。装束得炫奇一点,扮成男子后也许更像年龄比我大一些的小伙子。

露西塔　小姐,您的裤子要裁成什么式样的?

朱利娅　你这样问我,就像人家问,"老爷,您的裙子腰围要多么大"一样。露西塔,你看怎样好就怎样做就是了。

露西塔　可是,小姐,你裤裆前头也得有个兜儿才成。

朱利娅　呸,呸,露西塔,那像个什么样子!

露西塔　小姐,当前流行的紧身裤子,前头要没有那个兜儿,可就太不像话了。

朱利娅　如果你爱我的话,露西塔,就照你认为合适时兴的样子随便给我找一身吧。可是告诉我,我这样冒险远行,世人将要怎样批评我?我怕他们都要说我的坏话呢。

露西塔　既然如此,那么住在家里不要去吧。

朱利娅　不,那我可不愿。

露西塔　那么不要管人家说坏话,要去就去吧。要是普洛丢斯看见您来了很喜欢,那么别人赞成不赞成您去又有什么关系?可是我怕他不见得会怎样高兴吧。

朱利娅　那我可一点不担心;一千遍的盟誓、海洋一样的眼泪以及爱情无限的证据,都向我保证我的普洛丢斯一定会欢迎我。

露西塔　什么盟誓眼泪,都不过是假心的男子们的工具。

朱利娅　卑贱的男人才会把它们用来骗人;可是普洛丢斯有一颗生就的忠心,他说的话永无变更,他的盟誓等于天诰,他的爱情是真诚的,他的思想是纯洁的,他的眼泪出自衷心,诈欺沾不进他的心肠,就像霄壤一样不能相合。

露西塔　但愿您看见他的时候,他还是像您所说的一样!

朱利娅　你要是爱我的话,请你不要怀疑他的忠心;你也应当像我一样爱他,我才喜欢你。现在你快跟我进房去,把我在旅途中所需要的物件检点一下。我所有的东西,我的土地财产,我的名誉,一切都归你支配;我只要你赶快帮我收拾动身。来,别多说话了,赶快!我心里急得什么似的。(同下。)

第 三 幕

第一场　米兰。公爵府中接待室

公爵、修里奥及普洛丢斯上。

公　　爵　修里奥,请你让我们两人说句话儿,我们有点秘密的事情要商议一下。(修里奥下)现在告诉我吧,普洛丢斯,你要对我说些什么话?

普洛丢斯　殿下,按照朋友的情分而论,我本来不应该把这件事情告诉您;可是我想起像我这样无德无能的人,多蒙殿下恩宠有加,倘使这次知而不报,在责任上实在说不过去;虽然如果换了别人,无论多少世间的财富,都不能诱我开口的。殿下,您要知道在今天晚上,我的朋友凡伦丁想要把令嫒劫走,他曾经把他的计划告诉我。我知道您已经决定把她嫁给修里奥,令嫒对这个人却是不大满意的;现在假如她跟凡伦丁逃走了,那对于您这样年纪的人一定是一个重大的打击。所以我为了责任所迫,宁愿破坏我的朋友的计谋,却不愿代他隐瞒起来,免得您因为事出不意,而气坏了您的身子。

公　　爵　普洛丢斯,多谢你这样关切我;我活一天,一定会补报你的。他们虽然当我在睡梦之中,可是我早就看出他们两人在恋爱;我也常常想禁止凡伦丁和她亲近,或是不许他到我的宫廷里来,可是因为我不愿操切从事,生恐我的猜疑并非事实,反倒错怪了好人,所以仍旧照样待之以礼,慢慢看出他的举止用心来。我知道年轻人血气未定,易受诱惑,早就防范到这一步,每天晚上我叫她睡在阁上,她房间的钥匙由我亲自保管,所以别人是没有法子把她偷走的。

普洛丢斯　殿下,他们已经想出了一个法子,他预备用绳梯爬上她的窗口,把她从窗里接下来。他现在去拿绳梯去了,等会儿就会经过这里,您要是愿意的话,就可以拦住问他。可是殿下,您盘问他的时候话要说得巧妙一点,别让他知道是我走了风,因为我这样报告您,只是出于我对您的忠诚,不是因为对我的朋友有什么过不去的地方。

公　爵　我用名誉为誓,他不会知道我是从你这里得到这消息的。

普洛丢斯　再会,殿下,凡伦丁就要来了。(下。)

凡伦丁上。

公　爵　凡伦丁,你这么急急地要到哪儿去?

凡伦丁　启禀殿下,有一个寄书人在外面,等着我把信交给他带给我的朋友们。

公　爵　是很重要的信吗?

凡伦丁　不过告诉他们我在殿下这儿很好、很快乐而已。

公　爵　那没什么要紧,陪着我谈谈吧。我要告诉你一些我的切身的事情,你可不要对外面的人说。你知道我曾经想把我的女儿许给我的朋友修里奥。

凡伦丁　那我很知道,殿下,这门亲事要是成功,那的确是门当户对;而且这位先生品行又好、又慷慨、又有才学,令嫒配给他真是再好没有了。殿下不能够叫她也喜欢他吗?

公　爵　就是这么说。这孩子脾气坏,没有规矩,瞧不起人,又不听话又固执,一点不懂得孝道;她忘记了她是我的女儿,也不把我当一个父亲那样敬畏。不瞒你说,她这样忤逆,使我对于她的爱也完全消失了。我本来想像我这样年纪的人,有这么一个女儿承欢膝下,也可以娱此余生;现在事与愿违,我已经决定再娶一房妻室;至于我这女儿,谁要她便送给他,她的美貌就是她的嫁奁,因为她既然瞧不起我,当然也不会把我的财产放在心上的。

凡伦丁　关于这件事情,殿下要吩咐我做些什么?

公　爵　在这儿,有一位维洛那地方的姑娘,我看中了她;可是她很贞静幽娴,我这老头子说的话是打不动她的心的。我已经老早忘记了求婚的那一套法子,而且现在时世也不同了,所以我现在要请你教导教导我,怎样才可以使她那太阳一样明亮的眼睛眷顾到我。

凡伦丁　她要是不爱听空话,那么就用礼物去博取她的欢心;无言的珠宝比之流利的言辞,往往更能打动女人的心。

公　爵　我也曾经送过礼物给她,可是她一点不看重它。

凡伦丁　女人有时在表面上装作不以为意,其实心里是万分喜欢的。你应当继续把礼物送去给她,切不可灰心;起先的冷淡,将会使以后的恋爱更加热烈。她要是向你假意生嗔,那不是因为她讨厌你,而是因为她希望你更加爱她。她要是骂你,那不是因为她要你离开她,因为女人若是没有人陪着是会气得发疯的。无论她怎么说,你总不要后退,因为她嘴里叫你走,实在并不是要你走。称赞恭维是讨好女人的秘诀;尽管她生得又黑又丑,你不妨说她是天仙化人。一个男人生着三寸不烂之舌,要是说服不了一个女人,那还算是什么男人!

公　　爵　可是我所说起的那位姑娘,已经由她的亲族们许配给一个年轻的绅士了。她家里门户森严,任何男人在白天走不进去。

凡伦丁　那么要是我,就在夜里去见她。

公　　爵　可是门户密闭,没有钥匙,在夜里更走不进去。

凡伦丁　门里走不进去,不是可以打窗里进去吗?

公　　爵　她的寝室在很高的楼上,要是爬上去,准有生命之虞。

凡伦丁　只要找一副轻便的绳梯,用一对铁钩把它抛到窗沿上就成了;若是你有胆量冒这个险,就可以像古诗里的少年那样攀上高楼去和情人幽会。

公　　爵　请你看在你世家子弟的身份上,告诉我什么地方可以弄到这种梯子。

凡伦丁　你什么时候要用?请你告诉我。

公　　爵　我今夜就要;因为恋爱就像小孩一样,想要什么东西巴不得立刻就有。

凡伦丁　七点钟我可以给你弄到这么一副梯子来。

公　　爵　可是我想一个人去看她,这副梯子怎么带去呢?

凡伦丁　那是很轻便的,你可以把它藏在外套里面。

公　　爵　像你这样长的外套藏得下吗?

凡伦丁　可以藏得下。

公　　爵　那么让我穿穿你的外套看;我要照这尺寸另做一件。

凡伦丁　啊,殿下,随便什么外套都一样可用的。

公　　爵　外套应当怎样穿法才对?请你让我试穿一下吧。(拉开凡伦丁的外套)这封是什么信？上面写着的是什么？——给西尔维娅！这儿还有我所需要的工具！恕我这回无礼，把这封信拆开了。

  相思夜夜飞，飞绕情人侧；
  身无彩凤翼，无由见颜色。
  灵犀虽可通，室迩人常遐，
  空有梦魂驰，漫漫怨长夜！

这儿还写着什么？"西尔维娅，请于今夕偕遁。"原来如此，这就是你预备好的梯子！哼，好一副偷天换日的本领！你因为看见星星向你闪耀，就想上去把它们采摘吗？去，你这妄图非分的小人，放肆无礼的奴才！向你的同类们去胁肩谄笑吧！不要以为你自己有什么了不起的地方，我因为不屑和你计较，才叫你立刻离开此地，不来过分为难你。我从前已经给过你太多的恩惠，现在就向你再开一次恩吧。可是你假如不立刻收拾动身，在我的领土上多停留一刻工夫，哼！那时我发起怒来，可要把我从前对你和我女儿的心意都抛开不管了。快去！我不要听你无益的辩解；你要是看重你的生命，就立刻给我走吧。(下。)

凡伦丁 与其活着受煎熬，何不一死了事？死不过是把自己放逐出自己的躯壳以外；西尔维娅已经和我合成一体，离开她就是离开我自己，这不是和死同样的刑罚吗？看不见西尔维娅，世上还有什么光明？没有西尔维娅在一起，世上还有什么乐趣？我只好闭上眼睛假想她在旁边，用这样美好的幻影寻求片刻的陶醉。除非夜间有西尔维娅陪着我，夜莺的歌唱只是不入耳的噪音；除非白天有西尔维娅在我的面前，否则我的生命将是一个不见天日的长夜。她是我生命的精华,我要是不能在她的煦护拂庇之下滋养我的生机,就要干枯憔悴而死。即使能逃过他这可怕的判决,我也仍然不能逃避死亡;因为我留在这儿,结果不过一死,可是离开了这儿,就是离开了生命所寄托的一切。

    普洛丢斯及朗斯上。

普洛丢斯　快跑,小子!跑,跑,把他找出来。

朗　　斯　喂!喂!

普洛丢斯　你看见什么?

朗　　斯　我们所要找的那个人;他头上每一根头发都是凡伦丁。

普洛丢斯　是凡伦丁吗?

凡伦丁　不是。

普洛丢斯　那么是谁?他的鬼吗?

凡伦丁　也不是。

普洛丢斯　那么你是什么?

凡伦丁　我不是什么。

朗　　斯　那么你怎么会说话呢?少爷,我打他好不好?

普洛丢斯　你要打谁?

朗　　斯　不打谁。

普洛丢斯　狗才,住手。

朗　　斯　唷,少爷!我打的不是什么呀;请你让我——

普洛丢斯　我叫你不许放肆。——凡伦丁,我的朋友,让我跟你讲句话儿。

凡伦丁　我的耳朵里满是坏消息,现在就是有好消息也听不见了。

普洛丢斯　那么我还是把我所要说的话埋葬在无言的沉默里吧,因为它们是刺耳而不愉快的。

凡伦丁　难道是西尔维娅死了吗？

普洛丢斯　没有，凡伦丁。

凡伦丁　没有凡伦丁，不错，神圣的西尔维娅已经没有她的凡伦丁了！难道是她把我遗弃了吗？

普洛丢斯　没有，凡伦丁。

凡伦丁　没有凡伦丁，她要是把我遗弃了，世上自然再没有凡伦丁这个人了！那么你有些什么消息？

朗　斯　凡伦丁少爷，外面贴着告示说把你取消了。

普洛丢斯　把你驱逐了。是的，那就是我要告诉你的消息，你必须离开这里，离开西尔维娅，离开我，你的朋友。

凡伦丁　唉！这服苦药我已经咽下去了，太多了将使我噎塞而死。西尔维娅知道我已经被放逐了吗？

普洛丢斯　是的，她听见这个判决以后，曾经流过无数珍珠溶化成的眼泪，跪倒在她凶狠的父亲脚下苦苦哀求，她那皎洁的纤手好像因为悲哀而化为惨白，在她的胸前搓绞着；可是跪地的双膝、高举的玉手、悲伤的叹息、痛苦的呻吟、银色的泪珠，都不能感动她那冥顽不灵的父亲，他坚持着凡伦丁倘在米兰境内被捕，就必须处死；而且当她在恳求他收回成命的时候，他因为她的多事而大为震怒，竟把她关了起来，恫吓着要把她终身禁锢。

凡伦丁　别说下去了，除非你的下一句话能够致我于死命，那么我就请你轻声送进我的耳中，好让我能够从无底的忧伤中获得解放，从此长眠不醒。

普洛丢斯　事已至此，悲伤也不中用，还是想个补救的办法吧；只要静待时机，总有运命转移的一天。你要是停留在此地，仍旧见不到你的爱人，而且你自己的生命也要保不住。希望是恋人们的唯一凭藉,你不要灰心,尽管到远处去吧。虽然你自己不能到这里来,你仍旧可以随时通信,只要写明给我,我就可以把它转交到你爱人的乳白的胸前。现在时间已经很匆促,我不能多多向你劝告,来,我送你出城,在路上我们还可以谈谈关于你的恋爱的一切。你即使不以你自己的安全为重,也应该为你的爱人着想;请你就跟着我走吧。

凡伦丁　朗斯,你要是看见我那小子,叫他赶快到北城门口会我。

普洛丢斯　去,狗才,快去找他。来,凡伦丁。

凡伦丁　啊,我的亲爱的西尔维娅!倒楣的凡伦丁!(凡伦丁、普洛丢斯同下。)

朗　斯　瞧吧,我不过是一个傻瓜,可是我却知道我的主人不是个好人,这且不去说它。没有人知道我也在恋爱了;可是我真的在恋爱了;可是几匹马也不能把这秘密从我嘴里拉出来,我也决不告诉人我爱的是谁。不用说,那是一个女人;可是她是怎样一个女人,这我可连自己也不知道。总之她是一个挤牛奶的姑娘;其实她不是姑娘,因为据说她都养过几个私生子了;可是她是个拿工钱给东家做事的姑娘。她的好处比猎狗还多,这在一个基督徒可就不容易了。(取出一纸)这儿是一张清单,记载着她的种种能耐。"第一条,她可供奔走之劳,为人来往取物。"啊,就是一匹马也不过如此;不,马可供奔走之劳,却不能来往取物,所以她比一匹吊儿郎当的马好得多了。"第二条,她会挤牛奶。"听着,一个姑娘要是有着一双干净的手,这是一件很大的好处。

　　　　史比德上。

史比德　喂,朗斯先生,尊驾可好?

朗　斯　我东家吗？他到港口送行去了。

史比德　你又犯老毛病,把词儿听错了。你这纸上有什么新闻？

朗　斯　很不妙,简直是漆黑一团。

史比德　怎么会漆黑一团呢？

朗　斯　咳,不是用墨写的吗？

史比德　让我也看看。

朗　斯　呸,你这呆鸟！你又不识字。

史比德　谁说的？我怎么不识字？

朗　斯　那么我倒要考考你。告诉我,谁生下了你？

史比德　呃,我的祖父的儿子。

朗　斯　哎哟,你这没有学问的浪荡货！你是你祖母的儿子生下来的。这就可见得你是个不识字的。

史比德　好了,你才是个蠢货,不信让我念给你听。

朗　斯　好,拿去,圣尼古拉斯①保佑你！

史比德　"第一条,她会挤牛奶。"

朗　斯　是的,这是她的拿手本领。

史比德　"第二条,她会酿上好的麦酒。"

朗　斯　所以有那么一句古话,"你酿得好麦酒,上帝保佑你。"

史比德　"第三条,她会缝纫。"

朗　斯　这就是说：她会逢迎人。

史比德　"第四条,她会编织。"

朗　斯　有了这样一个女人,可不用担心袜子破了。

史比德　"第五条,她会揩拭抹洗。"

朗　斯　妙极,这样我可以不用替她揩身抹脸了。

---

① 圣尼古拉斯(St. Nicholas),此处是中世纪录事文书等的保护神。

史比德　"第六条,她会织布。"

朗　斯　这样我可以靠她织布维持生活,舒舒服服地过日子了。

史比德　"第七条,她有许多无名的美德。"

朗　斯　正像私生子一样,因为不知谁是他的父亲,所以连自己的姓名也不知道。

史比德　"下面是她的缺点。"

朗　斯　紧接在她好处的后面。

史比德　"第一条,她的口气很臭,未吃饭前不可和她接吻。"

朗　斯　嗯,这个缺点是很容易矫正过来的,只要吃过饭吻她就是了。念下去。

史比德　"第二条,她喜欢吃糖食。"

朗　斯　那可以掩盖住她的口臭。

史比德　"第三条,她常常睡梦里说话。"

朗　斯　那没有关系,只要不在说话的时候打瞌睡就是了。

史比德　"第四条,她说起话来慢吞吞的。"

朗　斯　他妈的!这怎么算是她的缺点?说话慢条斯理是女人最大的美德。请你把这条涂掉,把它改记到她的好处里面。

史比德　"第五条,她很骄傲。"

朗　斯　把这条也涂掉。女人是天生骄傲的,谁也对她无可如何。

史比德　"第六条,她没有牙齿。"

朗　斯　那我也不在乎,我就是爱啃面包皮的。

史比德　"第七条,她爱发脾气。"

朗　斯　哦,她没有牙齿,不会咬人,这还不要紧。

史比德　"第八条,她喜欢不时喝杯酒。"

朗　斯　是好酒她当然喜欢喝,就是她不喝我也要喝,好东西是人人喜欢的。

史比德　"第九条,她为人太随便。"

朗　斯　她不会随便说话,因为上面已经写着她说起话来慢吞吞的;她也不会随便用钱,因为我会管牢她的钱袋;至于在另外的地方随随便便,那我也没有法子。好,念下去吧。

史比德　"第十条,她的头发比智慧多,她的错处比头发多,她的财富比错处多。"

朗　斯　慢慢,听了这一条,我又想要她,又想不要她;你且给我再念一遍。

史比德　"她的头发比智慧多——"

朗　斯　这也许是的,我可以用譬喻证明:包盐的布包袱比盐多,包住脑袋的头发也比智慧多,因为多的才可以包住少的。下面怎么说?

史比德　"她的错处比头发多——"

朗　斯　那可糟透了!哎哟,要是没有这句话多么好!

史比德　"她的财富比错处多。"

朗　斯　啊,有这么一句,她的错处也变成好处了。好,我一定要娶她;要是这门亲事成功,天下没有不可能的事情——

史比德　那么你便怎样?

朗　斯　那么我就告诉你吧,你的主人在北城门口等你。

史比德　等我吗?

朗　斯　等你!嘿,你算什么人!他还等过比你身份高尚的人哩。

史比德　那么我一定要到他那边去吗?

朗　斯　你非得奔去不可,因为你在这里耽搁了这么多的时候,跑去恐怕还来不及。

史比德　你为什么不早告诉我？他妈的还念什么情书！（下。）

朗　　斯　他擅自读我的信，现在可要挨一顿揍了。谁叫他不懂规矩，滥管人家的闲事。我倒要跟上前去，瞧瞧这狗头受些什么教训，也好让我痛快一番。（下。）

第二场　同前。公爵府中一室

　　　　　公爵及修里奥上。

公　　爵　修里奥，不要担心她不爱你，现在凡伦丁已经不在她眼前了。

修里奥　自从他被放逐以后，她格外讨厌我，不愿跟我在一起，见了面就要骂我，现在我对于获得她的爱情已经不存什么希望了。

公　　爵　这一种爱情的脆弱的刻痕就像冰雪上的纹印一样，只需片刻的热气，就能把它溶化在水中而消失影踪。她的凝冻的心思不久就会溶解，那时她就会忘记卑贱的凡伦丁。

　　　　　普洛丢斯上。

公　　爵　啊，普洛丢斯！你的同乡有没有照我的命令离开米兰？

普洛丢斯　他已经走了，殿下。

公　　爵　我的女儿因为他走了很伤心呢。

普洛丢斯　殿下，过几天她的悲伤就会慢慢消失的。

公　　爵　我也这样想，可是修里奥却不以为如此。普洛丢斯，我知道你为人可靠——因为你已经用行动表示你的忠心——现在我要跟你商量商量。

普洛丢斯　只要我活在世上一天，我对于殿下的忠心是永无变更的。

公　　爵　你知道我很想把修里奥和我的女儿配合成亲。

普洛丢斯　是，殿下。

公　　爵　我想你也不会不知道她是怎样违梗着我的意思。

普洛丢斯　那是当凡伦丁在这儿的时候，殿下。

公　　爵　是的，可是她现在仍旧执迷不悟。我们怎样才可以叫这孩子忘记了凡伦丁，转过心来爱修里奥？

普洛丢斯　最好的法子是散播关于凡伦丁的坏话，说他心思不正，行为懦弱，出身寒贱，这三件是女人家听见了最恨的事情。

公　　爵　不错，可是她会以为这是人家故意造谣中伤他。

普洛丢斯　是的，如果那种话是出之于他的仇敌之口的话。所以我们必须叫一个她所认为是他的朋友的人，用巧妙婉转的措辞去告诉她。

公　　爵　那么这件事就得有劳你了。

普洛丢斯　殿下，那可是我最最不愿意做的事。本来这种事就不是一个上流人所应该做的，何况又是说自己好朋友的坏话。

公　　爵　现在你的好话既不能使他得益，那么你对他的诽谤也未必对他有什么害处，所以这件事其实是无所谓的，请你瞧在我的面上勉为其难吧。

普洛丢斯　殿下既然这么说，那么我也只好尽力效劳，使她不再爱他。可是即使她听了我说的关于凡伦丁的坏话，断绝了她对他的痴心，那也不见得她就会爱上修里奥。

修里奥　所以你在替她斩断情丝的时候，为了避免它变成纠结紊乱的一团，对谁都没有好处，你得把它转系到我的身上；你说了凡伦丁怎样一句坏话，就反过来说我怎样一句好话。

公　　爵　普洛丢斯,我们敢于信任你去干这件工作,因为我们听见凡伦丁说起过,知道你已经是一个爱神龛前的忠实信徒,不会见异思迁的,所以我们可以放心让你和西尔维娅自由谈话。她现在心绪非常恶劣,因为你是凡伦丁的朋友,她一定高兴你去和她谈谈,你就可以婉劝她割绝对凡伦丁的爱情,来爱我的朋友。

普洛丢斯　我一定尽我的力量办去。可是修里奥大人,您在恋爱上面的功夫还差一点儿,您该写几首缠绵凄恻的情诗,申说着您是怎样愿意为她鞠躬尽瘁,才可以笼络住她的心。

公　　爵　对了,诗歌感人之力是非常深刻的。

普洛丢斯　您可以说在她美貌的圣坛上,您愿意贡献您的眼泪、您的叹息以及您的赤心。您要写到墨水干涸,然后再用眼泪润湿您的笔尖,写下几行动人的诗句,表明您的爱情是如何真诚。因为俄耳甫斯①的琴弦是用诗人的心肠做成的,它的金石之音足以使木石为之感动,猛虎听见了会帖耳驯服,巨大的海怪会离开了深不可测的海底,在沙滩上应声起舞。您在寄给她这种悲歌以后,便应该在晚间到她的窗下用柔和的乐器,一声声弹奏出心底的忧伤。黑夜的静寂是适宜于这种温情的哀诉的,只有这样才能博取她的芳心。

公　　爵　你这样循循善诱,足见是情场老手。

修里奥　我今夜就照你的指教实行。普洛丢斯,我的好师傅,咱们一块儿到城里去访寻几位音乐的好手。我有一首现成的情诗在此,不妨先把它来试一下看。

---

① 俄耳甫斯(Orpheus),希腊神话里的著名歌手,据说他能以歌声使山林、岩石移动,使野兽驯服。

公　爵　那么你们立刻就去吧!

普洛丢斯　我们还要侍候殿下用过晚餐,然后再决定如何进行。

公　爵　不,现在就去预备起来吧,我不会怪你们的。(同下。)

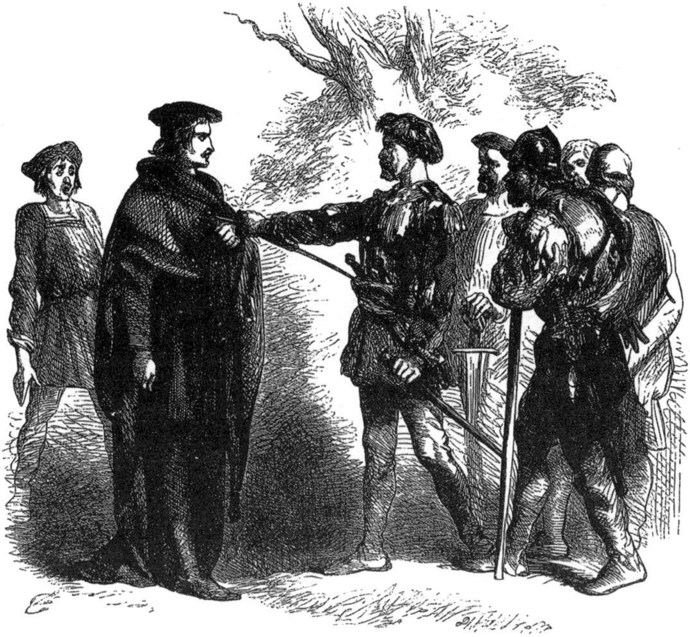

第 四 幕

第一场　米兰与维洛那之间的森林

　　　　若干强盗上。

盗　甲　弟兄们,站住,我看见有一个过路人来了。

盗　乙　尽管来他十个二十个,大家也不要怕,上前去。

　　　　凡伦丁及史比德上。

盗　丙　站住,老兄,把你的东西丢下来;倘有半个不字,我们就要动手抢了。

史比德　少爷,咱们这回完了;这班人就是行路人最害怕的那种家伙。

凡伦丁　列位朋友——

盗　甲　你错了,老兄,我们是你的仇敌。

盗　乙　别嚷,听他怎么说。

盗　丙　不错,我们要听听他怎么说,因为他瞧上去还像个好人。

凡伦丁　不瞒列位说,我是一个命运不济的人,除了这一身衣服以外,实在没有一点财物。列位要是一定要我把衣服脱下,那就等于把我全部的家财夺走了。

盗　乙　你要到哪里去？

凡伦丁　到维洛那去。

盗　甲　你是从哪儿来的？

凡伦丁　米兰。

盗　丙　你住在那里多久了？

凡伦丁　十六个月；倘不是厄运临到我身上，我也不会就离开米兰的。

盗　乙　怎么，你是给他们驱逐出来的吗？

凡伦丁　是的。

盗　乙　为了什么罪名？

凡伦丁　一提起这件事情，使我心里异常难过。我杀了一个人，现在觉得十分后悔；可是幸而他是我在一场争斗中杀死的，我并不曾用诡计阴谋加害于他。

盗　甲　果然是这样，那么你也不必后悔。可是他们就是为了这么一件小小过失，把你驱逐出境吗？

凡伦丁　是的，他们给我这样的判决，我自己已经认为是一件幸事。

盗　乙　你会讲外国话吗？

凡伦丁　我因为在年轻时候就走远路，所以勉强会说几句，不然有许多次简直要吃大亏哩。

盗　丙　凭侠盗罗宾汉手下那个胖神父的光头起誓，这个人叫他做咱这一伙儿的首领，倒很不错。

盗　甲　我们要收容他。弟兄们，讲句话儿。

史比德　少爷，您去和他们合伙吧；他们倒是一群光明磊落的强盗呢。

凡伦丁　别胡说，狗才！

盗　乙　告诉我们,你现在有没有什么事情好做?

凡伦丁　没有,我现在悉听命运的支配。

盗　丙　那么老实对你说吧,我们这一群里面也很有几个良家子弟,因为少年气盛,胡作非为,被循规蹈矩的上流社会所摈斥。我自己也是维洛那人,因为想要劫走一位公爵近亲的贵家嗣女,所以才遭放逐。

盗　乙　我因为一时气恼,把一位绅士刺死了,被他们从曼多亚赶了出来。

盗　甲　我也是犯着和他们差不多的小罪。可是闲话少说,我们所以把我们的过失告诉你,因为要人知道我们过这种犯法的生涯,也是不得已而为之;一方面我们也是见你长得一表人才,照你自己说来又会说各国语言,像你这样的人,倒是我们所需要的。

盗　乙　而且尤其因为你也是一个被放逐之人,所以我们破例来和你商量。你愿意不愿意做我们的首领?穷途落难,未始不可借此栖身,你就像我们一样生活在旷野里吧!

盗　丙　你说怎么样?你愿意和我们同伙吗?你只要答应下来,我们就推戴你做首领,大家听从你的号令,把你尊为寨主。

盗　甲　可是你倘不接受我们的好意,那你休想活命。

盗　乙　我们决不放你活着回去向人家吹牛。

凡伦丁　我愿意接受列位的好意,和你们大家在一起;可是我也有一个条件,你们不许侵犯无知的女人,也不许劫夺穷苦的旅客。

盗　丙　不,我们一向不干这种卑劣的行为。来,跟我们去吧。我们要带你去见我们的合寨弟兄,把我们所得到的一切金银财宝都给你看,什么都由你支配,我们大家都愿意服从你。(同下。)

第二场　米兰。公爵府中庭园

　　普洛丢斯上。

普洛丢斯　我已经对凡伦丁不忠实,现在又必须把修里奥欺诈;我假意替他吹嘘,实际却是为自己开辟求爱的门径。可是西尔维娅是太好、太贞洁、太神圣了,我的卑微的礼物是不能把她污渎的。当我向她申说不变的忠诚的时候,她责备我对朋友的无义;当我向她的美貌誓愿贡献我的一切的时候,她叫我想起被我所背盟遗弃的朱利娅。她的每一句冷酷的讥刺,都可以使一个恋人心灰意懒;可是她越是不理我的爱,我越是像一头猎狗一样不愿放松她。现在修里奥来了;我们就要到她的窗下去,为她奏一支夜曲。

　　修里奥及众乐师上。

修里奥　啊,普洛丢斯!你已经一个人先溜来了吗?

普洛丢斯　是的,为爱情而奔走的人,当他嫌跑得不够快的时候,就会溜了去的。

修里奥　你说得不错;可是我希望你的爱情不是着落在这里吧?

普洛丢斯　不,我所爱的正在这里,否则我到这儿来干吗?

修里奥　谁?西尔维娅吗?

普洛丢斯　正是西尔维娅,我为了您而爱她。

修里奥　多谢多谢。现在,各位,大家调起乐器来,用劲地吹奏吧。

　　旅店主上,朱利娅男装随后。

旅店主　我的小客人,你怎么这样闷闷不乐似的,请问你有什么心事呀?

朱利娅　呃,老板,那是因为我快乐不起来。

旅店主　来,我要叫你快乐起来。让我带你到一处地方去,那里你可以听到音乐,也可以见到你所打听的那位绅士。

朱利娅　可是我能够听见他说话吗?

旅店主　是的,你也能够听见。

朱利娅　那就是音乐了。(乐声起。)

旅店主　听!听!

朱利娅　他也在这里面吗?

旅店主　是的;可是你别闹,咱们听吧。

歌

西尔维娅伊何人,
　乃能颠倒众生心?
神圣娇丽且聪明,
天赋诸美萃一身,
俾令举世诵其名。

伊人颜色如花浓,
　伊人宅心如春柔;
盈盈妙目启矇矓,
　创平痍复相思瘳,
　寸心永驻眼梢头。

弹琴为伊歌一曲,
　伊人美好世无伦;

尘世萧条苦寂寞，
　　　　唯伊灿耀如星辰；
　　　　穿花为束献佳人。

旅店主　怎么，你现在反而更加悲伤了吗？你怎么啦，孩子？这音乐不中你的意吧。

朱利娅　您错了，我恼的是奏音乐的人。

旅店主　为什么，我的好孩子？

朱利娅　因为他奏错了，老人家。

旅店主　怎么，他弹得不对吗？

朱利娅　不是，可是他搅酸了我的心弦。

旅店主　你倒有一双知音的耳朵。

朱利娅　唉！我希望我是个聋子；听了这种音乐，我的心也停止跳动了。

旅店主　我看你是不喜欢音乐的。

朱利娅　像这样刺耳的音乐，我真是一点也不喜欢。

旅店主　听！现在又换了一个好听的曲子了。

朱利娅　嗯，我恼的就是这种变化无常。

旅店主　那么你情愿他们老是奏着一个曲子吗？

朱利娅　我希望一个人终生奏着一个曲子。可是，老板，我们说起的这位普洛丢斯常常到这位小姐这儿来吗？

旅店主　我听他的仆人朗斯告诉我，他爱她爱得什么似的。

朱利娅　朗斯在哪儿？

旅店主　他去找他的狗去了；他的主人吩咐他明天把那狗送去给他的爱人。

朱利娅　别说话，站开些，这一班人散开了。

普洛丢斯　修里奥，您放心好了，我一定给您婉转说情，您看我的手段吧。
修里奥　那么咱们在什么地方会面？
普洛丢斯　在圣葛雷古利井。
修里奥　好，再见。（修里奥及众乐师下。）

　　　　　西尔维娅自上方窗口出现。

普洛丢斯　小姐，晚安。
西尔维娅　谢谢你们的音乐，诸位先生。说话的是哪一位？
普洛丢斯　小姐，您要是知道我的纯洁的真心，您就会听得出我的声音。
西尔维娅　是普洛丢斯先生吧？
普洛丢斯　正是您的仆人普洛丢斯，好小姐。
西尔维娅　您来此有何见教？
普洛丢斯　我是为侍候您的旨意而来的。
西尔维娅　好吧，我就让你知道我的旨意，请你赶快回去睡觉吧。你这居心险恶、背信弃义之人！你曾经用你的誓言骗过不知多少人，现在你以为我也这样容易受骗，想用你的甘言来引诱我吗？快点儿回去，设法补赎你对你爱人的罪愆吧。我凭着这苍白的月亮起誓，你的要求是我所绝对不愿允许的；为了你的非分的追求，我从心底里瞧不起你，现在我这样向你多说废话，回头我还要痛恨我自己呢。
普洛丢斯　亲爱的人儿，我承认我曾经爱过一位女郎，可是她现在已经死了。
朱利娅　（旁白）一派胡言，她还没有下葬呢。
西尔维娅　就算她死了，你的朋友凡伦丁还活着；你自己亲自作证我已经将身心许给他。现在你这样向我絮渎，你也不觉得愧对他吗？

普洛丢斯　我听说凡伦丁也已经死了。

西尔维娅　那么你就算我也已经死了吧；你可以相信我的爱已经埋葬在他的坟墓里。

普洛丢斯　好小姐，让我再把它发掘出来吧。

西尔维娅　到你爱人的坟上，去把她叫活过来吧；或者至少也可以把你的爱和她埋葬在一起。

朱利娅　（旁白）这种话他是听不进去的。

普洛丢斯　小姐，您既然这样心硬，那么请您允许把您卧室里挂着的您那幅小像赏给我，安慰我这一片痴心吧。我要每天对它说话，向它叹息流泪；因为您的卓越的本人既然爱着他人，那么我不过是一个影子，只好向您的影子贡献我的真情了。

朱利娅　（旁白）这画像倘使是一个真人，你也一定会有一天欺骗她，使她像我一样变成一个影子。

西尔维娅　先生，我很不愿意被你当作偶像，可是你既然是一个虚伪成性的人，那么让你去崇拜虚伪的影子，倒也于你很合适。明儿早上你叫一个人来，我就让他把它带给你。现在你可以去好好地休息了。

普洛丢斯　正像不幸的人们终夜未眠，等候着清晨的处决一样。

（普洛丢斯、西尔维娅各下。）

朱利娅　老板，咱们也走吧。

旅店主　哎哟，我睡得好熟！

朱利娅　请问您，普洛丢斯住在什么地方？

旅店主　就在我的店里。哎哟，现在天快亮了。

朱利娅　还没有哩；可是今夜啊，是我一生中最悠长、最难挨的一夜！（同下。）

第三场 同 前

爱格勒莫上。

爱格勒莫 这是西尔维娅小姐约我去见她的时辰,她要差我做一件重要的事情。小姐!小姐!

西尔维娅在窗口出现。

西尔维娅 是谁?

爱格勒莫 是您的仆人和朋友,来听候您的使唤的。

西尔维娅 爱格勒莫先生,早安!

爱格勒莫 早安,尊贵的小姐!我遵照您的盼咐,一早到这儿来,不知道您要叫我做些什么事?

西尔维娅 啊,爱格勒莫,你是一个正人君子,不要以为我在恭维你,我发誓我说的是真心话,你是一个勇敢、智慧、慈悲、能干的人。你知道我对于被放逐在外的凡伦丁抱着怎样的好感;你也知道我的父亲要强迫我嫁给我所憎厌的骄傲的修里奥。你自己也是恋爱过来的,我曾经听你说过,没有一种悲哀比之你真心的爱人死去那时候更使你心碎了,你已经对你爱人的坟墓宣誓终身不娶。爱格勒莫先生,我要到曼多亚去找凡伦丁,因为我听说他住在那边;可是我担心路上不好走,想请你陪着我去,我完全相信你为人可靠。爱格勒莫,不要用我父亲将要发怒的话来劝阻我;请你想一想我的伤心,一个女人的伤心吧;而且我的逃走是为要避免一门最不合适的婚姻,它将会招致不幸的后果。我从我自己充满了像海洋中沙砾那么多的忧伤的心底向你请求,请你答应和我做伴同行;要是你不肯答应我,那么也请你把我对你说过的话保守秘密,让我一个人冒险前去吧。

爱格勒莫　小姐,我非常同情您的不幸;我知道您的用心是纯洁的,所以我愿意陪着您去;我也管不了此去对于我自己利害如何,但愿您能够遇到一切的幸福。您打算什么时候走?

西尔维娅　今天晚上。

爱格勒莫　我在什么地方和您会面?

西尔维娅　在伯特力克神父的修道院里,我想先在那里作一次忏悔礼拜。

爱格勒莫　我决不失约。再见,好小姐。

西尔维娅　再见,善良的爱格勒莫先生。(各下。)

第四场　同　前

朗斯携犬上。

朗　斯　一个人不走运时,自己的仆人也会像恶狗一样反过来咬他一口。这畜生,我把它从小喂大;它的三四个兄弟姊妹落下地来眼睛还没睁开,便给人淹死了,是我把它救了出来。我辛辛苦苦地教导它,正像人家说的,教一条狗也不过如此。我的主人要我把它送给西尔维娅小姐,我一脚刚踏进膳厅的门,这作怪的东西就跳到砧板上把阉鸡腿衔去了。唉,一条狗当着众人面前,一点不懂规矩,那可真糟糕!按道理说,要是以狗自命,作起什么事来都应当有几分狗聪明才对。可是它呢?倘不是我比它聪明几分,把它的过失认在自己身上,它早给人家吊死了。你们替我评评理看,它是不是自己找死?它在公爵食桌底下和三四条绅士模样的狗在一起,一下子就撒起尿来,满房间都是臊气。一位客人说,"这是哪儿来的癞皮狗?"另外一个人说,"赶掉它!赶掉它!"第三个人说,"用鞭子把它抽出去!"公爵说,"把它吊死了吧。"我闻惯了这种尿臊气,知道是克来勃干的事,连忙跑到打狗的人面前,说,"朋友,您要打这狗吗?"他说,"是的。"我说,"那您可冤枉了它了,这尿是我撒的。"他就干脆把我打一顿赶了出来。天下有几个主人肯为他的仆人受这样的委屈?我可以对天发誓,我曾经因为它偷了人家的香肠而给人铐住了手脚,否则它早就一命呜呼了;我也曾因为它咬死了人家的鹅而颈上套枷,否则它也逃不了一顿打。你现在可全不记得这种事情了。嘿,我还记得在我向西尔维娅小姐告别的时候,你闹了怎样一场笑话。我不是关照过你,瞧我怎么做你也怎么做吗?你几时看见过我跷起一条腿来,当着一位小姐的裙边撒尿?你看见过我闹过这种笑话吗?

普洛丢斯及朱利娅男装上。

普洛丢斯　你的名字叫西巴斯辛吗?我很喜欢你,就要差你做一件事情。

朱利娅　请您吩咐下来吧,我愿意尽力去做。

普洛丢斯　那很好。(向朗斯)喂,你这蠢材!这两天你究竟浪荡在什么地方?

朗　斯　呃,少爷,我是照您的话给西尔维娅小姐送狗去的。

普洛丢斯　她看见我的小宝贝说些什么话?

朗　斯　呃,她说,您的狗是一条恶狗;她叫我对您说,您这样的礼物她是不敢领教的。

普洛丢斯　她不接受我的狗吗?

朗　斯　不,她不接受;现在我把它带回来了。

普洛丢斯　什么！你给我把这畜生送给她吗？

朗　　斯　是的,少爷;那头小松鼠儿在市场上给那些不得好死的偷去了,所以我才把我自己的狗送去给她。这条狗比您的狗大十倍,这礼物的价值当然也要高得多了。

普洛丢斯　快给我去把我的狗找回来;要是找不回来,不用再回来见我了。快滚！你要我见着你生气吗？这奴才老是替我丢尽了脸。(朗斯下)西巴斯辛,我所以收容你的缘故,一半是因为我需要像你这样一个孩子给我做些事情,不像那个蠢汉一样靠不住;可是大半还是因为我从你的容貌行为上,知道你是一个受过良好教养、诚实可靠的人。所以记着吧,我是为了这个才收容你的。现在你就给我去把这戒指送给西尔维娅小姐,它本来是一个爱我的人送给我的。

朱利娅　大概您已经不爱她了吧,所以把她的纪念物送给别人？是不是她已经死了？

普洛丢斯　不,我想她还活着。

朱利娅　唉！

普洛丢斯　你为什么叹气？

朱利娅　我禁不住可怜她。

普洛丢斯　你为什么可怜她？

朱利娅　因为我想她爱您就像您爱您的西尔维娅小姐一样。她梦寐怀念着一个忘记了她的爱情的男人;您痴心热恋着一个不愿接受您的爱情的女子。恋爱是这样的参差颠倒,想起来真是可叹！

普洛丢斯　好,好,你把这戒指和这封信送去给她;那就是她住的房间。对那位小姐说,我要向她索讨她所答应给我的她那幅天仙似的画像。办好了差使以后,你就赶快回来,你会看见我一个人在房里伤心。(下。)

朱利娅　有几个女人愿意干这样一件差使？唉,可怜的普洛丢斯！你找了一头狐狸来替你牧羊了。唉,我才是个傻子！他那样厌弃我,我为什么要可怜他？他因为爱她,所以厌弃我；我因为爱他,所以不能不可怜他。这戒指是我们分别的时候我要他永远记得我而送给他的；现在我这不幸的使者,却要替他求讨我所不愿意他得到的东西,转送我所不愿意送去的东西,称赞我所不愿意称赞的忠实。我真心爱着我的主人,可是我倘要尽忠于他,就只好不忠于自己。没有办法,我只能为他前去求爱,可是我要把这事情干得十分冷淡,天知道,我不愿他如愿以偿。

　　　　西尔维娅上,众女侍随上。

朱利娅　早安,小姐！有劳您带我去见一见西尔维娅小姐。

西尔维娅　假如我就是她,你有什么见教？

朱利娅　假如您就是她的话,那么我奉命而来,有几句话要奉渎清听。

西尔维娅　奉谁的命而来？

朱利娅　我的主人普洛丢斯,小姐。

西尔维娅　噢,他叫你来拿一幅画像吗？

朱利娅　是的,小姐。

西尔维娅　欧苏拉,把我的画像拿来。(女侍取画像至)你把这拿去给你的主人,请你再对他说,有一位被他朝三暮四的心所忘却的朱利娅,是比这个画里的影子更值得晨昏供奉的。

朱利娅　小姐,请您读一读这封信。——不,请您原谅我,小姐,是我大意送错了信了；这才是给您的信。

西尔维娅　请你让我再瞧瞧那一封。

朱利娅　这是不可以的,好小姐,原谅我吧。

西尔维娅　那么你拿去吧。我不要看你主人的信,我知道里面满是些山盟海誓的话,他说过了就把它丢在脑后,正像我把这纸头撕碎了一样不算一回事。

朱利娅　小姐,他叫我把这戒指送上。

西尔维娅　这尤其是他的不对;我曾经听他说起过上千次,这是他的朱利娅在分别时候给他的。他的没有良心的指头虽然已经玷污了这戒指,我可不愿对不起朱利娅而把它戴上。

朱利娅　她谢谢你。

西尔维娅　你说什么?

朱利娅　我谢谢您,小姐,因为您这样关心她。可怜的姑娘!我的主人太对不起她了。

西尔维娅　你也认识她吗?

朱利娅　我熟悉她的为人,就像知道我自己一样。不瞒您说,我因为想起她的不幸,曾经流过几百次的眼泪哩。

西尔维娅　她多半以为普洛丢斯已经抛弃她了吧。

朱利娅　我想她是这样想着,这也就是她所以悲伤的缘故。

西尔维娅　她长得好看吗?

朱利娅　小姐,她从前是比现在好看多了。当她以为我的主人很爱她的时候,在我看来她是跟您一样美的;可是自从她无心对镜、懒敷脂粉以后,她的颊上的蔷薇已经不禁风吹而枯萎,她的百合花一样的肤色也已经憔悴下来,现在她是跟我一样的黑丑了。

西尔维娅　她的身材怎样?

朱利娅　跟我差不多高;因为在一次五旬节串演各种戏剧的时候,当地的青年要我扮做女人,把朱利娅小姐的衣服借给我穿着,刚巧合着我的身材,大家说这身衣服就像是为我而裁剪的,所以我知道她跟我差不多高。那时候我扮着阿里阿德涅,悲痛着忒修斯的薄情遗弃;①我表演得那样凄惨逼真,使我那小姐忍不住频频拭泪。现在她自己被人这样对待,怎么不使我为她难过!

西尔维娅　她知道你这样同情她,一定很感激你的。唉,可怜的姑娘,被人这样抛弃不顾!听了你的话,我也要流起泪来了。孩子,为了你那好小姐的缘故,我给你这几个钱,因为你是爱她的。再见。

朱利娅　您要是认识她的话,她也会因为您的善心而感谢您的。(西尔维娅及侍从下)她是一位贤淑美丽的贵家女子。她这样关切着朱利娅,看来我的主人向她求爱是没有多大希望的。唉,爱情是多么善于愚弄它自己!这一幅是她的画像,让我瞻仰一番。我想,我要是也有这样一顶帽子,我这面庞和她的比起来也是一样可爱;可是画师似乎把她的美貌格外润色了几分,否则就是我自己太顾影自怜了。她的头发是赭色的,我的是纯粹的金黄;他如果就是为了这一点差别而爱她,那么我愿意装上一头假发。她的灰色的眼睛像水晶一样清澈,我的眼睛也是一样;可是我的额角比她的高些。爱神倘不是盲目的,那么我有哪一点赶不上她?把这影子卷起来吧,它是你的情敌呢。啊,你这无知无觉的形象!他将要崇拜你、爱慕你、吻你、抱你;倘使他的盲目的恋爱是有几分理性的话,他就应该爱我这血肉之身而忘记了你;可是因

---

① 五旬节(Pentecost),逾越节后第五十日,为庆祝收获之节日。忒修斯是传说中之雅典英雄,为阿里阿德涅所恋;忒修斯得后者之助,深入迷宫,杀死半牛半人之食人怪兽;惟其后卒将该女遗弃。

为她没有错待我,所以我也要爱惜你、珍重你;不然的话,我要发誓剜去你那双视而不见的眼睛,好让我的主人不再爱你。(下。)

第 五 幕

第一场 米兰。一寺院

　　　　爱格勒莫上。

爱格勒莫　太阳已经替西天镀上了金光,西尔维娅约我在伯特力克神父的修道院里会面的时候快要到了。她是不会失约的,因为在恋爱中的人们总是急于求成,只有提前早到,决不会误了钟点。瞧,她已经来啦。

　　　　西尔维娅上。

爱格勒莫　小姐,晚安!
西尔维娅　阿门,阿门!好爱格勒莫,快打寺院的后门出去,我怕有暗探在跟随着我。
爱格勒莫　别怕,离这儿不满十哩就是森林,只要我们能够到得那边,准可万无一失。(同下。)

第二场 同前。公爵府中一室

　　　　修里奥、普洛丢斯及朱利娅上。

修里奥　普洛丢斯,西尔维娅对于我的求婚作何表示?

普洛丢斯　啊,老兄,她的态度比原先软化得多了;可是她对于您的相貌还有几分不满。

修里奥　怎么! 她嫌我的腿太长吗?

普洛丢斯　不,她嫌它太瘦小了。

修里奥　那么我就穿上一双长统靴子去,好叫它瞧上去粗一些。

朱利娅　(旁白)你可不能把爱情一靴尖踢到它所憎嫌的人的怀里啊!

修里奥　她怎样批评我的脸?

普洛丢斯　她说您有一张俊俏的小白脸。

修里奥　这丫头胡说八道,我的脸是又粗又黑的。

普洛丢斯　可是古话说,"粗黑的男子,是美人眼中的明珠。"

朱利娅　(旁白)不错,这种明珠会耀得美人们睁不开眼来,我见了他就宁愿闭上眼睛。

修里奥　她对于我的言辞谈吐觉得怎样?

普洛丢斯　当您讲到战争的时候,她是会觉得头痛的。

修里奥　那么当我讲到恋爱的时候,她是很喜欢的吗?

朱利娅　(旁白)你一声不响人家才更满意呢。

修里奥　她对于我的勇敢怎么说?

普洛丢斯　啊,那是她一点都不怀疑的。

朱利娅　(旁白)她不必怀疑,因为她早知道他是一个懦夫。

修里奥　她对于我的家世怎么说?

普洛丢斯　她说您系出名门。

朱利娅　(旁白)不错,他是个辱没祖先的不肖子孙。

修里奥　她看重我的财产吗?

普洛丢斯　啊,是的,她还觉得十分痛惜呢。

修里奥　为什么?

朱利娅　（旁白）因为偌大财产都落在一头蠢驴的手里。

普洛丢斯　因为它们都典给人家了。

朱利娅　公爵来了。

　　　　公爵上。

公　爵　啊,普洛丢斯!修里奥!你们两人看见过爱格勒莫没有?

修里奥　没有。

普洛丢斯　我也没有。

公　爵　你们看见我的女儿吗?

普洛丢斯　也没有。

公　爵　啊呀,那么她已经私自出走,到凡伦丁那家伙那里去了,爱格勒莫一定是陪着她去的。一定是的,因为劳伦斯神父在林子里修行的时候,曾经看见他们两个人;爱格勒莫他是认识的,还有一个人他猜想是她,可是因为她假扮着,所以不能十分确定。而且她今晚本来要到伯特力克神父修道院里做忏悔礼拜,可是她却不在那里。这样看来,她的逃走是完全证实了。我请你们不要站在这儿多讲话,赶快备好马匹,咱们在通到曼多亚去的山麓高地上会面,他们一准是到曼多亚去的。赶快整装出发吧!（下。）

修里奥　真是一个不懂好歹的女孩子,叫她享福她偏不享。我要追他们去,叫爱格勒莫知道些厉害,却不是为了爱这个不知死活的西尔维娅。（下。）

普洛丢斯　我也要追上前去,为了西尔维娅的爱,却不是对那和她同走的爱格勒莫有什么仇恨。（下。）

朱利娅　我也要追上前去,阻碍普洛丢斯对她的爱情,却不是因为恼恨为爱而出走的西尔维娅。（下。）

第三场　曼多亚边境。森林

众盗挟西尔维娅上。

盗　甲　来，来，不要急，我们要带你见寨主去。

西尔维娅　无数次不幸的遭遇，使我学会了如何忍耐今番这一次。

盗　乙　来，把她带走。

盗　甲　跟她在一起的那个绅士呢？

盗　丙　他因为跑得快，给他逃掉了，可是摩瑟斯和伐勒律斯已经向前追去了。你带她到树林的西边尽头，我们的首领就在那里。我们再去追那逃走的家伙，四面包围得紧紧的，料他逃不出去。（除盗甲及西尔维娅外余人同下。）

盗　甲　来，我带你到寨里去见寨主。别怕，他是个光明正大的汉子，不会欺侮女人的。

西尔维娅　凡伦丁啊！我是为了你才忍受这一切的。（同下。）

第四场　森林的另一部分

凡伦丁上。

凡伦丁　习惯是多么能够变化人的生活！在这座浓阴密布、人迹罕至的荒林里，我觉得要比人烟繁杂的市镇里舒服得多。我可以在这里一人独坐，和着夜莺的悲歌调子，泄吐我的怨恨忧伤。唉，我那心坎里的人儿呀，不要长久抛弃你的殿堂吧，否则它会荒芜而颓圮，不留下一点可以供人凭吊的痕迹！我这破碎的心，是要等着你来修补呢，西尔维娅！你温柔的女神,快来安慰你的寂寞孤零的恋人呀!(内喧嚷声)今天什么事这样吵吵闹闹的?这一班是我的弟兄们,他们不受法律的管束,现在不知又在追赶哪一个倒楣的旅客了。他们虽然厚爱我,可是我也费了不少气力,才叫他们不要作什么非礼的暴行。且慢,谁到这儿来啦?待我退后几步看个明白。

    普洛丢斯、西尔维娅及朱利娅上。

普洛丢斯 小姐,您虽然看不起我,可是这次我是冒着生命的危险,把您从那个家伙手里救了出来,保全了您的清白。就凭着这一点微劳,请您向我霁颜一笑吧;我不能向您求讨一个比这更小的恩惠,我相信您也总不致拒绝我这一个最低限度的要求。

凡伦丁 (旁白)我眼前所见所闻的一切,多么像一场梦景!爱神哪,请你让我再忍耐一会儿吧!

西尔维娅 啊,我是多么倒楣,多么不幸!

普洛丢斯 在我没有到来之前,小姐,您是不幸的;可是因为我来得凑巧,现在不幸已经变成大幸了。

西尔维娅 因为你来了,所以我才更不幸。

朱利娅 (旁白)因为他找到了你,我才不幸呢。

西尔维娅 要是我给一头饿狮抓住,我也宁愿给它充作一顿早餐,不愿让薄情无义的普洛丢斯把我援救出险。啊,上天作证,我是多么爱凡伦丁,他的生命就是我的灵魂。正像我把他爱到极点一样,我也痛恨背盟无义的普洛丢斯到极点。快给我走吧,别再缠绕我了。

普洛丢斯 只要您肯温和地看我一眼,无论什么与死为邻的危险事情,我都愿意为您去做。唉,这是爱情的永久的咒诅,一片痴心难邀美人的眷顾！

西尔维娅　普洛丢斯不爱那爱他的人,怎么能叫他爱的人爱他？想想你从前深恋的朱利娅吧,为了她你曾经发过一千遍誓诉说你的忠心,现在这些誓言都变成了谎话,你又想把它们拿来骗我了。你简直是全无人心,不然就是有二心,这比全然没有更坏；一个人应该只有一颗心,不该朝三暮四。你这出卖真诚朋友的无耻之徒！

普洛丢斯　一个人为了爱情,怎么还能顾到朋友呢？

西尔维娅　只有普洛丢斯才是这样。

普洛丢斯　好,我的婉转哀求要是打不动您的心,那么我只好像一个军人一样,用武器来向您求爱,强迫您接受我的痴情了。

西尔维娅　天啊！

普洛丢斯　我要强迫你服从我。

凡伦丁　(上前)混账东西,不许无礼！你这冒牌的朋友！

普洛丢斯　凡伦丁！

凡伦丁　卑鄙奸诈、不忠不义的家伙,现今世上就多的是像你这样的朋友！你欺骗了我的一片真心；要不是我今天亲眼看见,我万万想不到你竟是这样一个人。现在我不敢再说我在世上有一个朋友了。要是一个人的心腹股肱都会背叛他,那么还有谁可以信托？普洛丢斯,我从此不再相信你了；茫茫人海之中,从此我只剩孑然一身。这种冷箭的创伤是最深的；自己的朋友竟会变成最坏的仇敌,世间还有比这更可痛心的事吗？

普洛丢斯　我的羞愧与罪恶使我说不出话来。饶恕我吧,凡伦丁！如果真心的悔恨可以赎取罪愆,那么请你原谅我这一次吧！我现在的痛苦决不下于我过去的罪恶。

凡伦丁　那就罢了,你既然真心悔过,我也就不再计较,仍旧把你当做一个朋友。能够忏悔的人,无论天上人间都可以不咎既往。上帝的愤怒也会因为忏悔而平息的。为了表示我对你的友情的坦率真诚起见,我愿意把我在西尔维娅心中的地位让给你。

朱利娅　我好苦啊！（晕倒。）

普洛丢斯　瞧这孩子怎么啦？

凡伦丁　喂,孩子！喂,小鬼！啊,怎么一回事？醒过来！你说话呀！

朱利娅　啊,好先生,我的主人叫我把一个戒指送给西尔维娅小姐,可是我粗心把它忘了。

普洛丢斯　那戒指呢,孩子？

朱利娅　在这儿,这就是。（以戒指交普洛丢斯。）

普洛丢斯　啊,让我看。咦,这是我给朱利娅的戒指呀。

朱利娅　啊,请您原谅,我弄错了；这才是您送给西尔维娅的戒指。（取出另一戒指。）

普洛丢斯　可是这一个戒指是我在动身的时候送给朱利娅的,现在怎么会到你的手里？

朱利娅　朱利娅自己把它给我,而且她自己把它带到这儿来了。

普洛丢斯　怎么！朱利娅！

朱利娅　曾经听过你无数假誓、从心底里相信你不会骗她的朱利娅就在这里,请你瞧个明白吧！普洛丢斯啊,你看见我这样装束,也该脸红了吧！我的衣着是这样不成体统,如果为了爱而伪装是可羞的事,你的确应该害羞！可是比起男人的变换心肠来,女人的变换装束是不算一回事的。

普洛丢斯　比起男人的变换心肠来！不错,天啊！男人要是始终如一,他就是个完人;因为他有了这一个错处,便使他无往而不错,犯下了各种的罪恶。变换的心肠总是不能维持好久的。我要是心情忠贞,那么西尔维娅的脸上有哪一点不可以在朱利娅脸上同样找到,而且还要更加鲜润！

凡伦丁　来,来,让我给你们握手,从此破镜重圆,把旧时的恩怨一笔勾销吧。

普洛丢斯　上天为我作证,我的心愿已经永远得到满足。

朱利娅　我也别无他求。

　　　　　众盗拥公爵及修里奥上。

众　盗　发了利市了！发了利市了！

凡伦丁　弟兄们不得无礼！这位是公爵殿下。殿下,小人是被放逐的凡伦丁,在此恭迎大驾。

公　爵　凡伦丁！

修里奥　那边是西尔维娅;她是我的。

凡伦丁　修里奥,放手,否则我马上叫你死。不要惹我发火,要是你再说一声西尔维娅是你的,你就休想回到维洛那去。她现在站在这儿,你倘敢碰她一碰,或者向我的爱人吹一口气的话,就叫你尝尝厉害。

修里奥　凡伦丁,我不要她,我不要。谁要是愿意为一个不爱他的女人而去冒生命的危险,那才是一个大傻瓜哩。我不要她,她就算是你的吧。

公　爵　你这卑鄙无耻的小人！从前那样向她苦苦追求,现在却这样把她轻轻放手。凡伦丁,凭我的门阀起誓,我很佩服你的大胆,你是值得一个女皇的眷宠的。现在我愿忘记以前的怨恨,准你回到米兰去,为了你的无比的才德,我要特别加惠于你;另外,我还要添上这么一条:凡伦丁,你是个出身良好的上等人,西尔维娅是属于你的了,因为你已经可以受之而无愧。

凡伦丁　谢谢殿下,这样的恩赐,使我喜出望外。现在我还要请求殿下看在令嫒的面上,答应我一个要求。

公　爵　无论什么要求,我都可以看在你的面上答应你。

凡伦丁　这一班跟我在一起的被放逐之人,他们都有很好的品性,请您宽恕他们在这儿所干的一切,让他们各回家乡。他们都是真心悔过、温和良善、可以干些大事业的人。

公　爵　准你所请,我赦免了他们,也赦免了你。你就照他们各人的才能安置他们吧。来,我们走吧,我们要结束一切不和,摆出盛大的仪式,欢欢喜喜地回家。

凡伦丁　我们一路走着的时候,我还要大胆向殿下说一个笑话。您看这个童儿好不好?

公　爵　这孩子倒是很清秀文雅的,他在脸红呢。

凡伦丁　殿下,他清秀是很清秀的,文雅也很文雅,可是他却不是个童儿。

公　爵　你这话是什么意思?

凡伦丁　请您许我在路上告诉您这一切奇怪的遭遇吧。来,普洛丢斯,我们要讲到你的恋爱故事,让你听着难过难过;之后,我们的婚期也就是你们的婚期,大家在一块儿欢宴,一块儿居住,一块儿过着快乐的日子。(同下。)

爱的徒劳

朱生豪 译
吴兴华 校

LOVE'S LABOUR'S LOST.

剧 中 人 物

腓迪南　那瓦国王

俾　隆
朗格维 } 国王侍臣
杜　曼

鲍　益 } 法国公主侍臣
马凯德

唐·阿德里安诺·德·亚马多　一个怪诞的西班牙人

纳森聂尔　教区牧师

霍罗福尼斯　塾师

德尔　巡丁

考斯塔德　乡人

毛子　亚马多的侍童

管林人

法国公主

罗瑟琳
玛利娅 } 公主侍女
凯瑟琳

杰奎妮妲　村女

群臣、侍从等

地　　点

那瓦

第 一 幕

第一场　那瓦王御苑

　　国王、俾隆、朗格维及杜曼上。

国　王　让众人所追求的名誉永远记录在我们的墓碑上，使我们在死亡的耻辱中获得不朽的光荣；不管饕餮的时间怎样吞噬着一切，我们要在这一息尚存的时候，努力博取我们的声名，使时间的镰刀不能伤害我们；我们的生命可以终了，我们的名誉却要永垂万古。所以，勇敢的战士们——因为你们都是向你们自己的感情和一切俗世的欲望奋勇作战的英雄——我们必须把我们最近的敕令严格实行起来：那瓦将要成为世界的奇迹；我们的宫廷将要成为一所小小的学院，潜心探讨有益人生的学术。你们三个人，俾隆、杜曼和朗格维，已经立誓在这三年之内，跟我一起生活，做我的学侣，并且绝对遵守这一纸戒约上所规定的各项条文；你们的誓已经宣过，现在就请你们签下自己的名字；这样一来，谁要是破坏了这戒约上最细微的一枝一节，就可以让亲笔的字迹勾销他的荣誉。要是你们已经下了最大的决心，愿你们签下名字，无渝斯盟。

朗格维　我已经决定了。左右不过是三年的长斋；身体虽然憔悴，精神上却享受着盛宴。饱了肚皮，饿了头脑；美食珍馐可以充实肌肤，却会闭塞心窍。

杜　　曼　陛下，杜曼已经抑制了他的情欲，把世间一切粗俗的物质的欢娱丢给伧夫俗子们去享受。恋爱、财富和荣华把人暗中催老；我要在哲学中间找寻生命的奥妙。

俾　　隆　我所能够说的话，他们两人都已经说过了。我已经发誓，陛下，在这儿读书三年；可是其他严厉的戒条，例如在那时期以内，不许见一个女人，这一条我希望并不包括在内；还有每一星期中有一天不许接触任何食物，平常的日子，每天只有一餐，这一条我也希望并不包括在内；还有晚上只许睡三小时，白天不准瞌睡，这一条我也希望并不包括在内，因为我一向总是从天黑睡到天亮，还要再把半个白昼当作黑夜。啊！这些题目太难，叫人怎么办得到？不看女人尽读书，不吃饭又不许睡觉！

国　　王　你在宣誓的时候，已经声明遵守这些条件了。

俾　　隆　请陛下恕我，我并没有发这样的誓。我只发誓陪着陛下读书，在您的宫廷里居住三年。

朗格维　除了这一点以外，俾隆，其余的条件你也都发誓遵守的。

俾　　隆　那么，先生，我只是开玩笑说说的。我倒要请问，读书的目的究竟是什么？

国　　王　知道我们所不知道的事情。

俾　　隆　您的意思是说那些我们常识所不能窥察的事情吗？

国　　王　正是，那就是读书的莫大的报酬。

俾　　隆　好，那么我要发誓苦读，把天地间的奥秘勤搜冥索：当煌煌的禁令阻止我宴乐的时候,我要知道什么地方可以填满我的饥肠;当我们的肉眼望不见一个女人的时候,我要知道什么地方可以遇见天仙般的姑娘;要是我发了一个难以遵守的誓言,我要知道怎样可以一边叛誓,一边把我的信誉保全。要是读书果然有这样的用处,能够知道目前还不知道的东西,你尽可以命我发誓,我一定踊跃从命,决无二言。

国　王　这些是学问途中的障碍,引导我们的智慧去追寻无聊的愉快。

俾　隆　一切愉快都是无聊;最大的无聊却是为了无聊费尽辛劳。你捧着一本书苦苦钻研,为的是追寻真理的光明;真理却虚伪地使你的眼睛失明。这就叫作:本想找光明,反而失去了光明;因为黑暗里的光明尚未发现,你两眼的光明已经转为黑暗。我宁愿消受眼皮上的供养,把美人的妙目恣情鉴赏,那脉脉含情的夺人光艳可以扫去我眼中的雾障。学问就像是高悬中天的日轮,愚妄的肉眼不能测度它的高深;孜孜矻矻的腐儒白首穷年,还不是从前人书本里掇拾些片爪寸鳞?那些自命不凡的文人学士,替每一颗星球取下一个名字;可是在众星吐辉的夜里,灿烂的星光一样会照射到无知的俗子。过分的博学无非浪博虚声;每一个教父都会替孩子命名。

国　王　他反对读书的理由多么充足!

杜　曼　他用巧妙的言辞阻善济恶!

朗格维　他让莠草蔓生,刈除了嘉谷!

俾　隆　春天到了,小鹅孵出了蛋壳!

杜　曼　这句话是怎么接上去的?

俾　隆　各得其时,各如其分。

杜　　曼　一点意思都没有。

俾　　隆　聊以凑韵。

国　　王　俾隆就像一阵冷酷无情的霜霰,用他的利嘴咬死了春天初生的婴孩。

俾　　隆　好,就算我是;要是小鸟还没有啭动它的新腔,为什么要让盛夏夸耀它的荣光?为什么要我喜爱流产的婴儿?我不愿冰雪遮掩了五月的花天锦地,也不希望蔷薇花在圣诞节含娇弄媚;万物都各自有它生长的季节,太早太迟同样是过犹不及。你们到现在才去埋头功课,等于爬过了墙头去拔开门上的键锁。

国　　王　好,那么你退出好了。回家去吧,俾隆,再会!

俾　　隆　不,陛下;我已经宣誓陪着您在一起;虽然我说了这许多话为无知的愚昧张目,使你们理竭词穷,不能为神圣的知识辩护,可是请相信我,我一定遵守我的誓言,安心忍受这三年的苦行。把那纸儿给我,让我一条一条读下去,在这些严厉的规律下面把我的名字签署。

国　　王　你这样回心转意,免去了你终身的耻辱!

俾　　隆　"第一条,任何女子不得进入离朕宫廷一哩之内。"这一条有没有公布?

朗格维　已经公布四天了。

俾　　隆　让我们看看违禁的有些什么处分。"如有故违,割去该女之舌示儆。"这惩罚是谁定出来的?

朗格维　不敢,是我。

俾　　隆　好大人,请问您的理由?

朗格维　她们看见了这样可怕的刑罚,就会吓得不敢来了。

俾　　隆　好一条禁止良好风尚的野蛮法律!"第二条,倘有人在三年之内，被发现与任何女子交谈，当由其他朝臣共同议定最严厉之办法，予以公开之羞辱。"这一条，陛下，您自己就要破坏的；您知道法国国王的女儿，一位端庄淑美的姑娘，就要奉命到这儿来，跟您交涉把阿奎丹归还给她的老迈衰弱、卧病在床的父亲；所以这一条规律倘不是等于虚设，就只好让这位众人赞慕的公主白白跋涉这一趟。

国　王　你们怎么说，各位贤卿？这一件事情我全然忘了。

俾　隆　读书人总是这样舍近而求远，当他一心研究着怎样可以达到他的志愿的时候，却把眼前所应该做的事情忘了；等到志愿成就，正像用火攻夺取城市一样，得到的只是一堆灰烬。

国　王　为了事实上的必要，我们只好废止这一条法令；她必须寄宿在我们的宫廷之内。

俾　隆　事实上的必要将使我们在这三年之内毁誓三千次，因为每个人都是生来就有他自己的癖好，对这些癖好只能宽大为怀，不能用强力来横加压制。要是我破坏了约誓，就可以用这个字眼作盾牌，说我所以背信是出于事实上的必要。所以我在这儿签下我的名字，全部接受这一切规律；(签名)谁要是违反了戒约上最微细的一枝一节，让他永远不齿于人口。倘然别人受到诱惑，我也会同样受到诱惑；可是我相信，虽然今天你们看我是这样地不情愿，我一定是最后毁誓的一个。可是戒约上有没有允许我们可以找些有趣的消遣呢？

国　王　有，有。你们知道我们的宫廷里来了一个文雅的西班牙游客，他的身上包罗着全世界各地的奇腔异调，他的脑筋里收藏着取之不尽的古怪的词句；从他自负不凡的舌头上吐出来的狂言,在他自己听起来就像迷人的音乐一样使人沉醉;他是个富有才能、善于折中是非的人。这个幻想之儿,名字叫做亚马多的,将要在我们读书的余暇,用一些夸张的字句,给我们讲述在战争中丧生的热带之国西班牙骑士们的伟绩。我不知道你们喜不喜欢他;可是我自己很爱听他说谎,我要叫他作我的行吟诗人。

俾　隆　亚马多是一个最出色的家伙,一个会用崭新字句的十足时髦的骑士。

朗格维　考斯塔德那个村夫和他配成一对,可以替我们制造无穷的笑料;这样读书三年也不会觉得太长。

　　　　德尔持信及考斯塔德同上。

德　尔　哪一位是王上本人?

俾　隆　这一位便是,家伙。你有什么事?

德　尔　我自己也是代表王上的,因为我是王上陛下的巡丁;可是我要看看王上本人。

俾　隆　这便是他。

德　尔　亚马——亚马——先生问候陛下安好。外边有人图谋不轨;这封信可以告诉您一切。

考斯塔德　陛下,这封信里所提起的事情是跟我有关系的。

国　王　伟大的亚马多写来的信!

俾　隆　不管内容多么啰唆,我希望它充满了夸大的字眼。

朗格维　问题不大,希望倒满大的,愿上帝给我们忍耐吧!

俾　隆　耐着听,还是忍住笑?

朗格维　随便听听,轻声笑笑,要不然就别听也别笑。

俾　隆　好,先生,我们应该怎么开心,还是让文章的本身替我们决定吧。

考斯塔德　这件事,先生,是关于我和杰奎妮妲两个人的。至于情,我确是知情的。

俾　　隆　知什么情?

考斯塔德　其情其状随后即见分晓,先生;三者具备,一无欠缺:他们看见我在庄上和她并坐谈情,行为有些莽撞;等她走到御苑里的时候,我又随后跟着,结果被人抓住了。这不是"其情其状随后即见分晓"吗?说到情,先生,那只是男女之情;说到状——咳,不过是奇形怪状。

俾　　隆　还有个随后呢,老兄?

考斯塔德　随后就要看对我的处置了;愿上帝保佑善人!

国　　王　你们愿意用心听我读这一封信吗?

俾　　隆　我们愿意洗耳恭听,就像它是天神的圣谕一般。

考斯塔德　愚蠢的世人对肉体的需要也是同样洗耳恭听的。

国　　王　"上天的伟大的代理人,那瓦的唯一的统治者,我的灵魂的地上的真神,我的肉体的养育的恩主——"

考斯塔德　还没有一个字提起考斯塔德。

国　　王　"事情是这样的——"

考斯塔德　也许是这样的;可是假如他说是这样的,那他,说实话,也不过这样。

国　　王　闭嘴!

考斯塔德　像我们这种安分守己,不敢跟人家打架的人,只好把一张嘴闭起来。

国　　王　少说话!

考斯塔德　我也恳求你,对别人的私事还是少说话为妙。

国　　王　"事情是这样的,我因为被黑色的忧郁所包围,想要借着你的令人健康的空气的最灵效的医药,祛除这一种阴沉

91

的重压的情绪,所以凭着我的绅士的身份,使我自己出外散步。是什么时间呢？大约在六点钟左右,正是畜类纷纷吃草,鸟儿成群啄食,人们坐下来享受那所谓晚餐的一种营养的时候:以上说明了时间。现在要说到什么场所:我的意思是说我散步的场所;那是称为你的御苑的所在。于是要说到什么地点:我的意思是说我在什么地点碰到这一桩最淫秽而荒谬的事件,使我从我的雪白的笔端注出了乌黑的墨水,成为现在你所看见、查阅、诵读或者浏览的这一封信。可是说到什么地点,那是在你的曲曲折折的花园里的西边角上东北偏北而略近东首的方向;就在那边我看见那卑鄙的村夫,那可发一笑的下贱的小人物——"

考斯塔德　我。

国　王　"那没有教养的孤陋寡闻的灵魂——"

考斯塔德　我。

国　王　"那浅薄的东西——"

考斯塔德　还是我。

国　王　"照我所记得,考斯塔德是他的名字——"

考斯塔德　啊,我。

国　王　"公然违反你的颁布晓谕的诏令和禁抑邪行的法典,跟一个——跟一个——啊！跟一个说起了就使我万分气愤的人结伴同行——"

考斯塔德　跟一个女人。

国　王　"跟一个我们祖母夏娃的孩儿,一个阴人;或者为了使你格外明白起见,一个女子。受着责任心的驱策,我把他交给陛下的巡丁安东尼·德尔,一个在名誉、态度、举止和信用方面都很优良的人,带到你的面前,领受应得的惩戒。——"

德　　尔　启禀陛下,我就是安东尼·德尔。

国　　王　"至于杰奎妮妲——因为这就是那和前述村夫同时被我捕获的脆弱的东西的名称——我让她等候着你的法律的威严;一得到你的最轻微的传谕,我就会把她带来受审。抱着毕恭毕敬、燃烧全心的忠诚,你的仆人唐·阿德里安诺·德·亚马多敬上。"

俾　　隆　这封信还不能适如我的预期,可是在我所曾经听到过的书信中间,这不失为最有趣的一封。

国　　王　是的,这是古今恶札中的杰作。喂,你对于这封信有什么话说吗?

考斯塔德　陛下,我承认是有这么一个女人。

国　　王　你听见谕告吗?

考斯塔德　我听倒是听见的,不过没有十分注意。

国　　王　谕告上说,和妇人在一起而被捕,处以一年的监禁。

考斯塔德　我不是和妇人在一起,陛下,我是跟一个姑娘在一起。

国　　王　好,谕告上说姑娘也包括在内。

考斯塔德　这也不是一个姑娘,陛下;她是个处女。

国　　王　处女也包括在内。

考斯塔德　那么我就否认她是个处女。我是跟一个女孩子在一起。

国　　王　女孩子不女孩子,随你怎么说都没有用。

考斯塔德　这女孩子对我很有用呢,陛下。

国　　王　听我的判决:你必须禁食一星期,每天吃些糠喝些水。

考斯塔德　我宁愿祈祷一个月,每天吃些羊肉喝些粥。

国　王　　唐·亚马多将要做你的看守人。俾隆贤卿,你监视着把他押送过去。各位贤卿,我们现在就去把我们彼此坚决立誓的事情实行起来。(国王、朗格维、杜曼同下。)

俾　隆　　我愿意用我的头去和无论哪一个人的帽子打赌,这些誓约和戒律不过是一场无聊的笑柄。喂,来。

考斯塔德　　我是为了真理而受难,先生;因为我跟杰奎妮妲在一起而被他们捉住,这是一件真实的事实,而且杰奎妮妲也是一个真心的女孩子。所以欢迎,幸运的苦杯!痛苦也许会有一天露出笑容;现在,歇歇吧,悲哀!(同下。)

第二场　同　前

亚马多及毛子上。

亚马多　　孩子,一个精神伟大的人要是变得忧郁起来,会有些什么征象?

毛　子　　他会显出悲哀的神气,主人,这是一个伟大的征象。

亚马多　　忧郁和悲哀不是同样的东西吗,亲爱的小鬼?

毛　子　　不,不,主啊!不,主人。

亚马多　　你怎么可以把悲哀和忧郁分开,我的柔嫩的青年?

毛　子　　我可以从作用上举出很普通的证明,我的粗硬的长老。

亚马多　　为什么是粗硬的长老?为什么是粗硬的长老?

毛　子　　为什么是柔嫩的青年?为什么是柔嫩的青年?

亚马多　　我说你是柔嫩的青年,因为这是对于你的弱龄的一个适当的名称。

毛　子　　我说您是粗硬的长老,因为这是对于您的老年的一个合宜的尊号。

亚马多　美不可言,妙不可言!

毛　子　这怎么讲,主人?你是说我美、我的话妙呢,还是说我妙、我的话美?

亚马多　我是说你美,因为身材娇小。

毛　子　小人还美得了吗?那么妙从何来呢?

亚马多　妙者,敏捷之谓也。

毛　子　你说这话,主人,是捧我吗?

亚马多　确系盛誉。

毛　子　我倒想把你这番盛誉送给鳝鱼。

亚马多　怎么,鳝鱼有何聪明可言?

毛　子　鳝鱼算是够敏捷的。

亚马多　我是说你应对敏捷;你要使我肝火旺盛了。

毛　子　得,主人,我没什么说的了。

亚马多　我最讨厌的是贫。

毛　子　(旁白)真叫他说着了,他口袋里一个子儿也没有。

亚马多　我已经答应陪着王上研究三年。

毛　子　主人,您用不着一点钟的工夫,就可以把它研究出来。

亚马多　不可能的事。

毛　子　一的三倍是多少?

亚马多　我不会计算;那是堂倌酒保们干的事。

毛　子　主人,您是一位绅士,也是一位赌徒。

亚马多　这两个名义我都承认;它们都是一个堂堂男子的标识。

毛　子　那么我相信您一定知道两点加一点一共几点。

亚马多　比两点多一点。

毛　子　那在下贱的俗人嘴里是称为三点的。

亚马多　不错。

毛　　子　瞧,主人,这不是很容易的研究吗? 您还没有眨过三次眼睛,我们已经把三字研究出来了;要是再在"三"字后面加上一个"年"字,一共两个字,不是用不着那匹会跳舞的马①也可以给您算出来吗?

亚马多　此论甚通。

毛　　子　这说明您不通。

亚马多　我承认我是在恋爱了;一个军人谈恋爱是一件下流的事,所以我恋爱着一个下流的女人。要是我向爱情拔剑作战,可以把我从这种堕落的思想中间拯救出来的话,我就要把欲望作为我的俘虏,让无论哪一个法国宫廷里的朝士用一些新式的礼节把它赎去。我不屑于叹气,但是在骂誓这点上,丘匹德见了我也得甘拜下风。安慰我,孩子;哪几个伟大的人物是曾经恋爱过的?

毛　　子　赫剌克勒斯,主人。

亚马多　最亲爱的赫剌克勒斯! 再举几个例子,好孩子,再举几个;我的亲爱的孩子,你必须替我举几个赫赫有名身担重任的人。

毛　　子　参孙②,主人;说起身担重任,谁也比不了他。他曾经像一个脚夫似的把城门负在背上;他也恋爱过的。

亚马多　啊,结实的参孙! 强壮的参孙! 你在剑法上不如我,我在背城门这一件事情上也不如你。我也在恋爱了。谁是参孙的爱人,我的好毛子?

毛　　子　一个女人,主人。

---

① 一匹名叫"摩洛哥"的马,曾轰动当时杂技界,屡见于伊丽莎白时代的文学作品中。
② 参孙(Samson),《圣经》中的大力士,见《旧约》:《士师记》。

亚马多　是什么肤色的女人？

毛　子　一共四种肤色，也许她四种都有，也许她有四种之中的三种、两种，或是一种颜色。

亚马多　正确一些告诉我她的皮肤是什么颜色？

毛　子　是海水一样碧绿的颜色，主人。

亚马多　那也是四种肤色中的一种吗？

毛　子　我在书上是这样读过的，主人；最好看的女人都是这种颜色。

亚马多　绿色的确是情人们的颜色；可是我想参孙会爱上一个绿皮肤的女人，却是不可思议的。他准是看中她有头脑。

毛　子　不错，主人。头脑要绿，帽子也会绿的。

亚马多　我爱的女人生得十分干净，红是红，白是白的。

毛　子　最污秽的思想，主人，都是藏匿在这种颜色之下的。

亚马多　说出你的理由来，懂事的婴孩。

毛　子　我的父亲的智慧，我的母亲的舌头，帮助我！

亚马多　一个孩子的可爱的祷告，非常佳妙而动人！

毛　子

要是她的脸色又红又白，

　你永远不会发现她犯罪，

因为白色表示惊恐惶迫，

　绯红的脸表示羞耻惭愧；

可是她倘然犯下了错误，

　你不能从她的脸上看出，

因为红的羞愧白的恐怖，

　都是她天然生就的颜色。

这几行诗句，主人，可以证明白和红是两种危险的颜色。

亚马多　孩子，不是有一支谣曲歌咏着国王恋爱丐女的故事吗？

毛　子　大概在三个世代以前，曾经流行着这么一支恶劣的谣曲；可是我想它现在已经失传了；即使还有人记得，也写不出来，而且不能歌唱的。

亚马多　我要把那题目重新写成一首诗，使它作为我的迷恋的一个有力的前例。孩子，我真的爱上了我在御苑里捉住的那个跟村夫考斯塔德在一起的乡下姑娘了；她应该有一个人好好地照顾她。

毛　子　（旁白）好好地抽一顿鞭子；可是她应该有一个比我的主人更好的情郎。

亚马多　唱吧，孩子；我的心灵因为爱情而沉重起来了。

毛　子　那是一件大大的奇事，因为您爱的是一个轻狂的女人。

亚马多　我说，唱吧。

毛　子　等这班人过去了再唱吧。

　　　　德尔、考斯塔德及杰奎妮妲上。

德　尔　先生，王上的旨意，叫你把考斯塔德看守起来，不要叫他寻欢作乐也不要叫他忏悔，还要叫他每星期禁食三天。讲到这一位姑娘，我必须让她留在御苑里挤牛乳。再会！

亚马多　我羞得满脸都红了。姑娘！

杰奎妮妲　汉子？

亚马多　我要到你居住的地方来看你。

杰奎妮妲　那就在附近。

亚马多　我知道它的所在。

杰奎妮妲　主啊，你是多么聪明！

亚马多　我会给你讲海外奇闻。

杰奎妮妲　凭着你这一副嘴脸吗？

亚马多　我爱你。

杰奎妮妲　我已经听见你说过了。

亚马多　再会!

杰奎妮妲　愿你平安!

德　尔　来,杰奎妮妲,去吧!(德尔及杰奎妮妲下。)

亚马多　混蛋,你干了这样的坏事,非让你禁食不可。

考斯塔德　呃,先生,我希望您让我在禁食以前先吃个饱。

亚马多　我要把你重重惩罚一下。

考斯塔德　多谢您的盛意,可是这帮下人却叫王上轻轻就打发走了。

亚马多　把这混蛋带下去,把他关起来。

毛　子　来,你这胡作非为的奴才;去!

考斯塔德　别把我关起来吧,先生。把我放了,我一定禁食。

毛　子　既然放了,还能禁吗?快去坐牢吧!

考斯塔德　好,要是我有一天恢复了自由,我要叫一些人看看——

毛　子　叫一些人看看什么?

考斯塔德　不,没有什么,毛子少爷;他们爱看什么就看什么。做了囚犯是不能一声不响的,所以,我还是不要多说什么才好。谢谢上帝我是个没有耐性的人,所以我会安安静静住在牢里。(毛子及考斯塔德下。)

亚马多　我爱上了那被她穿在她的卑贱的鞋子里的更卑贱的脚所践踏的最卑贱的地面。要是我恋爱了,我将要破坏誓约,那就是说了一句虚伪的谎。虚伪的谎怎么可以换到真实的爱呢?爱情是一个魔鬼,是一个独一无二的罪恶的天使。可是参孙也曾被它引诱,他是个力气很大的人;所罗门也曾被它迷惑,他是个聪明无比的人。赫剌克勒斯的巨棍也敌不住丘匹德的箭镞,所以一个西班牙人的宝剑怎么能够对抗得了呢？不消一两个回合,我的剑法就要完全散乱了。什么直刺,什么横劈,在他看来都是不值一笑。他的耻辱是被人称为孩子;他的光荣却是征服成人。别了,勇气！锈了吧,宝剑！静下来,战鼓！因为你们的主人在恋爱了;是的,他在恋爱了。即景生情的诗神啊,帮助我！因为我相信我要写起十四行诗来了。想吧,智慧;写吧,笔！我有足够的诗情,可以写满几大卷的对开大本呢。(下。)

第 二 幕

第一场　那瓦王御苑。远处设大小帐幕

法国公主、罗瑟琳、玛利娅、凯瑟琳、鲍益、群臣及其他侍从等上。

鲍　益　现在,公主,振起您的最宝贵的精神来吧;想想您的父王特意选择了一个什么人来充任他的使节,跟一个什么人接洽一件什么任务;他不派别人,却派他那为全世界所敬爱的女儿,您自己,来跟具备着一切人间完善的德性的、举世无双的那瓦国王进行谈判,而谈判的中心,又是适宜于作为一个女王的嫁奁的阿奎丹。造化不愿把才华丽色赋予庸庸碌碌的众人,却大量地把天地间所有的灵秀钟萃于您一身;您现在就该效法造化的大量,充分表现您的惊才绝艳。

公　主　好鲍益大人,我的美貌虽然卑不足道,却也不需要你的谀辞的渲染;美貌是凭着眼睛判断的,不是贾人的利口所能任意抑扬。你这样搬弄你的智慧把我恭维,无非希望人家称赞你口齿伶俐;可是我听了你这一番褒美,却一点不觉得可以骄傲。现在我也要请你干一件事:好鲍益,你不会不知道,远远的人们都在议论纷纷,说那瓦王已经立下誓言,要

在这三年之内发愤读书，不让一个女人走近他的静肃的宫廷；所以我们在没有进入他的禁门以前，似乎应该先去探问他的意旨；我相信你的才干可以胜任这一项使命，所以选择你做我的代言人，向他陈述我们的来意，告诉他法兰西国王的女儿有重要的事情希望得到迅速的解决，要求和他当面接洽。快去对他这样说了；我们就像一群谦卑的请愿人一般，等候着他的庄严的谕示。

鲍　益　得到这样的委任是我的莫大的荣幸，敢不踊跃拜命。

公　主　果真引以为荣，自然乐于从事，你正是这样。（鲍益下）各位爱卿，你们知道哪几个人是和这位贤德的国王一同立誓守戒的信徒？

臣　甲　朗格维勋爵是其中的一个。

公　主　你认识这个人吗？

玛利娅　我认识他，公主。当配力各特勋爵和杰奎斯·福康勃立琪的美丽的息女在诺曼底举行婚礼的时候，我在宴会上见过这位朗格维。他是一个公认为才能出众的人，文学固然是他的擅长，武艺方面也十分了得。在他心怀善意的时候，言谈举止无可指摘。要是美德的光彩可以蒙上污点的话，那么他的唯一的缺点是一副尖刻的机智配上一个太直率的意志：他的机智能够出口伤人，他的意志使他一往直前，不为他人留一点余地。

公　主　听起来是一位善于戏谑的贵人，是不是？

玛利娅　最熟悉他脾气的人都这样说他。

公　主　这种浮华之士往往是不成大器的。还有些什么人？

凯瑟琳　年少的杜曼，一个才华出众的青年，受到一切敬爱美德的人们的爱戴；最具有伤人的能力，却又最不怀恶心。他的智慧可以使一个形貌丑陋的人容光焕发,可是即使他没有智慧,他的堂堂的仪表也可以博取别人的爱悦。我在阿朗松公爵的府中见过他一次;我对于他的伟大的品格的赞美,实在不能道出我在他身上所看到的美德于万一。

罗瑟琳　要是我所听到的话并不虚假,那时候在阿朗松公爵那儿,还有一个他们的同学也跟他在一起;他们叫他做俾隆;在我所交谈过的人们中间,从来不曾有一个比他更会说笑的人,能够雅谑而不流于鄙俗。他的眼睛一看到什么事情,他的机智就会把它编成一段有趣的笑话,他的善于抒述种种奇思妙想的舌头,会用那样灵巧而隽永的字句把它表达出来,使老年人听了娓娓忘倦,少年人听了手舞足蹈;他的口才是这样敏捷而巧妙。

公　　主　上帝祝福我的姑娘们!她们都在恋爱了吗?怎么每一个人都用这种夸张的夸饰赞赏她自己中意的人?

臣　　甲　鲍益来了。

　　　　　　鲍益重上。

公　　主　国王怎样招待你的,鲍益?

鲍　　益　那瓦王已经知道您到来的消息;我还没有见他以前,他跟他那班一同立誓的学侣们已经准备来迎接您了。我听他的口气是这样的:他宁愿把您安顿在郊野里,就像你们是来围攻他的宫廷的一支军队一般,而不愿违反他的誓言,让您走进他的无人侍候的屋子。那瓦王来了。(众女戴脸罩。)

　　　　　　国王、朗格维、杜曼、俾隆及侍从等上。

国　　王　美貌的公主,欢迎你光临那瓦的宫廷。

公　　主　我把"美貌"两字璧还陛下;至于说到"欢迎",那么我还没有实受其惠。这复高的天宇不是您所能私有的,这辽阔的郊野也不是招待贵宾的所在。

国　　王　公主,我们少不得有一天要请你到我们宫廷里屈驾一游。

公　　主　那么我现在就接受您的邀请,请引我前往。

国　　王　听我说,亲爱的公主,我曾经立下重誓。

公　　主　圣母保佑陛下!您有一天会毁誓的。

国　　王　凭着我的意志起誓,公主,我决不毁誓。

公　　主　是啊,意志,也只有意志,能使您毁誓。

国　　王　公主,你不知道我发下的是个什么誓。

公　　主　要是陛下也不知道您自己所发的誓,那倒是陛下的聪明,因为知道这样的誓,反而是一种愚昧。我听说陛下已经发誓不理家政;谨守那样一个无聊的誓,真是一桩极大的罪恶,虽然毁弃它也同样是一桩罪恶。可是恕我吧,我太放肆了,我不该向一个教师训诲。请您读一读我此来的目的,迅速赐给我一个答复。(以文件授国王。)

国　　王　公主,我愿意尽快答复你的赐教。

公　　主　您更愿意的还是早一点把我打发走,因为要是您让我羁留在贵国,就等于把您的誓言毁弃了。

俾　　隆　我不是有一次在勃拉旁跟您跳过舞吗?

罗瑟琳　我不是有一次在勃拉旁跟您跳过舞吗?

俾　　隆　我知道您跟我跳过舞的。

罗瑟琳　既然知道,何必多问!

俾　　隆　您不要这样火辣辣的。

罗瑟琳　谁叫你用这种问题引起我的火性来?

俾　　隆　您的舌头就像一匹快马,奔得太快会把力气都奔完的。

罗瑟琳　它不到把骑马的人掀下在泥潭里,是不会止步的。

俾　　隆　现在是什么时候了？

罗瑟琳　现在是傻瓜们向别人发问的时候。

俾　　隆　愿幸运降在您的脸罩上！

罗瑟琳　愿脸罩下的脸能走运！

俾　　隆　并且给您带来许多恋人！

罗瑟琳　阿门,但愿您不是其中之一。

俾　　隆　哎哟,那么我要走了。

国　　王　公主,令尊在这封信上说起他已经付了我们十万克郎,那只是先父在日贵国所欠我们的战债的半数。这笔款子先父和我都从未收到；即使果有此事,那么也还有十万克郎的欠款没有清还。当初贵国同意把阿奎丹的一部分抵押给我们,作为这一笔欠款的保证,虽然拿土地的价值说起来,实在抵不上这一个数目。现在你的父王只要愿意把那未清偿的半数还给我们,我们也愿意放弃我们在阿奎丹的权利,和他永结盟好。可是他似乎一点没有这种意思,因为在这信上,他单单提出要我们偿还已经付出的十万克郎这一点,却绝口不谈清付十万克郎余欠,以便收复他对阿奎丹的权利的问题。其实我们只要收回先父在日出借的债款,对于阿奎丹这一块瘦瘠不毛的地方,倒是很乐于割舍的。亲爱的公主,倘不是令尊的要求太不近情理,这次蒙你芳踪莅止,我一定不会让你失望而归。

公　　主　家君从来没有您约背信,不履行他的偿债的义务；陛下否认收到这一笔偿款,不但诬蔑家君,而且有失一国元首的器度；我不能不为陛下的名誉惋惜。

国　　王　我郑重声明对于这一笔债款的归还未有所闻；你要是能够证明此事属实,我愿意把它全数奉还贵国,或者把阿奎丹交出。

公　　主　敬遵台命。鲍益,你去把那些曾经他的父王查理手下的专任大员签署,上面载明着这么一笔数目的收据找出来。

国　　王　给我看。

鲍　　益　启禀陛下,这一类有关文件的包裹还没有送到;明天一定可以请您过目。

国　　王　那很好;只要证据确凿,任何合理的要求我都可以允从。现在请你接受在不毁弃盟誓的条件下我的荣誉所能给予你崇高地位的一切礼遇吧。虽然你不能走进我的宫门,美貌的公主,我一定尽力使你在这儿大自然的怀抱之中感到宾至如归的愉快;你将要觉得虽然我这样靳惜着自己的屋宇,可是你已经栖息在我的心灵的深处了。一切失礼之处,请你加以善意的原谅。再会;明天早上我们一定再来奉访。

公　　主　愿陛下政躬康健,所愿皆偿!

国　　王　我也愿意为你作同样的祝祷!(国王及侍从下。)

俾　　隆　姑娘,我要把您放在我的心坎里温存。

罗瑟琳　那么请您把我放进去吧,我倒要看看您的心是怎样的。

俾　　隆　我希望您听见它的呻吟。

罗瑟琳　这傻瓜害病了吗?

俾　　隆　害的是心病。

罗瑟琳　唉! 替它放放血吧。

俾　　隆　放血可以把它医治吗?

罗瑟琳　我的医药知识说是可以的。

俾　　隆　您愿意用您的眼睛刺我的心出血吗?

罗瑟琳　我的眼睛太钝,用我的刀吧。

俾　隆　哎哟,上帝保佑你不要死于非命!

罗瑟琳　上帝保佑你早日归阴!

俾　隆　我不能呆在这儿答谢你的祷告。(退后。)

杜　曼　先生,请问您一句话,那位姑娘是什么人?

鲍　益　阿朗松的息女,凯瑟琳是她的名字。

杜　曼　一位漂亮的姑娘!先生,再会!(下。)

朗格维　请教那位白衣的姑娘是什么人?

鲍　益　您在光天化日之下,可以看清楚她是一个女人。

朗格维　要是看清楚了,多半很轻佻。请问她的名字?

鲍　益　她只有一个名字,您不能问她要。

朗格维　先生,请问她是谁的女儿?

鲍　益　我听说是她母亲的女儿。

朗格维　上帝祝福您的胡子!

鲍　益　好先生,别生气。她是福康勃立琪家的女儿。

朗格维　我现在不生气了。她是一位最可爱的姑娘。

鲍　益　也许是的,先生;或者是这样。(朗格维下。)

俾　隆　那位戴帽子的女人叫什么名字?

鲍　益　巧得很,她叫罗瑟琳。

俾　隆　她结过婚没有?

鲍　益　她只能说是守定了她自己的意志,先生。

俾　隆　欢迎,先生。再会!

鲍　益　彼此彼此。(俾隆下;众女去脸罩。)

玛利娅　最后的一个就是俾隆,那爱开玩笑的贵人;他的每一句话都是一个笑话。

鲍　益　每一个笑话不过是一句话。

公　主　你能和他对答如流,不相上下,本领不小。

鲍　　益　他一心想登船接战,我同样想靠拢杀敌。

玛利娅　不像两艘船,倒像两头疯羊。

鲍　　益　为什么不像船?我看倒是不像羊,除非把您的嘴唇当作我们的芳草,可爱的羔羊小姐!

玛利娅　您算羊,我算牧场;笑话总算了结了吧?

鲍　　益　那么请让我到牧场上来寻食吧。(欲吻玛利娅。)

玛利娅　不行,好牲口,我的嘴唇虽说不止一片,却不是公地。

鲍　　益　它们属于谁呢?

玛利娅　属于我的命运和我自己。

公　　主　你们老是爱斗嘴,大家不要闹了。这种舌剑唇枪,不应该在自己人面前要弄,还是用来对付那瓦王和他的同学们吧。

鲍　　益　我这一双眼睛可以看出别人心里的秘密,难得有时错误;要是这一回我的观察没有把我欺骗,那么那瓦王是染上病了。

公　　主　染上什么病?

鲍　　益　他染上的是我们情人们所说的相思病。

公　　主　何以见得?

鲍　　益　他的一切行为都集中于他的眼睛,透露出不可遏抑的热情;他的心像一颗刻着你的小像的玛瑙,在他的眼里闪耀着骄傲;他急躁的嘴由于不能看,只能说,想平分眼睛的享受,反而张口结舌。一切感觉都奔赴他的眼底,争看那绝世无双的秀丽。仿佛他眼睛里锁藏着整个的灵魂,正像玻璃柜内陈列着珠翠缤纷,放射它们晶莹夺目的光彩,招引过路的行人购买。他脸上写满着无限的惊奇,谁都看得出他意夺神移。我可以给你阿奎丹和他所有的一切,只要你为了

　　　　　我的缘故吻一吻他的脸。
公　　主　到我的帐里来；鲍益又在装疯卖傻了。
鲍　　益　我不过把他的眼睛里所透露的意思用话表示出来。我使他的眼睛变成一张嘴,再替他安上一条不会说谎的舌头。
罗瑟琳　你是一个恋爱场中的老手,真会说话。
玛利娅　他是丘匹德的外公,他的消息都是丘匹德告诉他的。
罗瑟琳　那么维纳斯一定像她的母亲,因为她的父亲是很丑的。
鲍　　益　你们听见吗,我的疯丫头们?
玛利娅　没听见。
鲍　　益　那么你们看见些什么没有?
罗瑟琳　嗯,看见我们回去的路。
鲍　　益　我真拿你们没有办法。(同下。)

第 三 幕

第一场　那瓦王御苑

　　亚马多及毛子上。

亚马多　唱吧,孩子,使我的听觉充满热情。

毛　子　(唱)

　　康考里耐尔——

亚马多　这调子真美!去,稚嫩的青春;拿了这钥匙去,把那乡下人放了,快快带他到这儿来;我必须叫他替我送一封信去给我的爱人。

毛　子　主人,您愿意用法国式的喧哗得到您的爱人的欢心吗?

亚马多　你是什么意思?用法国话吵架吗?

毛　子　不,我的好主人;我的意思是说,从舌尖上溜出一支歌来,用您的脚和着它跳舞,翻起您的眼皮,唱一个音符叹息一个音符;有时候从您的喉咙里滚出来,好像您一边歌唱爱情,一边要把它吞下去似的;有时候从您的鼻孔里哼出来,好像您在嗅寻爱情的踪迹,要把它吸进去似的;您的帽檐斜罩住您的眼睛;您的手臂交叉在您的胸前,像一头炙叉上的兔子;或者把您的手插在口袋里,就像古画上的人像一般;

也不要老是唱着一支曲子,唱几句就要换个曲子。这是台型,这是功架,可以诱动好姑娘们的心,虽然没有这些她们也会被人诱动;而且——请听众先生们注意——这还可以使那些最擅长于这个调调儿的人成为一世的红人。

亚马多　你这种经验是怎么得来的?

毛　子　这是我一点一点观察得来的结果。

亚马多　不过唉,不过唉,——

毛　子　柳条马给忘掉了①。

亚马多　怎么?你把我的爱人叫柳条马吗?

毛　子　岂敢,主人。柳条马只能叫孩子骑着玩,——您的爱人却是谁都能骑的壮母马。可是您忘记您的爱人了吗?

亚马多　我几乎忘了。

毛　子　健忘的学生!把她记住在您的心头。

亚马多　她不但在我的心头,而且在我的心坎里,孩子。

毛　子　而且还在您的心儿外面,主人;这三句话我都可以证明。

亚马多　证明什么?

毛　子　证明我是个男子汉,要是我能长大成人的话。至于说心头、心里和心外,可以即时作证:您在心头爱着她,因为您的心得不到她的爱;您在心里爱着她,因为她已经占据了您的心;您在心儿外面爱着她,因为您已经为她失去您的心。

亚马多　这三样我果然都有。

毛　子　再加上三样。也还是个不折不扣的大零。

亚马多　把那乡下人带来;他必须替我送一封信。

---

① 一句流行的童谣,亦见于《哈姆莱特》第三幕第二场。

毛　子　好得很,马儿替驴子送信。

亚马多　嘿,嘿!你说什么?

毛　子　呃,主人,您该叫那驴子骑了马去,因为他走得太慢啦。我去了。

亚马多　路是很近的;快去!

毛　子　像铅一般快,主人。

亚马多　什么意思,小精灵鬼儿?铅不是一种很沉重迟钝的金属吗?

毛　子　非也,我的好主人;也就是说,不,主人。

亚马多　我说,铅是迟钝的。

毛　子　主人,您这结论下得太快了;从炮口里放出来的铅丸,难道还算慢吗?

亚马多　好巧妙的辞锋!他把我说成了一尊大炮;他自己是弹丸;好,我就把你向那乡下人轰了过去。

毛　子　那么您开炮吧,我飞出去了。(下。)

亚马多　一个乖巧的小子,又活泼又伶俐!对不起,亲爱的苍天,我要把我的叹息呵在你的脸上了。最粗暴的忧郁,勇敢见了你也要远远退避。我的使者回来了。

　　　　毛子率考斯塔德重上。

毛　子　怪事,主人!这位"脑袋"①把腿给摔坏了。

亚马多　真是疑团,真是谜语;好,来个说明,讲吧。

考斯塔德　什么疑团、谜语、说明,装包的膏药我都用不着,先生。啊,先生,敷上个车前草叶子就成了!不要说明,不要说明!也不要膏药,先生,我就要车前草!

---

①　考斯塔德(Costard),原意是"脑袋"。

亚马多　凭我的德行起誓,你真逼得我不能不笑啦;你的愚蠢激动了我的肝火;我两肺的抽搐使我破例开颜。宽恕我吧,我的本命星!难道凡夫俗子把膏药当说明,把"说明"这个名词当作一种膏药吗?

毛　子　智者贤人又何尝不然?在说明里,不是也要这样、要那样吗?

亚马多　不,童子。"说明"乃是曲终奏雅的方式,阐述前文令人费解的言词。让我举例以明之:

　　狐狸、猿猴与蜜蜂,

　　三人吵闹不成双。

这是正文,你再听说明。

毛　子　我可以加上说明。你把正文再念一遍。

亚马多　狐狸、猿猴与蜜蜂,

　　三人吵闹不成双。

毛　子　出来一个大呆鹅,

　　三加为四讲了和。

好,现在我念正文,你随后念说明:

　　狐狸、猿猴与蜜蜂,

　　三人吵闹不成双。

亚马多　出来一个大呆鹅,

　　三加为四讲了和。

毛　子　这说明很好,最后叫呆鹅出场。难道你还不满意吗?

考斯塔德　这孩子可叫他上当了,搞出个呆鹅来,真不错。先生,你的鹅要是肥,这买卖还作得过。会要价钱的人作生意准不吃亏,让我看:"说明"不瘦,鹅也挺肥。

亚马多　别扯了,别扯了。这议论是怎么起的?

毛　子　因为说起脑袋把腿摔坏了;接着你就要求说明。

考斯塔德　是啊,我就要求车前草。然后你的议论又来了,这孩子又搞出个老肥的"说明",就是你买的那只鹅;这一来,市场上货色就都全了。

亚马多　不过你还得给我讲讲,脑袋怎么会把腿摔坏了?

毛　子　我一定给你讲得津津有味。

考斯塔德　你不知道这滋味,毛子。这"说明"还是让我来吧:
　　　　我,脑袋,不甘心坐守囚屋,
　　　　往外跑,绊一跤,跌断腿骨。

亚马多　这件事就不必再谈了。

考斯塔德　可是先得我的腿没事才行。

亚马多　考斯塔德,我要宽释你。

考斯塔德　咳,还不是把我配给一个臭花娘——这话里有几分说明,有几分呆鹅的味道。

亚马多　拿我美好的灵魂起誓,我是说使你解除桎梏,获得自由;你原来是被囚、被禁、被捕、被缚。

考斯塔德　不错,不错,现在你打算把我吐出来、放出来。

亚马多　我要恢复你的自由,免除你的禁锢;我只要你替我干这一件事。(以信授考斯塔德)把这封书简送给那村姑娘杰奎妮妲。(以钱授考斯塔德)这是给你的酬劳;因为对底下人赏罚分明,是我的名誉的最大的保障。毛子,跟我来。(下。)

毛　子　人家说狗尾续貂,我就像狗尾之貂。考斯塔德先生,再会!

考斯塔德　我的小心肝肉儿!我的可爱的小犹太人!(毛子下)现在我要看看他的酬劳。酬劳!啊!原来在他们读书人嘴里,三个铜子就叫做酬劳。"这条带子什么价钱?""一便士。""不,一个酬劳卖不卖?"啊,好得很!酬劳!这是一个比法国的克郎更好的名称。我再也不把这两个字转卖给别人。

    俾隆上。

俾　　隆　啊!我的好小子考斯塔德,咱们碰见得巧极了。
考斯塔德　请问先生,一个酬劳可以买多少淡红色的丝带?
俾　　隆　怎么叫一个酬劳?
考斯塔德　呃,先生,一个酬劳就是三个铜子。
俾　　隆　那么你就可以买到值三个铜子的丝带了。
考斯塔德　谢谢您。上帝和您在一起!
俾　　隆　不要走,家伙;我要差你干一件事。你要是希望得到我的恩宠,我的好小子,那么答应我这一个请托吧。
考斯塔德　您要我在什么时候干这件事,先生?
俾　　隆　哦,今天下午。
考斯塔德　好,我一定给您办到,先生。再会!
俾　　隆　啊,你还没有知道是件什么事哩。
考斯塔德　等我把它办好以后,先生,我就会知道是件什么事。
俾　　隆　嗨,混蛋,你该先知道了以后才去办呀。
考斯塔德　那么我明儿早上来看您。
俾　　隆　这事情必须在今天下午办好。听着,家伙,很简单的一回事:公主就要到这儿御苑里来打猎,她有一位随身侍从的贵女,粗俗的舌头不敢轻易提起她的名字,他们称她为罗瑟琳;你问清楚了哪一个是她,就把这一通密封的书信交在她的洁白的手里。(以一先令授考斯塔德)这是给你的犒赏;去。
考斯塔德　犒赏,啊,可爱的犒赏!比酬劳好得多啦;多了足足十一便士外加一个铜子。最可爱的犒赏！我一定给您送去,先生,决不有错。犒赏！酬劳！(下。)

俾隆　而我——确确实实,我是在恋爱了！我曾经鞭责爱情；我是抽打相思的鞭子手；我把刻毒的讥剌加在那个比一切人类都更傲慢的孩子的身上,像一个守夜的警吏一般监视他的行动,像一个厉害的塾师一般呵斥他的错误！这个盲目的、哭笑无常的、淘气的孩子,这个年少的老爷,矮小的巨人,丘匹德先生；掌管一切恋爱的诗句,交叉的手臂,叹息、呻吟、一切无聊的踯躅和怨尤的无上君主,受到天下痴男怨女敬畏的大王,统领忙于处理通奸案件的衙役们的唯一将帅；啊,我怯弱的心灵,难道我倒要在他的战场上充当一名班长,把他的标帜带满在身上,活像卖艺人耍的套圈！什么,我恋爱！我追求！我找寻妻子！一个像德国时钟似的女人,永远要修理,永远出毛病,永远走不准,除非受到严密注视,才能循规蹈矩！嘿,最不该的是叛弃了誓约,而且在三个之中,偏偏爱上了最坏的一个。一个白脸盘细眉毛的风骚女人,脸上嵌着两枚煤球作为眼睛；凭上天起誓,即使百眼的怪物阿耳戈斯把她终日监视,她也会什么都干得出来。我却要为她叹息！为她整夜不睡！为她祷告神明！罢了,这是丘匹德给我的惩罚,因为我藐视了他的全能而可怖的小小的威力。好吧,我要恋爱、写诗、叹息、祷告、追求和呻吟；谁都有他心爱的姑娘,我的爱人也该有痴心的情郎。(下。)

第四幕

第一场　那瓦王御苑

公主、罗瑟琳、玛利娅、凯瑟琳、鲍益、群臣、侍从及一管林人上。

公　　主　那向着峻峭的山崖加鞭疾驰的,不就是国王吗?
鲍　　益　我不知道;可是我想那不是他。
公　　主　不管他是谁,瞧上去倒是很雄心勃勃似的。好,各位贤卿,今天我们的文件就可以到;星期六就可以回法国去了。管林子的朋友,你说我们应该到哪一丛树林里去杀害生灵?
管林人　您只要站在那一簇小树林边搭起的台上,准可以百发百中。
公　　主　人家说,美人有沉鱼落雁之容;我只要用美目的利箭射了出去,无论什么飞禽走兽都会应弦而倒。
管林人　恕我,公主,我不是这个意思。
公　　主　什么,什么?你不愿恭维我吗?啊,一瞬间的骄傲!我不美吗?唉!
管林人　不,公主,您美。
公　　主　不,现在你不用把我装点了;不美的人,怎样的赞美都不能使她变得好看一点的。这儿,我的好镜子;(以钱给管林人)给你这些钱,因为你不说谎,骂了人反得厚赐,这是分外的重赏。

管林人　您所有的一切都是美好的。

公　　主　瞧,瞧!只要行了好事,就可以保全美貌。啊,不可靠的美貌!正像这些覆雨翻云的时世;多花几个钱,丑女也会变成无双的姝丽。可是拿弓来;现在我们要不顾慈悲,杀生害命,显一显我们射猎的本领;要是射而不中,我可以饰词自辩,因为心怀不忍,才故意网开一面;要是射中了,那不是存心杀害,唯一的目的无非博取一声喝彩。人世间的煊赫光荣,往往产生在罪恶之中,为了身外的浮名,牺牲自己的良心;正像如今我去杀害一头可怜的麋鹿,只为了他人的赞美,并不为自己的怨毒。

鲍　　益　凶悍的妻子拼命压制她们的丈夫,不也就是为了博得人们的赞美吗?

公　　主　正是,无论哪一位太太,能够压倒她的老爷,总是值得赞美的。

　　　　　考斯塔德上。

鲍　　益　来了一个老百姓。

考斯塔德　列位好!请问这儿哪一位是头儿脑儿的小姐?

公　　主　朋友,你只要看别人都是没有头颅脑袋的,就知道哪一个是她了。

考斯塔德　哪一位小姐是顶大的顶高的?

公　　主　她就是顶胖的顶长的一个。

考斯塔德　顶胖的,顶长的!对了,一点没有错儿。小姐,要是您的腰身跟我的心眼儿一样细,您就可以套得上这几位小姐们的腰带。您不是她们的首领吗？您在这儿是顶胖的一个。

公　主　你有什么见教,先生？你有什么见教？

考斯塔德　俾隆先生叫我带封信来,给一位叫做罗瑟琳的小姐。

公　主　啊！你的信呢？你的信呢？他是我的一个好朋友。站在一旁,好信差。鲍益,你会切肉的,把这块鸡切一切吧。

鲍　益　遵命。这封信送错了;它跟这儿每个人都没有关系;它是写给杰奎妮妲的。

公　主　我们也要读它一下。把封蜡打开了,大家听着。

鲍　益　(读)"凭着上天起誓,你是美貌的,这是一个绝无错误的事实;真的,你是娇艳的;真实的本身,你是可爱的。比美貌更美貌,比娇艳更娇艳,比真实更真实的,怜悯你的英雄的奴隶吧！慷慨知名的科菲多亚王看中了下贱污秽的丐女齐妮罗芳①,他可以说,余来,余见,余胜②;用俗语把它分析——啊,下流而卑劣的俗语！——即为,他来了,他看见,他战胜。他来了,一;看见,二;战胜,三;谁来了？国王。他为什么来？因为要看见。他为什么看？因为要战胜。他到谁的地方来？到丐女的地方。他看见什么？丐女。他战胜谁？丐女。结果是胜利。谁的胜利？国王的胜利。俘虏因此而富有了。谁富有了？丐女富有了。收场是结婚。谁结婚？国王结婚;不,两人合而为一,一人化而为二。我就是国王,因为在比喻上是这样的;你就是丐女,你的卑贱可以

---

① 科菲多亚(Cophetua)和培妮罗芳(Penelophon)是古代英国歌谣中的人物;亚马多将培妮罗芳误为齐妮罗芳(Zenelophon)。

② "我来,我看见,我征服"是凯撒征服本都王法那西斯后告知罗马贵族院之有名豪语。

证明。我应该命令你爱我吗?我可以。我应该强迫你爱我吗?我能够。我应该请求你爱我吗?我愿意。你的褴褛将要换到什么?锦衣。你的灰尘将要换到什么?富贵。你自己将要换到什么?我。我让你的脚玷污我的嘴唇,让你的小像玷污我的眼睛,让你的每一部分玷污我的心,等候着你的答复。你的最忠实的唐·阿德里安诺·德·亚马多。"

   你听那雄狮咆哮的怒响,
    你已是他爪牙下的羔羊;
   俯伏在他足前不要反抗,
   他不会把你的生命损伤;
   倘然妄图挣扎,那便怎样?
    免不了充他饥腹的食粮。

公　主　写这信的是一片什么羽毛,一个什么三心二意的人?你们有没有听见过比这更妙的文章?

鲍　益　这文章的风格,我记得好像看见过的。

公　主　读过了这样的文章还会忘记,那你的记性真是太坏了。

鲍　益　这亚马多是这儿宫廷里豢养着的一个西班牙人;他是一个荒唐古怪的家伙,一个疯子,常常用他的奇腔异调逗国王和他的同学们发笑。

公　主　喂,家伙,我问你一句话。谁给你这封信?

考斯塔德　我早对您说过了,是一位大人。

公　主　他叫你把信送给谁的?

考斯塔德　从一位大人送给一位小姐。

公　主　从哪一位大人送给哪一位小姐?

考斯塔德　从俾隆大人,我的一位很好的大爷,送给一位法国的小姐,他说她名叫罗瑟琳。

公　　主　你把他的信送错了。来！各位贤卿,我们走吧。好人儿,把这信收起来;将来有一天也会轮到你的。(公主及侍从下。)

鲍　　益　追你的是谁？是谁？

罗瑟琳　要不要我告诉你？

鲍　　益　请,我绝色的美人儿。

罗瑟琳　那位拿弓的女郎便是。这可把你的嘴堵住啦！

鲍　　益　公主拿弓是要害鹿;你若一旦结了婚,准得害得你的丈夫戴上几打绿头巾。这可叫你开窍了！

罗瑟琳　好吧,那么我拿弓来追。

鲍　　益　可是谁作你的鹿？

罗瑟琳　如果要选脑袋绿的,就请你屈尊让步。这才叫真开窍呢！

玛利娅　你别和她纠缠,鲍益,她惯会迎头痛击。

鲍　　益　如果还手,她喊痛的地方比头可要低。这下子打着她了吧？

罗瑟琳　说起"打着",当年法兰西国王培平还是个孩子的时候,就流行着一句俗语,让我奉送给你好吗？

鲍　　益　当年英格兰王后姬尼佛还是个小姑娘的时候,流行着另一句俗语,我就把它奉还给你吧。

罗瑟琳
　　　　管保你打不着,打不着,打不着,
　　　　管保你打不着,我的好先生。

鲍　　益
　　　　就算我打不着,打不着,打不着,
　　　　就算我打不着,还有别人。(罗瑟琳及凯瑟琳下。)

121

考斯塔德　说实话,真有趣儿;双方兴致都很高。

玛利娅　既不偏,也不倚,两人全打个正着。

鲍　益　要说打,就说打,我请姑娘瞧一瞧。靶上如果安红心,放射就能有目标。

玛利娅　离开足有八丈远!你的手段实在差。

考斯塔德　的确他得站近点儿,不然没法射中靶。

鲍　益　如果我的手段差,也许你的手段强。

考斯塔德　她要是占了上风,大伙儿就全得缴枪。

玛利娅　得了,得了,别耍贫。字眼儿太脏,不像话。

考斯塔德　射箭你射不过她;先生,跟她滚球吧。

鲍　益　我滚起来也没劲。晚安,我的猫头鹰。(鲍益及玛利娅下。)

考斯塔德　凭我的灵魂起誓,他口齿倒满伶俐。上帝!我和姑娘们说得他一败涂地;真逗乐,真有趣,既不雅来也不俗;你一句,我一句,有点荤味有点粗。亚马多,站一边,哎呀,真像个英雄,替姑娘拿着扇子,走在前面作先锋!又弯腰,又吻手,嘴里一串新字眼儿!旁边还有那娃娃,一个淘气的机灵鬼儿!老天在上,个儿不大,可是十分有心眼儿。(内打猎喊声)索拉,索拉!(跑下。)

第二场　同　前

霍罗福尼斯、纳森聂尔牧师及德尔上。

纳森聂尔　真是一种敬畏神明的游戏,而且是很合人道的。

霍罗福尼斯　那头鹿,您知道,沐浴于血泊之中;像一只烂熟的苹果,刚才还是明珠般悬在太虚、穹苍、天空的耳边,一下子就落到平陆、原壤、土地的面上。

纳森聂尔　真的,霍罗福尼斯先生,您的字眼变化得非常巧妙,不愧学者的吐属。可是先生,相信我,它是一头新出角的牡鹿。

霍罗福尼斯　纳森聂尔牧师,信哉!

德　尔　它不是信哉;它是一头两岁的公鹿。

霍罗福尼斯　最愚昧的指示!然而这也是他用他那种不加修饰、未经琢磨、既无教育、又鲜训练,或者不如说是浑噩无知,或者更不如说是诞妄无稽的方式,反映或者不如说是表现他的心理状态的一种解释性的暗示,把我的信哉说成了一头鹿。

德　尔　我说那鹿不是信哉;它是一头两岁的公鹿。

霍罗福尼斯　蠢而又蠢的蠢物,愚哉愚哉!啊!你无知的魔鬼,你的容貌多么伧俗!

纳森聂尔　先生,他不曾饱餐过书本中的美味;他没有吃过纸张,喝过墨水;他的智力是残缺破碎的;他不过是一头畜生,只有下等的感觉。这种愚鲁的木石放在我们的面前,我们这些有情趣有性灵的人,应该感谢上帝,赐给我们如许的智慧才能,使我们不至于像他一样。论起我,如果狂妄、放肆、愚蠢,自然有失身份,但叫他去学习,去进塾读书也是枉费心机。但是,知足常乐;正如先哲所云:天气晴雨莫测,不能扰乱吾心。

德　尔　你们两位都是读书人;你们能不能用你们的智慧告诉我,什么东西在该隐出世的时候已经有一个月大,到现在还没有长满五星期?

霍罗福尼斯　狄克丁娜,德尔好伙计;狄克丁娜,德尔好伙计。

德　　尔　狄克丁娜是什么?

纳森聂尔　狄克丁娜是菲苾,也就是琉娜,也就是月亮的别名。

霍罗福尼斯　亚当生下一个月以后,月亮已经长满了一个月;可是他到了一百岁的时候,月亮还是一百年前的月亮,不曾多老了一个星期。名异实同。

德　　尔　不错,这名字满有意思。

霍罗福尼斯　愿上帝治愈你的脑筋!我是说"差异"的"异"。

德　　尔　我也是说"诧异"的"异",因为月亮横竖总不会老过一个月;我还要说:公主射死的是一头两岁的公鹿。

霍罗福尼斯　纳森聂尔牧师,你想不想听一首信口吟成的咏死鹿的诗篇?为了使愚氓易解,姑且称之为鹿,亦无不可。

纳森聂尔　请开篇,好霍罗福尼斯先生,请开篇;然君子出言应远鄙俚。

霍罗福尼斯　我要试用谐声体,因为那才算尽才人之能事:

　　公主一箭鹿身亡,

　　昔日矫健今负伤。

　　猎犬争吠鹿逃奔,

　　猎人寻路找上门。

　　猎人有路,鹿无路——

　　无路,无禄,哀哉,一命呜呼!

纳森聂尔　真奇才也,可仰,可仰!

德　　尔　可痒大概是有虱子,你看他浑身直搔。

霍罗福尼斯　此乃小技,何足道哉?为诗之诀在有气、有势、有情、有韵、有起、有承、有转、有合,体之于心,厚之以虑,发之以时。此虽别才,得来亦属不易,聊堪自怡而已。

纳森聂尔　先生,我为您赞美上帝,我的教区里的全体居民也都要为您赞美上帝,因为他们的儿子受到您很好的教诲,他们的女儿也从您的地方得益不少;您是社会上的功臣。

霍罗福尼斯　诚然,他们的儿子如果是天真诚朴的,不怕得不到我的教诲;他们的女儿如果是聪慧可教的,我也愿意尽力开导她们。可是哲人寡言。有一个阴性之人找我们来了。

　　　　杰奎妮妲及考斯塔德上。

杰奎妮妲　早安,牧师先生,愿您尊体安隐。

霍罗福尼斯　把"安稳"说成"安隐"。余将安隐乎?

考斯塔德　塾师先生,找个大酒桶,您不就可以痛饮一阵吗?

霍罗福尼斯　以"隐"谐"饮"!愚者千虑,亦有一得;可称美玉杂于顽石,明珠出于老蚌。小有才思,深堪嘉许。

杰奎妮妲　牧师先生,(以一信授纳森聂尔)谢谢您把这一封信读给我听听;这是唐·亚马多叫考斯塔德送来给我的。请你读一读好不好?

霍罗福尼斯　"群羊树下趁风凉"云云……啊,妇孺皆晓的诗篇。旅人称道威尼斯的话可以移赠给你:

　　威尼斯,威尼斯,
　　未曾见面不相知。

此诗何尝不然?不能理解的人也不能欣赏。多、莱、索、拉、密、发。对不起,先生,这里面写些什么?或者正像贺拉斯①所说的——什么,一首诗吗?

纳森聂尔　正是,先生,而且写得非常典雅。

霍罗福尼斯　愿闻一二,先生其为余诵之乎?

纳森聂尔　(读)

----

①　贺拉斯(Horace,公元前65—8年),罗马诗人。

为爱背盟,怎么向你自表寸心?

　　　啊! 美色当前,谁不要失去操守?

　　虽然抚躬自愧,对你誓竭忠贞;

　　　昔日的橡树已化作依人弱柳:

　　请细读它一叶叶的柔情蜜爱,

　　　它的幸福都写下在你的眼中。

　　你是全世界一切知识的渊海,

　　　赞美你便是一切学问的尖峰;

　　倘不是蠢如鹿豕的冥顽愚人,

　　　谁见了你不发出惊奇的嗟叹?

　　你目藏闪电,声音里藏着雷霆;

　　　平静时却是天乐与星光灿烂。

　　你是天人,啊! 赦免爱情的无知,

　　　以尘俗之舌讴歌绝世的仙姿。

霍罗福尼斯　您没有把应该重读的地方读了出来,所以完全失去了抑扬顿挫之妙。让我把这首小诗推敲一下:在韵律方面倒还不错;可是讲到高雅、流利和诗歌的铿锵的音调,此则尚有憾焉。奥维狄斯·奈索①才是真正的诗人;然而奈索之所以为奈索者,不是因为他嗅出了想像的芬芳的花朵,那激发创作的动力吗? 模拟算得了什么? 猎犬也会追随它的主人,猴子也会效学它的饲养者,马儿也会听从它的骑师。可是姑娘淑女,这封信是寄给你的吗?

杰奎妮妲　嗯,先生;这封信是一位俾隆先生寄给我的,他是那

---

① 奥维狄斯·奈索(Ovidius Naso)即奥维德(Ovid,公元前43—公元17?),罗马诗人,《变形记》的作者。

位外国女王手下的一位贵人。

霍罗福尼斯　我要看看那上面的题名："敬献于最美丽的罗瑟琳小姐的雪白的手中。"我还要看看信里面寄信人的署名："乐于供你驱使的俾隆。"——纳森聂尔牧师,这俾隆是一个和王上一同发下誓愿的人;现在他却写了一封信给那外国女王手下的一个侍女,这封信由于一时的偶然,被送信的人送错了地方。快去,我的好人儿;把这封信给王上看,也许它是很有关系的。不必多礼,尽管去吧;再见!

杰奎妮妲　好考斯塔德,跟我去。先生,上帝保佑您!

考斯塔德　去吧,我的姑娘。(考斯塔德、杰奎妮妲下。)

纳森聂尔　先生,您把这件事情干得非常严正,充分显出了敬畏上帝的精神;正像有一位神父说的——

霍罗福尼斯　先生,别对我提起什么神父不神父啦;我最怕那些似是而非的论调。可是让我们再来讨论讨论那首诗;纳森聂尔牧师,您觉得它怎么样?

纳森聂尔　写是写得非常之好。

霍罗福尼斯　今天我要到我的一个学生的父亲家里吃饭;要是您愿意在进餐之前替在座众人作一次祈祷,凭着该生家长对我的交情,我可以介绍您出席;在宴会上我愿意向您证明这首诗非常浅薄,既无诗趣,又无巧思,一点没有匠心独运之处。请您一定光临。

纳森聂尔　那真是多谢了;因为《圣经》上说,交际是人生的幸福。

霍罗福尼斯　不错,《圣经》上这句话是一个很确当的结论。(向德尔)朋友,请你也一同出席,千万不要推却;毋多言!去!那些绅士们正在打猎,我们还是去满足我们口腹的享受。

(同下。)

第三场 同 前

　　俾隆持一纸上。

俾　隆　王上正在逐鹿;我却在追赶我自己。他们张罗设网;我却陷身在泥坑之中。泥坑,这字眼真不好听。好,歇歇吧,悲哀!因为他们说那傻子曾经这样说,我也这样说,我就是傻子:证明得很好,聪明人!上帝啊,这恋爱疯狂得就像埃阿斯①一样;它会杀死一头绵羊;它会杀死我,我就是绵羊:又是一个很好的证明!我不愿恋爱;要是我恋爱,把我吊死了吧;真的,我不愿。啊!可是她的眼睛——天日在上,倘不是为了她的眼睛,我决不会爱她;是的,只是为了她的两只眼睛。唉,我这个人一味说谎,全然的胡说八道。天哪,我在恋爱,它已经教会我作诗,也教会我发愁;这儿是我的一部分的诗,这儿是我的愁。她已经收到我的一首十四行诗了;送信的是个蠢货,寄信的是个呆子,收信的是个佳人;可爱的蠢货,更可爱的呆子,最可爱的佳人!凭着全世界发誓,即使那三个家伙都落下了情网,我也不以为意。这儿有一个拿了一张纸来了;求上帝让他呻吟吧!(爬登树上。)

　　国王持一纸上。

国　王　唉!

俾　隆　(旁白)射中了,天哪!继续施展你的本领吧,可爱的丘

---

① 埃阿斯(Ajax),特洛亚战争中的英雄。参阅《特洛伊罗斯与克瑞西达》一剧。

匹德；你已经用你的鸟箭从他的左乳下面射进去了。当真他也有秘密！

国　　王　（读）

　　旭日不曾以如此温馨的蜜吻
　　　给予蔷薇上晶莹的黎明清露，
　　有如你的慧眼以其灵辉耀映
　　　那淋下在我颊上的深宵残雨；
　　皓月不曾以如此璀璨的光箭
　　　穿过深海里透明澄澈的波心，
　　有如你的秀颜照射我的泪点，
　　　一滴滴荡漾着你冰雪的精神。
　　每一颗泪珠是一辆小小的车，
　　　载着你在我的悲哀之中驱驰；
　　那洋溢在我睫下的朵朵水花，
　　　从忧愁里映现你胜利的荣姿；
　　请不要以我的泪作你的镜子，
　　　你顾影自怜，我将要永远流泪。
　　啊，倾国倾城的仙女，你的颜容
　　　使得我搜索枯肠也感觉词穷。

她怎么可以知道我的悲哀呢？让我把这纸儿丢在地上；可爱的草叶啊，遮掩我的痴心吧。谁到这儿来了？(退立一旁)什么，朗格维！他在读些什么东西！听着！

　　朗格维持一纸上。

俾　　隆　　现在又有一个跟你同样的傻子来了！

朗格维　　唉！我破了誓了！

俾　　隆　　果然像个破誓的，还带着证明罪行的文件呢。

国　　王　我希望他也在恋爱,同病相怜的罪人!

俾　　隆　一个酒鬼会把另一个酒鬼引为同调。

朗格维　我是第一个违反誓言的人吗?

俾　　隆　我可以给你安慰;照我所知道的,已经有两个人比你先破誓了,你来刚好凑成一个三分鼎足,三角帽子,爱情的三角绞刑台,专叫傻瓜送命。

朗格维　我怕这几行生硬的诗句缺少动人的力量。啊,亲爱的玛利娅,我的爱情的皇后!我还是把诗撕了,用散文写吧。

俾　　隆　诗句是爱神裤子上的花边;别让他见不得人。

朗格维　算了,还是让它去吧。(读)

　　你眼睛里有天赋动人的辞令,
　　　　能使全世界的辩士唯唯俯首,
　　不是它劝诱我的心寒盟背信?
　　　　为了你把誓言毁弃不应遭咎。
　　我所舍弃的只是地上的女子,
　　　　你却是一位美妙的天仙化身;
　　为了天神之爱毁弃人世的誓,
　　　　你的垂怜可以洗涤我的罪名。
　　一句誓只是一阵口中的雾气,
　　　　禁不起你这美丽的太阳晒蒸;
　　我脆弱的愿心既已被你引起,
　　　　这毁誓的过失怎能由我担承?
　　即使是我的错,谁会那样疯狂,
　　　　不愿意牺牲一句话换取天堂!

俾　　隆　一个人发起疯来,会把血肉的凡人敬若神明,把一只小鹅看做一个仙女;全然的、全然的偶像崇拜!上帝拯救我们,上帝拯救我们! 我们都走到邪路上去了。

朗格维　我应该叫谁把这首诗送去呢?——有人来了! 且慢。

（退立一旁。）

俾　隆　大家躲好了,大家躲好了,就像小孩子捉迷藏似的。我像一尊天神一般,在这儿高坐天空,察看这些可怜的愚人们的秘密。再多来点! 天啊,真应了我的话了。

　　　　杜曼持一纸上。

俾　隆　杜曼也变了;一个盘子里盛着四只山鹬!

杜　曼　啊,最神圣的凯德①!

俾　隆　啊,亵渎神圣的傻瓜!

杜　曼　凭着上天起誓,一个凡夫眼中的奇迹!

俾　隆　凭着土地起誓,她是个平平常常的女人;你在说谎。

杜　曼　她的琥珀般的头发使琥珀为之逊色。

俾　隆　琥珀色的乌鸦倒是很少有的。

杜　曼　像杉树一般亭亭直立。

俾　隆　我说她身体有点弯曲;她的肩膀好像怀孕似的。

杜　曼　像白昼一般明朗。

俾　隆　嗯,像有几天的白昼一般,不过是没有太阳的白昼。

杜　曼　啊! 但愿我能够如愿以偿!

朗格维　但愿我也如愿以偿!

国　王　主啊,但愿我也如愿以偿!

俾　隆　阿门,但愿我也如愿以偿! 这总算够客气了吧?

杜　曼　我希望忘记她;可是她像热病一般焚烧我的血液,使我再也忘不了她。

---

① 凯德是凯瑟琳的爱称。

俾　隆　你血液里的热病！那么只要请医生开一刀，就可以把她放出来盛在盘子里了。

杜　曼　我还要把我所写的那首歌读一遍。

俾　隆　那么我就再听一次爱情怎样改变了一个聪明人。

杜　曼　（读）

　　　　有一天，唉，那一天！
　　　　爱永远是五月天，
　　　　见一朵好花娇媚，
　　　　在款款风前游戏；
　　　　穿过柔嫩的叶网，
　　　　风儿悄悄地来往。
　　　　憔悴将死的恋人，
　　　　羡慕天风的轻灵；
　　　　风能吹上你面颊，
　　　　我只能对花掩泣！
　　　　我已向神前许愿，
　　　　不攀折鲜花嫩瓣；
　　　　少年谁不爱春红？
　　　　这种誓情理难通。
　　　　今日我为你叛誓，
　　　　请不要把我讥刺；
　　　　你曾经迷惑乔武，
　　　　使朱诺变成黑人，
　　　　放弃天上的威尊，
　　　　来作尘世的凡人。

　　我要把这首歌寄去，另外再用一些更明白的字句，说明我的真诚的恋情的痛苦。啊！但愿王上、俾隆和朗格维也都变成恋人！作恶的有了榜样，可以抹去我叛誓的罪名；大家都是一样有罪，谁也不能把谁怨怼。

朗格维　（上前）杜曼，你希望别人分担你的相思的痛苦，你这种恋爱太自私了。你可以脸色发白，可是我要是也这样被人听见了我的秘密，我知道我一定会满脸通红的。

国　王　（上前）来，先生，你的脸红起来吧。你的情形和他正是一样；可是你明于责人，暗于责己，你的罪比他更加一等。你不爱玛利娅，朗格维从来不曾为她写过一首十四行诗，从来不曾绞着两手，按放在他的多情的胸前，压下他那跳动的心。我躲在这一丛树木后面，已经完全窥破你们的秘密了；我替你们两人好不害羞！我听见你们罪恶的诗句，留心观察着你们的举止，看见你们长吁短叹，注意到你们的热情：一个说，唉！一个说，天哪！一个说她的头发像黄金，一个说她的眼睛像水晶；（向朗格维）你愿意为了天堂的幸福寒盟背信；（向杜曼）乔武为了你的爱人不惜毁弃誓言。要是俾隆听见你们已经把一个用极大的热心发下的誓这样破坏了，他会怎么说呢？他会把你们怎样嘲笑！他会怎样掉弄他的刻毒的舌头！他会怎样高兴得跳起来！我宁愿失去全世界所有的财富，也不愿让他知道我有这样不可告人的心事。

俾　隆　现在我要挺身而出，揭破伪君子的面目了。（自树上跳下）啊！我的好陛下，请您原谅我；好人儿！您自己沉浸在恋爱之中，您有什么权利责备这两个可怜虫？您的眼睛不会变成马车；您的泪珠里不会反映出一位公主的笑容；您不会毁誓，那是一件可憎的罪恶；咄！只有无聊的诗人才会写那些十四行的歌曲。可是您不害羞吗?你们三人一个个当场出丑,都不觉得害羞吗?您发现了他眼中的微尘;王上发现了你们的;可是我发现了你们每人眼中的梁木。啊!我看见了一幕多么愚蠢的活剧,不是这个人叹息呻吟,就是那个人捶胸顿足。哎哟!我好容易耐住我的心,看一位国王变成一只飞蝇,伟大的赫剌克勒斯抽弄陀螺,渊深的所罗门起舞婆娑,年老的涅斯托①变成儿童的游侣,厌世的泰门戏弄无聊的玩具!你的悲哀在什么地方?啊!告诉我,好杜曼。善良的朗格维,你的痛苦在什么地方?陛下,您的又在什么地方?都在这心口儿里。喂,煮一锅稀粥来!这儿有很重的病人哩。

国　　王　你太挖苦人了。那么我们的秘密都被你窥破了吗?

俾　　隆　我算是受了你们的骗。我是个老实人,我以为违背一个自己所发的誓是一件罪恶;谁料竟会受一班虚有其表、反复无常的人们的欺骗。你们什么时候会见我写一句诗?或者为了一个女人而痛苦呻吟?或者费一分钟的时间把我自己修饰?你们什么时候会听见我赞美一只手,一只脚,一张脸,一双眼,一种姿态,一段丰度,一副容貌,一个胸脯,一个腰身,一条腿,一条臂?——

国　　王　且慢!你又不是怕有人在后面追赶的偷儿,用不着这样急急忙忙地奔跑。

俾　　隆　我这样急急忙忙,是为了要逃避爱情;好情人,放我去吧。

---

① 涅斯托(Nestor),荷马史诗《伊利亚特》中年纪最大的希腊将领,以严肃著名。

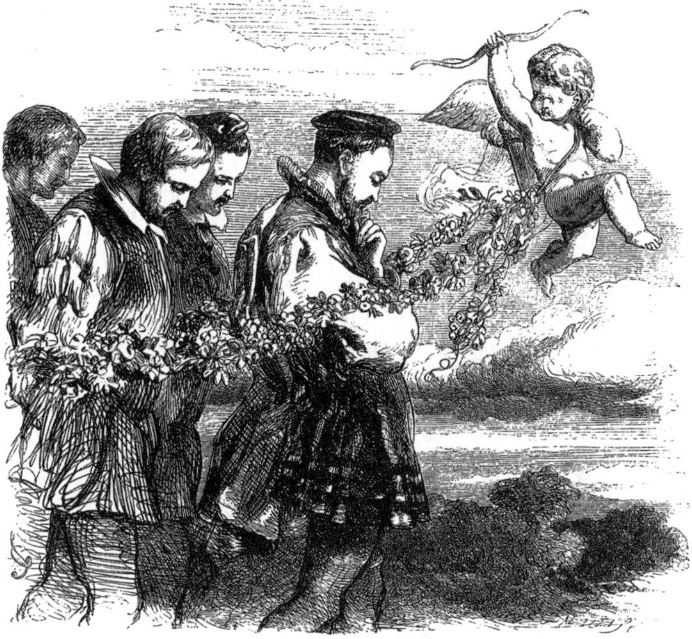

　　　　　杰奎妮妲及考斯塔德上。

杰奎妮妲　上帝祝福王上！

国　　王　你有什么东西送来？

考斯塔德　一件叛逆的阴谋。

国　　王　已经成事的叛逆吗？

考斯塔德　没有成事，陛下。

国　　王　那么也不要叫它败事。请你和叛逆安安静静地一同退场吧。

杰奎妮妲　陛下，请您读一读这封信；我们的牧师先生觉得它很可疑；他说其中有叛逆的阴谋。

国　　王　俾隆，你把它读一读。（以信授俾隆）这封信你是从什么地方得来的？

杰奎妮妲　考斯塔德给我的。

国　　王　你从什么地方得来的？

考斯塔德　邓·阿德拉马狄奥，邓·阿德拉马狄奥给我的。（俾隆撕信。）

国　　王　怎么！你怎么啦？为什么把它撕碎？

俾　　隆　无关重要，陛下，无关重要，您用不着担心。

朗格维　这封信看得他面红耳赤，让我们听听吧。

杜　　曼　（拾起纸片）这是俾隆的笔迹，这儿还有他的名字。

俾　　隆　（向考斯塔德）啊，你这下贱的蠢货！你把我的脸丢尽了。我承认有罪，陛下，我承认有罪。

国　　王　什么？

俾　　隆　你们三个呆子加上了我，刚巧凑成一桌；他、他、您陛下，跟我，都是恋爱场中的扒手，我们都有该死的罪名。啊！把这两个人打发走了，我可以详详细细告诉你们。

杜　曼　现在大家都是一样的了。

俾　隆　不错,不错,我们是同道四人。叫这一双斑鸠去吧。

国　王　你们去吧!

考斯塔德　好人走了,让坏人留在这儿。(考斯塔德、杰奎妮妲下。)

俾　隆　亲爱的朋友们,亲爱的情人们,啊!让我们拥抱吧。我们都是有血有肉的凡人;大海潮升潮落,青天终古长新,陈腐的戒条不能约束少年的热情。我们不能反抗生命的意志,我们必须推翻不合理的盟誓。

国　王　什么!你也会在这些破碎的诗句之中表示你的爱情吗?

俾　隆　"我也会"!谁见了天仙一样的罗瑟琳,不会像一个野蛮的印度人,只要东方的朝阳一开始呈现它的奇丽,就俯首拜伏,用他虔诚的胸膛贴附土地?哪一道鹰隼般威棱闪闪的眼光,不会眩耀于她的华艳,敢仰望她眉宇间的天堂?

国　王　什么狂热的情绪鼓动着你?我的爱人,她的女主人,是一轮美丽的明月,她只是月亮旁边闪烁着微光的一点小星。

俾　隆　那么我的眼睛不是眼睛,我也不是俾隆。啊!倘不是为了我的爱人,白昼都要失去它的光亮。她的娇好的颊上集合着一切出众的美点,她的华贵的全身找不出丝毫缺陷。借给我所有辩士们的生花妙舌——啊,不!她不需要夸大的辞藻;待沽的商品才需要赞美,任何赞美都比不上她自身的美妙。形容枯瘦的一百岁的隐士,看了她一眼会变成五十之翁;美貌是一服换骨的仙丹,它会使扶杖的衰龄返老还童。啊!她就是太阳,万物都被她照耀得灿烂生光。

国　王　凭着上天起誓,你的爱人黑得就像乌木一般。

俾　　隆　乌木像她吗？啊,神圣的树木！娶到乌木般的妻子才是无上的幸福。啊！我要按着《圣经》发誓,她那点漆的瞳人,泼墨的脸色,才是美的极致,不这样便够不上"美人"两字。

国　　王　一派胡说！黑色是地狱的象征,囚牢的幽暗,暮夜的阴沉;美貌应该像天色一样清明。

俾　　隆　魔鬼往往化装光明的天使引诱世人。啊！我的爱人有两道黑色的修眉,因为她悲伤世人的愚痴,让涂染的假发以伪乱真,她要向他们证明黑色的神奇。她的美艳转变了流行的风尚,因为脂粉的颜色已经混淆了天然的红白,自爱的女郎们都知道洗尽铅华,学着她把皮肤染成黝黑。

杜　　曼　打扫烟囱的人也是学着她把烟煤涂满一身。

朗格维　从此以后,炭坑夫都要得到俊美的名称。

国　　王　非洲的黑人夸耀他们美丽的肤色。

杜　　曼　黑暗不再需要灯烛,因为黑暗即是光明。

俾　　隆　你们的爱人们永远不敢在雨中走路,她们就怕雨水洗去了脸上的脂粉。

国　　王　你的爱人倒该淋雨,让雨水把她的脸冲洗干净。

俾　　隆　我要证明她的美貌,拼着舌敝唇焦,一直讲到世界末日的来临。

国　　王　到那时候你就知道没有一个魔鬼不比她漂亮几分。

杜　　曼　像你这样钟情丑妇的人真是世间少见。

朗格维　瞧,这儿是你的爱人;(举鞋示俾隆)把她的脸多看两眼。

俾　　隆　啊！要是把你的眼睛铺成道路,也会玷污了她的姗姗微步。

杜　　曼　啊,真下流! 街道上若都是眼睛,她走起路来一迈步,多么丢人。

国　　王　可是何必这样斤斤争论? 我们不是大家都在恋爱吗?

俾　　隆　一点不错,我们大家都毁了誓啦。

国　　王　那么不要作这种无聊的空谈。好俾隆,现在请你证明我们的恋爱是合法的;我们的信心并没有遭到损害。

杜　　曼　对了,赞美赞美我们的罪恶。

朗格维　啊! 用一些充分的理由壮壮我们的胆;用一些巧妙的诡计把魔鬼轻轻骗过。

杜　　曼　用一些娓娓动听的辩解减除我们叛誓的内疚。

俾　　隆　啊,那是不必要的。好,那么,爱情的战士们,想一想你们最初发下的誓,绝食,读书,不近女色,全然是对于绚烂的青春的重大的谋叛! 你们能够绝食吗? 你们的肠胃太娇嫩了,绝食会引起种种的病症。你们虽然立誓发愤读书,要是你们已经抛弃了各人的一本最宝贵的书籍,你们还能在梦寐之中不废吟哦吗? 因为除了一张女人的美丽的容颜以外,您,我的陛下,或是你,或是你,什么地方找得到学问的真正价值? 从女人的眼睛里我得到这一个教训:它们是艺术的经典,知识的宝库,是它们燃起了智慧的神火。刻苦的钻研可以使活泼的心神变为迟钝,正像长途的跋涉消耗旅人的精力。你们不看女人的脸,不但放弃了眼睛的天赋的功用,而且根本违背你们立誓求学的原意;因为世上哪一个著作家能够像一个女人的眼睛一般把如许的美丽启示读者? 学问是我们随身的财产,我们自己在什么地方,我们的学问也跟着我们在一起;那么当我们在女人的眼睛里看见我们自己的时候,我们不是也可以看到它里边存在着我们的学问吗？啊！朋友们，我们发誓读书，同时却抛弃了我们的书本；因为在你们钝拙的思索之中，您，我的陛下，或是你，或是你，几曾歌咏出像美人的慧眼所激发你们的那种火一般热烈的诗句？一切沉闷的学术都局限于脑海之中，它们因为缺少活动，费了极大的艰苦还是绝无收获；可是从一个女人的眼睛里学会了恋爱，却不会禁闭在方寸的心田，它会随着全身的血液，像思想一般迅速地通过百官四肢，使每一个器官发挥出双倍的效能；它使眼睛增加一重明亮，恋人眼中的光芒可以使猛鹰眩目；恋人的耳朵听得出最微细的声音，任何鬼祟的奸谋都逃不过他的知觉；恋人的感觉比戴壳蜗牛的触角还要微妙灵敏；恋人的舌头使善于辨味的巴克科斯①显得迟钝；讲到勇力，爱情不是像赫刺克勒斯一般，永远在乐园里爬树想摘金苹果吗？像斯芬克斯②一般狡狯；像那以阿波罗的金发为弦的天琴一般和谐悦耳；当爱情发言的时候，就像诸神的合唱，使整个的天界陶醉于仙乐之中。诗人不敢提笔抒写他的诗篇，除非他的墨水里调和着爱情的叹息；啊！那时候他的诗句就会感动野蛮的猛兽，激发暴君的天良。从女人的眼睛里我得到这一个教训：它们永远闪耀着智慧的神火；它们是艺术的经典，是知识的宝库，装饰、涵容、滋养着整个世界；没有它们，一切都会失去它们的美妙。那么你们真是一群呆子，甘心把这些女人舍弃；你们谨守你们的誓约，就可以证明你们的痴愚。为了智慧，这一个众人喜爱的名词，为了爱情，这一个喜爱众人的

---

① 巴克科斯（Bacchus），希腊神话里的酒神。
② 斯芬克斯（Sphinx），希腊神话中狮身女首有翼之怪物，常坐路旁以其狡诡之谜语难人。

名词,为了男人,一切女人的创造者,为了女人,没有她们便没有男人,让我们放弃我们的誓约,找到我们自己,否则我们就要为了谨守誓约而丧失自己。这样的毁誓是为神明所容许的;因为慈悲的本身可以代替法律,谁能把爱情和慈悲分而为二?

国　　王　那么凭着圣丘匹德的名字,兵士们,上阵呀!

俾　　隆　举起你们的大旗,向她们努力进攻吧,朋友们!来他一阵混杀!但是先要当心,交手的时候哪个太阳是归你的。

朗格维　把这些巧妙的字句搁在一旁,老老实实谈一谈吧。我们要不要决定去向这些法国女郎们求爱?

国　　王　是的,而且我们一定要达到目的。所以让我们商量商量用些什么方法娱乐她们。

俾　　隆　第一,让我们从御苑里护送她们到她们的帐幕之内;然后每一个人握着他的美貌的恋人的纤手回来。在下午我们要计划一些短时间内可以筹备起来的新奇的娱乐安慰她们;因为饮酒、跳舞和狂欢是恋爱的先驱,是它们把缤纷的花朵铺成一道康衢。

国　　王　去,去!我们现在必须利用每一秒钟的时间。

俾　　隆　去,去!种下莠草哪能收起佳禾?

　　　　　那昭昭的天道从不会有私心:
　　　　　轻狂的娘儿嫁给背信的丈夫;
　　　　　是顽铜怎么换得到美玉精金?(同下。)

第 五 幕

第一场　那瓦王御苑

　　　　霍罗福尼斯、纳森聂尔牧师及德尔上。

霍罗福尼斯　已而者,已而而已矣。

纳森聂尔　先生,我为您赞美上帝。您在宴会上这一番议论,的确是犀利隽永,风趣而不俚俗,机智而不做作,大胆而不轻率,渊博而不固执,新奇而不乖僻。我前天跟一个王上手下的人谈话,他的雅篆,他的尊号,他的大名是唐·阿德里安诺·德·亚马多。

霍罗福尼斯　后生小子,何足道哉! 这个人秉性傲慢,出言武断,满口虚文,目空一世,高视阔步,旁若无人,可谓狂妄之尤。他太拘泥不化,太矫揉造作,太古怪,也可以说太不近人情了。

纳森聂尔　一个非常确切而巧妙的断语。(取出笔记簿。)

霍罗福尼斯　他从贫弱的论据中间抽出他的琐碎而繁缛的言辞。我痛恨这种荒唐的妄人,这种乖僻而苛细的家伙,这种破坏文字的罪人:明明是 doubt,他却说是 dout;明明是 d,e,b,t,debt,他偏要读做 d,e,t,det;他把 calf 读成了 cauf,half

读成了 hauf；neighbour 变成 nebour，neigh 的音缩做了 ne。这简直是 abhominable，可是叫他说起来又是 abominable 了。此类谬误之读音，闻之殆于令人痫发；足下其知之乎？所谓痫发者，即发疯之谓也。

纳森聂尔　赞美上帝，真乃打开茅塞。

霍罗福尼斯　打开？应该是"顿开"。用词不甚得当，尚可，尚可。

　　　　　　亚马多、毛子及考斯塔德上。

纳森聂尔　来者其谁耶？

霍罗福尼斯　此固余所乐见者也。

亚马多　（向毛子）崽子！

霍罗福尼斯　不曰小子而曰崽子，何哉？

亚马多　两位文士，幸会了。

霍罗福尼斯　最英勇的骑士，敬礼。

毛　子　（向考斯塔德旁白）他们刚从一场文字的盛宴上，偷了些吃剩的肉皮鱼骨回来。

考斯塔德　啊！他们一向是靠着咬文嚼字过活的。我奇怪你家主人没有把你当作一个字吞了下去，因为你连头到脚，还没有 honorificabilitudinitatibus① 这一个字那么长；把你吞下去，一点儿不费事。

毛　子　静些！钟声敲起来了。

亚马多　（向霍罗福尼斯）先生，你不是有学问的吗？

毛　子　是的，是的；他会教孩子们认字呢。请问把 a，b，颠倒拼起来，头上再加一只角，是个什么字？

---

① 拉丁文，意为"在充满了荣誉的情况中"。

霍罗福尼斯　孺子听之,这是一个 Ba 字,多了一只角。

毛　子　Ba,好一头出角的蠢羊。你们听听他的学问。

霍罗福尼斯　谁,谁,你说哪一个,你这没有母音的子音?

毛　子　你自己说起来,是五个母音中间的第三个;要是我说起来,就是第五个。

霍罗福尼斯　让我说说看——a,e,i——I 就是我。

毛　子　对了,你就是那头羊;让我接下去——o,u——You 就是你,那头羊还是你。

亚马多　凭着地中海里滚滚的波涛起誓,好巧妙的讥刺,好敏捷的才智!爽快,干脆,一剑就刺中了要害!它欣慰了我的心灵;真是呱呱叫。

毛　子　孩子要是呱呱叫,大人就该"咩咩"叫了。

霍罗福尼斯　什么意思?什么意思?

毛　子　还是蠢羊。

霍罗福尼斯　孺子焉知应对?去抽陀螺玩吧。

毛　子　把你的角借给我作个陀螺,我准保抽得你体无完肤。羊角作陀螺最好。

考斯塔德　要是我在这世上一共只剩了一个便士,我也要把它送给你买姜饼吃。拿去,这是你的主人给我的酬劳,你这智慧的小钱囊,你这伶俐的鸽蛋。啊!要是上天愿意让你做我的私生子,你将要使我成为一个多么快乐的爸爸!好,你正像人家说的,连屁股尖上都是聪明的。

霍罗福尼斯　哎哟!这是什么话?应该说手指尖上,他说成屁股尖上啦。

亚马多　学士先生,请了;我们不必理会那些无知无识的人。你不是在山顶上那所学校里教授青年的吗?

霍罗福尼斯　亦即峰头。

亚马多　峰头或者山顶,谨听尊便。

霍罗福尼斯　正是。

亚马多　先生,王上已经宣布他的最圣明的意旨,要在这一个白昼的尾间,那就是粗俗的群众所称为下午的,到公主的帐幕里访问嘉宾。

霍罗福尼斯　最高贵的先生,用白昼的尾间代替下午,果然是再合适、确切、适当不过的了;真的,先生,这一个名词拣选得非常佳妙。

亚马多　先生,王上是一位高贵的绅士,不瞒你说,他是我的知交,很好的朋友。讲到我们两人之间的交情,那可以不用提了。——请你不要多礼,请你务必戴上你的帽子——还有其他许多既重要又重大又严重的情节,可是那都不用提了。因为我必须告诉你,王上陛下往往靠在我的卑贱的肩上,用他的御指玩弄我的废物——我的胡子;可是好人儿,那也不用提了。我可以发誓我说的不是假话,他老人家曾经把特殊的恩宠赏给亚马多,一个军人,一个见过世面的旅行者;可是那也不用提了。一切的一切是这样的,可是好人儿,我要请你保守秘密,王上的意思,要我在那公主面前,可爱的小东西!表演一些有趣的节目,一些玩意儿,一些热闹的花样,一些滑稽的戏剧,或是一些焰火。我因为知道你跟牧师先生两位对于这种寻开心的事情是很来得的,所以特来跟你们商量商量,请你们帮帮我的忙。

霍罗福尼斯　先生,您可以在她面前表演九大伟人。纳森聂尔牧师,我们奉王上的命令,承这位最傥傥贵显而博学的绅士的嘱托,略效微劳,在这一个白昼的尾间,表演一些应时的娱乐于公主之前,照我说起来,没有比扮演九大伟人的事迹更适当的了。

纳森聂尔　您在什么地方可以找得到胜任愉快的人来扮演他们呢?

霍罗福尼斯　您自己扮约书亚;我自己或是这位倜傥的绅士扮犹大·麦卡俾斯,这乡下人手脚粗大,可以充庞贝大王;① 这童儿就叫他扮赫剌克勒斯——

亚马多　对不起,先生,你错了;他还没有那位伟人的拇指那么大,他的棍子的一头也要比他粗一些。

霍罗福尼斯　你们愿意听我说吗?他可以扮演幼年的赫剌克勒斯,上场下场都在绞弄一条蛇;我还可以预备一段话向观众解释。

毛　子　妙极了的设计!这样要是观众中间有人喝倒彩,你就可以嚷:"好呀,赫剌克勒斯!你把蛇儿勒死了!"这样就可以把错处遮掩过去,虽然没有什么人会有这么厚的脸皮。

亚马多　还有那五位伟人呢?——

霍罗福尼斯　我一个人可以扮演三个。

毛　子　三重的伟人!

亚马多　我可以告诉你们一句话吗?

霍罗福尼斯　我们愿意洗耳恭听。

亚马多　伟人要是扮不成功,我们可以演一出滑稽戏。请你们跟我来。

霍罗福尼斯　来,德尔好伙计!你直到现在,还没有说过一句

---

① 约书亚(Joshua),古代以色列先知;犹大·麦卡俾斯(Judas Maccabaeus),古代犹太民族英雄,庞贝大王(Pompey the Great),罗马大将。

话哩。

德　尔　而且我一句话也没有听懂,先生。

霍罗福尼斯　来!我们也要叫你做些事情。

德　尔　我可以跟着人家跳跳舞;或者替伟人们打打小鼓,让别人去跳舞。

霍罗福尼斯　最笨的老实的德尔;来,我们去准备我们的玩意儿吧!(同下。)

第二场　同前。公主帐幕前

公主、凯瑟琳、罗瑟琳及玛利娅同上。

公　主　好人儿们,要是每天有这么多的礼物源源而来,我们在回国以前,一定可以变成巨富了。一个被金刚钻包围的女郎!瞧这就是那多情的国王给我的。

罗瑟琳　公主,没有别的东西跟着它一起送来吗?

公　主　没有别的东西!怎么没有?他用塞满了爱情的诗句密密地写在一张纸的两面,连边上都不留出一点空白;他恨不得用丘匹德的名字把它封起来呢。

罗瑟琳　只有这样才能使这位小神仙老起来;他已经做了五千年的孩子了。

凯瑟琳　嗯,他也是个倒霉的催命鬼。

罗瑟琳　你再也不会跟他要好,因为他杀死了你的姊姊。

凯瑟琳　他使她悲哀忧闷;她就是这样死的。要是她也像你一样轻狂,有你这样一副风流活泼的性情,她也许会做了祖母才死。你大概也有做祖母的一天,因为无忧无虑的人是容易长寿的。

罗瑟琳　你说我轻狂,耗子,可是你的话没说清楚。

凯瑟琳　皮肤黑的人决不会稳重。

罗瑟琳　你的脑子才真是漆黑一团。

凯瑟琳　既然你气得黑白不分,我这番话也就只好糊涂了之。

罗瑟琳　当心你在黑里别作什么糊涂事。

凯瑟琳　你不用等到黑,因为你本性就轻狂。

罗瑟琳　说轻我承认;至于你那一身肉有多重,我没称过。

凯瑟琳　你没称过我?这不是对我不关心吗?

罗瑟琳　正是;俗话说得好:"没救的事少操心。"

公　主　两人的嘴都够利害,堪称旗鼓相当。可是罗瑟琳,你不是也收到一件礼物吗?是谁送来的?是什么东西?

罗瑟琳　我希望您知道,只要我的脸也像您一样娇艳,我也可以收到像您的一样贵重的礼物;瞧这个吧。嘿,我也有一首诗呢,谢谢俾隆;那音律倒是毫无错误;要是那诗句也没有说错,我就是地上最美的女神;他把我跟两万个美人比较。啊!他在这信里替我描下了一幅小像哩。

公　主　像不像呢?

罗瑟琳　文字倒不错,赞美的辞句却用得很糟糕。

公　主　像墨水一样美;比喻很恰当。

凯瑟琳　和楷书一样端正大方。

罗瑟琳　近墨者黑,近朱者赤。你的脸色像日历上的星期日;你的头发像个金字;但愿你一脸不生满了斑痣!

凯瑟琳　这种玩笑就是天花!会把所有的悍妇都染上!

公　主　(向凯瑟琳)可是漂亮的杜曼送给你什么东西?

凯瑟琳　公主,他给我这一只手套。

公　主　他没有送你一双吗?

凯瑟琳　是的,公主;而且他还写了一千行表明他爱情忠实的诗句,全然是一大堆假惺惺的废话,非但拙劣不堪,而且无聊透顶。

玛利娅　这个,还有这些珍珠,都是朗格维送给我的;他的信写得足足有半哩路长。

公　主　我完全同意。你心里不是希望这项链再长一些,这信再短一些吗?

玛利娅　正是,否则愿我这双手合拢了再也分不开来。

公　主　我们都是聪明的女孩子,才会这样讥笑我们的爱人。

罗瑟琳　他们都是蠢透了的傻瓜,才会出这样的代价来买我们的讥笑。我要在我未去以前,把那个俾隆大大折磨一下。啊,要是我知道他在一星期内就会落下情网!我一定要叫他摇尾乞怜,殷勤求爱;叫他静候时机,耐心等待;叫他呕尽才华,写下无聊的诗句;叫他奉命驱驰,甘受诸般的辛苦;我尽管冷嘲热骂,他却是受宠若惊;他做了我手中玩物,我变成他司命灾星。

公　主　聪明人变成了痴愚,是一条最容易上钩的游鱼;因为他凭恃才高学广,看不见自己的狂妄。

罗瑟琳　中年人动了春心,比年轻的更一发难禁。

玛利娅　愚人的蠢事算不得希奇,聪明人的蠢事才叫人笑痛肚皮;因为他用全副的本领证明他自己的愚笨。

　　　　　鲍益上。

公　主　鲍益来了,他满脸都是高兴。

鲍　益　啊!我笑死了。公主殿下呢?

公　主　你有什么消息,鲍益?

鲍　益　预备,公主,预备!——武装起来,姑娘们,武装起来!

大队人马要来破坏你们的和平了。爱情用说辞做它的武器,乔装改扮,要来袭击你们了。集合你们的智慧,布置你们的防御;否则像懦夫一样缩紧了头,赶快逃走吧。

公　主　圣丘匹德呀!那些用言语来向我们挑战的是什么人?说,探子,说。

鲍　益　在一株枫树的凉阴之下,我正想睡它半点钟的时间,忽然在树阴的对面,我看见了国王和他的一群同伴;我就小小心心地溜进了一丛附近的树林,听听他们说些什么话;原来他们打算过一会儿就化了装到这儿来呢。他们的先驱是一个刁钻伶俐的童儿,他已经背熟了他们叫他传达的使命;他们就在那边教他动作的姿势和说话的声调,"你必须这样说,你的身体必须站得这个样子。"他们又怕他当着贵人的面前会吓得说不出话来;"因为,"那国王说,"你将要看见一位天使;可是不用害怕,尽管放大胆子说,"那孩子却回答说,"天使又不是妖精;倘然她是一个魔鬼,我才会怕她哩。"大家听了这句话,都笑起来,拍他的肩膀,那大胆的小油嘴得到他们的夸奖,便格外大胆了。一个高兴地掀着他的肘子,咧开了嘴,发誓说从来没有人说过一句比这更俏皮的话;一个翘起了手指嚷着,"嘿!不管结果如何,我们一定要干一下;"一个边跳边嚷,"一切顺利;"还有一个踮起脚趾旋了个身,一跤跌在地上。于是大家全都在地上打起滚来,疯了似的笑个不停,笑得连眼泪都淌下来了。

公　主　可是,可是,他们要来访问我们吗?

鲍　益　是的,是的;照我猜想起来,他们都要扮成俄罗斯人的样子。他们的目的是谈情求爱和跳舞;凭着他们赠送的礼物,认明各人恋爱的对象,倾吐自己倾慕的衷诚。

公　主　他们想要这样吗？我们倒要把这些情人们作弄一下。姑娘们，我们每一个人都要套上脸罩，无论他们怎样请求，我们都不让他们瞧见我们的脸。拿着，罗瑟琳，你把这一件礼物佩在身上，国王就会把你当作他心爱的人；你把这拿了去，我的好人儿，再把你的给我，俾隆就会把我当作罗瑟琳了。你们两人也各人交换了礼物，让你们的情人大家认错求爱的对象。

罗瑟琳　那么来，大家把礼物佩戴在最注目的地方。

凯瑟琳　可是这样交换了，您有什么目的呢？

公　主　我的目的就是要使他们不能达到目的。他们的用意不过是向我们开开玩笑，所以我们也要开开他们的玩笑。他们现在向认错了的爱人吐露心曲，下回我们用本来面目和他们相见的时候，便可以把他们尽情奚落。

罗瑟琳　可是假如他们要求我们跳舞，我们要不要陪他们跳呢？

公　主　不，我们死也不动一步。我们也不要理会他们预先写就的说辞，当来人开口的时候，各人都把脸扭过去。

鲍　益　哎哟，说话的人遭到了这样的冷淡，一定会伤心得忘记了他的词句。

公　主　那正是我的用意所在；我相信只要那打头阵的受了没趣，别人都会失去勇气。最有意味的戏谑是以谑攻谑，让那存心侮弄的自取其辱；且看他们碰了一鼻子的灰，乘兴而来，败兴而归。（内吹喇叭声。）

鲍　益　喇叭响了；戴上脸罩；跳舞的人来啦。（众女戴脸罩。）

众乐工扮黑人，毛子前行，国王、俾隆、朗格维及杜曼各扮俄罗斯人戴假面上。

毛　子

　　　　　万福,地上最富丽的美人们!
鲍　益　只有黑缎子脸罩称不起富丽。
毛　子
　　　　　最娇艳的女郎的神圣之群,(众女转背)你们曼妙
　　　　　的——背影——为世人所瞻仰!
俾　隆　"你们曼妙的容华",混蛋,"你们曼妙的容华"。
毛　子
　　　　　你们曼妙的容华为世人所瞻仰! 天——
鲍　益　你听,急得叫天了。
毛　子
　　　　　天仙们啊,愿你们大发慈悲,闭上你们
俾　隆　"睁开你们——",混蛋!
毛　子
　　　　　睁开你们阳光普照的眼睛——阳光普照的眼睛——
鲍　益　这样形容她们完全不对;应该说:"黑夜笼罩的眼睛。"
毛　子　她们睬也不睬我,我念不下去了。
俾　隆　这就是你的好记性吗? 滚开,你这混蛋!(毛子下。)
罗瑟琳　这些异邦人到这儿来有什么事? 鲍益,你去问问他们,
　　　　要是他们会讲我们的言语,就叫他们举出一个老老实实的
　　　　人来说明他们的来意。你去问吧。
鲍　益　你们来见公主有什么事?
俾　隆　我们唯一的愿望,只是和平而善意的晋谒。
罗瑟琳　他们说他们有什么事?
鲍　益　他们唯一的愿望,只是和平而善意的晋谒。
罗瑟琳　那么他们已经谒见过了;叫他们走吧。
鲍　益　公主说,你们已经谒见过了,叫你们走吧。

国　　王　对她说,我们为了希望在这草坪上和她跳一次舞,已经
　　　　　跋涉山川,用我们的脚步丈量了不少的路程。

鲍　　益　他们说,他们为了希望在这草坪上和您跳一次舞,已经
　　　　　跋涉山川,用他们的脚步丈量了不少的路程。

罗瑟琳　没有的事。问他们一哩路有多少吋;要是他们已经丈
　　　　　量过不少路程,一哩路的吋数是很容易计算出来的。

鲍　　益　要是你们迢迢来此,已经丈量过不少路程,公主问你们
　　　　　一哩路有多少吋。

俾　　隆　告诉她我们是用疲乏的脚步丈量的。

鲍　　益　她已经听见了。

罗瑟琳　在你们所经过的许多疲乏的路程之中,走一哩路需要
　　　　　多少疲乏的脚步?

俾　　隆　我们从不计算我们为您所费的辛勤;我们的忠心是无
　　　　　限的富有,不能用数字估计。愿您展现您脸上的阳光,让
　　　　　我们像一群野蛮人一样,可以向它顶礼膜拜。

罗瑟琳　我的脸不过是一个月亮,而且是遮着乌云的。

国　　王　遮蔽着这样的明月,那乌云是幸福的!皎洁的明月,和
　　　　　你的灿烂的众星啊,愿你们扫去浮云,把你们的光明照射在
　　　　　我们的眼波之上。

罗瑟琳　愚妄的祈求者啊! 你不要追寻镜里的空花,水中的明
　　　　　月;你应该请求一些更重要的事物。

国　　王　那么请你陪我们跳一回舞。你叫我请求,这一个请求
　　　　　应该不算过分。

罗瑟琳　那么音乐,奏起来! 你要跳舞必须赶快。(奏乐)不!
　　　　　不跳了! 我正像月亮一般,一下子又有了更改。

国　　王　您不愿跳舞吗? 怎么又突然走开了?

罗瑟琳　你刚才看见的是满月,现在她已经变了。

国　王　可是她还是这一个月亮,我还是这一个人。音乐在奏着,请给它一些动作吧。

罗瑟琳　我们的耳朵在听着呢。

国　王　可是您必须提起您的腿来。

罗瑟琳　既然你们都是些异邦人,偶然来到这里,我们也不必过于拘谨;挽着我的手,我们不跳舞了。

国　王　那么为什么要挽手呢?

罗瑟琳　因为我们可以像朋友似的握手而别。好人儿们,行个礼;跳舞已经完了。

国　王　再跳两步吧;不要这样吝啬。

罗瑟琳　凭着这样的代价,我们不能满足你们超过限度的要求。

国　王　那么你们是有价格的吗?怎样的代价才可以买到你们伴舞的光荣?

罗瑟琳　唯一的代价是请你们离开这里。

国　王　那是永远不可能的。

罗瑟琳　那么我们是买不到的;再会!

国　王　要是您拒绝跳舞,让我们谈谈心怎么样?

罗瑟琳　那么找个僻静点儿的所在吧。

国　王　那好极了。(二人趋一旁谈话。)

俾　隆　玉手纤纤的姑娘,让我跟你谈一句甜甜的话儿。

公　主　蜂蜜,牛乳,蔗糖,我已经说了三句了。

俾　隆　你既然这样俏皮,我也要回答你三句,百花露,麦芽汁,葡萄酒。好得很,我们各人都掷了个三点。现在有六种甜啦。

公　主　第七种甜,再会吧;您既然是个无赖的赌徒,我不要再跟您玩啦。

俾　隆　让我悄悄地告诉你一句话。

公　主　可不要是句甜甜的话儿。

俾　隆　你不知道我心里多苦！

公　主　和黄连一样苦。

俾　隆　一点不错。（二人趋一旁谈话。）

杜　曼　您愿意跟我交换一句话吗？

玛利娅　说吧。

杜　曼　美貌的姑娘——

玛利娅　您这样说吗？"漂亮的先生"；把这句话交换您的"美貌的姑娘"吧。

杜　曼　请您允许我跟您悄悄地说句话，我就向您告辞。（二人趋一旁谈话。）

凯瑟琳　怎么！您的假面上没有舌头吗？

朗格维　姑娘，我知道您这样问我的原因。

凯瑟琳　啊！把您的原因说出来；快些，先生；我很想听一听呢。

朗格维　在您的脸罩之内，您有两条舌头，所以要想借一条给我那不会说话的假面。

凯瑟琳　还是叫荷兰人借给你一条牛舌头吧。

朗格维　牛，美人！

凯瑟琳　不，牛先生。

朗格维　我们把这牛平分了吧。

凯瑟琳　不，我可不跟你配对儿。你一人全牵去吧；大了也许是头好牲口。

朗格维　看啊，你出语伤人，和牛没有两样。贞洁的女郎，请不要用角勾搭人！

凯瑟琳　你怕头上长角,最好在作牛犊子的时候就一命归天。

朗格维　让我在归天以前跟您悄悄地说句话吧。

凯瑟琳　那么轻轻地叫吧,小牛儿;屠夫在听着呢。(二人趋一旁谈话。)

鲍　益　姑娘们一张尖刻的利嘴,
　　　　就像无形的剃刀般锋锐,
　　　　任是最纤细的秋毫微末,
　　　　碰着它免不了迎刃而折;
　　　　她们的想象驾起了羽翼,
　　　　最快的风比不上它迅疾。

罗瑟琳　别再说下去了,我的姑娘们;停止,停止。

俾　隆　天哪,大家都被她们取笑得狼狈不堪!

国　王　再会,疯狂的姑娘,你们真是希有的刁钻。

公　主　二十个再会,我的冰冻的莫斯科人!(国王、众臣、乐工及侍从等下)这些就是举世钦佩的聪明人吗?

鲍　益　他们的聪明不过是蜡烛的微光,被你们可爱的气息一吹就吹熄了。

罗瑟琳　他们都有一点小小的才情,可是粗俗不堪。

公　主　啊,贫乏的智慧!身为国王,受到这样无情的揶揄!你们想他们今晚会不会上吊?或者从此以后,不套假脸再也不敢见人?这放肆的俾隆今天丢尽了脸。

罗瑟琳　啊!他们全都狼狈万分。那国王因为想不出一句巧妙的答复,急得简直要哭出来呢。

公　主　俾隆发了无数的誓;他越是发誓,人家越是不相信他。

玛利娅　杜曼把他自己和他的剑呈献给我,愿意为我服役;我说,"可惜你的剑是没有锋的。"我的仆人立刻闭住了嘴。

凯瑟琳　朗格维大人说,我占据着他的心;你们猜他叫我什么?

公　　主　是不是他的心病?

凯瑟琳　正是。

公　　主　去,你这无药可治的恶症!

罗瑟琳　你们要不要知道?国王是我的信誓旦旦的爱人哩。

公　　主　伶俐的俾隆已经向我矢告他的忠诚。

凯瑟琳　朗格维愿意终身供我的驱策。

玛利娅　杜曼是我的,正像树皮长在树干上一般毫无疑问。

鲍　　益　公主和各位可爱的姑娘们,听着:他们立刻就会用他们的本来面目再到这儿来,因为他们决不能忍受这样刻毒的侮辱。

公　　主　他们还会回来吗?

鲍　　益　他们会来的,他们会来的,上帝知道;虽然打跛了脚,他们也会高兴得跳起来。所以把你们的礼物各还原主,等他们回来的时候,像芬芳的蔷薇一般在熏风里开放吧。

公　　主　怎么开放?怎么开放?说得明白一些。

鲍　　益　美貌的姑娘们蒙着脸罩,是一朵朵含苞待放的蔷薇;卸下脸罩,露出她们娇媚的红颜,就像云中出现的天使,或是盈盈展瓣的鲜花。

公　　主　不要说这种哑谜似的话!要是他们用他们的本来面目再来向我们求爱,我们应该怎么办呢?

罗瑟琳　好公主,他们改头换面地来,我们已经把他们取笑过了;要是您愿意采纳我的意见,他们明目张胆地来,我们还是要把他们取笑。让我们向他们诉苦,说是刚才来了一群傻瓜,装扮做俄罗斯人的样子,穿着不三不四的服饰,不知道究竟是些什么东西;他们凭着一股浮薄的腔调,一段恶劣的致辞和一副荒唐的形状,到我们帐里来显露他们的丑态,不知究竟有些什么目的。

鲍　　益　姑娘们,进去吧;那些情人们就要来了。

公　　主　像一群小鹿似的,跳进你们的帐里去吧。(公主、罗瑟琳、凯瑟琳、玛利娅同下。)

　　　　　　　国王、俾隆、朗格维及杜曼各穿原服重上。

国　　王　好先生,上帝保佑你!公主呢?

鲍　　益　进帐去了。请问陛下有没有什么谕旨,要我向她传达?

国　　王　请她允许我见见面,我有一句话要跟她谈谈。

鲍　　益　遵命;我知道她一定会允许您的,陛下。(下。)

俾　　隆　这家伙惯爱拾人牙慧,就像鸽子啄食青豆,一碰到天赐的机会,就要卖弄他的伶牙俐齿。他是个智慧的稗贩,宴会里、市集上,到处向人兜卖;我们这些经营批发的,上帝知道,再也学不会他这一副油腔滑调。他是妇人的爱宠,娘儿们见了他都要牵裳挽袖;要是他做了亚当,夏娃免不了被他勾引。他会扭捏作态,他会吞吐其声;他会把她的手吻个不住,表示他礼貌的殷勤。他是文明的猴儿,他是儒雅的绅士;他在赌博的时候,也不会用恶言怒骂他的骰子。不错,他还会唱歌,唱的是中音,高不成,低不就;还惯会招待、看门。"好人儿"是妇女们给他的名称;他走上楼梯,梯子也要吻他脚下的泥尘;他见了每一个人满脸生花,嘻开了那鲸骨一样洁白的齿牙;谁只要一提起鲍益的名字,都知道他是位舌头上涂蜜的绅士。

国　　王　愿他舌头上长疮,这个混账;是他把毛子奚落得晕头转向!

　　　　　　　鲍益前导,公主、罗瑟琳、玛利娅、凯瑟琳及侍从等重上。

俾　隆　瞧,他来了!礼貌啊,在这个人还没有把你表现出来以前,你是什么东西?现在你又是什么东西?

国　王　万福,亲爱的公主,愿你安好!

公　主　听来似乎我目前的处境不妙。

国　王　请你善意地解释我的言辞。

公　主　你若是说得好,我并不吹毛求疵。

国　王　我们今天专诚拜访的目的,是要迎接你到我们宫廷里去盘桓盘桓,略尽地主之谊,愿你不要推辞。

公　主　这一块广场可以容留我,它也必须替您保全您的誓言;上帝和我都不喜欢背誓的人。

国　王　不要责备我,因为这不是我自己的过失;你的美目的魔力使我破坏了誓言。

公　主　你不该说美目,应该说恶目;美的事物不会使人破坏誓言。凭着我那像一尘不染的莲花一般纯洁的处女的贞操起誓,即使我必须忍受无穷尽的磨难,我也不愿做您府上的客人;我不愿因为我的缘故,使您毁弃了立誓信守的神圣的盟约。

国　王　啊!你冷冷清清地住在这儿不让人家看见,也没有人来看你,实在使我感到莫大的歉疚。

公　主　不,陛下,我发誓您的话不符事实;我们在这儿并不缺少消遣娱乐,刚才还有一队俄罗斯人来过,他们离去还不久哩。

国　王　怎么,公主!俄罗斯人?

公　主　是的,陛下;都是衣冠楚楚、神采轩昂、温文有礼的风流人物。

罗瑟琳　公主,不要骗人。不是这样的,陛下;我家公主因为沾染了时尚,所以会作这样过分的赞美。我们四个人刚才的确碰见四个穿着俄罗斯装束的人,他们在这儿停留了一小时的时间,噜里噜苏地讲了许多话;可是在那一小时之内,陛下,他们不曾让我们听到一句有意思的话。我不敢骂他们呆子;可是我想,当他们口渴的时候,呆子们一定很想喝一点水。

俾　隆　这一句笑话在我听起来很是干燥。温柔美貌的佳人,您的智慧使您把聪明看成了愚蠢。当我们仰望着天上的火眼的时候,无论我们自己的眼睛多么明亮,也会在耀目的金光之下失去它本来的光彩;您自己因为有了浩如烟海的才华,所以在您看起来,当然聪明也会变成愚蠢,富有也会变成贫乏啦。

罗瑟琳　这可以证明您是聪明而富有的,因为在我的眼中——

俾　隆　我是一个傻瓜,一个穷光蛋。

罗瑟琳　这个头衔倘不是本来属于您的,您就不该从我的舌头上夺去我的话。

俾　隆　啊!我是您的,我所有的一切也都是您的。

罗瑟琳　这一个傻瓜整个儿是属于我的吗?

俾　隆　我所给您的,不能更少于此了。

罗瑟琳　您本来套的是哪一张假面?

俾　隆　哪儿?什么时候?什么假面?您为什么问我这个问题?

罗瑟琳　当地,当时,就是那一张假面;您不是套着一具比您自己好看一些的脸壳,遮掩了一副比它更难看的尊容吗?

国　王　我们的秘密被她们发现了;她们现在一定要把我们取笑得体无完肤了。

杜　　曼　我们还是招认了,把这回事情当作一场笑话过去了吧。

公　　主　发呆了吗,陛下?陛下为什么这样不高兴?

罗瑟琳　哎哟,救命!按住他的额角!他要晕过去了。您为什么脸色发白?我想大概因为从莫斯科来,多受了些海上的风浪吧。

俾　　隆　天上的星星因为我们发了伪誓,所以把这样的灾祸降在我们头上。那一张铁铸的厚脸能够恬不为意呢?——姑娘,我站在这儿,把你的舌剑唇枪向我投射,用嘲笑把我伤害,用揶揄使我昏迷,用你锋锐的机智刺透我的愚昧,用你尖刻的思想把我寸寸解剖吧;我再也不穿着俄罗斯人的服装,希望你陪我跳舞了。啊!从此以后,我再也不信任那些预先拟就的说辞,像学童背书似的诉述我的情思;我再也不套着面具访问我的恋人,像盲乐师奏乐似的用诗句求婚;那些绢一般柔滑、绸一般细致的字句,三重的夸张,刻意雕琢的言语,还有那冬烘的辞藻像一群下卵的苍蝇,让蛆一样的矜饰汨没了我的性灵,我从此要把这一切全都抛弃;凭着这洁白的手套——那手儿有多么白,上帝知道!——我发誓要用土布般坚韧的"是",粗毡般质朴的"不",把我恋慕的深情向你申说。让我现在开始,姑娘,——上帝保佑我!——我对你的爱是完整的,没有一点残破。海枯石烂——

罗瑟琳　不要"海枯石烂"了,我求求你。

俾　　隆　这是我积习未除;原谅我,我的病根太深了,必须把它慢慢除去。慢点!有了,给他们三个人都贴上"重病"的封条;他们的心灵都得了不治之症,受到你眼睛的传染,神志不清。这些贵人的症状准确无误,满脸通红——那正是瘟疫的礼物。

公　主　他们送礼来的时候,神志很清。

俾　隆　我们已经破产了,请您留情。

罗瑟琳　哪里,你们的言词如此体面,如此富有,怎么说得上破产?

俾　隆　住口,我今后不再和你交战。

罗瑟琳　能这样最好,这正是我的心愿。

俾　隆　你们开言吧!我简直一筹莫展。

国　王　亲爱的公主,为了我们卤莽的错误,指点我们一个巧妙的辩解吧。

公　主　坦白的供认是最好的辩解。您刚才不是改扮了到这儿来过的吗?

国　王　公主,是的。

公　主　您这样做是有道理的吗?

国　王　有道理的,公主。

公　主　那时候您在您爱人的耳边轻轻地说过些什么来着?

国　王　我说我尊敬她甚于整个的世界。

公　主　等到她要求您履行您对她的誓言的时候,您就要否认说过这样的话了。

国　王　凭着我的荣誉起誓,我决不否认。

公　主　且慢!且慢!不要随便发誓;一次背誓以后,什么誓都靠不住了。

国　王　我要是毁弃了这一个誓,你可以永远轻视我。

公　主　我要轻视您的,所以千万遵守着吧。罗瑟琳,那俄罗斯人在你的耳边轻轻地说过些什么来着?

罗瑟琳　公主,他发誓说他把我当作自己的瞳人一样珍爱,重视

　　　　我甚于整个的世界；他还说他要娶我为妻，否则就要爱我
　　　　而死。

公　　主　上帝祝福你嫁到这样一位丈夫！这位高贵的君王是决
　　　　不食言的。

国　　王　这是什么意思，公主？凭着我的生命和忠诚起誓，我从
　　　　不曾向这位姑娘发过这样的盟誓。

罗瑟琳　苍天在上，您发过的；为了证明您的信实，您还给我这
　　　　一件东西；可是陛下，请您把它拿回去吧。

国　　王　我把我的赤心和这东西一起献给公主的；凭着她衣袖
　　　　上佩带的宝石，我认明是她。

公　　主　对不起，陛下，刚才佩带这宝石的是她呀。俾隆大人才
　　　　是我的爱人，我得谢谢他。喂，俾隆大人，您还是要我呢，还
　　　　是要我把您的珍珠还给您？

俾　　隆　什么都不要；我全都放弃了。我懂得你们的诡计，你们
　　　　预先知道了我们的把戏，有心捣乱，让它变成一本圣诞节的
　　　　喜剧。哪一个鼓唇摇舌的家伙，哪一个逢迎献媚的佞人，哪
　　　　一个无聊下贱的蠢物，哪一个搬弄是非的食客，哪一个侍候
　　　　颜色的奴才，泄漏了我们的计划；这些淑女们因为听到这样
　　　　的消息，才把各人收到的礼物交换佩带，我们只知道认明标
　　　　记，却不曾想到已经张冠李戴。我们本来已经负上一重欺
　　　　神背誓的罪名，现在又加上第二次的背誓；第一次是有意，
　　　　这一次是无心。（向鲍益）看来都是你破坏了我们的兴致，
　　　　使我们言而无信。你不是连我们公主的脚寸有多少长短也
　　　　知道得清清楚楚，老是望着她的眼睛堆起一脸笑容吗？你
　　　　不是常常靠着火炉，站在她的背后，手里捧了一盆食物，讲
　　　　些逗人发笑的话吗？你把我们的侍童也气糊涂了。好，你

是个享有特权的人,你什么时候死了,让一件女人的衬衫做你的殓衾吧。你把眼睛瞟着我吗?哼,你的眼睛就像一柄铅剑,伤不了人的。

鲍　益　这一场玩意儿安排得真好,怪有趣的。

俾　隆　听!他简直向我挑战。算了,我可不跟你斗嘴啦。

考斯塔德上。

俾　隆　欢迎,纯粹的哲人!你来得正好,否则我们又要开始一场恶战了。

考斯塔德　主啊!先生,他们想要知道那三位伟人要不要就进来?

俾　隆　什么,只有三个吗?

考斯塔德　不,先生;好得很,因为每一个人都扮着三个哩。

俾　隆　三个的三倍是九个。

考斯塔德　不,先生;您错了,先生,我想不是这样。我们知道就知道,不知道就不知道;我希望,先生,三个的三倍——

俾　隆　不是九个。

考斯塔德　先生,请你宽恕,我们是知道总数多少的。

俾　隆　天哪,我一向总以为三个的三倍是九个。

考斯塔德　主啊,先生!您可不能靠着打算盘吃饭哩,先生。

俾　隆　那么究竟多少呀?

考斯塔德　主啊,先生!那班表演的人,先生,可以让您知道究竟一共有几个;讲到我自己,那么正像他们说的,我这个下贱的人,只好扮演一个;我扮的是庞贝大王,先生。

俾　隆　你也是一个伟人吗?

考斯塔德　他们以为我可以扮演庞贝大王;讲到我自己,我可不知道伟人是一个什么官衔,可是,他们要叫我扮演他。

俾　隆　去,叫他们预备起来。

考斯塔德　我们一定会演得好好的,先生;我们一定演得非常小心。(下。)

国　王　俾隆,他们一定会丢尽我们的脸;叫他们不要来吧。

俾　隆　我们的脸已经丢尽了,陛下,还怕什么?让他们表演一幕比国王和他的同伴们所表演的更拙劣的戏剧,也可以遮遮我们的羞。

国　王　我说不要叫他们来。

公　主　不,我的好陛下,这一回让我做主吧。最有趣的游戏是看一群手脚无措的人表演一些他们自己也不明白的玩意儿;他们拼命卖力,想讨人家的喜欢,结果却在过分卖力之中失去了原来的意义;虽然他们糟蹋了大好的材料,他们那慌张的姿态却很可以博人一笑。

俾　隆　陛下,这几句话把我们的游戏形容得确切之至。

亚马多上。

亚马多　天命的君王,我请求你略微吐出一些芳香的御气,赐给我一两句尊严的圣语。(亚马多与国王谈话,以一纸呈国王。)

公　主　这个人是敬奉上帝的吗?

俾　隆　您为什么问这个问题?

公　主　他讲的话不像是一个上帝造下的人所说的。

亚马多　那都一样,我的美好的、可爱的、蜜一般甜的王上;因为我要声明一句,那教书先生是太乖僻,太太自负,太太自负了;可是我们只好像人家说的,胜败各凭天命。愿你们心灵安静,最尊贵的一双!(下。)

国　王　看来要有一场很出色的伟人表演哩。他扮的是特洛亚的赫克托;那乡人扮庞贝大王;教区牧师扮亚历山大;亚马多的童儿扮赫剌克勒斯；那村学究扮犹大·麦卡俾斯；要是这四位伟人在第一场表演中得到成功，他们就要改换服装，再来表演其余的五个。

俾　隆　在第一场里有五个伟人。

国　王　你弄错了，不是五个。

俾　隆　一个冬烘学究，一个法螺骑士，一个穷酸牧师，一个傻瓜，一个孩子；除了掷骰子五点可以算九之外，照我看全世界也找不出同样的五个人来。

国　王　船已经扯起帆篷，乘风而来了。

　　　　　　考斯塔德穿甲胄扮庞贝重上。

考斯塔德

　　　我是庞贝——

鲍　益　胡说，你不是他。

考斯塔德

　　　我是庞贝——

鲍　益　抱着盾摔了个马趴。

俾　隆　说得好，快嘴老，我俩讲和啦。

考斯塔德

　　　我是庞贝，人称庞贝老大——

杜　曼　"大王"。

考斯塔德　是"大王"，先生。

　　　——人称庞贝大王；

　　　在战场上挺起盾牌，杀得敌人流浆；

　　　这回沿着海岸旅行，偶然经过贵邦，

　　　放下武器，敬礼法兰西的可爱姑娘。

　　公主小姐要是说一声"谢谢你，庞贝"，我就可以下场了。

公　主　多谢多谢,伟大的庞贝。

考斯塔德　这不算什么;可是我希望我没有闹了笑话。我就是把"大王"念错了。

俾　隆　我拿我的帽子跟别人打赌半便士,庞贝是最好的伟人。

　　　　纳森聂尔牧师穿甲胄扮亚历山大上。

纳森聂尔

　　当我在世之日,我是世界的主人;

　　东西南北四方传布征服的威名:

　　我的盾牌证明我就是亚历山大——

鲍　益　你的鼻子说不,你不是;因为它太直了。

俾　隆　你的鼻子也会嗅出个"不"字来,真是一位嗅觉灵敏的骑士。

公　主　这位征服者在发恼了。说下去,好亚历山大。

纳森聂尔

　　当我在世之日,我是世界的主人;——

鲍　益　不错,对的;你是世界的主人,亚历山大。

俾　隆　庞贝大王——

考斯塔德　您的仆人考斯塔德在此。

俾　隆　把这征服者,把这亚历山大摔下去。

考斯塔德　(向纳森聂尔)啊!先生,您丧尽了亚历山大的威风!从此以后,人家要把您的尊容从画布上擦掉,把您那衔着斧头坐在便桶上的狮子送给埃阿斯;他将要坐第九把伟人的交椅了。一个盖世的英雄,吓得不敢说话!赶快溜走吧,亚历山大,别丢脸啦!(纳森聂尔退下)各位看吧,一个又笨又和善的人;一个老实的家伙,你们瞧,一下子就会着慌!他是个很好的邻居,凭良心说,而且滚得一手好球;可是叫他扮亚历山大——唉，你们都看见的，——实在有点儿不配。可是还有几个伟人就要来啦，他们会用另外一种样式说出他们的心思来的。

公　　主　　站开，好庞贝。

　　　　　　霍罗福尼斯穿甲胄扮犹大；毛子穿甲胄扮赫刺克勒斯上。

霍罗福尼斯

　　　　这小鬼扮的是赫刺克勒斯，
　　　　　　他一棍打得死三头猁犬；
　　　　他在儿童孩提少小之时，
　　　　　　叫两条蛇死于他的铁腕。
　　　　诸位听了我这一番交代，
　　　　　　请看他幼年的英雄气概。

　　　　放出一些威势来，下去。（毛子退下）

　　　　我是犹大——

杜　　曼　　一个犹大！

霍罗福尼斯　　不是犹大·伊斯凯里奥特①，先生。

　　　　我是犹大，姓麦卡俾斯——

杜　　曼　　去了姓，不就是货真价实的犹大吗？

俾　　隆　　你怎么证明你不是当面接吻，背地里出卖基督的犹大？

霍罗福尼斯

　　　　我是犹大——

杜　　曼　　不要脸的犹大！

霍罗福尼斯　　您是什么意思，先生？

鲍　　益　　他的意思是要叫你去上吊。

----

① 犹大·伊斯凯里奥特（Judas Iscariot），耶稣门徒，耶稣即被其出卖。

霍罗福尼斯　得了,先生,你比我大。

俾　　隆　不然,要说大还得让犹大。

霍罗福尼斯　你们不能这样不给我一点面子。

俾　　隆　因为你是没有脸的。

霍罗福尼斯　这是什么?

鲍　　益　一个琵琶头。

杜　　曼　一个针孔。

俾　　隆　一个指环上的骷髅。

朗格维　一张模糊不清的罗马古钱上的面孔。

鲍　　益　凯撒的剑把。

杜　　曼　水瓶上的骨雕人面。

俾　　隆　别针上半面的圣乔治。

杜　　曼　嗯,这别针还是铅的。

俾　　隆　嗯,插在一个拔牙齿人的帽子上。现在说下去吧,你有面子了。

霍罗福尼斯　你们叫我把面子丢尽了。

俾　　隆　胡说,我们给了你许多面子。

霍罗福尼斯　可是你们自己的面皮比哪个都厚。

俾　　隆　你的狮子皮也不薄。

鲍　　益　可惜狮子皮底下蒙的是一头驴,叫他走吧。再见,好犹大。怎么,你还等什么?

杜　　曼　他等你吆喝呢。

俾　　隆　说"犹——大——"还不够吗?——好,再听着:"犹——大——咳——喝,"快走!

霍罗福尼斯　这太刻薄、太欺人、太不客气啦。

鲍　　益　替犹大先生拿一个火来!天黑起来了,他也许会跌跤。

公　　主　唉,可怜的麦卡俾斯!他给你们作弄得好苦!

　　　　　亚马多披甲胄扮赫克托重上。

俾　　隆　藏好你的头,阿喀琉斯;赫克托全身甲胄来了。
杜　　曼　果然叫我自作自受了,但是我仍然很开心。
国　　王　跟这个人一比,赫克托不过是一个特洛亚人。
鲍　　益　可是这是赫克托吗?
国　　王　我想赫克托不会长得这么漂亮。
朗格维　赫克托的小腿也不会有这么粗。
杜　　曼　确实很粗。
鲍　　益　也许是整天逃跑练出来的。
俾　　隆　这个人决不是赫克托。
杜　　曼　他不是一个天神,就是一个画师,因为他会制造千变万化的脸相。
亚马多
　　　　马斯,那长枪万能的无敌战神,
　　　　垂眷于赫克托,——
杜　　曼　马斯给了赫克托一颗镀金的豆蔻。
俾　　隆　一只柠檬。
朗格维　里头塞着丁香。
杜　　曼　不,塞着茴香。
亚马多　不要吵!
　　　　马斯,那长枪万能的无敌战神,
　　　　垂眷于赫克托,伊利恩的后人,
　　　　把无限勇力充满了他的全身,
　　　　使他百战不怠,从清晨到黄昏。
　　　　我就是那战士之花,——

杜　曼　那薄荷花。

朗格维　那白鸽花。

亚马多　亲爱的朗格维大人,请你把你的舌头收住一下。

朗格维　我必须用缰绳拉住它,免得它冲倒了赫克托。

杜　曼　是啊,赫克托也是猎狗的名字。

亚马多　这位可爱的骑士久已死去烂掉了;好人儿们,不要敲死人的骨头;当他在世的时候,他也是一条汉子。可是我要继续我的台词。(向公主)亲爱的公主,请你俯赐垂听。

公　主　说吧,勇敢的赫克托;我们很喜欢听着你哩。

亚马多　我崇拜你的可爱的纤履。

鲍　益　你只能在她脚底下爬着。

杜　曼　再高一点也不行。

亚马多

　　　　这赫克托比汉尼拔①凶狠万分——

考斯塔德　那个人已经有了孕啦;赫克托朋友,她有了孕啦;她已经怀了两个月的身孕。

亚马多　你说什么话?

考斯塔德　真的,您要是不做一个老老实实的特洛亚人,这可怜的丫头从此就要完啦。她有了孕,那孩子已经在她的肚子里说话了;它是您的。

亚马多　你要在这些君主贵人之前破坏我的名誉吗?我要叫你死。

考斯塔德　赫克托害杰奎妮妲有了身孕,本该抽一顿鞭子;要是他再犯了杀死庞贝的人命重案,绞罪是免不了的。

---

① 汉尼拔(Hannibal,公元前247—183),迦太基名将。

杜　曼　举世无匹的庞贝！

鲍　益　遐迩闻名的庞贝！

俾　隆　比伟大更伟大,伟大的、伟大的、伟大的庞贝！庞大绝伦的庞贝！

杜　曼　赫克托发抖了。

俾　隆　庞贝也动怒了。打！打！叫他们打起来！叫他们打起来！

杜　曼　赫克托会向他挑战的。

俾　隆　嗯,即使他肚子里所有的男人的血,还喂不饱一个跳蚤。

亚马多　凭着北极起誓,我要向你挑战。

考斯塔德　我不知道什么北极不北极;我只知道拿起一柄剑就斫。请你让我再去借那身盔甲穿上。

杜　曼　伟人发怒了,让开！

考斯塔德　我就穿着衬衫跟你打。

杜　曼　最坚决的庞贝！

毛　子　主人,让我给您解开一个纽扣。您不看见庞贝已经脱下衣服,准备厮杀了吗？您是什么意思？您这样会毁了您的名誉的。

亚马多　各位先生和骑士,原谅我;我不愿穿着衬衫决斗。

杜　曼　你不能拒绝;庞贝已经向你挑战了。

亚马多　好人们,我可以拒绝,我必须拒绝。

俾　隆　你凭着什么理由拒绝？

亚马多　赤裸裸的事实是,我没有衬衫。我因为忏悔罪孽,贴身只穿着一件羊毛的衣服。

鲍　益　真的,罗马因为缺少麻布,所以向教徒们下了这样的命令;自从那时候起,我可以发誓,他只有一方杰奎妮妲的揩碟布系在他的胸前,作为一件纪念的礼物。

　　　法国使者马凯德上。

马凯德　上帝保佑您,公主!

公　主　欢迎,马凯德;可是你打断我们的兴致了。

马凯德　我很抱歉,公主,因为我给您带来了一个我所不愿意出口的消息。您的父王——

公　主　死了,一定是的!

马凯德　正是,我的话已经让您代说了。

俾　隆　各位伟人,大家去吧!这场面被愁云笼罩起来了。

亚马多　讲到我自己,却呼吸到了自由的空气。通过一点能屈能伸的手腕,我总算逃过了这场威胁,我要像一个军人般赎回这个侮辱。(众伟人下。)

国　王　公主安好吗?

公　主　鲍益,准备起来;我今天晚上就要动身。

国　王　公主,不;请你再少留几天。

公　主　我说,准备起来。殷勤的陛下和各位大人,我感谢你们一切善意的努力;我还要用我这一颗新遭惨变的心灵向你们请求,要是我们在言语之间有什么放肆失礼之处,愿你们运用广大的智慧,多多包涵我们任性的孟浪;是你们的宽容纵坏了我们。再会,陛下!一个人在悲哀之中,说不出娓娓动听的话;原谅我用这样菲薄的感谢,交换您的慷慨的允诺。

国　王　人生的种种鹄的,往往在最后关头达到了完成的境界;长期的艰辛所不能取得结果的,却会在紧急的一刻中得到决定。虽然天伦的哀痛打断了爱情的温柔的礼仪,使它不敢提出那萦绕心头的神圣的请求,可是这一个论题既然已经开始,让悲伤的暗云不要压下它的心愿吧;因为欣幸获得新交的朋友,是比哀悼已故的亲人更为有益的。

公　主　我不懂您的意思;我的悲哀是双重的。

俾　隆　坦白真率的言语,最容易打动悲哀的耳朵;让我替王上解释他的意思。为了你们的缘故,我们蹉跎了大好的光阴,毁弃了神圣的誓言。你们的美貌,女郎们,使我们神魂颠倒,违反了我们本来的意志。恋爱是充满了各种失态的怪癖的,因此它才使我们表现出荒谬的举止,像孩子一般无赖、淘气而自大;它是产生在眼睛里的,因此它像眼睛一般,充满了无数迷离惝恍、变幻多端的形象,正像眼珠的转动反映着它所观照的事事物物一样。要是恋爱加于我们身上的这一种轻佻狂妄的外表,在你们天仙般的眼睛里看来,是不适宜于我们的誓言和身份的,那么你们必须知道,就是这些看到我们的缺点的天仙般的眼睛,使我们造成了这些缺点。所以,女郎们,我们的爱情既然是你们的,爱情所造成的错误也都是你们的;我们一度不忠于自己,从此以后,永远把我们的一片忠心,紧系在那能使我们变心也能使我们尽忠的人的身上——美貌的女郎们,我们要对你们永远忠实;凭着这一段耿耿的至诚,洗净我们叛誓的罪愆。

公　主　我们已经收到你们充满了爱情的信札,并且拜领了你们的礼物,那些爱情的使节;在我们这几个少女的心目中看来,这一切不过是调情的游戏、风雅的玩笑的酬酢的虚文,有些夸张过火而适合时俗的习尚,可是我们却没有看到比这更挚诚的情感;所以我们才用你们自己的方式应付你们的爱情,只把它当作一场玩笑。

杜　曼　公主,我们的信里并不只是一些开玩笑的话。

朗格维　我们的眼光里也流露着真诚的爱慕。

罗瑟琳　我们却不是这样解释。

国　　王　现在在这最后一分钟的时间,把你们的爱给了我们吧。

公　　主　我想这是一个太短促的时间,缔结这一注天长地久的买卖。不,不,陛下,您毁过太多的誓,您的罪孽太深重啦;所以请您听我说,要是您为了我的爱,愿意干无论什么事情——我知道这种情形是不会有的——您就得替我做这一件事:我不愿相信您所发的誓;您必须赶快找一处荒凉僻野的隐居的所在,远离一切人世的享乐;在那边安心住下,直到天上的列星终结了它们一岁的行程。要是这种严肃而孤寂的生活,改变不了您在一时热情冲动之中所作的提议;要是霜雪和饥饿、粗劣的居室和菲薄的衣服,摧残不了您的爱情的绚艳的花朵;它经过了这一番磨炼,并没有憔悴而枯萎;那么在一年终了的时候,您就可以凭着已经履行这一条件,来向我提出要求,我现在和您握手为盟,那时候我一定愿意成为您的;在那时以前,我将要在一所惨淡凄凉的屋子里闭户幽居,为了纪念死去的父亲而流着悲伤的泪雨。要是这一个条件你不能接受,让我们从此分手;分明不是姻缘,要请您另寻佳偶。

国　　王　倘为了贪图身体的安乐,我拒绝了你这一番提议,让死的魔手掩闭我的双目!从今以往,我的心永远和你在一起。

俾　　隆　你对我有什么话说,我的爱人?你对我有什么话说?

罗瑟琳　你也必须洗涤你的罪恶;你的身上沾染着种种恶德,而且还负着叛誓的重罪;所以要是你希望得到我的好感,你必须在这一年之内,昼夜不休地服侍那些呻吟床榻的病人。

杜　　曼　可是你对我有什么话说,我的爱人?可是你对我有什么话说？我能得到个妻子吗？

凯瑟琳　一把胡须，一个健康的身体，一颗正直的良心；我用三重的爱希望你有这三种东西。

杜　曼　啊！我可不可以说，谢谢你，温柔的妻子？

凯瑟琳　不，我的大人。在这一年之内，无论哪一个小白脸来向我求婚，我都一概不理睬他们。等你们的国王来看我们公主的时候，你也来看我；要是那时候我有很多的爱，我会给你一些的。

杜　曼　我一定对你克尽忠诚，等候那一天的到来。

凯瑟琳　不要发誓了，免得再背誓。

朗格维　玛利娅怎么说？

玛利娅　一年过去以后，我愿意为了一个忠心的朋友脱下我的黑衣。

朗格维　我愿意耐心等候；可是这时间太长了。

玛利娅　正像你自己，年轻轻的，个子却很长。

俾　隆　我的爱人在想些什么？姑娘，瞧着我吧。瞧我的心灵的窗门，我的眼睛，在多么谦恭而恳切地等候着你的答复；吩咐我为了你的爱干些什么事吧。

罗瑟琳　俾隆大人，我在没有识荆以前，就常常听到你的名字；世间的长舌说你是一个玩世不恭的人物，满嘴都是借题影射的讥讽和尖酸刻薄的嘲笑；无论贵贱贫富，只要触动了你的灵机，你都要把他们挖苦得不留余地。要是你希望得到我的爱，第一就得把这种可厌的习气从你的脑海之中根本除去；为了达到这一个目的，你必须在这一年的时期之内，不许有一天间断，去访问那些无言的病人，和那些痛苦呻吟的苦人儿谈话；你的唯一的任务，就是竭力运用你的才智，逗那受着疾病折磨的人们一笑。

俾　隆　在濒死者的喉间激起哄然的狂笑来吗？那可办不到，绝对不可能的；谐谑不能感动一个痛苦的灵魂。

罗瑟琳　这是克服口头上的轻薄的唯一办法。自恃能言的傻子，正因为有了浅薄的听众随声哗笑，才会得意扬扬。可笑或不可笑取决于听者的耳朵，而不是说者的舌头。如果病人能够不顾自己的呻吟惨叫，忘却本身的痛苦，而来听你的无聊的讥嘲，那么继续把你的笑话说下去吧，我愿意连同你这一个缺点把你接受下来；可是如其他们没有那样的闲情听你说笑，那么还是赶快丢掉这种习气的好，我看见你这样勇于改过，一定会非常高兴的。

俾　隆　十二个月！好，不管命运怎样把人玩弄，我要把一岁光阴，三寸妙舌，在病榻之前葬送。

公　主　（向国王）是的，我的好陛下；我就此告别了。

国　王　不，公主，我们要送你一程。

俾　隆　我们的求婚结束得不像一本旧式的戏剧；有情人未成眷属，好好的喜剧缺少一幕团圆的场面。

国　王　算了，老兄，只要挨过一年就好了。

俾　隆　那么这本戏演得又太长了。

　　　　　亚马多重上。

亚马多　亲爱的陛下，准许我——

公　主　这不是赫克托吗？

杜　曼　特洛亚的可尊敬的骑士。

亚马多　我要敬吻你的御指，然后向你告别。我已经许下愿心，向杰奎妮妲发誓，为了她的爱，我要帮助她耕种三年。可是，最可尊敬的陛下，你们要不要听听那两位有学问的人所写的赞美鸱鸮和杜鹃的一段对话?它本来是预备放在我们的表演以后歌唱的。

国　王　快叫他们来;我们倒要听听。

亚马多　喂!进来!

> 霍罗福尼斯、纳森聂尔、毛子、考斯塔德及余人等重上。

亚马多　这一边是冬天,这一边是春天;鸱鸮代表冬天,杜鹃代表春天。春天,你先开始。

春 之 歌

当杂色的雏菊开遍牧场,
　蓝的紫罗兰,白的美人衫,
还有那杜鹃花吐蕾娇黄,
　描出了一片广大的欣欢;
听杜鹃在每一株树上叫,
把那娶了妻的男人讥笑:

　　咯咕!

咯咕!咯咕!啊,可怕的声音!
害得做丈夫的肉跳心惊。
当无愁的牧童口吹麦笛,
　清晨的云雀惊醒了农人,
斑鸠乌鸦都在觅侣求匹,
　女郎们漂洗夏季的衣裙;
听杜鹃在每一株树上叫,
把那娶了妻的男人讥笑:

　　咯咕!

咯咕!咯咕!啊,可怕的声音!
害得做丈夫的肉跳心惊。

冬 之 歌

当一条条冰柱檐前悬吊,
　汤姆把木块向屋内搬送,
牧童狄克呵着他的指爪,
　挤来的牛乳凝结了一桶,
刺骨的寒气,泥泞的路途,
大眼睛的鸱鸮夜夜高呼:
　　　哆呵!
哆喊,哆呵! 它歌唱着欢喜,
当油垢的琼转她的锅子。

当怒号的北风漫天吹响,
　咳嗽打断了牧师的箴言,
鸟雀们在雪里缩住颈项,
　玛利恩冻得红肿了鼻尖,
炙烤的螃蟹在锅内吱喳,
大眼睛的鸱鸮夜夜喧哗:
　　　哆呵!
哆喊,多呵! 它歌唱着欢喜,
当油垢的琼转她的锅子。

亚马多　听罢了阿波罗的歌声,麦鸠利①的语言是粗糙的。你们向那边去;我们向这边去。(各下。)

---

① 麦鸠利(Mercury),罗马神话中的商神,又为盗贼等的保护神。

罗密欧与朱丽叶

朱生豪 译
方　　重 校

ROMEO AND JULIET.

Act III. Sc. 5.

剧 中 人 物

爱斯卡勒斯　维洛那亲王

帕里斯　少年贵族,亲王的亲戚

蒙太古 ⎫
凯普莱特 ⎭ 互相敌视的两家家长

罗密欧　蒙太古之子

茂丘西奥　亲王的亲戚 ⎫
班伏里奥　蒙太古之侄 ⎭ 罗密欧的朋友

提伯尔特　凯普莱特夫人之内侄

劳伦斯神父　法兰西斯派教士

约翰神父　与劳伦斯同门的教士

鲍尔萨泽　罗密欧的仆人

山普孙 ⎫
葛莱古里 ⎭ 凯普莱特的仆人

彼得　朱丽叶乳媪的从仆

亚伯拉罕　蒙太古的仆人

卖药人

乐工三人

茂丘西奥的侍童

帕里斯的侍童

蒙太古夫人
凯普莱特夫人
朱丽叶　凯普莱特之女
朱丽叶的乳媪

维洛那市民;两家男女亲属;跳舞者、卫士、巡丁及侍从
　等致辞者

地　　点

维洛那;第五幕第一场在曼多亚

开　场　诗

致辞者上。
故事发生在维洛那名城,
　　有两家门第相当的巨族,
累世的宿怨激起了新争,
　　鲜血把市民的白手污渎。
是命运注定这两家仇敌,
　　生下了一双不幸的恋人,
他们的悲惨凄凉的殒灭,
　　和解了他们交恶的尊亲。
这一段生生死死的恋爱,
　　还有那两家父母的嫌隙,
把一对多情的儿女杀害,
　　演成了今天这一本戏剧。
交代过这几句挈领提纲,
请诸位耐着心细听端详。(下。)

第 一 幕

第一场　维洛那。广场

　　　　山普孙及葛莱古里各持盾剑上。

山普孙　葛莱古里,咱们可真的不能让人家当做苦力一样欺侮。

葛莱古里　对了,咱们不是可以随便给人欺侮的。

山普孙　我说,咱们要是发起脾气来,就会拔剑动武。

葛莱古里　对了,你可不要把脖子缩到领口里去。

山普孙　我一动性子,我的剑是不认人的。

葛莱古里　可是你不大容易动性子。

山普孙　我见了蒙太古家的狗子就生气。

葛莱古里　有胆量的,生了气就应当站住不动;逃跑的不是好汉。

山普孙　我见了他们家里的狗子,就会站住不动;蒙太古家里任何男女碰到了我,就像是碰到墙壁一样。

葛莱古里　这正说明你是个软弱无能的奴才;只有最没出息的家伙,才去墙底下躲难。

山普孙　的确不错;所以生来软弱的女人,就老是被人逼得不能动:我见了蒙太古家里人来,是男人我就把他们从墙边推出去,是女人我就把她们望着墙壁摔过去。

葛莱古里　吵架是咱们两家主仆男人们的事,与她们女人有什么相干?

山普孙　那我不管,我要做一个杀人不眨眼的魔王;一面跟男人们打架,一面对娘儿们也不留情面,我要她们的命。

葛莱古里　要娘儿们的性命吗?

山普孙　对了,娘儿们的性命,或是她们视同性命的童贞,你爱怎么说就怎么说。

葛莱古里　那就要看对方怎样感觉了。

山普孙　只要我下手,她们就会尝到我的辣手:我是有名的一身横肉呢。

葛莱古里　幸而你还不是一身鱼肉;否则你便是一条可怜虫了。拔出你的家伙来;有两个蒙太古家的人来啦。

　　　　　亚伯拉罕及鲍尔萨泽上。

山普孙　我的剑已经出鞘;你去跟他们吵起来,我就在你背后帮你的忙。

葛莱古里　怎么?你想转过背逃走吗?

山普孙　你放心吧,我不是那样的人。

葛莱古里　哼,我倒有点不放心!

山普孙　还是让他们先动手,打起官司来也是咱们的理直。

葛莱古里　我走过去向他们横个白眼,瞧他们怎么样。

山普孙　好,瞧他们有没有胆量。我要向他们咬我的大拇指,瞧他们能不能忍受这样的侮辱。

亚伯拉罕　你向我们咬你的大拇指吗?

山普孙　我是咬我的大拇指。

亚伯拉罕　你是向我们咬你的大拇指吗?

山普孙　（向葛莱古里旁白）要是我说是,那么打起官司来是谁的理直?

葛莱古里　（向山普孙旁白）是他们的理直。

山普孙　不,我不是向你们咬我的大拇指;可是我是咬我的大拇指。

葛莱古里　你是要向我们挑衅吗?

亚伯拉罕　挑衅!不,哪儿的话。

山普孙　你要是想跟我们吵架,那么我可以奉陪;你也是你家主子的奴才,我也是我家主子的奴才,难道我家的主子就比不上你家的主子?

亚伯拉罕　比不上。

山普孙　好。

葛莱古里　（向山普孙旁白）说"比得上";我家老爷的一位亲戚来了。

山普孙　比得上。

亚伯拉罕　你胡说。

山普孙　是汉子就拔出剑来。葛莱古里,别忘了你的杀手剑。

（双方互斗。）

班伏里奥上。

班伏里奥　分开,蠢材!收起你们的剑;你们不知道你们在干些什么事。（击下众仆的剑。）

提伯尔特上。

提伯尔特　怎!你跟这些不中用的奴才吵架吗?过来,班伏里奥,让我结果你的性命。

班伏里奥　我不过维持和平;收起你的剑,或者帮我分开这些人。

提伯尔特　什么！你拔出了剑,还说什么和平？我痛恨这两个字,就跟我痛恨地狱、痛恨所有蒙太古家的人和你一样。照剑,懦夫！(二人相斗。)

> 两家各有若干人上,加入争斗；一群市民持枪棍继上。

众市民　打！打！打！把他们打下来！打倒凯普莱特！打倒蒙太古！

> 凯普莱特穿长袍及凯普莱特夫人同上。

凯普莱特　什么事吵得这个样子？喂！把我的长剑拿来。

凯普莱特夫人　拐杖呢？拐杖呢？你要剑干什么？

凯普莱特　快拿剑来！蒙太古那老东西来啦；他还晃着他的剑,明明在跟我寻事。

> 蒙太古及蒙太古夫人上。

蒙太古　凯普莱特,你这奸贼！——别拉住我；让我走。

蒙太古夫人　你要去跟人家吵架,我连一步也不让你走。

> 亲王率侍从上。

亲　王　目无法纪的臣民,扰乱治安的罪人,你们的刀剑都被你们邻人的血玷污了；——他们不听我的话吗？喂,听着！你们这些人,你们这些畜生,你们为了扑灭你们怨毒的怒焰,不惜让殷红的流泉从你们的血管里喷涌出来；你们要是畏惧刑法,赶快从你们血腥的手里丢下你们的凶器,静听你们震怒的君王的判决。凯普莱特,蒙太古,你们已经三次为了一句口头上的空言,引起了市民的械斗,扰乱了我们街道上的安宁,害得维洛那的年老公民,也不能不脱下他们尊严的装束,在他们习于安乐的苍老衰弱的手里夺过古旧的长枪,分解你们溃烂的纷争。要是你们以后再在市街上闹事,就要把你们的生命作为扰乱治安的代价。现在别人都给我退下去;凯普莱特,你跟我来;蒙太古,你今天下午到自由村的审判厅里来,听候我对于今天这一案的宣判。大家散开去,倘有逗留不去的,格杀勿论!(除蒙太古夫妇及班伏里奥外皆下。)

蒙太古　这一场宿怨是谁又重新煽风点火?侄儿,对我说,他们动手的时候,你也在场吗?

班伏里奥　我还没有到这儿来,您的仇家的仆人跟你们家里的仆人已经打成一团了。我拔出剑来分开他们;就在这时候,那个性如烈火的提伯尔特提着剑来了,他对我出言不逊,把剑在他自己头上舞得嗖嗖直响,就像风在那儿讥笑他的装腔作势一样。当我们正在剑来剑去的时候,人越来越多,有的帮这一面,有的帮那一面,乱哄哄地互相争斗,直等亲王来了,方才把两边的人喝开。

蒙太古夫人　啊,罗密欧呢?你今天见过他吗?我很高兴他没有参加这场争斗。

班伏里奥　伯母,在尊严的太阳开始从东方的黄金窗里探出头来的一小时以前,我因为心中烦闷,到郊外去散步,在城西一丛枫树的下面,我看见罗密欧兄弟一早在那儿走来走去。我正要向他走过去,他已经看见了我,就躲到树林深处去了。我因为自己也是心灰意懒,觉得连自己这一身也是多余的,只想找一处没有人迹的地方,所以凭自己的心境推测别人的心境,也就不去找他多事,彼此互相避开了。

蒙太古　好多天的早上曾经有人在那边看见过他,用眼泪洒为清晨的露水,用长叹嘘成天空的云雾;可是一等到鼓舞众生的太阳在东方的天边开始揭起黎明女神床上灰黑色的帐幕的时候,我那怀着一颗沉重的心的儿子,就逃避了光明,溜回到家里；一个人关起了门躲在房间里，闭紧了窗子，把大好的阳光锁在外面，为他自己造成了一个人工的黑夜。他这一种怪脾气恐怕不是好兆，除非良言劝告可以替他解除心头的烦恼。

班伏里奥　伯父，您知道他的烦恼的根源吗？

蒙太古　我不知道，也没有法子从他自己嘴里探听出来。

班伏里奥　您有没有设法探问过他？

蒙太古　我自己以及许多其他的朋友都曾经探问过他，可是他把心事一股脑儿闷在自己肚里，总是守口如瓶，不让人家试探出来，正像一朵初生的蓓蕾，还没有迎风舒展它的嫩瓣，向太阳献吐它的娇艳，就给妒嫉的蛀虫咬啮了一样。只要能够知道他的悲哀究竟是从什么地方来的，我们一定会尽心竭力替他找寻治疗的方案。

班伏里奥　瞧，他来了；请您站在一旁，等我去问问他究竟有些什么心事，看他理不理我。

蒙太古　但愿你留在这儿，能够听到他的真情的吐露。来，夫人，我们去吧。（蒙太古夫妇同下。）

　　　　罗密欧上。

班伏里奥　早安，兄弟。

罗密欧　天还是这样早吗？

班伏里奥　刚敲过九点钟。

罗密欧　唉！在悲哀里度过的时间似乎是格外长的。急忙忙地走过去的那个人，不就是我的父亲吗？

班伏里奥　正是。什么悲哀使罗密欧的时间过得这样长？

罗密欧　因为我缺少了可以使时间变为短促的东西。

班伏里奥　你跌进恋爱的网里了吗？

罗密欧　我还在门外徘徊——

班伏里奥　在恋爱的门外？

罗密欧　我不能得到我的意中人的欢心。

班伏里奥　唉！想不到爱神的外表这样温柔，实际上却是如此残暴！

罗密欧　唉！想不到爱神蒙着眼睛，却会一直闯进人们的心灵！我们在什么地方吃饭？哎哟！又是谁在这儿打过架了？可是不必告诉我，我早就知道了。这些都是怨恨造成的后果，可是爱情的力量比它要大过许多。啊，吵吵闹闹的相爱，亲亲热热的怨恨！啊，无中生有的一切！啊，沉重的轻浮，严肃的狂妄，整齐的混乱，铅铸的羽毛，光明的烟雾，寒冷的火焰，憔悴的健康，永远觉醒的睡眠，否定的存在！我感觉到的爱情正是这么一种东西，可是我并不喜爱这一种爱情。你不会笑我吗？

班伏里奥　不，兄弟，我倒是有点儿想哭。

罗密欧　好人，为什么呢？

班伏里奥　因为瞧着你善良的心受到这样的痛苦。

罗密欧　唉！这就是爱情的错误，我自己已经有太多的忧愁重压在我的心头，你对我表示的同情，徒然使我在太多的忧愁之上再加上一重忧愁。爱情是叹息吹起的一阵烟；恋人的眼中有它净化了的火星；恋人的眼泪是它激起的波涛。它又是最智慧的疯狂，哽喉的苦味，吃不到嘴的蜜糖。再见，兄弟。（欲去。）

班伏里奥　且慢，让我跟你一块儿去；要是你就这样丢下了我，未免太不给我面子啦。

罗密欧　嘿！我已经遗失了我自己；我不在这儿；这不是罗密

欧,他是在别的地方。

班伏里奥 老实告诉我,你所爱的是谁?

罗密欧 什么!你要我在痛苦呻吟中说出她的名字来吗?

班伏里奥 痛苦呻吟!不,你只要告诉我她是谁就得了。

罗密欧 叫一个病人郑重其事地立起遗嘱来!啊,对于一个病重的人,还有什么比这更刺痛他的心?老实对你说,兄弟,我是爱上了一个女人。

班伏里奥 我说你一定在恋爱,果然猜得不错。

罗密欧 好一个每发必中的射手!我所爱的是一位美貌的姑娘。

班伏里奥 好兄弟,目标越好,射得越准。

罗密欧 你这一箭就射岔了。丘匹德的金箭不能射中她的心;她有狄安娜女神的圣洁,不让爱情软弱的弓矢损害她的坚不可破的贞操。她不愿听任深怜密爱的词句把她包围,也不愿让灼灼逼人的眼光向她进攻,更不愿接受可以使圣人动心的黄金的诱惑;啊!美貌便是她巨大的财富,只可惜她一死以后,她的美貌也要化为黄土!

班伏里奥 那么她已经立誓终身守贞不嫁了吗?

罗密欧 她已经立下了这样的誓言,为了珍惜她自己,造成了莫大的浪费;因为她让美貌在无情的岁月中日渐枯萎,不知道替后世传留下她的绝世容华。她是个太美丽、太聪明的人儿,不应该剥夺她自身的幸福,使我抱恨终天。她已经立誓割舍爱情,我现在活着也就等于死去一般。

班伏里奥 听我的劝告,别再想起她了。

罗密欧 啊!那么你教我怎样忘记吧。

班伏里奥 你可以放纵你的眼睛,让它们多看几个世间的美人。

罗密欧　那不过格外使我觉得她的美艳无双罢了。那些吻着美人娇额的幸运的面罩,因为它们是黑色的缘故,常常使我们想起被它们遮掩的面庞不知多么娇丽。突然盲目的人,永远不会忘记存留在他消失了的视觉中的宝贵的影像。给我看一个姿容绝代的美人,她的美貌除了使我记起世上有一个人比她更美以外,还有什么别的用处?再见,你不能教我怎样忘记。

班伏里奥　我一定要证明我的意见不错,否则死不瞑目。

(同下。)

第二场　同前。街道

凯普莱特、帕里斯及仆人上。

凯普莱特　可是蒙太古也负着跟我同样的责任;我想象我们这样有了年纪的人,维持和平还不是难事。

帕里斯　你们两家都是很有名望的大族,结下了这样不解的冤仇,真是一件不幸的事。可是,老伯,您对于我的求婚有什么见教?

凯普莱特　我的意思早就对您表示过了。我的女儿今年还没有满十四岁,完全是一个不懂事的孩子;再过两个夏天,才可以谈到亲事。

帕里斯　比她年纪更小的人,都已经做了幸福的母亲了。

凯普莱特　早结果的树木一定早凋。我在这世上已经什么希望都没有了,只有她是我的惟一的安慰。可是向她求爱吧,善良的帕里斯,得到她的欢心;只要她愿意,我的同意是没有问题的。今天晚上,我要按照旧例,举行一次宴会,邀请许多亲友参加；您也是我所要邀请的一个，请您接受我的最诚意的欢迎。在我的寒舍里，今晚您可以见到灿烂的群星翩然下降，照亮黑暗的天空；在蓓蕾一样娇艳的女郎丛里，您可以充分享受青春的愉快，正像盛装的四月追随着残冬的足迹降临人世，在年轻人的心里充满着活跃的欢欣一样。您可以听一个够，看一个饱，从许多美貌的女郎中间，连我的女儿也在内，拣一个最好的做您的意中人。来，跟我去。（以一纸交仆）你到维洛那全城去走一转，挨着这单子上一个一个的名字去找人，请他们到我的家里来。（凯普莱特、帕里斯同下。）

仆　人　挨着这单子上的名字去找人！人家说，鞋匠的针线，裁缝的钉锤，渔夫的笔，画师的网，各人有各人的职司；可是我们的老爷却叫我挨着这单子上的名字去找人，我怎么知道写字的人在这上面写着些什么？我一定要找个识字的人。来得正好。

　　　　班伏里奥及罗密欧上。

班伏里奥　不，兄弟，新的火焰可以把旧的火焰扑灭，大的苦痛可以使小的苦痛减轻；头晕目眩的时候，只要转身向后；一桩绝望的忧伤，也可以用另一桩烦恼把它驱除。给你的眼睛找一个新的迷惑，你的原来的痼疾就可以霍然脱体。

罗密欧　你的药草只好医治——

班伏里奥　医治什么？

罗密欧　医治你的跌伤的胫骨。

班伏里奥　怎么，罗密欧，你疯了吗？

罗密欧　我没有疯，可是比疯人更不自由；关在牢狱里，不进饮食，挨受着鞭挞和酷刑——晚安，好朋友！

仆　　人　晚安！请问先生，您念过书吗？

罗密欧　是的，这是我的不幸中的资产。

仆　　人　也许您只会背诵；可是请问您会不会看着字一个一个地念？

罗密欧　我认得的字，我就会念。

仆　　人　您说得很老实；愿您一生快乐！（欲去。）

罗密欧　等一等，朋友；我会念。"玛丁诺先生暨夫人及诸位令媛；安赛尔美伯爵及诸位令妹；寡居之维特鲁维奥夫人；帕拉森西奥先生及诸位令侄女；茂丘西奥及其令弟凡伦丁；凯普莱特叔父暨婶母及诸位贤妹；罗瑟琳贤侄女；里维娅；伐伦西奥先生及其令表弟提伯尔特；路西奥及活泼之海丽娜。"好一群名士贤媛！请他们到什么地方去？

仆　　人　到——

罗密欧　哪里？

仆　　人　到我们家里吃饭去。

罗密欧　谁的家里？

仆　　人　我的主人的家里。

罗密欧　对了，我该先问你的主人是谁才是。

仆　　人　您也不用问了，我就告诉您吧。我的主人就是那个有财有势的凯普莱特；要是您不是蒙太古家里的人，请您也来跟我们喝一杯酒，愿您一生快乐！（下。）

班伏里奥　在这一个凯普莱特家里按照旧例举行的宴会中间，你所热恋的美人罗瑟琳也要跟着维洛那城里所有的绝色名媛一同去赴宴。你也到那儿去吧，用着不带成见的眼光，把她的容貌跟别人比较比较，你就可以知道你的天鹅不过是一只乌鸦罢了。

罗密欧　要是我的虔敬的眼睛会相信这种谬误的幻象,那么让眼泪变成火焰,把这一双罪状昭著的异教邪徒烧成灰烬吧!比我的爱人还美!烛照万物的太阳,自有天地以来也不曾看见过一个可以和她媲美的人。

班伏里奥　嘿!你看见她的时候,因为没有别人在旁边,你的两只眼睛里只有她一个人,所以你以为她是美丽的;可是在你那水晶的天秤里,要是把你的恋人跟另外一个我可以在这宴会里指点给你看的美貌的姑娘同时较量起来,那么她现在虽然仪态万方,那时候就要自惭形秽了。

罗密欧　我倒要去这一次;不是去看你所说的美人,只要看看我自己的爱人怎样大放光彩,我就心满意足了。(同下。)

第三场　同前。凯普莱特家中一室

凯普莱特夫人及乳媪上。

凯普莱特夫人　奶妈,我的女儿呢?叫她出来见我。

乳媪　凭着我十二岁时候的童贞发誓,我早就叫过她了。喂,小绵羊!喂,小鸟儿!上帝保佑!这孩子到什么地方去啦?喂,朱丽叶!

朱丽叶上。

朱丽叶　什么事?谁叫我?

乳媪　你的母亲。

朱丽叶　母亲,我来了。您有什么吩咐?

凯普莱特夫人　是这么一件事。奶妈,你出去一会儿。我们要谈些秘密的话。——奶妈,你回来吧;我想起来了,你也应当听听我们的谈话。你知道我的女儿年纪也不算怎么小啦。

乳　媪　对啊,我把她的生辰记得清清楚楚的。

凯普莱特夫人　她现在还不满十四岁。

乳　媪　我可以用我的十四颗牙齿打赌——唉,说来伤心,我的牙齿掉得只剩四颗啦!——她还没有满十四岁呢。现在离开收获节还有多久?

凯普莱特夫人　两个星期多一点。

乳　媪　不多不少,不先不后,到收获节的晚上她才满十四岁。苏珊跟她同年——上帝安息一切基督徒的灵魂!唉!苏珊是跟上帝在一起啦,我命里不该有这样一个孩子。可是我说过的,到收获节的晚上,她就要满十四岁啦;正是,一点不错,我记得清清楚楚的。自从地震那一年到现在,已经十一年啦;那时候她已经断了奶,我永远不会忘记,不先不后,刚巧在那一天;因为我在那时候用艾叶涂在奶头上,坐在鸽棚下面晒着太阳;老爷跟您那时候都在曼多亚。瞧,我的记性可不算坏。可是我说的,她一尝到我奶头上的艾叶的味道,觉得变苦啦,哎哟,这可爱的小傻瓜!她就发起脾气来,把奶头摔开啦。那时候地震,鸽棚都在摇动呢:这个说来话长,算来也有十一年啦;后来她就慢慢地会一个人站得直挺挺的,还会摇呀摆的到处乱跑,就是在她跌破额角的那一天,我那去世的丈夫——上帝安息他的灵魂!他是个喜欢说说笑笑的人,把这孩子抱了起来,"啊!"他说,"你往前扑了吗?等你年纪一大,你就要往后仰了;是不是呀,朱丽?"谁知道这个可爱的坏东西忽然停住了哭声,说"嗯"。哎哟,真把人都笑死了!要是我活到一千岁,我也再不会忘记这句话。"是不是呀,朱丽?"他说;这可爱的小傻瓜就停住了哭声,说"嗯"。

凯普莱特夫人　得了得了,请你别说下去了吧。

乳　媪　是,太太。可是我一想到她会停住了哭说"嗯",就禁不住笑起来。不说假话,她额角上肿起了像小雄鸡的睾丸那么大的一个包哩;她痛得放声大哭;"啊!"我的丈夫说,"你往前扑了吗?等你年纪一大,你就要往后仰了;是不是呀,朱丽?"她就停住了哭声,说"嗯"。

朱丽叶　我说,奶妈,你也可以停住嘴了。

乳　媪　好,我不说啦,我不说啦。上帝保佑你!你是在我手里抚养长大的一个最可爱的小宝贝;要是我能够活到有一天瞧着你嫁了出去,也算了结我的一桩心愿啦。

凯普莱特夫人　是呀,我现在就是要谈起她的亲事。朱丽叶,我的孩子,告诉我,要是现在把你嫁了出去,你觉得怎么样?

朱丽叶　这是我做梦也没有想到过的一件荣誉。

乳　媪　一件荣誉!倘不是你只有我这一个奶妈,我一定要说你的聪明是从奶头上得来的。

凯普莱特夫人　好,现在你把婚姻问题考虑考虑吧。在这儿维洛那城里,比你再年轻点儿的千金小姐们,都已经做了母亲啦。就拿我来说吧,我在你现在这样的年纪,也已经生下了你。废话用不着多说,少年英俊的帕里斯已经来向你求过婚啦。

乳　媪　真是一位好官人,小姐!像这样的一个男人,小姐,真是天下少有。哎哟!他真是一位十全十美的好郎君。

凯普莱特夫人　维洛那的夏天找不到这样一朵好花。

乳　媪　是啊,他是一朵花,真是一朵好花。

凯普莱特夫人　你怎么说?你能不能喜欢这个绅士?今晚上在

我们家里的宴会中间,你就可以看见他。从年轻的帕里斯的脸上,你可以读到用秀美的笔写成的迷人诗句;一根根齐整的线条,交织成整个一幅谐和的图画;要是你想探索这一卷美好的书中的奥秘,在他的眼角上可以找到微妙的诠释。这本珍贵的恋爱的经典,只缺少一帧可以使它相得益彰的封面;正像游鱼需要活水,美妙的内容也少不了美妙的外表陪衬。记载着金科玉律的宝籍,锁合在漆金的封面里,它的辉煌富丽为众目所共见;要是你做了他的封面,那么他所有的一切都属于你所有了。

乳媪　何止如此!我们女人有了男人就富足了。

凯普莱特大人　简简单单地回答我,你能够接受帕里斯的爱吗?

朱丽叶　要是我看见了他以后,能够发生好感,那么我是准备喜欢他的。可是我的眼光的飞箭,倘然没有得到您的允许,是不敢大胆发射出去的呢。

　　　　一仆人上。

仆人　太太,客人都来了,餐席已经摆好了,请您跟小姐快些出去。大家在厨房里埋怨着奶妈,什么都乱成一团。我要侍候客人去;请您马上就来。

凯普莱特夫人　我们就来了。朱丽叶,那伯爵在等着呢。

乳媪　去,孩子,快去找天天欢乐,夜夜良宵。(同下。)

第四场　同前。街道

　　　　罗密欧、茂丘西奥、班伏里奥及五六人或戴假面或持火炬上。

罗密欧　怎么!我们就用这一番话作为我们的进身之阶呢,还是就这么昂然直入,不说一句道歉的话?

班伏里奥　这种虚文俗套,现在早就不流行了。我们用不着蒙着眼睛的丘匹德,背着一张花漆的木弓,像个稻草人似的去吓那些娘儿们;也用不着跟着提示的人一句一句念那从书上默诵出来的登场白;随他们把我们认做什么人,我们只要跳完一回舞,走了就完啦。

罗密欧　给我一个火炬,我不高兴跳舞。我的阴沉的心需要光明。

茂丘西奥　不,好罗密欧,我们一定要你陪着我们跳舞。

罗密欧　我实在不能跳。你们都有轻快的舞鞋;我只有一个铅一样重的灵魂,把我的身体紧紧地钉在地上,使我的脚步不能移动。

茂丘西奥　你是一个恋人,你就借着丘匹德的翅膀,高高地飞起来吧。

罗密欧　他的羽镞已经穿透我的胸膛,我不能借着他的羽翼高翔;他束缚住了我整个的灵魂,爱的重担压得我向下坠沉,跳不出烦恼去。

茂丘西奥　爱是一件温柔的东西,要是你拖着它一起沉下去,那未免太难为它了。

罗密欧　爱是温柔的吗?它是太粗暴、太专横、太野蛮了;它像荆棘一样刺人。

茂丘西奥　要是爱情虐待了你,你也可以虐待爱情;它刺痛了你,你也可以刺痛它;这样你就可以战胜了爱情。给我一个面具,让我把我的尊容藏起来;(戴假面)哎哟,好难看的鬼脸!再给我拿一个面具来把它罩住吧。也罢,就让人家笑我丑,也有这一张鬼脸替我遮羞。

班伏里奥　来,敲门进去;大家一进门,就跳起舞来。

罗密欧　拿一个火炬给我。让那些无忧无虑的公子哥儿们去卖弄他们的舞步吧;莫怪我说句老气横秋的话,我对于这种玩意儿实在敬谢不敏,还是作个壁上旁观的人吧。

茂丘西奥　胡说!要是你已经没头没脑深陷在恋爱的泥沼里——恕我说这样的话——那么我们一定要拉你出来。来来来,我们别白昼点灯浪费光阴啦!

罗密欧　我们并没有白昼点灯。

茂丘西奥　我的意思是说,我们耽误时光,好比白昼点灯一样。我们没有恶意,我们还有五个官能,可以有五倍的观察能力呢。

罗密欧　我们去参加他们的舞会也无恶意,只怕不是一件聪明的事。

茂丘西奥　为什么?请问。

罗密欧　昨天晚上我做了一个梦。

茂丘西奥　我也做了一个梦。

罗密欧　好,你做了什么梦?

茂丘西奥　我梦见做梦的人老是说谎。

罗密欧　一个人在睡梦里往往可以见到真实的事情。

茂丘西奥　啊!那么一定春梦婆来望过你了。

班伏里奥　春梦婆!她是谁?

茂丘西奥　她是精灵们的稳婆;她的身体只有郡吏手指上一颗玛瑙那么大;几匹蚂蚁大小的细马替她拖着车子,越过酣睡的人们的鼻梁,她的车辐是用蜘蛛的长脚做成的;车篷是蚱蜢的翅膀;挽索是小蜘蛛丝,颈带如水的月光;马鞭是蟋蟀的骨头;缰绳是天际的游丝。替她驾车的是一只小小的灰色的蚊虫,它的大小还不及从一个贪懒丫头的指头上挑出来的懒虫的一半。她的车子是野蚕用一个榛子的空壳替她造成，它们从古以来，就是精灵们的车匠。她每夜驱着这样的车子，穿过情人们的脑中，他们就会在梦里谈情说爱；经过官员们的膝上，他们就会在梦里打躬作揖；经过律师们的手指，他们就会在梦里伸手讨讼费；经过娘儿们的嘴唇，她们就会在梦里跟人家接吻，可是因为春梦婆讨厌她们嘴里吐出来的糖果的气息，往往罚她们满嘴长着水泡。有时奔驰过廷臣的鼻子，他就会在梦里寻找好差事；有时她从捐献给教会的猪身上拔下它的尾巴来，撩拨着一个牧师的鼻孔，他就会梦见自己又领到一份俸禄；有时她绕过一个兵士的颈项，他就会梦见杀敌人的头，进攻、埋伏、锐利的剑锋、淋漓的痛饮——忽然被耳边的鼓声惊醒，咒骂了几句，又翻了个身睡去了。就是这一个春梦婆在夜里把马鬣打成了辫子，把懒女人的龌龊的乱发烘成一处处胶粘的硬块，倘然把它们梳通了，就要遭逢祸事；就是这个婆子在人家女孩子们仰面睡觉的时候，压在她们的身上，教会她们怎样养儿子；就是她——

罗密欧　得啦，得啦，茂丘西奥，别说啦！你全然在那儿痴人说梦。

茂丘西奥　对了，梦本来是痴人脑中的胡思乱想；它的本质像空气一样稀薄；它的变化莫测，就像一阵风，刚才还在向着冰雪的北方求爱，忽然发起恼来，一转身又到雨露的南方来了。

班伏里奥　你讲起的这一阵风，不知把我们自己吹到哪儿去了。
　　人家晚饭都用过了，我们进去怕要太晚啦。

罗密欧　我怕也许是太早了；我仿佛觉得有一种不可知的命运，

将要从我们今天晚上的狂欢开始它的恐怖的统治,我这可憎恨的生命,将要遭遇惨酷的夭折而告一结束。可是让支配我的前途的上帝指导我的行动吧!前进,快活的朋友们!

班伏里奥　来,把鼓擂起来。(同下。)

第五场　同前。凯普莱特家中厅堂

乐工各持乐器等候;众仆上。

仆甲　卜得潘呢?他怎么不来帮忙把这些盘子拿下去?他不愿意搬碟子!他不愿意揩砧板!

仆乙　一切事情都交给一两个人管,叫他们连洗手的工夫都没有,这真糟糕!

仆甲　把折凳拿进去,把食器架搬开,留心打碎盘子。好兄弟,留一块杏仁酥给我;谢谢你去叫那管门的让苏珊跟耐儿进来。安东尼!卜得潘!

仆乙　嗷,兄弟,我在这儿。

仆甲　里头在找着你,叫着你,问着你,到处寻着你。

仆丙　我们可不能一身分两处呀。

仆乙　来,孩子们,大家出力!(众仆退后。)

凯普莱特、朱丽叶及其家族等自一方上;众宾客及假面跳舞者等自另一方上,相遇。

凯普莱特　诸位朋友,欢迎欢迎!足趾上不生茧子的小姐太太们要跟你们跳一回舞呢。啊哈!我的小姐们,你们中间现在有什么人不愿意跳舞?我可以发誓,谁要是推三阻四的,一定脚上长着老大的茧子;果然给我猜中了吗?诸位朋友,欢迎欢迎!我从前也曾经戴过假面,在一个标致姑娘的耳朵旁边讲些使得她心花怒放的话儿;这种时代现在是过去了,过去了,过去了。诸位朋友,欢迎欢迎!来,乐工们,奏起音乐来吧。站开些!站开些!让出地方来。姑娘们,跳起来吧。(奏乐;众开始跳舞)混蛋,把灯点亮一点,把桌子一起搬掉,把火炉熄了,这屋子里太热啦。啊,好小子!这才玩得有兴。啊!请坐,请坐,好兄弟,我们两人现在是跳不起来的了;您还记得我们最后一次戴着假面跳舞是在什么时候?

凯普莱特族人　这话说来也有三十年啦。

凯普莱特　什么,兄弟!没有这么久,没有这么久;那是在路森修结婚的那年,大概离现在有二十五年模样,我们曾经跳过一次。

凯普莱特族人　不止了,不止了;大哥,他的儿子也有三十岁啦。

凯普莱特　我难道不知道吗?他的儿子两年以前还没有成年哩。

罗密欧　搀着那位骑士的手的那位小姐是谁?

仆　人　我不知道,先生。

罗密欧　啊!火炬远不及她的明亮;
　　　　她皎然悬在暮天的颊上,
　　　　像黑奴耳边璀璨的珠环;
　　　　她是天上明珠降落人间!
　　　　瞧她随着女伴进退周旋,
　　　　像鸦群中一头白鸽蹁跹。
　　　　我要等舞阑后追随左右,
　　　　握一握她那纤纤的素手。
　　　　我从前的恋爱是假非真,

今晚才遇见绝世的佳人!

提伯尔特　听这个人的声音,好像是一个蒙太古家里的人。孩子,拿我的剑来。哼!这不知死活的奴才,竟敢套着一个鬼脸,到这儿来嘲笑我们的盛会吗?为了保持凯普莱特家族的光荣,我把他杀死了也不算罪过。

凯普莱特　哎哟,怎么,侄儿!你怎么动起怒来啦?

提伯尔特　姑父,这是我们的仇家蒙太古家里的人;这贼子今天晚上到这儿来,一定不怀好意,存心来捣乱我们的盛会。

凯普莱特　他是罗密欧那小子吗?

提伯尔特　正是他,正是罗密欧这小杂种。

凯普莱特　别生气,好侄儿,让他去吧。瞧他的举动倒也规规矩矩;说句老实话,在维洛那城里,他也算得一个品行很好的青年。我无论如何不愿意在我自己的家里跟他闹事。你还是耐着性子,别理他吧。我的意思就是这样,你要是听我的话,赶快收下了怒容,和和气气的,不要打断大家的兴致。

提伯尔特　这样一个贼子也来做我们的宾客,我怎么不生气?我不能容他在这儿放肆。

凯普莱特　不容也得容;哼,目无尊长的孩子!我偏要容他。嘿!谁是这里的主人?是你还是我?嘿!你容不得他!什么话!你要当着这些客人的面前吵闹吗?你不服气!你要充好汉!

提伯尔特　姑父,咱们不能忍受这样的耻辱。

凯普莱特　得啦,得啦,你真是一点规矩都不懂。——是真的吗?您也许不喜欢这个调调儿。——我知道你一定要跟我闹别扭!——说得很好,我的好人儿!——你是个放肆的孩子;去,别闹!不然的话——把灯再点亮些!把灯再点亮些!——不害臊的!我要叫你闭嘴。——啊!痛痛快快地玩一下,我的好人儿们!

提伯尔特　我这满腔怒火偏给他浇下一盆冷水,好教我气得浑身哆嗦。我且退下去;可是今天由他闯进了咱们的屋子,看他不会有一天得意反成后悔。(下。)

罗密欧　(向朱丽叶)

　　　　要是我这俗手上的尘污
　　　　　　亵渎了你的神圣的庙宇,
　　　　这两片嘴唇,含羞的信徒,
　　　　　　愿意用一吻乞求你宥恕。

朱丽叶　信徒,莫把你的手儿侮辱,
　　　　　　这样才是最虔诚的礼敬;
　　　　神明的手本许信徒接触,
　　　　　　掌心的密合远胜如亲吻。

罗密欧　生下了嘴唇有什么用处?

朱丽叶　信徒的嘴唇要祷告神明。

罗密欧　那么我要祷求你的允许,
　　　　　　让手的工作交给了嘴唇。

朱丽叶　你的祷告已蒙神明允准。

罗密欧　神明,请容我把殊恩受领。(吻朱丽叶)
　　　　这一吻涤清了我的罪孽。

朱丽叶　你的罪却沾上我的唇间。

罗密欧　啊,我的唇间有罪?感谢你精心的指摘!让我收回吧。

朱丽叶　你可以亲一下《圣经》。

乳　媪　小姐,你妈要跟你说话。

罗密欧　谁是她的母亲?

乳　媪　小官人,她的母亲就是这儿府上的太太,她是个好太太,又聪明,又贤德;我替她抚养她的女儿,就是刚才跟您说话的那个;告诉您吧,谁要是娶了她去,才发财咧。

罗密欧　她是凯普莱特家里的人吗?哎哟!我的生死现在操在我的仇人的手里了!

班伏里奥　去吧,跳舞快要完啦。

罗密欧　是的,我只怕盛筵易散,良会难逢。

凯普莱特　不,列位,请慢点儿去;我们还要请你们稍微用一点茶点。真要走吗?那么谢谢你们;各位朋友,谢谢,谢谢,再会!再会!再拿几个火把来!来,我们去睡吧。啊,好小子!天真是不早了;我要去休息一会儿。(除朱丽叶及乳媪外俱下。)

朱丽叶　过来,奶妈。那边的那位绅士是谁?

乳　媪　提伯里奥那老头儿的儿子。

朱丽叶　现在跑出去的那个人是谁?

乳　媪　呃,我想他就是那个年轻的彼特鲁乔。

朱丽叶　那个跟在人家后面不跳舞的人是谁?

乳　媪　我不认识。

朱丽叶　去问他叫什么名字。——要是他已经结过婚,那么坟墓便是我的婚床。

乳　媪　他的名字叫罗密欧,是蒙太古家里的人,咱们仇家的独子。

朱丽叶　恨灰中燃起了爱火融融,
　　　　　要是不该相识,何必相逢!
　　　　　昨天的仇敌,今日的情人,
　　　　　这场恋爱怕要种下祸根。

乳　媪　你在说什么？你在说什么？

朱丽叶　那是刚才一个陪我跳舞的人教给我的几句诗。(内呼，"朱丽叶！")

乳　媪　就来，就来！来，咱们去吧；客人们都已经散了。(同下。)

开场诗

致辞者上。

旧日的温情已尽付东流,
　　新生的爱恋正如日初上;
为了朱丽叶的绝世温柔,
　　忘却了曾为谁魂思梦想。
罗密欧爱着她媚人容貌,
　　把一片痴心呈献给仇雠;
朱丽叶恋着他风流才调,
　　甘愿被香饵钓上了金钩。
只恨解不开的世仇宿怨,
　　这段山海深情向谁申诉?
幽闺中锁住了桃花人面,
　　要相见除非是梦魂来去。
可是热情总会战胜辛艰,
苦味中间才有无限甘甜。(下。)

第 二 幕

第一场　维洛那。凯普莱特花园墙外的小巷

　　　　罗密欧上。

罗密欧　我的心还逗留在这里,我能够就这样掉头前去吗?转回去,你这无精打采的身子,去找寻你的灵魂吧。(攀登墙上,跳入墙内。)

　　　　班伏里奥及茂丘西奥上。

班伏里奥　罗密欧!罗密欧兄弟!

茂丘西奥　他是个乖巧的家伙;我说他一定溜回家去睡了。

班伏里奥　他往这条路上跑,一定跳进这花园的墙里去了。好茂丘西奥,你叫叫他吧。

茂丘西奥　不,我还要念咒喊他出来呢。罗密欧!痴人!疯子!恋人!情郎!快快化做一声叹息出来吧!我不要你多说什么,只要你念一行诗,叹一口气,把咱们那位维纳斯奶奶恭维两句,替她的瞎眼儿子丘匹德少爷取个绰号,这位小爱神真是个神弓手,竟让国王爱上了叫化子的女儿!他没有听见,他没有作声,他没有动静;这猴崽子难道死了吗?待我咒他的鬼魂出来。凭着罗瑟琳的光明的眼睛,凭着她的高

额角,她的红嘴唇,她的玲珑的脚,挺直的小腿,弹性的大腿和大腿附近的那一部分,凭着这一切的名义,赶快给我现出真形来吧!

班伏里奥　他要是听见了,一定会生气的。

茂丘西奥　这不至于叫他生气;他要是生气,除非是气得他在他情人的圈儿里唤起一个异样的妖精,由它在那儿昂然直立,直等她降伏了它,并使它低下头来;那样做的话,才是怀着恶意呢;我的咒语却很正当,我无非凭着他情人的名字唤他出来罢了。

班伏里奥　来,他已经躲到树丛里,跟那多露水的黑夜做伴去了;爱情本来是盲目的,让他在黑暗里摸索去吧。

茂丘西奥　爱情如果是盲目的,就射不中靶。此刻他该坐在枇杷树下了,希望他的情人就是他口中的枇杷。——啊,罗密欧,但愿,但愿她真的成了你到口的枇杷!罗密欧,晚安!我要上床睡觉去;这儿草地上太冷啦,我可受不了。来,咱们走吧。

班伏里奥　好,走吧;他要避着我们,找他也是白费辛勤。

（同下。）

第二场　同前。凯普莱特家的花园

　　罗密欧上。

罗密欧　没有受过伤的才会讥笑别人身上的创痕。（朱丽叶自上方窗户中出现）轻声!那边窗子里亮起来的是什么光?那就是东方,朱丽叶就是太阳!起来吧,美丽的太阳!赶走那妒忌的月亮,她因为她的女弟子比她美得多,已经气得面色惨白了。既然她这样妒忌着你,你不要忠于她吧;脱下她给你的这一身惨绿色的贞女的道服,它是只配给愚人穿的。那是我的意中人;啊!那是我的爱;唉,但愿她知道我在爱着她!她欲言又止,可是她的眼睛已经道出了她的心事。待我去回答她吧;不,我不要太卤莽,她不是对我说话。天上两颗最灿烂的星,因为有事他去,请求她的眼睛替代它们在空中闪耀。要是她的眼睛变成了天上的星,天上的星变成了她的眼睛,那便怎样呢?她脸上的光辉会掩盖了星星的明亮,正像灯光在朝阳下黯然失色一样;在天上的她的眼睛,会在太空中大放光明,使鸟儿误认为黑夜已经过去而唱出它们的歌声。瞧!她用纤手托住了脸,那姿态是多么美妙!啊,但愿我是那一只手上的手套,好让我亲一亲她脸上的香泽!

朱丽叶　　唉!

罗密欧　　她说话了。啊!再说下去吧,光明的天使!因为我在这夜色之中仰视着你,就像一个尘世的凡人,张大了出神的眼睛,瞻望着一个生着翅膀的天使,驾着白云缓缓地驰过了天空一样。

朱丽叶　　罗密欧啊,罗密欧!为什么你偏偏是罗密欧呢?否认你的父亲,抛弃你的姓名吧;也许你不愿意这样做,那么只要你宣誓做我的爱人,我也不愿再姓凯普莱特了。

罗密欧　　(旁白)我还是继续听下去呢,还是现在就对她说话?

朱丽叶　　只有你的名字才是我的仇敌;你即使不姓蒙太古,仍然是这样的一个你。姓不姓蒙太古又有什么关系呢?它又不是手,又不是脚,又不是手臂,又不是脸,又不是身体上任何其他的部分。啊!换一个姓名吧!姓名本来是没有意义的；我们叫做玫瑰的这一种花，要是换了个名字，它的香味还是同样的芬芳；罗密欧要是换了别的名字，他的可爱的完美也决不会有丝毫改变。罗密欧，抛弃了你的名字吧；我愿意把我整个的心灵，赔偿你这一个身外的空名。

罗密欧　那么我就听你的话，你只要叫我做爱，我就重新受洗，重新命名；从今以后，永远不再叫罗密欧了。

朱丽叶　你是什么人，在黑夜里躲躲闪闪地偷听人家的话？

罗密欧　我没法告诉你我叫什么名字。敬爱的神明，我痛恨我自己的名字，因为它是你的仇敌；要是把它写在纸上，我一定把这几个字撕成粉碎。

朱丽叶　我的耳朵里还没有灌进从你嘴里吐出来的一百个字，可是我认识你的声音；你不是罗密欧，蒙太古家里的人吗？

罗密欧　不是，美人，要是你不喜欢这两个名字。

朱丽叶　告诉我，你怎么会到这儿来，为什么到这儿来？花园的墙这么高，是不容易爬上来的；要是我家里的人瞧见你在这儿，他们一定不让你活命。

罗密欧　我借着爱的轻翼飞过园墙，因为砖石的墙垣是不能把爱情阻隔的；爱情的力量所能够做到的事，它都会冒险尝试，所以我不怕你家里人的干涉。

朱丽叶　要是他们瞧见了你，一定会把你杀死的。

罗密欧　唉！你的眼睛比他们二十柄刀剑还厉害；只要你用温柔的眼光看着我，他们就不能伤害我的身体。

朱丽叶　我怎么也不愿让他们瞧见你在这儿。

罗密欧　朦胧的夜色可以替我遮过他们的眼睛。只要你爱我，就让他们瞧见我吧；与其因为得不到你的爱情而在这世上捱命，还不如在仇人的刀剑下丧生。

朱丽叶　谁叫你找到这儿来的？

罗密欧　爱情怂恿我探听出这一个地方；他替我出主意，我借给他眼睛。我不会操舟驾舵，可是倘使你在辽远辽远的海滨，我也会冒着风波寻访你这颗珍宝。

朱丽叶　幸亏黑夜替我罩上了一重面幕，否则为了我刚才被你听去的话，你一定可以看见我脸上羞愧的红晕。我真想遵守礼法，否认已经说过的言语，可是这些虚文俗礼，现在只好一切置之不顾了！你爱我吗？我知道你一定会说"是的"；我也一定会相信你的话；可是也许你起的誓只是一个谎，人家说，对于恋人们的寒盟背信，天神是一笑置之的。温柔的罗密欧啊！你要是真的爱我，就请你诚意告诉我；你要是嫌我太容易降心相从，我也会堆起怒容，装出倔强的神气，拒绝你的好意，好让你向我婉转求情，否则我是无论如何不会拒绝你的。俊秀的蒙太古啊，我真的太痴心了，所以也许你会觉得我的举动有点轻浮；可是相信我，朋友，总有一天你会知道我的忠心远胜过那些善于矜持作态的人。我必须承认，倘不是你乘我不备的时候偷听去了我的真情的表白，我一定会更加矜持一点的；所以原谅我吧，是黑夜泄漏了我心底的秘密，不要把我的允诺看作无耻的轻狂。

罗密欧　姑娘，凭着这一轮皎洁的月亮，它的银光涂染着这些果树的梢端，我发誓——

朱丽叶　啊！不要指着月亮起誓，它是变化无常的，每个月都有盈亏圆缺；你要是指着它起誓，也许你的爱情也会像它一样无常。

罗密欧　那么我指着什么起誓呢？

朱丽叶　不用起誓吧；或者要是你愿意的话，就凭着你优美的自身起誓,那是我所崇拜的偶像,我一定会相信你的。

罗密欧　要是我的出自深心的爱情——

朱丽叶　好,别起誓啦。我虽然喜欢你,却不喜欢今天晚上的密约;它太仓促、太轻率、太出人意外了,正像一闪电光,等不及人家开一声口,已经消隐了下去。好人,再会吧!这一朵爱的蓓蕾,靠着夏天的暖风的吹拂,也许会在我们下次相见的时候,开出鲜艳的花来。晚安,晚安!但愿恬静的安息同样降临到你我两人的心头!

罗密欧　啊!你就这样离我而去,不给我一点满足吗?

朱丽叶　你今夜还要什么满足呢?

罗密欧　你还没有把你的爱情的忠实的盟誓跟我交换。

朱丽叶　在你没有要求以前,我已经把我的爱给了你了;可是我倒愿意重新给你。

罗密欧　你要把它收回去吗?为什么呢,爱人?

朱丽叶　为了表示我的慷慨,我要把它重新给你。可是我只愿意要我已有的东西:我的慷慨像海一样浩渺,我的爱情也像海一样深沉;我给你的越多,我自己也越是富有,因为这两者都是没有穷尽的。(乳媪在内呼唤)我听见里面有人在叫;亲爱的,再会吧!——就来了,好奶妈!——亲爱的蒙太古,愿你不要负心。再等一会儿,我就会来的。(自上方下。)

罗密欧　幸福的,幸福的夜啊!我怕我只是在晚上做了一个梦,这样美满的事不会是真实的。

　　　　朱丽叶自上方重上。

朱丽叶　亲爱的罗密欧,再说三句话,我们真的要再会了。要是你的爱情的确是光明正大,你的目的是在于婚姻,那么明天

　　　　我会叫一个人到你的地方来,请你叫他带一个信给我,告诉我你愿意在什么地方、什么时候举行婚礼;我就会把我的整个命运交托给你,把你当作我的主人,跟随你到天涯海角。

乳　　媪　（在内）小姐!

朱丽叶　就来。——可是你要是没有诚意,那么我请求你——

乳　　媪　（在内）小姐!

朱丽叶　等一等,我来了。——停止你的求爱,让我一个人独自伤心吧。明天我就叫人来看你。

罗密欧　凭着我的灵魂——

朱丽叶　一千次的晚安!（自上方下。）

罗密欧　晚上没有你的光,我只有一千次的心伤!恋爱的人去赴他情人的约会,像一个放学归来的儿童;可是当他和情人分别的时候,却像上学去一般满脸懊丧。（退后。）

　　　　朱丽叶自上方重上。

朱丽叶　嘘!罗密欧!嘘!唉!我希望我会发出呼鹰的声音,招这只鹰儿回来。我不能高声说话,否则我要让我的喊声传进厄科①的洞穴,让她的无形的喉咙因为反复叫喊着我的罗密欧的名字而变成嘶哑。

罗密欧　那是我的灵魂在叫喊着我的名字。恋人的声音在晚间多么清婉,听上去就像最柔和的音乐!

朱丽叶　罗密欧!

罗密欧　我的爱!

朱丽叶　明天我应该在什么时候叫人来看你?

---

①　厄科（Echo）是希腊神话中的仙女,因恋爱美少年那耳喀索斯不遂而形消体灭,化为山谷中的回声。

罗密欧　就在九点钟吧。

朱丽叶　我一定不失信；挨到那个时候,该有二十年那么长久！我记不起为什么要叫你回来了。

罗密欧　让我站在这儿,等你记起了告诉我。

朱丽叶　你这样站在我的面前,我一心想着多么爱跟你在一块儿,一定永远记不起来了。

罗密欧　那么我就永远等在这儿,让你永远记不起来,忘记除了这里以外还有什么家。

朱丽叶　天快要亮了；我希望你快去；可是我就好比一个淘气的女孩子,像放松一个囚犯似的让她心爱的鸟儿暂时跳出她的掌心,又用一根丝线把它拉了回来,爱的私心使她不愿意给它自由。

罗密欧　我但愿我是你的鸟儿。

朱丽叶　好人,我也但愿这样；可是我怕你会死在我的过分的爱抚里。晚安！晚安！离别是这样甜蜜的凄清,我真要向你道晚安直到天明！（下。）

罗密欧　但愿睡眠合上你的眼睛！

　　　　但愿平静安息我的心灵！

　　　　我如今要去向神父求教,

　　　　把今宵的艳遇诉他知晓。（下。）

第三场　同前。劳伦斯神父的寺院

劳伦斯神父携篮上。

劳伦斯　黎明笑向着含愠的残宵,

　　　　金鳞浮上了东方的天梢；

看赤轮驱走了片片乌云，
像一群醉汉向四处狼奔。
趁太阳还没有睁开火眼，
晒干深夜里的涔涔露点，
我待要采摘下满箧盈筐，
毒草灵葩充实我的青囊。
大地是生化万类的慈母，
她又是掩藏群生的坟墓，
试看她无所不载的胸怀，
哺乳着多少的姹女婴孩！
天生下的万物没有弃掷，
什么都有它各自的特色，
石块的冥顽，草木的无知，
都含着玄妙的造化生机。
莫看那蠢蠢的恶木莠蔓，
对世间都有它特殊贡献；
即使最纯良的美谷嘉禾，
用得失当也会害性戕躯。
美德的误用会变成罪过，
罪恶有时反会造成善果。
这一朵有毒的弱蕊纤苞，
也会把淹煎的痼疾医疗；
它的香味可以祛除百病，
吃下腹中却会昏迷不醒。
草木和人心并没有不同，
各自有善意和恶念争雄；

恶的势力倘然占了上风,

死便会蛀蚀进它的心中。

　　　罗密欧上。

罗密欧　早安,神父。

劳伦斯　上帝祝福你!是谁的温柔的声音这么早就在叫我?孩子,你一早起身,一定有什么心事。老年人因为多忧多虑,往往容易失眠,可是身心壮健的青年,一上了床就应该酣然入睡;所以你的早起,倘不是因为有什么烦恼,一定是昨夜没有睡过觉。

罗密欧　你的第二个猜测是对的;我昨夜享受到比睡眠更甜蜜的安息。

劳伦斯　上帝饶恕我们的罪恶!你是跟罗瑟琳在一起吗?

罗密欧　跟罗瑟琳在一起,我的神父?不,我已经忘记了那一个名字,和那个名字所带来的烦恼。

劳伦斯　那才是我的好孩子;可是你究竟到什么地方去了?

罗密欧　我愿意在你没有问我第二遍以前告诉你。昨天晚上我跟我的仇敌在一起宴会,突然有一个人伤害了我,同时她也被我伤害了;只有你的帮助和你的圣药,才会医治我们两人的重伤。神父,我并不怨恨我的敌人,因为瞧,我来向你请求的事,不单为了我自己,也同样为了她。

劳伦斯　好孩子,说明白一点,把你的意思老老实实告诉我,别打着哑谜了。

罗密欧　那么老实告诉你吧,我心底的一往深情,已经完全倾注在凯普莱特的美丽的女儿身上了。她也同样爱着我;一切都完全定当了,只要你肯替我们主持神圣的婚礼。我们在什么时候遇见,在什么地方求爱,怎样彼此交换着盟誓,这一切我都可以慢慢告诉你;可是无论如何,请你一定答应就在今天替我们成婚。

劳伦斯　圣芳济啊!多么快的变化!难道你所深爱着的罗瑟琳,就这样一下子被你抛弃了吗?这样看来,年轻人的爱情,都是见异思迁,不是发于真心的。耶稣,马利亚!你为了罗瑟琳的缘故,曾经用多少的眼泪洗过你消瘦的面庞!为了替无味的爱情添加一点辛酸的味道,曾经浪费掉多少的咸水!太阳还没有扫清你吐向苍穹的怨气,我这龙钟的耳朵里还留着你往日的呻吟;瞧!就在你自己的颊上,还剩着一丝不曾揩去的旧时的泪痕。要是你不曾变了一个人,这些悲哀都是你真实的情感,那么你是罗瑟琳的,这些悲哀也是为罗瑟琳而发的;难道你现在已经变心了吗?男人既然这样没有恒心,那就莫怪女人家朝三暮四了。

罗密欧　你常常因为我爱罗瑟琳而责备我。

劳伦斯　我的学生,我不是说你不该恋爱,我只叫你不要因为恋爱而发痴。

罗密欧　你又叫我把爱情埋葬在坟墓里。

劳伦斯　我没有叫你把旧的爱情埋葬了,再去另找新欢。

罗密欧　请你不要责备我;我现在所爱的她,跟我心心相印,不像前回那个一样。

劳伦斯　啊,罗瑟琳知道你对她的爱情完全抄着人云亦云的老调,你还没有读过恋爱入门的一课哩。可是来吧,朝三暮四的青年,跟我来;为了一个理由,我愿意帮助你一臂之力:因为你们的结合也许会使你们两家释嫌修好,那就是天大的幸事了。

罗密欧　啊!我们就去吧,我巴不得越快越好。

劳伦斯　凡事三思而行;跑得太快是会滑倒的。(同下。)

第四场　同前。街道

　　　　班伏里奥及茂丘西奥上。

茂丘西奥　见鬼的,这罗密欧究竟到哪儿去了?他昨天晚上没有回家吗?

班伏里奥　没有,我问过他的仆人了。

茂丘西奥　哎哟!那个白面孔狠心肠的女人,那个罗瑟琳,一定把他虐待得要发疯了。

班伏里奥　提伯尔特,凯普莱特那老头子的亲戚,有一封信送到他父亲那里。

茂丘西奥　一定是一封挑战书。

班伏里奥　罗密欧一定会给他一个答复。

茂丘西奥　只要会写几个字,谁都会写一封复信。

班伏里奥　不,我说他一定会接受他的挑战。

茂丘西奥　唉!可怜的罗密欧!他已经死了,一个白女人的黑眼睛戳破了他的心;一支恋歌穿过了他的耳朵;瞎眼的丘匹德的箭已把他当胸射中;他现在还能够抵得住提伯尔特吗?

班伏里奥　提伯尔特是个什么人?

茂丘西奥　我可以告诉你,他不是个平常的阿猫阿狗。啊!他是个胆大心细、剑法高明的人。他跟人打起架来,就像照着乐谱唱歌一样,一板一眼都不放松,一秒钟的停顿,然后一、二、三,刺进人家的胸膛;他全然是个穿礼服的屠夫,一个决斗的专家;一个名门贵胄,一个击剑能手。啊!那了不得的侧击!那反击!那直中要害的一剑!

班伏里奥　那什么?

茂丘西奥　那些怪模怪样、扭扭捏捏的装腔作势,说起话来怪声怪气的荒唐鬼的对头。他们只会说,"耶稣哪,好一柄锋利的刀子!"——好一个高大的汉子,好一个风流的婊子!嘿,我的老爷子,咱们中间有这么一群不知从哪儿飞来的苍蝇,这一群满嘴法国话的时髦人,他们因为趋新好异,坐在一张旧凳子上也会不舒服,这不是一件可以痛哭流涕的事吗?

　　罗密欧上。

班伏里奥　罗密欧来了,罗密欧来了。

茂丘西奥　瞧他孤零零的神气,倒像一条风干的咸鱼。啊,你这块肉呀,你是怎样变成了鱼的!现在他又要念起彼特拉克①的诗句来了:罗拉比起他的情人来不过是个灶下的丫头,虽然她有一个会做诗的爱人;狄多是个蓬头垢面的村妇;克莉奥佩屈拉是个吉卜赛姑娘;海伦、希罗都是下流的娼妓;提斯柏也许有一双美丽的灰色眼睛,可是也不配相提并论。罗密欧先生,给你个法国式的敬礼!昨天晚上你给我们开了多大的一个玩笑哪。

罗密欧　两位大哥早安!昨晚我开了什么玩笑?

茂丘西奥　你昨天晚上逃走得好;装什么假?

罗密欧　对不起,茂丘西奥,我当时有一件很重要的事情,在那情况下我只好失礼了。

茂丘西奥　这就是说,在那情况下,你不得不屈一屈膝了。

---

① 彼特拉克(Petrarch,1304—1374),意大利诗人,他的作品有很多是歌颂他终身的爱人罗拉的。

罗密欧　你的意思是说,赔个礼。

茂丘西奥　你回答得正对。

罗密欧　正是十分有礼的说法。

茂丘西奥　何止如此,我是讲礼讲到头了。

罗密欧　像是花儿鞋子的尖头。

茂丘西奥　说得对。

罗密欧　那么我的鞋子已经全是花花的洞儿了。

茂丘西奥　讲得妙;跟着我把这个笑话追到底吧,直追得你的鞋子都破了,只剩下了鞋底,而那笑话也就变得又秃又呆了。

罗密欧　啊,好一个又呆又秃的笑话,真配傻子来说。

茂丘西奥　快来帮忙,好班伏里奥;我的脑袋不行了。

罗密欧　要来就快马加鞭;不然我就宣告胜利了。

茂丘西奥　不,如果比聪明像赛马,我承认我输了;我的马儿哪有你的野?说到野,我的五官加在一起也比不上你的任何一官。可是你野的时候,我几时跟你在一起过?

罗密欧　哪一次撒野没有你这呆头鹅?

茂丘西奥　你这话真有意思,我巴不得咬你一口才好。

罗密欧　啊,好鹅儿,莫咬我。

茂丘西奥　你的笑话又甜又辣;简直是辣酱油。

罗密欧　美鹅加辣酱,岂不绝妙?

茂丘西奥　啊,妙语横生,越拉越横!

罗密欧　横得好;你这呆头鹅变成一只横胖鹅了。

茂丘西奥　呀,我们这样打着趣岂不比呻吟求爱好得多吗?此刻你多么和气,此刻你才真是罗密欧了;不论是先天还是后天,此刻是你的真面目了;为了爱,急得涕零满脸,就像一个天生的傻子,奔上奔下,找洞儿藏他的棍儿。

班伏里奥　打住吧,打住吧。

茂丘西奥　你不让我的话讲完,留着尾巴好不顺眼。

班伏里奥　不打住你,你的尾巴还要长大呢。

茂丘西奥　啊,你错了;我的尾巴本来就要缩小了;我的话已经讲到了底,不想老占着位置啦。

罗密欧　看哪,好把戏来啦!

　　　　　乳媪及彼得上。

茂丘西奥　一条帆船,一条帆船!

班伏里奥　两条,两条!一公一母。

乳　媪　彼得!

彼　得　有!

乳　媪　彼得,我的扇子。

茂丘西奥　好彼得,替她把脸遮了;因为她的扇子比她的脸好看一点。

乳　媪　早安,列位先生。

茂丘西奥　晚安,好太太。

乳　媪　是道晚安时候了吗?

茂丘西奥　我告诉你,不会错;那日晷上的指针正顶着中午呢。

乳　媪　你说什么!你是什么人!

罗密欧　好太太,上帝造了他,他可不知好歹。

乳　媪　说得好:你说他不知好歹哪?列位先生,你们有谁能够告诉我年轻的罗密欧在什么地方?

罗密欧　我可以告诉你;可是等你找到他的时候,年轻的罗密欧已经比你寻访他的时候老了点儿了。我因为取不到一个好一点的名字,所以就叫做罗密欧;在取这一个名字的人们中间,我是最年轻的一个。

乳　　媪　您说得真好。

茂丘西奥　呀,这样一个最坏的家伙你也说好?想得周到;有道理,有道理。

乳　　媪　先生,要是您就是他,我要跟您单独讲句话儿。

班伏里奥　她要拉他吃晚饭去。

茂丘西奥　一个老虔婆,一个老虔婆!有了!有了!

罗密欧　有了什么?

茂丘西奥　不是什么野兔子;要说是兔子的话,也不过是斋节里做的兔肉饼,没有吃完就发了霉。(唱)

> 老兔肉,发白霉,
>
> 老兔肉,发白霉,
>
> 原是斋节好点心:
>
> 可是霉了的兔肉饼,
>
> 二十个人也吃不尽,
>
> 吃不完的霉肉饼。

罗密欧,你到不到你父亲那儿去?我们要在那边吃饭。

罗密欧　我就来。

茂丘西奥　再见,老太太;(唱)

> 再见,我的好姑娘!(茂丘西奥、班伏里奥下。)

乳　　媪　好,再见!先生,这个满嘴胡说八道的放肆家伙是谁?

罗密欧　奶妈,这位先生最喜欢听他自己讲话;他在一分钟里所说的话,比他在一个月里听人家讲的话还多。

乳　　媪　要是他对我说了一句不客气的话,尽管他力气再大一点,我也要给他一顿教训;这种家伙二十个我都对付得了,要是对付不了,我会叫那些对付得了他们的人来。混账东西!他把老娘看做什么人啦?我不是那些烂污婊子,由他随便取笑。(向彼得)你也是个好东西,看着人家把我欺侮,站在旁边一动也不动!

彼　得　我没有看见什么人欺侮你;要是我看见了,一定会立刻拔出刀子来的。碰到吵架的事,只要理直气壮,打起官司来不怕人家,我是从来不肯落在人家后头的。

乳　媪　哎哟!真把我气得浑身发抖。混账的东西!对不起,先生,让我跟您说句话儿。我刚才说过的,我家小姐叫我来找您;她叫我说些什么话我可不能告诉您;可是我要先明白对您说一句,要是正像人家说的,您想骗她做一场春梦,那可真是人家说的一件顶坏的行为;因为这位姑娘年纪还小,所以您要是欺骗了她,实在是一桩对无论哪一位好人家的姑娘都是对不起的事情,而且也是一桩顶不应该的举动。

罗密欧　奶妈,请你替我向你家小姐致意。我可以对你发誓——

乳　媪　很好,我就这样告诉她。主啊!主啊!她听见了一定会非常喜欢的。

罗密欧　奶妈,你去告诉她什么话呢?你没有听我说呀。

乳　媪　我就对她说您发过誓了,证明您是一位正人君子。

罗密欧　你请她今天下午想个法子出来到劳伦斯神父的寺院里忏悔,就在那个地方举行婚礼。这几个钱是给你的酬劳。

乳　媪　不,真的,先生,我一个钱也不要。

罗密欧　别客气了,你还是拿着吧。

乳　媪　今天下午吗,先生?好,她一定会去的。

罗密欧　好奶妈,请你在这寺墙后面等一等,就在这一点钟之内,我要叫我的仆人去拿一捆扎得像船上的软梯一样的绳子来给你带去;在秘密的夜里,我要凭着它攀登我的幸福的尖端。再会!愿你对我们忠心,我一定不会有负你的辛劳。再会!替我向你的小姐致意。

乳　媪　天上的上帝保佑您!先生,我对您说。

罗密欧　你有什么话说,我的好奶妈?

乳　媪　您那仆人可靠得住吗?您没听见古话说,两个人知道是秘密,三个人知道就不是秘密吗?

罗密欧　你放心吧,我的仆人是最可靠不过的。

乳　媪　好先生,我那小姐是个最可爱的姑娘——主啊!主啊!——那时候她还是个咿咿呀呀怪会说话的小东西——啊!本地有一位叫做帕里斯的贵人,他巴不得把我家小姐抢到手里;可是她,好人儿,瞧他比瞧一只蛤蟆还讨厌。我有时候对她说帕里斯人品不错,你才不知道哩,她一听见这样的话,就会气得面如土色。请问罗丝玛丽花①和罗密欧是不是同样一个字开头的呀?

罗密欧　是呀,奶妈;怎么样?都是罗字起头的哪。

乳　媪　啊,你开玩笑哩!那是狗的名字啊!阿罗就是那个——不对;我知道一定是另一个字开头的——她还把你同罗丝玛丽花连在一起,我也不懂,反正你听了一定喜欢的。

罗密欧　替我向你小姐致意。

乳　媪　一定一定。(罗密欧下)彼得!

彼　得　有!

乳　媪　给我带路,拿着我的扇子,快些走。(同下。)

----

① 即"迷迭香"(Rosemary),是婚礼常用的花。

第五场　同前。凯普莱特家的花园

　　朱丽叶上。

朱丽叶　我在九点钟差奶妈去；她答应在半小时以内回来。也许她碰不见他；那是不会的。啊！她的脚走起路来不大方便。恋爱的使者应当是思想，因为它比驱散山坡上的阴影的太阳光还要快十倍；所以维纳斯的云车是用白鸽驾驶的，所以凌风而飞的丘匹德生着翅膀。现在太阳已经升上中天，从九点钟到十二点钟是三个很长的钟点，可是她还没有回来。要是她是个有感情、有温暖的青春的血液的人，她的行动一定会像球儿一样敏捷，我用一句话就可以把她抛到我的心爱的情人那里，他也可以用一句话把她抛回到我这里；可是年纪老的人，大多像死人一般，手脚滞钝，呼唤不灵，慢腾腾地没有一点精神。

　　乳媪及彼得上。

朱丽叶　啊，上帝！她来了。啊，好心肝奶妈！什么消息？你碰到他了吗？叫那个人出去。

乳　媪　彼得，到门口去等着。（彼得下。）

朱丽叶　亲爱的好奶妈——哎呀！你怎么满脸的懊恼？即使是坏消息，你也应该装着笑容说；如果是好消息，你就不该用这副难看的面孔奏出美妙的音乐来。

乳　媪　我累死了，让我歇一会儿吧。嗳呀，我的骨头好痛！我赶了多少的路！

朱丽叶　我但愿把我的骨头给你，你的消息给我。求求你，快说呀；好奶妈，说呀。

乳　媪　耶稣哪！你忙什么？你不能等一下子吗？你没见我气都喘不过来吗？

朱丽叶　你既然气都喘不过来，那么你怎么会告诉我说你气都喘不过来？你费了这么久的时间推三阻四的，要是干脆告诉了我，还不是几句话就完了。我只要你回答我，你的消息是好的还是坏的？只要先回答我一个字，详细的话慢慢再说好了。快让我知道了吧，是好消息还是坏消息？

乳　媪　好，你是个傻孩子，选中了这么一个人；你不知道怎样选一个男人。罗密欧！不，他不行，虽然他的脸长得比人家漂亮一点；可是他的腿才长得有样子；讲到他的手、他的脚、他的身体，虽然这种话不大好出口，可是的确谁也比不上他。他不顶懂得礼貌，可是温柔得就像一头羔羊。好，看你的运气吧，姑娘；好好敬奉上帝。怎么，你在家里吃过饭了吗？

朱丽叶　没有，没有。你这些话我都早就知道了。他对于结婚的事情怎么说？

乳　媪　主啊！我的头痛死了！我害了多厉害的头痛！痛得好像要裂成二十块似的。还有我那一边的背痛；哎哟，我的背！我的背！你的心肠真好，叫我到外边东奔西走去寻死。

朱丽叶　害你这样不舒服，我真是说不出的抱歉。亲爱的，亲爱的，亲爱的奶妈，告诉我，我的爱人说些什么话？

乳　媪　你的爱人说——他说得很像个老老实实的绅士，很有礼貌，很和气，很漂亮，而且也很规矩——你的妈呢？

朱丽叶　我的妈！她就在里面；她还会在什么地方？你回答得多么古怪："你的爱人说，他说得很像个老老实实的绅士，你的妈呢？"

乳　媪　哎哟,圣母娘娘!你这样性急吗?哼!反了反了,这就是你瞧着我筋骨酸痛而替我涂上的药膏吗?以后还是你自己去送信吧。

朱丽叶　别缠下去啦!快些,罗密欧怎么说?

乳　媪　你已经得到准许今天去忏悔吗?

朱丽叶　我已经得到了。

乳　媪　那么你快到劳伦斯神父的寺院里去,有一个丈夫在那边等着你去做他的妻子哩。现在你的脸红起来啦。你到教堂里去吧,我还要到别处去搬一张梯子来,等到天黑的时候,你的爱人就可以凭着它爬进鸟窠里。为了使你快乐我就吃苦奔跑;可是你到了晚上也要负起那个重担来啦。去吧,我还没有吃过饭呢。

朱丽叶　我要找寻我的幸运去!好奶妈,再会。(各下。)

第六场　同前。劳伦斯神父的寺院

劳伦斯神父及罗密欧上。

劳伦斯　愿上天祝福这神圣的结合,不要让日后的懊恨把我们谴责!

罗密欧　阿门,阿门!可是无论将来会发生什么悲哀的后果,都抵不过我在看见她这短短一分钟内的欢乐。不管侵蚀爱情的死亡怎样伸展它的魔手,只要你用神圣的言语,把我们的灵魂结为一体,让我能够称她一声我的人,我也就不再有什么遗恨了。

劳伦斯　这种狂暴的快乐将会产生狂暴的结局,正像火和火药的亲吻,就在最得意的一刹那烟消云散。最甜的蜜糖可以使味觉麻木；不太热烈的爱情才会维持久远；太快和太慢，结果都不会圆满。

  朱丽叶上。

劳伦斯 这位小姐来了。啊！这样轻盈的脚步，是永远不会踩破神龛前的砖石的；一个恋爱中的人，可以踏在随风飘荡的蛛网上而不会跌下，幻妄的幸福使他灵魂飘然轻举。

朱丽叶 晚安，神父。

劳伦斯 孩子，罗密欧会替我们两人感谢你的。

朱丽叶 我也向他同样问了好，他何必再来多余的客套。

罗密欧 啊，朱丽叶！要是你感觉到像我一样多的快乐，要是你的灵唇慧舌，能够宣述你衷心的快乐，那么让空气中满布着从你嘴里吐出来的芳香，用无比的妙乐把这一次会晤中我们两人给与彼此的无限欢欣倾吐出来吧。

朱丽叶 充实的思想不在于言语的富丽；只有乞儿才能够计数他的家私。真诚的爱情充溢在我的心里，我无法估计自己享有的财富。

劳伦斯 来，跟我来，我们要把这件事情早点办好；因为在神圣的教会没有把你们两人结合以前，你们两人是不能在一起的。（同下。）

第 三 幕

第一场 维洛那。广场

茂丘西奥、班伏里奥、侍童及若干仆人上。

班伏里奥　好茂丘西奥,咱们还是回去吧。天这么热,凯普莱特家里的人满街都是,要是碰到了他们,又免不了吵架;因为在这种热天气里,一个人的脾气最容易暴躁起来。

茂丘西奥　你就像这么一种家伙,跑进了酒店的门,把剑在桌子上一放,说,"上帝保佑我不要用到你!"等到两杯喝罢,却无缘无故拿起剑来跟酒保吵架。

班伏里奥　我难道是这样一种人吗?

茂丘西奥　得啦得啦,你的坏脾气比得上意大利无论哪一个人;动不动就要生气,一生气就要乱动。

班伏里奥　再以后怎样呢?

茂丘西奥　哼!要是有两个像你这样的人碰在一起,结果总会一个也没有,因为大家都要把对方杀死了方肯罢休。你!嘿,你会因为人家比你多一根或是少一根胡须,就跟人家吵架。瞧见人家剥栗子,你也会跟他闹翻,你的理由只是因为你有一双栗色的眼睛。除了生着这样一双眼睛的人以外,谁还会像这样吹毛求疵地去跟人家寻事？你的脑袋里装满了惹事招非的念头，正像鸡蛋里装满了蛋黄蛋白，虽然为了惹事招非的缘故，你的脑袋曾经给人打得像个坏蛋一样。你曾经为了有人在街上咳了一声嗽而跟他吵架，因为他咳醒了你那条在太阳底下睡觉的狗。不是有一次你因为看见一个裁缝在复活节以前穿起他的新背心来，所以跟他大闹吗？不是还有一次因为他用旧带子系他的新鞋子，所以又跟他大闹吗？现在你却要教我不要跟人家吵架！

班伏里奥　要是我像你一样爱吵架，不消一时半刻，我的性命早就卖给人家了。

茂丘西奥　性命卖给人家！哼，算了吧！

班伏里奥　哎哟！凯普莱特家里的人来了。

茂丘西奥　啊唷！我不在乎。

　　　　　提伯尔特及余人等上。

提伯尔特　你们跟着我不要走开，等我去向他们说话。两位晚安！我要跟你们中间无论哪一位说句话儿。

茂丘西奥　您只要跟我们两人中间的一个人讲一句话吗？再来点儿别的吧。要是您愿意在一句话以外，再跟我们较量一两手，那我们倒愿意奉陪。

提伯尔特　只要您给我一个理由，您就会知道我也不是个怕事的人。

茂丘西奥　您不会自己想出一个什么理由来吗？

提伯尔特　茂丘西奥，你陪着罗密欧到处乱闯——

茂丘西奥　到处拉唱！怎么！你把我们当作一群沿街卖唱的人吗？你要是把我们当作沿街卖唱的人，那么我们倒要请你听一点儿不大好听的声音；这就是我的提琴上的拉弓，拉一

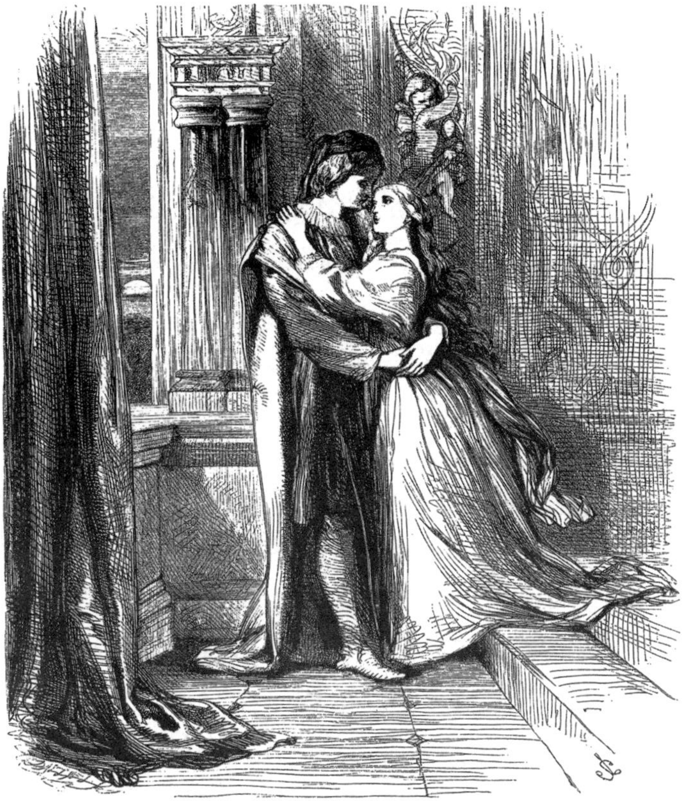

拉就要叫你跳起舞来。他妈的！到处拉唱！

班伏里奥　这儿来往的人太多，讲话不大方便，最好还是找个清静一点的地方去谈谈；要不然大家别闹意气，有什么过不去的事平心静气理论理论；否则各走各的路，也就完了，别让这么许多人的眼睛瞧着我们。

茂丘西奥　人们生着眼睛总要瞧，让他们瞧去好了；我可不能为着别人高兴离开这块地方。

　　　　罗密欧上。

提伯尔特　好，我的人来了；我不跟你吵。

茂丘西奥　他又不吃你的饭，不穿你的衣，怎么是你的人？可是他虽然不是你的跟班，要是你拔脚逃起来，他倒一定会紧紧跟住你的。

提伯尔特　罗密欧，我对你的仇恨使我只能用一个名字称呼你——你是一个恶贼！

罗密欧　提伯尔特，我跟你无冤无恨，你这样无端挑衅，我本来是不能容忍的，可是因为我有必须爱你的理由，所以也不愿跟你计较了。我不是恶贼；再见，我看你还不知道我是个什么人。

提伯尔特　小子，你冒犯了我，现在可不能用这种花言巧语掩饰过去；赶快回过身子，拔出剑来吧。

罗密欧　我可以郑重声明，我从来没有冒犯过你，而且你想不到我是怎样爱你，除非你知道了我所以爱你的理由。所以，好凯普莱特——我尊重这一个姓氏，就像尊重我自己的姓氏一样——咱们还是讲和了吧。

茂丘西奥　哼，好丢脸的屈服！只有武力才可以洗去这种耻辱。（拔剑）提伯尔特，你这捉耗子的猫儿，你愿意跟我决斗吗？

提伯尔特　你要我跟你干么?

茂丘西奥　好猫精,听说你有九条性命,我只要取你一条命,留下那另外八条,等以后再跟你算账。快快拔出你的剑来,否则莫怪无情,我的剑就要临到你的耳朵边了。

提伯尔特　(拔剑)好,我愿意奉陪。

罗密欧　好茂丘西奥,收起你的剑。

茂丘西奥　来,来,来,我倒要领教领教你的剑法。(二人互斗。)

罗密欧　班伏里奥,拔出剑来,把他们的武器打下来。两位老兄,这算什么?快别闹啦!提伯尔特,茂丘西奥,亲王已经明令禁止在维洛那的街道上斗殴。住手,提伯尔特!好茂丘西奥!(提伯尔特及其党徒下。)

茂丘西奥　我受伤了。你们这两家倒霉的人家!我已经完啦。他不带一点伤就去了吗?

班伏里奥　啊!你受伤了吗?

茂丘西奥　嗯,嗯,擦破了一点儿;可是也够受的了。我的侍童呢?你这家伙,快去找个外科医生来。(侍童下。)

罗密欧　放心吧,老兄;这伤口不算十分厉害。

茂丘西奥　是的,它没有一口井那么深,也没有一扇门那么阔,可是这一点伤也就够要命了;要是你明天找我,就到坟墓里来看我吧。我这一生是完了。你们这两家倒霉的人家!他妈的!狗、耗子、猫儿,都会咬得死人!这个说大话的家伙,这个混账东西,打起架来也要按照着数学的公式!谁叫你把身子插了进来?都是你把我拉住了,我才受了伤。

罗密欧　我完全是出于好意。

茂丘西奥　班伏里奥,快把我扶进什么屋子里去,不然我就要晕过去了。你们这两家倒霉的人家!我已经死在你们手里了。——你们这两家人家！（茂丘西奥、班伏里奥同下。）

罗密欧　他是亲王的近亲，也是我的好友；如今他为了我的缘故受到了致命的重伤。提伯尔特杀死了我的朋友，又毁谤了我的名誉，虽然他在一小时以前还是我的亲人。亲爱的朱丽叶啊！你的美丽使我变成懦弱，磨钝了我的勇气的锋刃！

<small>班伏里奥重上。</small>

班伏里奥　啊，罗密欧，罗密欧！勇敢的茂丘西奥死了；他已经撒手离开尘世，他的英魂已经升上天庭了！

罗密欧　今天这一场意外的变故，怕要引起日后的灾祸。

<small>提伯尔特重上。</small>

班伏里奥　暴怒的提伯尔特又来了。

罗密欧　茂丘西奥死了，他却耀武扬威活在人世！现在我只好抛弃一切顾忌，不怕伤了亲戚的情分，让眼睛里喷出火焰的愤怒支配着我的行动了！提伯尔特，你刚才骂我恶贼，我要你把这两个字收回去；茂丘西奥的阴魂就在我们头上，他在等着你去跟他做伴；我们两个人中间必须有一个人去陪陪他，要不然就是两人一起死。

提伯尔特　你这该死的小子，你生前跟他做朋友，死后也去陪他吧！

罗密欧　这柄剑可以替我们决定谁死谁生。（二人互斗；提伯尔特倒下。）

班伏里奥　罗密欧，快走！市民们都已经被这场争吵惊动了，提伯尔特又死在这儿。别站着发怔；要是你给他们捉住了，亲王就要判你死刑。快去吧！快去吧！

罗密欧　唉！我是受命运玩弄的人。

班伏里奥　你为什么还不走？（罗密欧下。）

市民等上。

市民甲　杀死茂丘西奥的那个人逃到哪儿去了？那凶手提伯尔特逃到什么地方去了？

班伏里奥　躺在那边的就是提伯尔特。

市民甲　先生,起来吧,请你跟我去。我用亲王的名义命令你服从。

亲王率侍从;蒙太古夫妇、凯普莱特夫妇及余人等上。

亲　王　这一场争吵的肇祸的罪魁在什么地方？

班伏里奥　啊,尊贵的亲王！我可以把这场流血的争吵的不幸的经过向您从头告禀。躺在那边的那个人,就是把您的亲戚,勇敢的茂丘西奥杀死的人,他现在已经被年轻的罗密欧杀死了。

凯普莱特夫人　提伯尔特,我的侄儿！啊,我的哥哥的孩子！亲王啊！侄儿啊！丈夫啊！哎哟！我的亲爱的侄儿给人杀死了！殿下,您是正直无私的,我们家里流的血,应当用蒙太古家里流的血来报偿。哎哟,侄儿啊！侄儿啊！

亲　王　班伏里奥,是谁开始这场血斗的？

班伏里奥　死在这儿的提伯尔特,他是被罗密欧杀死的。罗密欧很诚恳地劝告他,叫他想一想这种争吵多么没意思,并且也提起您的森严的禁令。他用温和的语调、谦恭的态度,赔着笑脸向他反复劝解,可是提伯尔特充耳不闻,一味逞着他的骄横,拔出剑来就向勇敢的茂丘西奥胸前刺了过去;茂丘西奥也动了怒气,就和他两下交锋起来,自恃着本领高强,满不在乎地一手挡开了敌人致命的剑锋,一手向提伯尔特还刺过去,提伯尔特眼明手快,也把它挡开了。那个时候罗密欧就高声喊叫,"住手,朋友;两下分开！"说时迟,来时快,他的敏捷的腕臂已经打下了他们的利剑,他就插身在他们两人中间;谁料提伯尔特怀着毒心,冷不防打罗密欧的手臂下面刺了一剑过去,竟中了茂丘西奥的要害,于是他就逃走了。等了一会儿他又回来找罗密欧,罗密欧这时候正是满腔怒火,就像闪电似的跟他打起来,我还来不及拔剑阻止他们,勇猛的提伯尔特已经中剑而死,罗密欧见他倒在地上,也就转身逃走了。我所说的句句都是真话,倘有虚言,愿受死刑。

凯普莱特夫人　他是蒙太古家的亲戚,他说的话都是徇着私情,完全是假的。他们一共有二十来个人参加这场恶斗,二十个人合力谋害一个人的生命。殿下,我要请您主持公道,罗密欧杀死了提伯尔特,罗密欧必须抵命。

亲　　王　罗密欧杀了他,他杀了茂丘西奥;茂丘西奥的生命应当由谁抵偿?

蒙太古　殿下,罗密欧不应该偿他的命;他是茂丘西奥的朋友,他的过失不过是执行了提伯尔特依法应处的死刑。

亲　　王　为了这一个过失,我现在宣布把他立刻放逐出境。你们双方的憎恨已经牵涉到我的身上,在你们残暴的斗殴中,已经流下了我的亲人的血;可是我要给你们一个重重的惩罚,儆戒儆戒你们的将来。我不要听任何的请求辩护,哭泣和祈祷都不能使我枉法徇情,所以不用想什么挽回的办法,赶快把罗密欧遭送出境吧;不然的话,我们什么时候发现他,就在什么时候把他处死。把这尸体抬去,不许违抗我的命令;对杀人的凶手不能讲慈悲,否则就是鼓励杀人了。

(同下。)

第二场　同前。凯普莱特家的花园

朱丽叶上。

朱丽叶　快快跑过去吧,踏着火云的骏马,把太阳拖回到它的安息的所在;但愿驾车的法厄同①鞭策你们飞驰到西方,让阴沉的暮夜赶快降临。展开你密密的帷幕吧,成全恋爱的黑夜！遮住夜行人的眼睛,让罗密欧悄悄地投入我的怀里,不被人家看见也不被人家谈论！恋人们可以在他们自身美貌的光辉里互相缱绻;即使恋爱是盲目的,那也正好和黑夜相称。来吧,温文的夜,你朴素的黑衣妇人,教会我怎样在一场全胜的赌博中失败,把各人纯洁的童贞互为赌注。用你黑色的罩巾遮住我脸上羞怯的红潮,等我深藏内心的爱情慢慢地胆大起来,不再因为在行动上流露真情而惭愧。来吧,黑夜！来吧,罗密欧！来吧,你黑夜中的白昼！因为你将要睡在黑夜的翼上,比乌鸦背上的新雪还要皎白。来吧,柔和的黑夜！来吧,可爱的黑颜的夜,把我的罗密欧给我！等他死了以后,你再把他带去,分散成无数的星星,把天空装饰得如此美丽,使全世界都恋爱着黑夜,不再崇拜炫目的太阳。啊！我已经买下了一所恋爱的华厦,可是它还不曾属我所有;虽然我已经把自己出卖,可是还没有被买主领去。这日子长得真叫人厌烦,正像一个做好了新衣服的小孩,在节日的前夜焦躁地等着天明一样。啊！我的奶妈

---

① 法厄同(Phæthon),是日神的儿子,曾为其父驾驭日车,不能控制其马而闯离常道。故事见奥维德《变形记》第二章。

来了。

　　　　　乳媪携绳上。

朱丽叶　她带着消息来了。谁的舌头上只要说出了罗密欧的名字,他就在吐露着天上的仙音。奶妈,什么消息?你带着些什么来了?那就是罗密欧叫你去拿的绳子吗?

乳　媪　是的,是的,这绳子。(将绳掷下。)

朱丽叶　哎哟!什么事?你为什么扭着你的手?

乳　媪　唉!唉!唉!他死了,他死了,他死了!我们完了,小姐,我们完了!唉!他去了,他给人杀了,他死了!

朱丽叶　天道竟会这样狠毒吗?

乳　媪　不是天道狠毒,罗密欧才下得了这样狠毒的手。啊!罗密欧,罗密欧!谁想得到会有这样的事情?罗密欧!

朱丽叶　你是个什么鬼,这样煎熬着我?这简直就是地狱里的酷刑。罗密欧把他自己杀死了吗?你只要回答我一个"是"字,这一个"是"字就比毒龙眼里射放的死光更会致人死命。如果真有这样的事,我就不会再在人世,或者说,那叫你说声"是"的人,从此就要把眼睛紧闭。要是他死了,你就说"是";要是他没有死,你就说"不";这两个简单的字就可以决定我的终身祸福。

乳　媪　我看见他的伤口,我亲眼看见他的伤口,慈悲的上帝!就在他的宽阔的胸上。一个可怜的尸体,一个可怜的流血的尸体,像灰一样苍白,满身都是血,满身都是一块块的血;我一瞧见就晕过去了。

朱丽叶　啊,我的心要碎了!——可怜的破产者,你已经丧失了一切,还是赶快碎裂了吧!失去了光明的眼睛,你从此不能再见天日了!你这俗恶的泥土之躯,赶快停止呼吸,复归于泥土,去和罗密欧同眠在一个圹穴里吧!

乳　媪　啊!提伯尔特,提伯尔特!我的顶好的朋友!啊,温文的提伯尔特,正直的绅士!想不到我活到今天,却会看见你死去!

朱丽叶　这是一阵什么风暴,一会儿又倒转方向!罗密欧给人杀了,提伯尔特又死了吗?一个是我的最亲爱的表哥,一个是我的更亲爱的夫君?那么,可怕的号角,宣布世界末日的来临吧!要是这样两个人都可以死去,谁还应该活在这世上?

乳　媪　提伯尔特死了,罗密欧放逐了;罗密欧杀了提伯尔特,他现在被放逐了。

朱丽叶　上帝啊!提伯尔特是死在罗密欧手里的吗?

乳　媪　是的,是的;唉!是的。

朱丽叶　啊,花一样的面庞里藏着蛇一样的心!那一条恶龙曾经栖息在这样清雅的洞府里?美丽的暴君!天使般的魔鬼!披着白鸽羽毛的乌鸦!豺狼一样残忍的羔羊!圣洁的外表包覆着丑恶的实质!你的内心刚巧和你的形状相反,一个万恶的圣人,一个庄严的奸徒!造物主啊!你为什么要从地狱里提出这一个恶魔的灵魂,把它安放在这样可爱的一座肉体的天堂里?哪一本邪恶的书籍曾经装订得这样美观?啊!谁想得到这样一座富丽的宫殿里,会容纳着欺人的虚伪!

乳　媪　男人都靠不住,没有良心,没有真心的;谁都是三心二意,反复无常,奸恶多端,尽是些骗子。啊!我的人呢?快给我倒点儿酒来;这些悲伤烦恼,已经使我老起来了。愿耻辱降临到罗密欧的头上!

朱丽叶　你说出这样的愿望,你的舌头上就应该长起水疱来!耻辱从来不曾和他在一起,它不敢侵上他的眉宇,因为那是君临天下的荣誉的宝座。啊!我刚才把他这样辱骂,我真是个畜生!

乳　媪　杀死了你的族兄的人,你还说他好话吗?

朱丽叶　他是我的丈夫,我应当说他坏话吗?啊!我的可怜的丈夫!你的三小时的妻子都这样凌辱你的名字,谁还会对它说一句温情的慰藉呢?可是你这恶人,你为什么杀死我的哥哥?他要是不杀死我的哥哥,我的凶恶的哥哥就会杀死我的丈夫。回去吧,愚蠢的眼泪,流回到你的源头;你那滴滴的细流,本来是悲哀的倾注,可是你却错把它呈献给喜悦。我的丈夫活着,他没有被提伯尔特杀死;提伯尔特死了,他想要杀死我的丈夫!这明明是喜讯,我为什么要哭泣呢?还有两个字比提伯尔特的死更使我痛心,像一柄利刃刺进了我的胸中;我但愿忘了它们,可是唉!它们紧紧地牢附在我的记忆里,就像萦回在罪人脑中的不可宥恕的罪恶。"提伯尔特死了,罗密欧放逐了!"放逐了!这"放逐"两个字,就等于杀死了一万个提伯尔特。单单提伯尔特的死,已经可以令人伤心了;即使祸不单行,必须在"提伯尔特死了"这一句话以后,再接上一句不幸的消息,为什么不说你的父亲,或是你的母亲,或是父母两人都死了,那也可以引起一点人情之常的哀悼?可是在提伯尔特的噩耗以后,再接连一记更大的打击,"罗密欧放逐了!"这句话简直等于说,父亲、母亲、提伯尔特、罗密欧、朱丽叶,一起被杀,一起死了。"罗密欧放逐了!"这一句话里面包含着无穷无际、无极无限的死亡,没有字句能够形容出这里面蕴蓄着的悲伤。——奶妈,我的父亲、我的母亲呢?

乳　媪　他们正在抚着提伯尔特的尸体痛哭。你要去看他们吗?让我带着你去。

朱丽叶　让他们用眼泪洗涤他的伤口,我的眼泪是要留着为罗密欧的放逐而哀哭的。拾起那些绳子来。可怜的绳子,你是失望了,我们俩都失望了,因为罗密欧已经被放逐;他要借着你做接引相思的桥梁,可是我却要做一个独守空闺的怨女而死去。来,绳儿;来,奶妈。我要去睡上我的新床,把我的童贞奉献给死亡!

乳　媪　那么你快到房里去吧;我去找罗密欧来安慰你,我知道他在什么地方。听着,你的罗密欧今天晚上一定会来看你;他现在躲在劳伦斯神父的寺院里,我就去找他。

朱丽叶　啊!你快去找他;把这指环拿去给我的忠心的骑士,叫他来作一次最后的诀别。(各下。)

第三场　同前。劳伦斯神父的寺院

劳伦斯神父上。

劳伦斯　罗密欧,跑出来;出来吧,你受惊的人,你已经和坎坷的命运结下了不解之缘。

罗密欧上。

罗密欧　神父,什么消息?亲王的判决怎样?还有什么我所不知道的不幸的事情将要来找我?

劳伦斯　我的好孩子,你已经遭逢到太多的不幸了。我来报告你亲王的判决。

罗密欧　除了死罪以外,还会有什么判决?

劳伦斯　他的判决是很温和的:他并不判你死罪,只宣布把你放逐。

罗密欧　嘿!放逐!慈悲一点,还是说"死"吧!不要说"放逐",因为放逐比死还要可怕。

劳伦斯　你必须立刻离开维洛那境内。不要懊恼,这是一个广大的世界。

罗密欧　在维洛那城以外没有别的世界,只有地狱的苦难;所以从维洛那放逐,就是从这世界上放逐,也就是死。明明是死,你却说是放逐,这就等于用一柄利斧砍下我的头,反因为自己犯了杀人罪而扬扬得意。

劳伦斯　哎哟,罪过罪过!你怎么可以这样不知恩德!你所犯的过失,按照法律本来应该处死,幸亏亲王仁慈,特别对你开恩,才把可怕的死罪改成了放逐;这明明是莫大的恩典,你却不知道。

罗密欧　这是酷刑,不是恩典。朱丽叶所在的地方就是天堂;这儿的每一只猫、每一只狗、每一只小小的老鼠,都生活在天堂里,都可以瞻仰到她的容颜,可是罗密欧却看不见她。污秽的苍蝇都可以接触亲爱的朱丽叶的皎洁的玉手,从她的嘴唇上偷取天堂中的幸福,那两片嘴唇是这样的纯洁贞淑,永远含着娇羞,好像觉得它们自身的相吻也是一种罪恶;苍蝇可以这样做,我却必须远走高飞,它们是自由人,我却是一个放逐的流徒。你还说放逐不是死吗?难道你没有配好的毒药、锋锐的刀子或者无论什么致命的利器,而必须用"放逐"两个字把我杀害吗?放逐!啊,神父!只有沉沦在地狱里的鬼魂才会用到这两个字,伴着凄厉的呼号;你是一个教士,一个替人忏罪的神父,又是我的朋友,怎么忍心用

"放逐"这两个字来寸磔我呢?

劳伦斯　你这痴心的疯子,听我说一句话。

罗密欧　啊!你又要对我说起放逐了。

劳伦斯　我要教给你怎样抵御这两个字的方法,用哲学的甘乳安慰你的逆运,让你忘却被放逐的痛苦。

罗密欧　又是"放逐"!我不要听什么哲学!除非哲学能够制造一个朱丽叶,迁徙一个城市,撤销一个亲王的判决,否则它就没有什么用处。别再多说了吧。

劳伦斯　啊!那么我看疯人是不生耳朵的。

罗密欧　聪明人不生眼睛,疯人何必生耳朵呢?

劳伦斯　让我跟你讨论讨论你现在的处境吧。

罗密欧　你不能谈论你所没有感觉到的事情;要是你也像我一样年轻,朱丽叶是你的爱人,才结婚一小时,就把提伯尔特杀了;要是你也像我一样热恋,像我一样被放逐,那时你才可以讲话,那时你才会像我现在一样扯着你的头发,倒在地上,替自己量一个葬身的墓穴。(内叩门声。)

劳伦斯　快起来,有人在敲门;好罗密欧,躲起来吧。

罗密欧　我不要躲,除非我心底里发出来的痛苦呻吟的气息,会像一重云雾一样把我掩过了追寻者的眼睛。(叩门声。)

劳伦斯　听!门打得多么响!——是谁在外面?——罗密欧,快起来,你要给他们捉住了。——等一等!——站起来;(叩门声)跑到我的书斋里去。——就来了!——上帝啊!瞧你多么不听话!——来了,来了!(叩门声)谁把门敲得这么响?你是什么地方来的?你有什么事?

乳媪　(在内)让我进来,你就可以知道我的来意;我是从朱丽叶小姐那里来的。

劳伦斯　那好极了,欢迎欢迎!

　　　　乳媪上。

乳　媪　啊,神父!啊,告诉我,神父,我的小姐的姑爷呢?罗密欧呢?

劳伦斯　在那边地上哭得死去活来的就是他。

乳　媪　啊!他正像我的小姐一样,正像她一样!

劳伦斯　唉!真是同病相怜,一般的伤心!她也是这样躺在地上,一边唠叨一边哭,一边哭一边唠叨。起来,起来;是个男子汉就该起来;为了朱丽叶的缘故,为了她的缘故,站起来吧。为什么您要伤心到这个样子呢?

罗密欧　奶妈!

乳　媪　唉,姑爷!唉,姑爷!一个人到头来总是要死的。

罗密欧　你刚才不是说起朱丽叶吗?她现在怎么样?我现在已经用她近亲的血玷污了我们的新欢,她不会把我当作一个杀人的凶犯吗?她在什么地方?她怎么样?我这位秘密的新妇对于我们这一段中断的情缘说些什么话?

乳　媪　啊,她没有说什么话,姑爷,只是哭呀哭的哭个不停;一会儿倒在床上,一会儿又跳了起来;一会儿叫一声提伯尔特,一会儿哭一声罗密欧;然后又倒了下去。

罗密欧　好像我那一个名字是从枪口里瞄准了射出来似的,一弹出去就把她杀死,正像我这一双该死的手杀死了她的亲人一样。啊!告诉我,神父,告诉我,我的名字是在我身上哪一处万恶的地方?告诉我,好让我捣毁这可恨的巢穴。

　　　　(拔剑。)

劳伦斯　放下你的卤莽的手!你是一个男子吗?你的形状是一个男子,你却流着妇人的眼泪;你的狂暴的举动,简直是一头野兽的无可理喻的咆哮。你这须眉的贱妇,你这人头的畜类!我真想不到你的性情竟会这样毫无涵养。你已经杀死了提伯尔特,你还要杀死你自己吗?你没想到你对自己采取了这种万劫不赦的暴行就是杀死与你相依为命的你的妻子吗?为什么你要怨恨天地,怨恨你自己的生不逢辰?天地好容易生下你这一个人来,你却要亲手把你自己摧毁!呸!呸!你有的是一副堂堂的七尺之躯,有的是热情和智慧,你却不知道把它们好好利用,这岂不是辜负了你的七尺之躯,辜负了你的热情和智慧?你的堂堂的仪表不过是一尊蜡像,没有一点男子汉的血气;你的山盟海誓都是些空虚的谎语,杀害你所发誓珍爱的情人;你的智慧不知道指示你的行动,驾驭你的感情,它已经变成了愚妄的谬见,正像装在一个笨拙的兵士的枪膛里的火药,本来是自卫的武器,因为不懂得点燃的方法,反而毁损了自己的肢体。怎么!起来吧,孩子!你刚才几乎要为了你的朱丽叶而自杀,可是她现在好好活着,这是你的第一件幸事。提伯尔特要把你杀死,可是你却杀死了提伯尔特,这是你的第二件幸事。法律上本来规定杀人抵命,可是它对你特别留情,减成了放逐的处分,这是你的第三件幸事。这许多幸事照顾着你,幸福穿着盛装向你献媚,你却像一个倔强乖僻的女孩,向你的命运和爱情噘起了嘴唇。留心,留心,像这样不知足的人是不得好死的。去,快去会见你的情人,按照预订的计划,到她的寝室里去,安慰安慰她;可是在逻骑没有出发以前,你必须及早离开,否则你就到不了曼多亚。你可以暂时在曼多亚住下,等我们觑着机会,把你们的婚姻宣布出来,和解了你们两家的亲族,向亲王请求特赦,那时我们就可以用超过你现在离别的悲痛二百万倍的欢乐招呼你回来。奶妈,你先去,替我向你家小姐致意;叫她设法催促她家里的人早早安睡,他们在遭到这样重大的悲伤以后,这是很容易办到的。你对她说,罗密欧就要来了。

乳　媪　主啊!像这样好的教训,我就是在这儿听上一整夜都愿意;啊!真是有学问人说的话!姑爷,我就去对小姐说您就要来了。

罗密欧　很好,请你再叫我的爱人预备好一顿责骂。

乳　媪　姑爷,这一个戒指小姐叫我拿来送给您,请您赶快就去,天色已经很晚了。(下。)

罗密欧　现在我又重新得到了多大的安慰!

劳伦斯　去吧,晚安!你的运命在此一举:你必须在巡逻者没有开始查缉以前脱身,否则就得在黎明时候化装逃走。你就在曼多亚安下身来;我可以找到你的仆人,倘使这儿有什么关于你的好消息,我会叫他随时通知你。把你的手给我。时候不早了,再会吧。

罗密欧　倘不是一个超乎一切喜悦的喜悦在招呼着我,像这样匆匆的离别,一定会使我黯然神伤。再会!(各下。)

第四场　同前。凯普莱特家中一室

凯普莱特、凯普莱特夫人及帕里斯上。

凯普莱特　伯爵,舍间因为遭逢变故,我们还没有时间去开导小女;您知道她跟她那个表兄提伯尔特是友爱很笃的,我也非常喜欢他;唉!人生不免一死,也不必再去说他了。现在时间已经很晚,她今夜不会再下来了;不瞒您说,倘不是您大驾光临,我也早在一小时以前上了床啦。
帕里斯　我在你们正在伤心的时候来此求婚,实在是太冒昧了。晚安,伯母;请您替我向令嫒致意。
凯普莱特夫人　好,我明天一早就去探听她的意思;今夜她已经怀着满腔的悲哀关上门睡了。
凯普莱特　帕里斯伯爵,我可以大胆替我的孩子做主,我想她一定会绝对服从我的意志;是的,我对于这一点可以断定。夫人,你在临睡以前先去看看她,把这位帕里斯伯爵向她求爱的意思告诉她知道;你再对她说,听好我的话,叫她在星期三——且慢!今天星期几?
帕里斯　星期一,老伯。
凯普莱特　星期一!哈哈!好,星期三是太快了点儿,那么就是星期四吧。对她说,在这个星期四,她就要嫁给这位尊贵的伯爵。您来得及准备吗?您不嫌太匆促吗?咱们也不必十分铺张,略为请几位亲友就够了;因为提伯尔特才死不久,他是我们自己家里的人,要是我们大开欢宴,人家也许会说我们对去世的人太没有情分。所以我们只要请五六个亲友,把仪式举行一下就算了。您说星期四怎样?
帕里斯　老伯,我但愿星期四便是明天。
凯普莱特　好,你去吧;那么就是星期四。夫人,你在临睡前先去看看朱丽叶,叫她预备预备,好作起新娘来啊。再见,伯爵。喂!掌灯!时候已经很晚了,等一会儿我们就要说时间很早了。晚安!(各下。)

第五场　同前。朱丽叶的卧室

　　罗密欧及朱丽叶上。

朱丽叶　你现在就要走了吗？天亮还有一会儿呢。那刺进你惊恐的耳膜中的，不是云雀，是夜莺的声音；它每天晚上在那边石榴树上歌唱。相信我，爱人，那是夜莺的歌声。

罗密欧　那是报晓的云雀，不是夜莺。瞧，爱人，不作美的晨曦已经在东天的云朵上镶起了金线，夜晚的星光已经烧尽，愉快的白昼蹑足踏上了迷雾的山巅。我必须到别处去找寻生路，或者留在这儿束手等死。

朱丽叶　那光明不是晨曦，我知道；那是从太阳中吐射出来的流星，要在今夜替你拿着火炬，照亮你到曼多亚去。所以你不必急着要去，再耽搁一会儿吧。

罗密欧　让我被他们捉住，让我被他们处死；只要是你的意思，我就毫无怨恨。我愿意说那边灰白色的云彩不是黎明睁开它的睡眼，那不过是从月亮的眉宇间反映出来的微光；那响彻云霄的歌声，也不是出于云雀的喉中。我巴不得留在这里，永远不要离开。来吧，死，我欢迎你！因为这是朱丽叶的意思。怎么，我的灵魂？让我们谈谈；天还没有亮哩。

朱丽叶　天已经亮了，天已经亮了；快走吧，快走吧！那唱得这样刺耳、嘶着粗涩的噪声和讨厌的锐音的，正是天际的云雀。有人说云雀会发出千变万化的甜蜜的歌声，这句话一点不对，因为它只使我们彼此分离；有人说云雀曾经和丑恶的蟾蜍交换眼睛，啊！我但愿它们也交换了声音，因为那声音使你离开了我的怀抱，用催醒的晨歌催促你登程。啊！

现在你快走吧；天越来越亮了。

罗密欧　天越来越亮,我们悲哀的心却越来越黑暗。

乳媪上。

乳　媪　小姐！

朱丽叶　奶妈？

乳　媪　你的母亲就要到你房里来了。天已经亮啦,小心点儿。(下。)

朱丽叶　那么窗啊,让白昼进来,让生命出去。

罗密欧　再会,再会！给我一个吻,我就下去。(由窗口下降。)

朱丽叶　你就这样走了吗？我的夫君,我的爱人,我的朋友！我必须在每一小时内的每一天听到你的消息,因为一分钟就等于许多天。啊！照这样计算起来,等我再看见我的罗密欧的时候,我不知道已经老到怎样了。

罗密欧　再会！我决不放弃任何的机会,爱人,向你传达我的衷忱。

朱丽叶　啊！你想我们会不会再有见面的日子？

罗密欧　一定会有的；我们现在这一切悲哀痛苦,到将来便是握手谈心的资料。

朱丽叶　上帝啊！我有一颗预感不祥的灵魂；你现在站在下面,我仿佛望见你像一具坟墓底下的尸骸。也许是我的眼光昏花,否则就是你的面容太惨白了。

罗密欧　相信我,爱人,在我的眼中你也是这样；忧伤吸干了我们的血液。再会！再会！(下。)

朱丽叶　命运啊命运！谁都说你反复无常；要是你真的反复无常,那么你怎样对待一个忠贞不贰的人呢？愿你不要改变你的轻浮的天性,因为这样也许你会早早打发他回来。

凯普莱特夫人　（在内）喂，女儿！你起来了吗？

朱丽叶　谁在叫我？是我的母亲吗？——难道她这么晚还没有睡觉，还是这么早就起来了？什么特殊的原因使她到这儿来？

　　　　凯普莱特夫人上。

凯普莱特夫人　啊，怎么，朱丽叶！

朱丽叶　母亲，我不大舒服。

凯普莱特夫人　老是为了你表兄的死而掉泪吗？什么！你想用眼泪把他从坟墓里冲出来吗？就是冲得出来，你也没法子叫他复活；所以还是算了吧。适当的悲哀可以表示感情的深切，过度的伤心却可以证明智慧的欠缺。

朱丽叶　可是让我为了这样一个痛心的损失而流泪吧。

凯普莱特夫人　损失固然痛心，可是一个失去的亲人，不是眼泪哭得回来的。

朱丽叶　因为这损失实在太痛心了，我不能不为了失去的亲人而痛哭。

凯普莱特夫人　好，孩子，人已经死了，你也不用多哭他了；顶可恨的是那杀死他的恶人仍旧活在世上。

朱丽叶　什么恶人，母亲？

凯普莱特夫人　就是罗密欧那个恶人。

朱丽叶　（旁白）恶人跟他相去真有十万八千里呢。——上帝饶恕他！我愿意全心饶恕他；可是没有一个人像他那样使我心里充满了悲伤。

凯普莱特夫人　那是因为这个万恶的凶手还活在世上。

朱丽叶　是的，母亲，我恨不得把他抓住在我的手里。但愿我能够独自报复这一段杀兄之仇！

凯普莱特夫人　我们一定要报仇的,你放心吧;别再哭了。这个亡命的流徒现在到曼多亚去了,我要差一个人到那边去,用一种稀有的毒药把他毒死,让他早点儿跟提伯尔特见面;那时候我想你一定可以满足了。

朱丽叶　真的,我心里永远不会感到满足,除非我看见罗密欧在我的面前——死去;我这颗可怜的心是这样为了一个亲人而痛楚！母亲,要是您能够找到一个愿意带毒药去的人,让我亲手把它调好,好叫那罗密欧服下以后,就会安然睡去。唉！我心里多么难过,只听到他的名字,却不能赶到他的面前,为了我对哥哥的感情,我巴不得能在那杀死他的人的身上报这个仇！

凯普莱特夫人　你去想办法,我一定可以找到这样一个人。可是,孩子,现在我要告诉你好消息。

朱丽叶　在这样不愉快的时候,好消息来得真是再适当没有了。请问母亲,是什么好消息呢？

凯普莱特夫人　哈哈,孩子,你有一个体贴你的好爸爸哩;他为了替你排解愁闷已经为你选定了一个大喜的日子,不但你想不到,就是我也没有想到。

朱丽叶　母亲,快告诉我,是什么日子？

凯普莱特夫人　哈哈,我的孩子,星期四的早晨,那位风流年少的贵人,帕里斯伯爵,就要在圣彼得教堂里娶你做他的幸福的新娘了。

朱丽叶　凭着圣彼得教堂和圣彼得的名字起誓,我决不让他娶我做他的幸福的新娘。世间哪有这样匆促的事情,人家还没有来向我求过婚,我倒先做了他的妻子了！母亲,请您对我的父亲说,我现在还不愿意出嫁;就是要出嫁,我可以发誓,我也宁愿嫁给我所痛恨的罗密欧,不愿嫁给帕里斯。真是些好消息!

凯普莱特夫人　你爸爸来啦;你自己对他说去,看他会不会听你的话。

　　　　凯普莱特及乳媪上。

凯普莱特　太阳西下的时候,天空中落下了蒙蒙的细露;可是我的侄儿死了,却有倾盆的大雨送着他下葬。怎么!装起喷水管来了吗,孩子?咦!还在哭吗?雨到现在还没有停吗?你这小小的身体里面,也有船,也有海,也有风;因为你的眼睛就是海,永远有泪潮在那儿涨退;你的身体是一艘船,在这泪海上面航行;你的叹息是海上的狂风;你的身体经不起风浪的吹打,会在这汹涌的怒海中覆没的。怎么,妻子!你没有把我们的主意告诉她吗?

凯普莱特夫人　我告诉她了;可是她说谢谢你,她不要嫁人。我希望这傻丫头还是死了干净!

凯普莱特　且慢!讲明白点儿,讲明白点儿,妻子。怎么!她不要嫁人吗?她不谢谢我们吗?她不称心吗?像她这样一个贱丫头,我们替她找到了这么一位高贵的绅士做她的新郎,她还不想想这是多大的福气吗?

朱丽叶　我没有喜欢,只有感激;你们不能勉强我喜欢一个我对他没有好感的人,可是我感激你们爱我的一片好心。

凯普莱特　怎么!怎么!胡说八道!这是什么话?什么"喜欢""不喜欢","感激""不感激"!好丫头,我也不要你感谢,我也不要你喜欢,只要你预备好星期四到圣彼得教堂里去跟帕里斯结婚;你要是不愿意,我就把你装在木笼里拖了去。不要脸的死丫头,贱东西!

凯普莱特夫人　哎哟！哎哟！你疯了吗？

朱丽叶　好爸爸，我跪下来求求您，请您耐心听我说一句话。

凯普莱特　该死的小贱妇！不孝的畜生！我告诉你，星期四给我到教堂里去，不然以后再也不要见我的面。不许说话，不要回答我；我的手指痒着呢。——夫人，我们常常怨叹自己福薄，只生下这一个孩子；可是现在我才知道就是这一个已经太多了，总是家门不幸，出了这一个冤孽！不要脸的贱货！

乳媪　上帝祝福她！老爷，您不该这样骂她。

凯普莱特　为什么不该！我的聪明的老太太？谁要你多嘴，我的好大娘？你去跟你那些婆婆妈妈们谈天去吧，去！

乳媪　我又没有说过一句冒犯您的话。

凯普莱特　啊，去你的吧。

乳媪　人家就不能开口吗？

凯普莱特　闭嘴，你这叽里咕噜的蠢婆娘！我们不要听你的教训。

凯普莱特夫人　你的脾气太躁了。

凯普莱特　哼！我气都气疯啦。每天每夜，时时刻刻，不论忙着空着，独自一个人或是跟别人在一起，我心里总是在盘算着怎样把她许配给一份好好的人家；现在好容易找到一位出身高贵的绅士，又有家私，又年轻，又受过高尚的教养，正是人家说的十二分的人才，好到没得说的了；偏偏这个不懂事的傻丫头，放着送上门来的好福气不要，说什么"我不要结婚"、"我不懂恋爱"、"我年纪太小"、"请你原谅我"；好，你要是不愿意嫁人，我可以放你自由，尽你的意思到什么地方去，我这屋子里可容不得你了。你给我想想明白，我是一向说到哪里做到哪里的。星期四就在眼前；自己仔细考虑考虑。你倘然是我的女儿，就得听我的话嫁给我的朋友；你倘然不是我的女儿，那么你去上吊也好，做叫化子也好，挨饿也好，死在街道上也好，我都不管，因为凭着我的灵魂起誓，我是再也不会认你这个女儿的，你也别想我会分一点什么给你。我不会骗你，你想一想吧；我已经发过誓了，我一定要把它做到。（下。）

朱丽叶　天知道我心里是多么难过，难道它竟会不给我一点慈悲吗？啊，我的亲爱的母亲！不要丢弃我！把这门亲事延期一个月或是一个星期也好；或者要是您不答应我，那么请您把我的新床安放在提伯尔特长眠的幽暗的坟茔里吧！

凯普莱特夫人　不要对我讲话，我没有什么话好说的。随你的便吧，我是不管你啦。（下。）

朱丽叶　上帝啊！啊，奶妈！这件事情怎么避过去呢？我的丈夫还在世间，我的誓言已经上达天听；倘使我的誓言可以收回，那么除非我的丈夫已经脱离人世，从天上把它送还给我。安慰安慰我，替我想想办法吧。唉！唉！想不到天也会作弄像我这样一个柔弱的人！你怎么说？难道你没有一句可以使我快乐的话吗？奶妈，给我一点安慰吧！

乳　媪　好，那么你听我说。罗密欧是已经放逐了；我可以拿随便什么东西跟你打赌，他再也不敢回来责问你，除非他偷偷地溜了回来。事情既然这样，那么我想你最好还是跟那伯爵结婚吧。啊！他真是个可爱的绅士！罗密欧比起他来只好算是一块抹布；小姐，一只鹰也没有像帕里斯那样一双又是碧绿好看、又是锐利的眼睛。说句该死的话，我想你这第二个丈夫，比第一个丈夫好得多啦；纵然不是好得多，可是你的第一个丈夫虽然还在世上,对你已经没有什么用处,也就跟死了差不多啦。

朱丽叶　你这些话是从心里说出来的吗?

乳　媪　那不但是我心里的话,也是我灵魂里的话;倘有虚假,让我的灵魂下地狱。

朱丽叶　阿门!

乳　媪　什么!

朱丽叶　好,你已经给了我很大的安慰。你进去吧;告诉我的母亲说我出去了,因为得罪了我的父亲,要到劳伦斯的寺院里去忏悔我的罪过。

乳　媪　很好,我就这样告诉她;这才是聪明的办法哩。(下。)

朱丽叶　老而不死的魔鬼!顶丑恶的妖精!她希望我背弃我的盟誓;她几千次向我夸奖我的丈夫,说他比谁都好,现在却又用同一条舌头说他的坏话!去,我的顾问;从此以后,我再也不把你当作心腹看待了。我要到神父那儿去向他求救;要是一切办法都已用尽,我还有死这条路。(下。)

第 四 幕

第一场 维洛那。劳伦斯神父的寺院

劳伦斯神父及帕里斯上。

劳伦斯 在星期四吗,伯爵?时间未免太局促了。

帕里斯 这是我的岳父凯普莱特的意思;他既然这样性急,我也不愿把时间延迟下去。

劳伦斯 您说您还没有知道那小姐的心思;我不赞成这种片面决定的事情。

帕里斯 提伯尔特死后她伤心过度,所以我没有跟她多谈恋爱,因为在一间哭哭啼啼的屋子里,维纳斯是露不出笑容来的。神父,她的父亲因为瞧她这样一味忧伤,恐怕会发生什么意外,所以才决定提早替我们完婚,免得她一天到晚哭得像个泪人儿一般;一个人在房间里最容易触景伤情,要是有了伴侣,也许可以替她排除悲哀。现在您可以知道我这次匆促结婚的理由了。

劳伦斯 (旁白)我希望我不知道它为什么必须延迟的理由。——瞧,伯爵,这位小姐到我寺里来了。

朱丽叶上。

帕里斯　您来得正好,我的爱妻。

朱丽叶　伯爵,等我做了妻子以后,也许您可以这样叫我。

帕里斯　爱人,也许到星期四这就要成为事实了。

朱丽叶　事实是无可避免的。

劳伦斯　那是当然的道理。

帕里斯　您是来向这位神父忏悔的吗?

朱丽叶　回答您这一个问题,我必须向您忏悔了。

帕里斯　不要在他的面前否认您爱我。

朱丽叶　我愿意在您的面前承认我爱他。

帕里斯　我相信您也一定愿意在我的面前承认您爱我。

朱丽叶　要是我必须承认,那么在您的背后承认,比在您的面前承认好得多啦。

帕里斯　可怜的人儿!眼泪已经毁损了你的美貌。

朱丽叶　眼泪并没有得到多大的胜利;因为我这副容貌在没有被眼泪毁损以前,已经够丑了。

帕里斯　你不该说这样的话诽谤你的美貌。

朱丽叶　这不是诽谤,伯爵,这是实在的话,我当着我自己的脸说的。

帕里斯　你的脸是我的,你不该侮辱它。

朱丽叶　也许是的,因为它不是我自己的。神父,您现在有空吗?还是让我在晚祷的时候再来?

劳伦斯　我还是现在有空,多愁的女儿。伯爵,我们现在必须请您离开我们。

帕里斯　我不敢打扰你们的祈祷。朱丽叶,星期四一早我就来叫醒你;现在我们再会吧,请你保留下这一个神圣的吻。(下。)

朱丽叶　啊！把门关了！关了门，再来陪着我哭吧。没有希望、没有补救、没有挽回了！

劳伦斯　啊，朱丽叶！我早已知道你的悲哀，实在想不出一个万全的计策。我听说你在星期四必须跟这伯爵结婚，而且毫无拖延的可能了。

朱丽叶　神父，不要对我说你已经听见这件事情，除非你能够告诉我怎样避免它；要是你的智慧不能帮助我，那么只要你赞同我的决心，我就可以立刻用这把刀解决一切。上帝把我的心和罗密欧的心结合在一起，我们两人的手是你替我们结合的；要是我这一只已经由你证明和罗密欧缔盟的手，再去和别人缔结新盟，或是我的忠贞的心起了叛变，投进别人的怀里，那么这把刀可以割下这背盟的手，诛戮这叛变的心。所以，神父，凭着你的丰富的见识阅历，请你赶快给我一些指教；否则瞧吧，这把血腥气的刀，就可以在我跟我的困难之间做一个公证人，替我解决你的经验和才能所不能替我觅得一个光荣解决的难题。不要老是不说话；要是你不能指教我一个补救的办法，那么我除了一死以外，没有别的希冀。

劳伦斯　住手，女儿；我已经望见了一线希望，可是那必须用一种非常的手段，方才能够抵御这一种非常的变故。要是你因为不愿跟帕里斯伯爵结婚，能够毅然立下视死如归的决心，那么你也一定愿意采取一种和死差不多的办法，来避免这种耻辱；倘然你敢冒险一试，我就可以把办法告诉你。

朱丽叶　啊！只要不嫁给帕里斯，你可以叫我从那边塔顶的雉堞上跳下来；你可以叫我在盗贼出没、毒蛇潜迹的路上匍匐行走；把我和咆哮的怒熊锁禁在一起；或者在夜间把我关在堆积尸骨的地窖里,用许多陈死的白骨、霉臭的腿胴和失去下颚的焦黄的骷髅掩盖着我的身体;或者叫我跑进一座新坟里去,把我隐匿在死人的殓衾里;无论什么使我听了战栗的事,只要可以让我活着对我的爱人做一个纯洁无瑕的妻子,我都愿意毫不恐惧、毫不迟疑地做去。

劳伦斯　好,那么放下你的刀;快快乐乐地回家去,答应嫁给帕里斯。明天就是星期三了;明天晚上你必须一人独睡,别让你的奶妈睡在你的房间里;这一个药瓶你拿去,等你上床以后,就把这里面炼就的液汁一口喝下,那时就会有一阵昏昏沉沉的寒气通过你全身的血管,接着脉搏就会停止跳动;没有一丝热气和呼吸可以证明你还活着;你的嘴唇和颊上的红色都会变成灰白;你的眼睑闭下,就像死神的手关闭了生命的白昼;你身上的每一部分失去了灵活的控制,都像死一样僵硬寒冷;在这种与死无异的状态中,你必须经过四十二小时,然后你就仿佛从一场酣睡中醒了过来。当那新郎在早晨来催你起身的时候,他们会发现你已经死了;然后,照着我们国里的规矩,他们就要替你穿起盛装,用枢车载着你到凯普莱特族中祖先的坟茔里。同时因为要预备你醒来,我可以写信给罗密欧,告诉他我们的计划,叫他立刻到这儿来;我跟他两个人就守在你的身边,等你一醒过来,当夜就叫罗密欧带着你到曼多亚去。只要你不临时变卦,不中途气馁,这一个办法一定可以使你避免这一场眼前的耻辱。

朱丽叶　给我!给我!啊,不要对我说起害怕两个字!

劳伦斯　拿着;你去吧,愿你立志坚强,前途顺利!我就叫一个弟兄飞快到曼多亚,带我的信去送给你的丈夫。

朱丽叶　爱情啊,给我力量吧!只有力量可以搭救我。再会,亲爱的神父!(各下。)

第二场　同前。凯普莱特家中厅堂

凯普莱特、凯普莱特夫人、乳媪及众仆上。

凯普莱特　这单子上有名字的,都是要去邀请的客人。(仆甲下)来人,给我去雇二十个有本领的厨子来。

仆　乙　老爷,您请放心,我一定要挑选能舔手指头的厨子来做菜。

凯普莱特　你怎么知道他们能做菜呢?

仆　乙　呀,老爷,不能舔手指头的就不能做菜:这样的厨子我就不要。

凯普莱特　好,去吧。咱们这一次实在有点儿措手不及。什么!我的女儿到劳伦斯神父那里去了吗?

乳　媪　正是。

凯普莱特　好,也许他可以劝告劝告她;真是个乖僻不听话的浪蹄子!

乳　媪　瞧她已经忏悔完毕,高高兴兴地回来啦。

朱丽叶上。

凯普莱特　啊,我的倔强的丫头!你荡到什么地方去啦?

朱丽叶　我因为自知忤逆不孝,违抗了您的命令,所以特地前去忏悔我的罪过。现在我听从劳伦斯神父的指教,跪在这儿请您宽恕。爸爸,请您宽恕我吧!从此以后,我永远听您的话了。

凯普莱特　去请伯爵来,对他说:我要把婚礼改在明天早上举行。

朱丽叶　我在劳伦斯寺里遇见这位少年伯爵；我已经在不超过礼法的范围以内，向他表示过我的爱情了。

凯普莱特　啊，那很好，我很高兴。站起来吧；这样才对。让我见见这伯爵；喂，快去请他过来。多谢上帝，把这位可尊敬的神父赐给我们！我们全城的人都感戴他的好处。

朱丽叶　奶妈，请你陪我到我的房间里去，帮我检点检点衣饰，看有哪几件可以在明天穿戴。

凯普莱特夫人　不，还是到星期四再说吧，急什么呢？

凯普莱特　去，奶妈，陪她去。我们一定明天上教堂。（朱丽叶及乳媪下。）

凯普莱特夫人　我们现在预备起来怕来不及；天已经快黑了。

凯普莱特　胡说！我现在就动手起来，你瞧着吧，太太，到明天一定什么都安排得好好的。你快去帮朱丽叶打扮打扮；我今天晚上不睡了，让我一个人在这儿做一次管家妇。喂！喂！这些人一个都不在。好，让我自己跑到帕里斯那里去，叫他准备明天做新郎。这个倔强的孩子现在回心转意，真叫我高兴得了不得。（各下。）

第三场　同前。朱丽叶的卧室

　　　　朱丽叶及乳媪上。

朱丽叶　嗯，那些衣服都很好。可是，好奶妈，今天晚上请你不用陪我，因为我还要念许多祷告，求上天宥恕我过去的罪恶，默佑我将来的幸福。

　　　　凯普莱特夫人上。

凯普莱特夫人　啊！你正在忙着吗？要不要我帮你？

朱丽叶　不,母亲;我们已经选择好了明天需用的一切,所以现在请您让我一个人在这儿吧;让奶妈今天晚上陪着您不睡,因为我相信这次事情办得太匆促了,您一定忙得不可开交。

凯普莱特夫人　晚安！早点睡觉,你应该好好休息休息。(凯普莱特夫人及乳媪下。)

朱丽叶　再会！上帝知道我们将在什么时候相见。我觉得仿佛有一阵寒颤刺激着我的血液,简直要把生命的热流冻结起来似的;待我叫她们回来安慰安慰我。奶妈！——要她到这儿来干吗？这凄惨的场面必须让我一个人扮演。来,药瓶。要是这药水不发生效力呢？那么我明天早上就必须结婚吗？不,不,这把刀会阻止我;你躺在那儿吧。(将匕首置枕边)也许这瓶里是毒药,那神父因为已经替我和罗密欧证婚,现在我再跟别人结婚,恐怕损害他的名誉,所以有意骗我服下去毒死我;我怕也许会有这样的事;可是他一向是众所公认的道高德重的人,我想大概不至于;我不能抱着这样卑劣的思想。要是我在坟墓里醒了过来,罗密欧还没有到来把我救出去呢？这倒是很可怕的一点！那时我不是要在终年透不进一丝新鲜空气的地窖里活活闷死,等不到我的罗密欧到来吗？即使不闷死,那死亡和长夜的恐怖,那古墓中阴森的气象,几百年来,我祖先的尸骨都堆积在那里,入土未久的提伯尔特蒙着他的殓衾,正在那里腐烂;人家说,一到晚上,鬼魂便会归返他们的墓穴;唉！唉！要是我太早醒来,这些恶臭的气味,这些使人听了会发疯的凄厉的叫声;啊！要是我醒来,周围都是这种吓人的东西,我不会心神迷乱,疯狂地抚弄着我的祖宗的骨骸,把肢体溃烂的提伯尔特拖出了他的殓衾吗？在这样疯狂的状态中，我不会拾起一根老祖宗的骨头来，当作一根棍子，打破我的发昏的头颅吗？啊，瞧！那不是提伯尔特的鬼魂，正在那里追赶罗密欧，报复他的一剑之仇吗？等一等，提伯尔特，等一等！罗密欧，我来了！我为你干了这一杯！（倒在幕内的床上。）

第四场　同前。凯普莱特家中厅堂

   凯普莱特夫人及乳媪上。

凯普莱特夫人　奶妈，把这串钥匙拿去，再拿一点香料来。

乳　媪　点心房里在喊着要枣子和榅桲呢。

   凯普莱特上。

凯普莱特　来，赶紧点儿，赶紧点儿！鸡已经叫了第二次，晚钟已经打过，到三点钟了。好安吉丽加①，当心看看肉饼有没有烤焦。多花几个钱没有关系。

乳　媪　走开，走开，女人家的事用不着您多管；快去睡吧，今天忙了一个晚上，明天又要害病了。

凯普莱特　不，哪儿的话！嘿，我为了没要紧的事，也曾经整夜不睡，几曾害过病来？

凯普莱特夫人　对啦，你从前也是惯偷女人的夜猫儿，可是现在我却不放你出去胡闹啦。（凯普莱特夫人及乳媪下。）

凯普莱特　真是个醋娘子！真是个醋娘子！

   三四仆人持炙叉、木柴及篮上。

凯普莱特　喂，这是什么东西？

---

① 安吉丽加，是凯普莱特夫人的名字。

仆　甲　老爷,都是拿去给厨子的,我也不知道是什么东西。

凯普莱特　赶紧点儿,赶紧点。(仆甲下)喂,木头要拣干燥点儿的,你去问彼得,他可以告诉你什么地方有。

仆　乙　老爷,我自己也长着眼睛会拣木头,用不着麻烦彼得。(下。)

凯普莱特　嘿,倒说得有理,这个淘气的小杂种!哎哟!天已经亮了;伯爵就要带着乐工来了,他说过的。(内乐声)我听见他已经走近了。奶妈!妻子!喂,喂!喂,奶妈呢?

　　　　乳媪重上。

凯普莱特　快去叫朱丽叶起来,把她打扮打扮;我要去跟帕里斯谈天去了。快去,快去,赶紧点儿;新郎已经来了;赶紧点儿!(各下。)

第五场　同前。朱丽叶的卧室

　　　　乳媪上。

乳　媪　小姐!喂,小姐!朱丽叶!她准是睡熟了。喂,小羊!喂,小姐!哼,你这懒丫头!喂,亲亲!小姐!心肝!喂,新娘!怎么!一声也不响?现在尽你睡去,尽你睡一个星期;到今天晚上,帕里斯伯爵可不让你安安静静休息一会儿了。上帝饶恕我,阿门,她睡得多熟!我必须叫她醒来。小姐!小姐!小姐!好,让那伯爵自己到你床上来吧,那时你可要吓得跳起来了,是不是?怎么!衣服都穿好了,又重新睡下去吗?我必须把你叫醒。小姐!小姐!小姐!哎哟!哎哟!救命!救命!我的小姐死了!哎哟!我还活着做什么!喂,拿一点酒来!老爷!太太!

　　　　　凯普莱特夫人上。

凯普莱特夫人　吵什么？

乳　媪　哎哟,好伤心啊!

凯普莱特夫人　什么事？

乳　媪　瞧,瞧!哎哟,好伤心啊!

凯普莱特夫人　哎哟,哎哟!我的孩子,我的惟一的生命!醒来!睁开你的眼睛来!你死了,叫我怎么活得下去？救命!救命!大家来啊!

　　　　　凯普莱特上。

凯普莱特　还不送朱丽叶出来,她的新郎已经来啦。

乳　媪　她死了,死了,她死了!哎哟,伤心啊!

凯普莱特夫人　唉!她死了,她死了,她死了!

凯普莱特　嘿!让我瞧瞧。哎哟!她身上冰冷的;她的血液已经停止不流,她的手脚都硬了;她的嘴唇里已经没有了生命的气息;死像一阵未秋先降的寒霜,摧残了这一朵最鲜嫩的娇花。

乳　媪　哎哟,好伤心啊!

凯普莱特夫人　哎哟,好苦啊!

凯普莱特　死神夺去了我的孩子,他使我悲伤得说不出话来。

　　　　　劳伦斯神父、帕里斯及乐工等上。

劳伦斯　来,新娘有没有预备好上教堂去？

凯普莱特　她已经预备动身,可是这一去再不回来了。啊贤婿!死神已经在你新婚的前夜降临到你妻子的身上。她躺在那里,像一朵被他摧残了的鲜花。死神是我的新婿,是我的后嗣,他已经娶走了我的女儿。我也快要死了,把我的一切都传给他;我的生命财产,一切都是死神的!

帕里斯　难道我眼巴巴望到天明,却让我看见这一个凄惨的情景吗?

凯普莱特夫人　倒霉的、不幸的、可恨的日子,永无休止的时间的运行中的一个顶悲惨的时辰!我就生了这一个孩子,这一个可怜的疼爱的孩子,她是我惟一的宝贝和安慰,现在却被残酷的死神从我眼前夺了去啦!

乳媪　好苦啊!好苦的、好苦的、好苦的日子啊!我这一生一世里顶伤心的日子!顶凄凉的日子!嗳哟,这个日子!这个可恨的日子!从来不曾见过这样倒霉的日子!好苦的、好苦的日子啊!

帕里斯　最可恨的死,你欺骗了我,杀害了她,拆散了我们的良缘,一切都被残酷的、残酷的你破坏了!啊!爱人!啊,我的生命!没有生命,只有被死亡吞噬了的爱情!

凯普莱特　悲痛的命运,为什么你要来打破、打破我们的盛礼?儿啊!儿啊!我的灵魂,你死了!你已经不是我的孩子了!死了!唉!我的孩子死了,我的快乐也随着我的孩子埋葬了!

劳伦斯　静下来!不害羞吗?你们这样乱哭乱叫是无济于事的。上天和你们共有着这一个好女儿;现在她已经完全属于上天所有,这是她的幸福,因为你们不能使她的肉体避免死亡,上天却能使她的灵魂得到永生。你们竭力替她找寻一个美满的前途,因为你们的幸福是寄托在她的身上;现在她高高地升上云中去了,你们却为她哭泣吗?啊!你们瞧着她享受最大的幸福,却这样发疯一样号啕叫喊,这可以算是真爱你们的女儿吗?活着,嫁了人,一直到老,这样的婚姻有什么乐趣呢?在年轻时候结了婚而死去,才是最幸福不过的。揩干你们的眼泪,把你们的香花散布在这美丽的尸体上,按照着习惯,把她穿着盛装抬到教堂里去。愚痴的天性虽然使我们伤心痛哭,可是在理智眼中,这些天性的眼泪却是可笑的。

凯普莱特　我们本来为了喜庆预备好的一切,现在都要变成悲哀的殡礼;我们的乐器要变成忧郁的丧钟,我们的婚筵要变成凄凉的丧席,我们的赞美诗要变成沉痛的挽歌,新娘手里的鲜花要放在坟墓中殉葬,一切都要相反而行。

劳伦斯　凯普莱特先生,您进去吧;夫人,您陪他进去;帕里斯伯爵,您也去吧;大家准备送这具美丽的尸体下葬。上天的愤怒已经降临在你们身上,不要再违拂他的意旨,招致更大的灾祸。(凯普莱特夫妇、帕里斯、劳伦斯同下。)

乐工甲　真的,咱们也可以收起笛子走啦。

乳　媪　啊!好兄弟们,收起来吧,收起来吧;这真是一场伤心的横祸!(下。)

乐工甲　唉,我巴不得这事有什么办法补救才好。

　　　　　彼得上。

彼　得　乐工!啊!乐工,《心里的安乐》,《心里的安乐》!啊!替我奏一曲《心里的安乐》,否则我要活不下去了。

乐工甲　为什么要奏《心里的安乐》呢?

彼　得　啊!乐工,因为我的心在那里唱着《我心里充满了忧伤》。啊!替我奏一支快活的歌儿,安慰安慰我吧。

乐工甲　不奏不奏,现在不是奏乐的时候。

彼　得　那么你们不奏吗?

乐工甲　不奏。

彼　得　那么我就给你们——

乐工甲　你给我们什么?

彼　得　我可不给你们钱,哼!我要给你们一顿骂;我骂你们是一群卖唱的叫化子。

乐工甲　那么我就骂你是个下贱的奴才。

彼　得　那么我就把奴才的刀搁在你们的头颅上。我决不含糊:不是高音,就是低调,你们听见吗?

乐工甲　什么高音低调,你倒还得懂这一套。

乐工乙　且慢,君子动口,小人动手。

彼　得　好,那么让我用舌剑唇枪杀得你们抱头鼠窜。有本领的,回答我这一个问题:

　　　　悲哀伤痛着心灵,

　　　　忧郁萦绕在胸怀,

　　　　惟有音乐的银声——

为什么说"银声"?为什么说"音乐的银声"?西门·凯特林,你怎么说?

乐工甲　因为银子的声音很好听。

彼　得　说得好!休·利培克,你怎么说?

乐工乙　因为乐工奏乐的目的,是想人家赏他一些银子。

彼　得　说得好!詹姆士·桑德普斯特,你怎么说?

乐工丙　不瞒你说,我可不知道应当怎么说。

彼　得　啊!对不起,你是只会唱唱歌的;我替你说了吧:因为乐工尽管奏乐奏到老死,也换不到一些金子。

　　　　惟有音乐的银声,

　　　　可以把烦闷推开。(下。)

乐工甲　真是个讨厌的家伙!

乐工乙　该死的奴才!来,咱们且慢回去,等吊客来的时候吹奏两声,吃他们一顿饭再走。(同下。)

第 五 幕

第一场　曼多亚。街道

　　罗密欧上。

罗密欧　要是梦寐中的幻景果然可以代表真实,那么我的梦预兆着将有好消息到来;我觉得心君宁恬,整日里有一种向所没有的精神,用快乐的思想把我从地面上飘扬起来。我梦见我的爱人来看见我死了——奇怪的梦,一个死人也会思想！——她吻着我,把生命吐进了我的嘴唇里,于是我复活了,并且成为一个君王。唉！仅仅是爱的影子,已经给人这样丰富的欢乐,要是能占有爱的本身,那该有多么甜蜜！

　　鲍尔萨泽上。

罗密欧　从维洛那来的消息！啊,鲍尔萨泽！不是神父叫你带信来给我吗？我的爱人怎样？我父亲好吗？我再问你一遍,我的朱丽叶安好吗？因为只要她安好,一定什么都是好好的。

鲍尔萨泽　那么她是安好的,什么都是好好的;她的身体长眠在凯普莱特家的坟茔里,她的不死的灵魂和天使们在一起。我看见她下葬在她亲族的墓穴里,所以立刻飞马前来告诉您。啊,少爷!恕我带了这恶消息来,因为这是您吩咐我做的事。

罗密欧　有这样的事!命运,我咒诅你!——你知道我的住处;给我买些纸笔,雇下两匹快马,我今天晚上就要动身。

鲍尔萨泽　少爷,请您宽心一下;您的脸色惨白而仓皇,恐怕是不吉之兆。

罗密欧　胡说,你看错了。快去,把我叫你做的事赶快办好。神父没有叫你带信给我吗?

鲍尔萨泽　没有,我的好少爷。

罗密欧　算了,你去吧,把马匹雇好了;我就来找你。(鲍尔萨泽下)好,朱丽叶,今晚我要睡在你的身旁。让我想个办法。啊,罪恶的念头!你会多么快钻进一个绝望者的心里!我想起了一个卖药的人,他的铺子就开设在附近,我曾经看见他穿着一身破烂的衣服,皱着眉头在那儿拣药草;他的形状十分消瘦,贫苦把他熬煎得只剩一把骨头;他的寒碜的铺子里挂着一只乌龟,一头剥制的鳄鱼,还有几张形状丑陋的鱼皮;他的架子上稀疏地散放着几只空匣子、绿色的瓦罐、一些胞囊和发霉的种子、几段包扎的麻绳,还有几块陈年的干玫瑰花,作为聊胜于无的点缀。看到这一种寒酸的样子,我就对自己说,在曼多亚城里,谁出卖了毒药是会立刻处死的,可是倘有谁现在需要毒药,这儿有一个可怜的奴才会卖给他。啊!不料我这一个思想,竟会预兆着我自己的需要,这个穷汉的毒药却要卖给我。我记得这里就是他的铺子;今天是假日,所以这叫化子没有开门。喂!卖药的!

　　　　　卖药人上。

卖药人　谁在高声叫喊?

罗密欧　过来,朋友。我瞧你很穷,这儿是四十块钱,请你给我一点能够迅速致命的毒药,厌倦于生命的人一服下去便会散入全身的血管,立刻停止呼吸而死去,就像火药从炮膛里放射出去一样快。

卖药人　这种致命的毒药我是有的;可是曼多亚的法律严禁发卖,出卖的人是要处死刑的。

罗密欧　难道你这样穷苦,还怕死吗?饥寒的痕迹刻在你的面颊上,贫乏和迫害在你的眼睛里射出了饿火,轻蔑和卑贱重压在你的背上;这世间不是你的朋友,这世间的法律也保护不到你,没有人为你定下一条法律使你富有;那么你何必苦耐着贫穷呢?违犯了法律,把这些钱收下吧。

卖药人　我的贫穷答应了你,可是那是违反我的良心的。

罗密欧　我的钱是给你的贫穷,不是给你的良心的。

卖药人　把这一服药放在无论什么饮料里喝下去,即使你有二十个人的气力,也会立刻送命。

罗密欧　这儿是你的钱,那才是害人灵魂的更坏的毒药,在这万恶的世界上,它比你那些不准贩卖的微贱的药品更会杀人;你没有把毒药卖给我,是我把毒药卖给你。再见;买些吃的东西,把你自己喂得胖一点。——来,你不是毒药,你是替我解除痛苦的仙丹,我要带着你到朱丽叶的坟上去,少不得要借重你一下哩。(各下。)

第二场　维洛那。劳伦斯神父的寺院

约翰神父上。

约　翰　喂!师兄在哪里?

劳伦斯神父上。

劳伦斯　这是约翰师弟的声音。欢迎你从曼多亚回来！罗密欧怎么说？要是他的意思在信里写明，那么把他的信给我吧。

约　翰　我临走的时候，因为要找一个同门的师弟作我的同伴，他正在这城里访问病人，不料给本地巡逻的人看见了，疑心我们走进了一家染着瘟疫的人家，把门封锁住了，不让我们出来，所以耽误了我的曼多亚之行。

劳伦斯　那么谁把我的信送去给罗密欧了？

约　翰　我没有法子把它送出去，现在我又把它带回来了；因为他们害怕瘟疫传染，也没有人愿意把它送还给你。

劳伦斯　糟了！这封信不是等闲，性质十分重要，把它耽误下来，也许会引起极大的灾祸。约翰师弟，你快去给我找一柄铁锄，立刻带到这儿来。

约　翰　好师兄，我去给你拿来。（下。）

劳伦斯　现在我必须独自到墓地里去；在这三小时之内，朱丽叶就会醒来，她因为罗密欧不曾知道这些事情，一定会责怪我。我现在要再写一封信到曼多亚去，让她留在我的寺院里，直等罗密欧到来。可怜的没有死的尸体，幽闭在一座死人的坟墓里！（下。）

第三场　同前。凯普莱特家坟茔所在的墓地

帕里斯及侍童携鲜花火炬上。

帕里斯　孩子，把你的火把给我；走开，站在远远的地方；还是灭了吧，我不愿给人看见。你到那边的紫杉树底下直躺下来，把你的耳朵贴着中空的地面，地下挖了许多墓穴，土是松

的,要是有踉跄的脚步走到坟地上来,你准听得见;要是听见有什么声息,便吹一个唿哨通知我。把那些花给我。照我的话做去,走吧。

侍　童　(旁白)我简直不敢独自一个人站在这墓地上,可是我要硬着头皮试一下。(退后。)

帕里斯　这些鲜花替你铺盖新床;

　　　　惨啊,一朵娇红永委沙尘!

　　　　我要用沉痛的热泪淋浪,

　　　　和着香水浇溉你的芳坟;

　　　　夜夜到你墓前散花哀泣,

　　　　这一段相思啊永无消歇!(侍童吹口哨)

这孩子在警告我有人来了。哪一个该死的家伙在这晚上到这儿来打扰我在爱人墓前的凭吊?什么!还拿着火把来吗?——让我躲在一旁看看他的动静。(退后。)

　　　　罗密欧及鲍尔萨泽持火炬锹锄等上。

罗密欧　把那锄头跟铁钳给我。且慢,拿着这封信;等天一亮,你就把它送给我的父亲。把火把给我。听好我的吩咐,无论你听见什么瞧见什么,都只好远远地站着不许动,免得妨碍我的事情;要是动一动,我就要你的命。我所以要跑下这个坟墓里去,一部分的原因是要探望探望我的爱人,可是主要的理由却是要从她的手指上取下一个宝贵的指环,因为我有一个很重要的用途。所以你赶快给我走开吧;要是你不相信我的话,胆敢回来窥伺我的行动,那么,你可以对天发誓,我要把你的骨骸一节一节扯下来,让这饥饿的墓地上散满了你的肢体。我现在的心境非常狂野,比饿虎或是咆哮的怒海都要凶猛无情,你可不要惹我性起。

鲍尔萨泽　少爷,我走就是了,决不来打扰您。

罗密欧　这才像个朋友。这些钱你拿去,愿你一生幸福。再会,好朋友。

鲍尔萨泽　(旁白)虽然这么说,我还是要躲在附近的地方看着他;他的脸色使我害怕,我不知道他究竟打算做出什么事来。(退后。)

罗密欧　你无情的泥土,吞噬了世上最可爱的人儿,我要擘开你的馋吻,(将墓门掘开)索性让你再吃一个饱!

帕里斯　这就是那个已经放逐出去的骄横的蒙太古,他杀死了我爱人的表兄,据说她就是因为伤心他的惨死而夭亡的。现在这家伙又要来盗尸发墓了,待我去抓住他。(上前)万恶的蒙太古!停止你的罪恶的工作,难道你杀了他们还不够,还要在死人身上发泄你的仇恨吗?该死的凶徒,赶快束手就捕,跟我见官去!

罗密欧　我果然该死,所以才到这儿来。年轻人,不要激怒一个不顾死活的人,快快离开我走吧;想想这些死了的人,你也该胆寒了。年轻人,请你不要激动我的怒气,使我再犯一次罪;啊,走吧!我可以对天发誓,我爱你远过于爱我自己,因为我来此的目的,就是要跟自己作对。别留在这儿,走吧;好好留着你的活命,以后也可以对人家说,是一个疯子发了慈悲,叫你逃走的。

帕里斯　我不听你这种鬼话;你是一个罪犯,我要逮捕你。

罗密欧　你一定要激怒我吗?那么好,来,朋友!(二人格斗。)

侍　童　哎哟,主啊!他们打起来了,我去叫巡逻的人来!(下。)

帕里斯　(倒下)啊,我死了!——你倘有几分仁慈,打开墓门来,把我放在朱丽叶的身旁吧!(死。)

罗密欧　好,我愿意成全你的志愿。让我瞧瞧他的脸;啊,茂丘西奥的亲戚,尊贵的帕里斯伯爵!当我们一路上骑马而来的时候,我的仆人曾经对我说过几句话,那时我因为心绪烦乱,没有听得进去;他说些什么?好像他告诉我说帕里斯本来预备娶朱丽叶为妻;他不是这样说吗?还是我做过这样的梦?或者还是我神经错乱,听见他说起朱丽叶的名字,所以发生了这一种幻想?啊!把你的手给我,你我都是登录在厄运的黑册上的人,我要把你葬在一个胜利的坟墓里;一个坟墓吗?啊,不!被杀害的少年,这是一个灯塔,因为朱丽叶睡在这里,她的美貌使这一个墓窟变成一座充满着光明的欢宴的华堂。死了的人,躺在那儿吧,一个死了的人把你安葬了。(将帕里斯放下墓中)人们临死的时候,往往反会觉得心中愉快,旁观的人便说这是死前的一阵回光返照;啊!这也就是我的回光返照吗?啊,我的爱人!我的妻子!死虽然已经吸去了你呼吸中的芳蜜,却还没有力量摧残你的美貌;你还没有被他征服,你的嘴唇上、面庞上,依然显着红润的美艳,不曾让灰白的死亡进占。提伯尔特,你也裹着你的血淋淋的殓衾躺在那儿吗?啊!你的青春葬送在你仇人的手里,现在我来替你报仇来了,我要亲手杀死那杀害你的人。原谅我吧,兄弟!啊!亲爱的朱丽叶,你为什么仍然这样美丽?难道那虚无的死亡,那枯瘦可憎的妖魔,也是个多情种子,所以把你藏匿在这幽暗的洞府里做他的情妇吗?为了防止这样的事情,我要永远陪伴着你,再不离开这漫漫长夜的幽宫;我要留在这儿,跟你的侍婢,那些蛆虫们在一起;啊!我要在这儿永久安息下来,从我这厌倦人世的凡躯上挣脱厄运的束缚。眼睛,瞧你的最后一眼吧!手臂,作你最后一次的拥抱吧!嘴唇,啊!你呼吸的门户,用一个合法的吻,跟网罗一切的死亡订立一个永久的契约吧!来,苦味的向导,绝望的领港人,现在赶快把你的厌倦于风涛的船舶向那巉岩上冲撞过去吧!为了我的爱人,我干了这一杯!(饮药)啊!卖药的人果然没有骗我,药性很快地发作了。我就这样在这一吻中死去。(死。)

    劳伦斯神父持灯笼、锄、锹自墓地另一端上。

劳伦斯 圣芳济保佑我!我这双老脚今天晚上怎么老是在坟堆里绊来跌去的!那边是谁?

鲍尔萨泽 是一个朋友,也是一个跟您熟识的人。

劳伦斯 祝福你!告诉我,我的好朋友,那边是什么火把,向蛆虫和没有眼睛的骷髅浪费着它的光明?照我辨认起来,那火把亮着的地方,似乎是凯普莱特家里的坟茔。

鲍尔萨泽 正是,神父;我的主人,您的好朋友,就在那儿。

劳伦斯 他是谁?

鲍尔萨泽 罗密欧。

劳伦斯 他来多久了?

鲍尔萨泽 足足半点钟。

劳伦斯 陪我到墓穴里去。

鲍尔萨泽 我不敢,神父。我的主人不知道我还没有走;他曾经对我严辞恐吓,说要是我留在这儿窥伺他的动静,就要把我杀死。

劳伦斯 那么你留在这儿,让我一个人去吧。恐惧临到我的身上;啊!我怕会有什么不幸的祸事发生。

鲍尔萨泽 当我在这株紫杉树底下睡了过去的时候,我梦见我的主人跟另外一个人打架,那个人被我的主人杀了。

劳伦斯　(趋前)罗密欧!哎哟!哎哟!这坟墓的石门上染着些什么血迹?在这安静的地方,怎么横放着这两柄无主的血污的刀剑?(进墓)罗密欧!啊,他的脸色这么惨白!还有谁?什么!帕里斯也躺在这儿,浑身浸在血泊里?啊!多么残酷的时辰,造成了这场凄惨的意外!那小姐醒了。(朱丽叶醒。)

朱丽叶　啊,善心的神父!我的夫君呢?我记得很清楚我应当在什么地方,现在我正在这地方。我的罗密欧呢?(内喧声。)

劳伦斯　我听见有什么声音。小姐,赶快离开这个密布着毒氛腐臭的死亡的巢穴吧;一种我们所不能反抗的力量已经阻挠了我们的计划。来,出去吧。你的丈夫已经在你的怀中死去;帕里斯也死了。来,我可以替你找一处地方出家做尼姑。不要耽误时间盘问我,巡夜的人就要来了。来,好朱丽叶,去吧。(内喧声又起)我不敢再等下去了。

朱丽叶　去,你去吧!我不愿意走。(劳伦斯下)这是什么?一只杯子,紧紧地握住在我的忠心的爱人的手里?我知道了,一定是毒药结果了他的生命。唉,冤家!你一起喝干了,不留下一滴给我吗?我要吻着你的嘴唇,也许这上面还留着一些毒液,可以让我当作兴奋剂服下而死去。(吻罗密欧)你的嘴唇还是温暖的!

巡丁甲　(在内)孩子,带路;在哪一个方向?

朱丽叶　啊,人声吗?那么我必须快一点了结。啊,好刀子!(攫住罗密欧的匕首)这就是你的鞘子;(以匕首自刺)你插了进去,让我死了吧。(扑在罗密欧身上死去。)

巡丁及帕里斯侍童上。

侍　　童　就是这儿,那火把亮着的地方。
巡丁甲　地上都是血;你们几个人去把墓地四周搜查一下,看见什么人就抓起来。(若干巡丁下)好惨!伯爵被人杀了躺在这儿,朱丽叶胸口流着血,身上还是热热的好像死得不久,虽然她已经葬在这里两天了。去,报告亲王,通知凯普莱特家里,再去把蒙太古家里的人也叫醒了,剩下的人到各处搜搜。(若干巡丁续下)我们看见这些惨事发生在这个地方,可是在没有得到人证以前,却无法明了这些惨事的真相。

若干巡丁率鲍尔萨泽上。

巡丁乙　这是罗密欧的仆人;我们看见他躲在墓地里。
巡丁甲　把他好生看押起来,等亲王来审问。

若干巡丁率劳伦斯神父上。

巡丁丙　我们看见这个教士从墓地旁边跑出来,神色慌张,一边叹气一边流泪,他手里还拿着锄头铁锹,都给我们拿下来了。
巡丁甲　他有很重大的嫌疑;把这教士也看押起来。

亲王及侍从上。

亲　　王　什么祸事在这样早的时候发生,打断了我的清晨的安睡?

凯普莱特、凯普莱特夫人及余人等上。

凯普莱特　外边这样乱叫乱喊,是怎么一回事?
凯普莱特夫人　街上的人们有的喊着罗密欧,有的喊着朱丽叶,有的喊着帕里斯;大家沸沸扬扬地向我们家里的坟上奔去。
亲　　王　这么许多人为什么发出这样惊人的叫喊?
巡丁甲　王爷,帕里斯伯爵被人杀死了躺在这儿;罗密欧也死了;已经死了两天的朱丽叶,身上还热着,又被人重新杀死了。

亲　　王　用心搜寻,把这场万恶的杀人命案的真相调查出来。

巡丁甲　这儿有一个教士,还有一个被杀的罗密欧的仆人,他们都拿着掘墓的器具。

凯普莱特　天啊!——啊,妻子!瞧我们的女儿流着这么多的血!这把刀弄错了地位了!瞧,它的空鞘子还在蒙太古家小子的背上,它却插进了我的女儿的胸前!

凯普莱特夫人　哎哟!这些死的惨象就像惊心动魄的钟声,警告我这风烛残年,快要不久于人世了。

　　　　　蒙太古及余人等上。

亲　　王　来,蒙太古,你起来虽然很早,可是你的儿子倒下得更早。

蒙太古　唉!殿下,我的妻子因为悲伤小儿的远逐,已经在昨天晚上去世了;还有什么祸事要来跟我这老头子作对呢?

亲　　王　瞧吧,你就可以看见。

蒙太古　啊,你这不孝的东西!你怎么可以抢在你父亲的前面,自己先钻到坟墓里去呢?

亲　　王　暂时停止你们的悲恸,让我把这些可疑的事实审问明白,知道了详细的原委以后,再来领导你们放声一哭吧;也许我的悲哀还要远远胜过你们呢!——把嫌疑犯带上来。

劳伦斯　时间和地点都可以作不利于我的证人;在这场悲惨的血案中,我虽然是一个能力最薄弱的人,但却是嫌疑最重的人。我现在站在殿下的面前,一方面要供认我自己的罪过,一方面也要为我自己辩解。

亲　　王　那么快把你所知道的一切说出来。

劳伦斯　我要把经过的情形尽量简单地叙述出来,因为我的短促的残生还不及一段冗烦的故事那么长。死了的罗密欧是死了的朱丽叶的丈夫,她是罗密欧的忠心的妻子,他们的婚礼是由我主持的。就在他们秘密结婚的那天,提伯尔特死于非命,这位才做新郎的人也从这城里被放逐出去;朱丽叶是为了他,不是为了提伯尔特,才那样伤心憔悴。你们因为要替她解除烦恼,把她许婚给帕里斯伯爵,还要强迫她嫁给他,她就跑来见我,神色慌张地要我替她想个办法避免这第二次的结婚,否则她要在我的寺院里自杀。所以我就根据我的医药方面的学识,给她一服安眠的药水;它果然发生了我所预期的效力,她一服下去就像死了一样昏沉过去。同时我写信给罗密欧,叫他就在这一个悲惨的晚上到这儿来,帮助把她搬出她寄寓的坟墓,因为药性一到时候便会过去。可是替我带信的约翰神父却因遭到意外,不能脱身,昨天晚上才把我的信依然带了回来。那时我只好按照着预先算定她醒来的时间,一个人前去把她从她家族的墓茔里带出来,预备把她藏匿在我的寺院里,等有方便再去叫罗密欧来;不料我在她醒来以前几分钟到这儿来的时候,尊贵的帕里斯和忠诚的罗密欧已经双双惨死了。她一醒过来,我就请她出去,劝她安心忍受这一种出自天意的变故;可是那时我听见了纷纷的人声,吓得逃出了墓穴,她在万分绝望之中不肯跟我去,看样子她是自杀了。这是我所知道的一切,至于他们两人的结婚,那么她的乳母也是与闻的。要是这一场不幸的惨祸,是由我的疏忽所造成,那么我这条老命愿受最严厉的法律的制裁,请您让它提早几点钟牺牲了吧。

亲　王　我一向知道你是一个道行高尚的人。罗密欧的仆人呢？他有什么话说？

鲍尔萨泽　我把朱丽叶的死讯通知了我的主人，因此他从曼多亚急急地赶到这里，到了这座坟堂的前面。这封信他叫我一早送去给我家老爷；当他走进墓穴里的时候，他还恐吓我，说要是我不离开他赶快走开，他就要杀死我。

亲　　王　把那封信给我，我要看看。叫巡丁来的那个伯爵的侍童呢？喂，你的主人到这地方来做什么？

侍　　童　他带了花来散在他夫人的坟上，他叫我站得远远的，我就听他的话；不一会儿工夫，来了一个拿着火把的人把坟墓打开了。后来我的主人就拔剑跟他打了起来，我就奔去叫巡丁。

亲　　王　这封信证实了这个神父的话，讲起他们恋爱的经过和她的去世的消息；他还说他从一个穷苦的卖药人手里买到一种毒药，要把它带到墓穴里来准备和朱丽叶长眠在一起。这两家仇人在哪里？——凯普莱特！蒙太古！瞧你们的仇恨已经受到了多大的惩罚，上天借手于爱情，夺去了你们心爱的人；我为了忽视你们的争执，也已经丧失了一双亲戚，大家都受到惩罚了。

凯普莱特　啊，蒙太古大哥！把你的手给我；这就是你给我女儿的一份聘礼，我不能再作更大的要求了。

蒙太古　但是我可以给你更多的；我要用纯金替她铸一座像，只要维洛那一天不改变它的名称，任何塑像都不会比忠贞的朱丽叶那一座更为卓越。

凯普莱特　罗密欧也要有一座同样富丽的金像卧在他情人的身旁，这两个在我们的仇恨下惨遭牺牲的可怜的人儿！

亲　　王　清晨带来了凄凉的和解，

太阳也惨得在云中躲闪。
大家先回去发几声感慨，
　该恕的、该罚的再听宣判。
古往今来多少离合悲欢，
　谁曾见这样的哀怨辛酸！（同下。）

驯悍记

朱生豪译
吴兴华校

TAMING OF THE SHREW. Act III. Sc. 2.

剧 中 人 物

贵族
克利斯朵夫·斯赖　补锅匠 ⎫
酒店主妇、小童、伶人、猎奴、从仆等 ⎭ 序幕中的人物
巴普提斯塔　帕度亚的富翁
文森修　披萨的老绅士
路森修　文森修的儿子,爱恋比恩卡者
彼特鲁乔　维洛那的绅士,凯瑟丽娜的求婚者
葛莱米奥 ⎫
霍坦西奥 ⎭ 比恩卡的求婚者
特拉尼奥 ⎫
比昂台罗 ⎭ 路森修的仆人
葛鲁米奥 ⎫
寇提斯 ⎭ 彼特鲁乔的仆人
老学究　假扮文森修者

凯瑟丽娜　悍妇 ⎫
比恩卡 ⎭ 巴普提斯塔的女儿
寡妇

裁缝、帽匠及巴普提斯塔、彼特鲁乔两家的仆人

地　　点

帕度亚；有时在彼特鲁乔的乡间住宅

序　幕

第一场　荒村酒店门前

女店主及斯赖上。

斯　赖　我揍你！

女店主　把你上了枷、带了铐,你才知道厉害,你这流氓!

斯　赖　你是个烂污货！你去打听打听,俺斯赖家从来不曾出过流氓,咱们的老祖宗是跟着理查万岁爷一块儿来的。给我闭住你的臭嘴;老子什么都不管。

女店主　你打碎了的杯子不肯赔我吗?

斯　赖　不,一个子儿也不给你。骚货,你还是钻进你那冰冷的被窝里去吧。

女店主　我知道怎样对付你这种家伙;我去叫官差来抓你。（下。）

斯　赖　随他来吧,我没有犯法,看他能把我怎样。是好汉决不逃走,让他来吧。（躺在地上睡去。）

号角声。猎罢归来的贵族率猎奴及从仆等上。

贵　族　猎奴,你好好照料我的猎犬。可怜的茂里曼,它跑得嘴唇边流满了白沫！把克劳德和那大嘴巴的母狗放在一起。

你没看见锡尔佛在那篱笆角上,居然会把那失去了踪迹的畜生找到吗?人家就是给我二十镑,我也不肯把它转让出去。

猎奴甲　老爷,培尔曼也不比它差呢;它闻到一点点臭味就会叫起来,今天它已经两次发现猎物的踪迹。我觉得还是它好。

贵　族　你知道什么!爱柯要是脚步快一些,可以抵得过二十条这样的狗哩。可是你得好好喂饲它们,留心照料它们。明天我还要出来打猎。

猎奴甲　是,老爷。

贵　族　(见斯赖)这是什么?是个死人,还是喝醉了?瞧他有气没有?

猎奴乙　老爷,他在呼吸。他要不是喝醉了酒,不会在这么冷的地上睡得这么熟的。

贵　族　瞧这蠢东西!他躺在那儿多么像一头猪!一个人死了以后,那样子也不过这样难看!我要把这醉汉作弄一番。让我们把他抬回去放在床上,给他穿上好看的衣服,在他的手指上套上许多戒指,床边摆好一桌丰盛的酒食,穿得齐齐整整的仆人侍候着他,等他醒来的时候,这叫化子不是会把他自己也忘记了吗?

猎奴甲　老爷,我想他一定想不起来他自己是个什么人。

猎奴乙　他醒来以后,一定会大吃一惊。

贵　族　就像置身在一场美梦或空虚的幻想中一样。你们现在就把他抬起来,轻轻地把他抬到我的最好的一间屋子里,四周的墙壁上挂满了我那些风流的图画,用温暖的香水给他洗头,房间里熏起芳香的栴檀,还要把乐器预备好,等他醒来的时候,便弹奏起美妙的仙曲来。他要是说什么话,就立刻恭恭敬敬地低声问他,"老爷有什么吩咐?"一个仆人捧着银盆,里面盛着浸满花瓣的蔷薇水,还有一个人捧着水壶,第三个人拿着手巾,说,"请老爷净手。"那时另外一个人就拿着一身华贵的衣服,问他喜欢穿哪一件;还有一个人向他报告他的猎犬和马匹的情形,并且对他说他的夫人见他害病,心里非常难过。让他相信他自己曾经疯了;要是他说他自己是个什么人,就对他说他是在做梦,因为他是一个做大官的贵人。你们这样用心串演下去,不要闹得太过分,一定是一场绝妙的消遣。

猎奴甲　老爷,我们一定用心扮演,让他看见我们不敢怠慢的样子,相信他自己真的是一个贵人。

贵　族　把他轻轻抬起来,让他在床上安息一会儿,等他醒来的时候,各人都按着各自的职分好好做去。(众抬斯赖下;号角声)来人,去瞧瞧那吹号角的是什么人。(一仆人下)也许有什么过路的贵人,要在这儿暂时歇脚。

　　　　仆人重上。

贵　族　啊,是谁?

仆　人　启禀老爷,是一班戏子要来侍候老爷。

贵　族　叫他们过来。

　　　　众伶人上。

贵　族　欢迎,列位!

众　伶　多谢大人。

贵　族　你们今晚想在我这里耽搁一夜吗?

伶　甲　大人要是不嫌弃的话,我们愿意侍候大人。

贵　族　很好。这一个人很面熟,我记得他曾经扮过一个农夫的长子,向一位小姐求爱,演得很不错。你的名字我忘了,可是那个角色你演来恰如其分,一点不做作。

伶　甲　您大概说的是苏多吧。

贵　族　对了,你扮得很好。你们来得很凑巧,因为我正要串演一幕戏文,你们可以给我不少帮助。今晚有一位贵人要来听你们的戏,他生平没有听过戏,我很担心你们看见他那傻头傻脑的样子,会忍不住笑起来,那就要把他气坏了;我告诉你们,他只要看见人家微微一笑,就会发起脾气来的。

伶　甲　大人,您放心好了。就算他是世上最古怪的人,我们也会控制我们自己。

贵　族　来人,把他们领到伙食房里去,好好款待他们;他们需要什么,只要我家里有,都可以尽量供给他们。(仆甲领众伶下)来人,你去找我的童儿巴索洛缪,把他装扮做一个贵妇,然后带着他到那醉汉的房间里去,叫他做太太,须要十分恭敬的样子。你替我吩咐他,他的一举一动,必须端庄稳重,就像他看见过的高贵的妇女在她们丈夫面前的那种样子;他对那醉汉说话的时候,必须温柔和婉,也不要忘记了屈膝致敬;他应当说,"夫君有什么事要吩咐奴家,请尽管说出来,好让奴家稍尽一点做妻子的本分,表示一点对您的爱心。"然后他就装出很多情的样子把那醉汉拥抱亲吻,把头假在他的胸前,眼睛里流着泪,假装是他的丈夫疯癫了好久,七年以来,始终把自己当作一个穷苦的讨人厌的叫化子,现在他眼看他丈夫清醒过来,所以快活得哭起来了。要是这孩子没有女人家随时淌眼泪的本领,只要用一棵胡葱包在手帕里,擦擦眼皮,眼泪就会来了。你对他说他要是扮演得好,我一定格外宠爱他。赶快就把这事情办好了,我还有别的事要叫你去做。(仆乙下)我知道这孩子一定会把贵妇的举止行动声音步态模仿得很像。我很想听一听他把那醉汉叫做丈夫，看看我那些下人们向这个愚蠢的乡人行礼致敬的时候，怎样努力禁住发笑；我必须去向他们关照一番，也许他们看见有我在面前，自己会有些节制，不致露出破绽来。（率余众同下。）

第二场　贵族家中卧室

斯赖披富丽睡衣，众仆持衣帽壶盆等环侍，贵族亦作仆人装束杂立其内。

斯　赖　看在上帝的面上，来一壶淡麦酒！

仆　甲　老爷要不要喝一杯白葡萄酒？

仆　乙　老爷要不要尝一尝这些蜜饯的果子？

仆　丙　老爷今天要穿什么衣服？

斯　赖　我是克利斯朵夫·斯赖，别老爷长老爷短的。我从来不曾喝过什么白葡萄酒黑葡萄酒；你们倘要给我吃蜜饯果子，还是切两片干牛肉来吧。不要问我爱穿什么，我没有衬衫，只有一个光光的背；我没有袜子，只有两条赤裸裸的腿；我的一双脚上难得有穿鞋子的时候，就是穿起鞋子来，我的脚趾也会钻到外面来的。

贵　族　但愿上天给您扫除这一种无聊的幻想！真想不到像您这样一个有权有势、出身高贵、富有资财、受人崇敬的人物，会沾染到这样一个下贱的邪魔！

斯　赖　怎么！你们把我当作疯子吗？我不是勃登村斯赖老头子的儿子克利斯朵夫·斯赖，出身是一个小贩，也曾学过手艺，也曾走过江湖，现在当一个补锅匠吗？你们要是不信，去问曼琳·哈基特,那个温考特村里卖酒的胖婆娘,看她认不认识我;她要是不告诉你们我欠她十四便士的酒钱,就算我是天下第一名说谎的坏蛋。怎么!我难道疯了吗?这儿是——

仆　甲　唉!太太就是看了您这样子,才终日哭哭啼啼。

仆　乙　唉!您的仆人们就是看了您这样子,才个个垂头丧气。

贵　族　您的亲戚们因为您害了这种奇怪的疯病,才裹足不进您的大门。老爷啊,请您想一想您的出身,重新记起您从前的那种思想,把这些卑贱的噩梦完全忘却吧。瞧,您的仆人们都在侍候着您,各人等候着您的使唤。您要听音乐吗?听!阿波罗在弹琴了,(音乐)二十只笼里的夜莺在歌唱。您要睡觉吗?我们会把您扶到比占代王后特制的御床更为温香美软的卧榻上。您要走路吗?我们会给您在地上铺满花瓣。您要骑马吗?您有的是鞍鞯上镶嵌着金珠的骏马。您要放鹰吗?您有的是飞得比清晨的云雀还高的神鹰。您要打猎吗?您的猎犬的吠声,可以使山谷响应,上彻云霄。

仆　甲　您要狩猎吗?您的猎犬奔跑得比麋鹿还要迅捷。

仆　乙　您爱观画吗?我们可以马上给您拿一幅阿都尼的画像来,他站在流水之旁,西塞利娅隐身在芦苇里①,那芦苇似乎因为受了她气息的吹动,在那里摇曳生姿一样。

贵　族　我们可以给您看那处女时代的伊俄②怎样被诱遇暴的经过,那情形就跟活的一样。

仆　丙　或是在荆棘林中漫步的达芙妮,她腿上为棘刺所伤,看

---

① 阿都尼(Adonis),希腊神话中被维纳斯女神所恋之美少年;西塞利娅为维纳斯的别名。
② 伊俄(Io),希腊神话中被天神宙斯所诱奸之女子。

上去就真像在流着鲜血;伤心的阿波罗瞧了她这样子,不禁潸然泪下;那血和泪都被画工描摹得栩栩如生。

贵　族　您是一个不折不扣的贵人;您有一位太太,比世上任何一个女子都要美貌万倍。

仆　甲　在她没有因为您的缘故而让滔滔的泪涛流满她那可爱的面庞之前,她是一个并世无俦的美人,即以现在而论,她也不比任何女人逊色。

斯　赖　我是一个老爷吗?我有这样一位太太吗?我是在做梦,还是到现在才从梦中醒来?我现在并没有睡着;我看见,我听见,我会说话;我嗅到一阵阵的芳香,我抚摸到柔软的东西。哎呀,我真的是一个老爷,不是补锅匠,也不是克利斯朵夫·斯赖。好吧,你们去给我把太太请来;可别忘记再给我倒一壶最淡的麦酒来。

仆　乙　请老爷洗手。(数仆持壶盆手巾上前)啊,您现在已经恢复神志,知道您自己是个什么人,我们真是说不出地高兴!这十五年来,您一直在做梦,就是醒着的时候,也跟睡着一样。

斯　赖　这十五年来!哎呀,这一觉可睡得长久!可是在那些时候我不曾说过一句话吗?

仆　甲　啊,老爷,您话是说的,不过都是些胡言乱语;虽然您明明睡在这么一间富丽的房间里,您却说您给人家打出门外,还骂着那屋子里的女主人,说要上衙门告她去,因为她拿缸子卖酒,不按官家的定量。有时候您叫着西息莉·哈基特。

斯　赖　不错,那是酒店里的一个女侍。

仆　丙　哎哟,老爷,您几时知道有这么一家酒店,这么一个女人?您还说起过什么史蒂芬·斯赖,什么希腊人老约翰·

拿普斯，什么彼得·忒夫，什么亨利·品布纳尔，还有一二十个诸如此类的名字，都是从来不曾有过、谁也不曾看见过的人。

斯　赖　感谢上帝，我现在醒过来了！

众　仆　阿门！

斯　赖　谢谢你们，等会儿我重重有赏。

　　　　小童扮贵妇率侍从上。

小　童　老爷，今天安好？

斯　赖　喝好酒，吃好肉，当然很好啰。我的老婆呢？

小　童　在这儿，老爷，您有什么吩咐？

斯　赖　你是我的老婆，怎么不叫我丈夫？我的仆人才叫我老爷。我是你的亲人。

小　童　您是我的夫君，我的主人；我是您的忠顺的妻子。

斯　赖　我知道。我应当叫她什么？

贵　族　夫人。

斯　赖　艾丽丝夫人呢，还是琼夫人？

贵　族　夫人就是夫人，老爷们都是这样叫着太太的。

斯　赖　夫人太太，他们说我已经做了十五年以上的梦。

小　童　是的，这许多年来我不曾和您同床共枕，在我就好像守了三十年的活寡。

斯　赖　那真太委屈了你啦。喂，你们都给我走开。夫人，宽下衣服，快到床上来吧。

小　童　老爷，请您恕我这一两夜，否则就等太阳西下以后吧。医生们曾经关照过我，叫我暂时不要跟您同床，免得旧病复发。我希望这一个理由可以使您原谅我。

斯　赖　我实在有些等不及，可是我不愿意再做那些梦，所以只好忍住欲火,慢慢再说吧。

　　一仆人上。

仆　人　启禀老爷,那班戏子们听见贵体痊愈,想来演一出有趣的喜剧给您解解闷儿。医生说过,您因为思虑过度,所以血液停滞;太多的忧愁会使人发狂,因此他们以为您最好听听戏开开心,这样才可以消灾延寿。

斯　赖　很好,就叫他们演起来吧。你说的什么喜剧,可不就是翻翻斤斗、蹦蹦跳跳的那种玩意儿?

小　童　不,老爷,比那要有趣得多呢。

斯　赖　什么!是家里摆的玩意儿吗?

小　童　他们表演的是一桩故事。

斯　赖　好,让我们瞧瞧。来,夫人太太,坐在我的身边,让我们享受青春,管他什么世事沧桑!(喇叭奏花腔。)

第 一 幕

第一场　帕度亚。广场

路森修及特拉尼奥上。

路森修　特拉尼奥，我久慕帕度亚是人文渊薮，学术摇篮，这次多蒙父亲答应，并且在像你这样一位练达世故的忠仆陪同之下，终于来到了这景物优胜的名都。让我们就在这里停留下来，访几个名师益友，研究些有用的学问。比萨城出过不少有名人士，我和我父亲都是在那里诞生的；我父亲文森修是班提佛里家族的后裔，他五湖四海经商立业，积聚了不少家财。我自己是在弗罗棱萨长大成人的，现在必须勤求上进，敦品力学，方才不致辱没家声。所以，特拉尼奥，我想把我的时间用在研究哲学和做人的道理上，在修身养志的工夫里寻求我的乐趣，因为我离开披萨，来到帕度亚，就像一个人从清浅的池沼里踊身到汪洋大海中，希望满足他的焦渴一样。你的意思怎样？

特拉尼奥　恕我冒昧，好少爷，我对这一切的想法都和您一样；您能够立志在哲学里寻求至道妙理，使我听了非常高兴；可是少爷，我们一方面向慕着仁义道德，一方面却也不要板起一副不近人情的道学面孔，不要因为一味服膺亚理斯多德的箴言，而把奥维德的爱经深恶痛绝。您在相识的面前，不妨运用逻辑和他们滔滔雄辩；日常谈话的中间，也可以练习练习修辞学；音乐和诗歌可以开启您的心灵；您要是胃口好的时候，研究研究数学和形而上学也未始不可。学问必须合乎自己的兴趣，方才可以得益，所以，少爷，您尽管拣您最喜欢的东西研究吧。

路森修　特拉尼奥，你这番话说得非常有理。等比昂台罗来了，我们就可以去找一个适当的寓所，将来有什么朋友也可以在那里招待招待。且慢，那边来的是些什么人？

特拉尼奥　少爷，大概这里的人知道我们来了，所以要演一场戏给我们看，表示他们的欢迎。

　　　　巴普提斯塔、凯瑟丽娜、比恩卡、葛莱米奥、霍坦西奥同上。路森修及特拉尼奥避立一旁。

巴普提斯塔　两位先生，你们不必向我多说，因为你们知道我的意思是非常坚决的。我必须先让我的大女儿有了丈夫以后，方才可以把小女儿出嫁。你们两位中间倘有哪一位喜欢凯瑟丽娜，那么你们两位都是熟人，我也很敬重你们，我一定答应你们向她求婚。

葛莱米奥　求婚？哼，还不如送她上囚车；我可吃她不消。霍坦西奥，你娶了她吧。

凯瑟丽娜　（向巴普提斯塔）爸爸，你是不是要让我给这两个臭男人取笑？

霍坦西奥　姑娘，您放心吧，像您这样厉害的女人，无论哪个臭男人都会给您吓走的。

凯瑟丽娜　先生，你也放心吧，她是不愿嫁给你的；可是她要是嫁了你,她会用三只脚的凳子打破你的鼻头,把你涂成花脸叫人笑话的。

霍坦西奥　求上帝保佑我们逃过这种灾难!

葛莱米奥　阿门!

特拉尼奥　少爷,咱们有好戏看了。那个女人倘不是个疯子,倒泼辣得可以。

路森修　可是还有那一位不声不响的姑娘,却很贞静幽娴。别说话了,特拉尼奥!

特拉尼奥　很好,少爷,咱们闭住嘴看个饱。

巴普提斯塔　两位先生,我刚才说过的话决不失信,——比恩卡,你进去吧;你不要懊恼,好比恩卡,爸爸疼你,我的好孩子。

凯瑟丽娜　好心肝,好宝贝!她要是机灵的话,还是自己拿手指捅捅眼睛,回去哭一场吧。

比恩卡　姊姊,你尽管看着我的懊恼而高兴吧。爸爸,我一切都听您的主张,我可以在家里看看书,玩玩乐器解闷。

路森修　特拉尼奥,你听!好一个贤淑的姑娘!

霍坦西奥　巴普提斯塔先生,您为什么一定这样固执?我们本来是一片好意,不料反而害得比恩卡小姐心里不快乐,真是抱歉得很。

葛莱米奥　巴普提斯塔先生,您难道要她代人受过,因为您那位大令嫒的悍声四播,而把她终身禁锢吗?

巴普提斯塔　请你们不要见怪,我已经这样决定了。比恩卡,进去吧。(比恩卡下)我知道她喜欢音乐诗歌,正想请一位教师在家教授。霍坦西奥先生,葛莱米奥先生,你们要是知道有这样适当的人才,请介绍他到这儿来;我因为希望我的孩子们得到良好的教育,对于有才学的人是竭诚欢迎的。再会,两位先生。凯瑟丽娜,你可以在这儿多玩一会儿;我还要去跟比恩卡说两句话。(下。)

凯瑟丽娜　什么,难道我就不可以进去?难道我就得听人家安排时间,仿佛自己连要什么不要什么都不知道吗?哼!(下。)

葛莱米奥　你到魔鬼的老娘那里去吧!你的盛情没有人敢领教,谁也不会留住你的。霍坦西奥先生,女人的爱也不是大不了的事,现在你我同病相怜,大家还是回去自认晦气,把这段痴情斩断了吧。可是为了我对于可爱的比恩卡的爱慕,要是我能够找到一个可以教授她功课的人,我一定要把他介绍给她的父亲。

霍坦西奥　葛莱米奥先生,我也是这样的意思。可是我说我们两人虽然站在互相敌对的立场,然而为了共同的利害,在一件事情上我们应当携手合作,否则恐怕我们就是再要为了比恩卡的爱而成为情敌的机会也没有了。

葛莱米奥　愿闻其详。

霍坦西奥　简简单单一句话,给她的姊姊找一个丈夫。

葛莱米奥　找个丈夫!还是找个魔鬼给她吧。

霍坦西奥　我说,给她找个丈夫。

葛莱米奥　我说给她找个魔鬼。霍坦西奥,虽然她的父亲那么有钱,你以为竟有那样一个傻子,愿意娶个活阎罗供在家里吗?

霍坦西奥　嘿,葛莱米奥!我们虽然受不了她那种打骂吵闹,可是世上尽有胃口好的人,看在金钱面上,会把她当作活菩萨一样迎了去的。

葛莱米奥　那我可不知道。可是我要是贪图她的嫁奁,我宁愿每天给人绑在柱子上抽一顿鞭子,作为娶她回去的交换条件。

霍坦西奥　正像人家说的,两只坏苹果之间,没有什么选择。可是这一条禁令既然已经使我们两人成为朋友,那么让我们的交情暂时继续下去,直到我们帮助巴普提斯塔把他的大女儿嫁出去,让他的小女儿也有了嫁人的机会以后,再做起敌人来吧。可爱的比恩卡!不知道哪一个幸运儿捷足先登!葛莱米奥先生,你说怎样?

葛莱米奥　我很赞成。要是能够找到那么一个人,我愿意把帕度亚最好的马送给他,让他立刻前去求婚,赶快和她结婚睡觉,把她早早带走。我们走吧。(葛莱米奥、霍坦西奥同下。)

特拉尼奥　少爷,请您告诉我,难道爱情会这么快就把一个人征服吗?

路森修　啊,特拉尼奥!倘不是我自己今天亲身经历,我决不相信这样的事是可能的。当我在这儿闲望着他们的时候,我却在无意中感到了爱情的力量。特拉尼奥,你是我的心腹,正像安娜是她姐姐迦太基女王狄多的心腹一样,我坦白向你招认了吧,要是我不能娶这位年轻的贞淑的姑娘做妻子,我一定会被爱情燃烧得憔悴而死的。给我想想法子吧,特拉尼奥,我知道你一定能够也一定肯帮助我的。

特拉尼奥　少爷,我现在也不能责怪您,因为爱情进了人的心里,是打骂不走的。它既然到了您的身上,就会占有您的一切。您既然已经爱上了,事情就只好如此,唯一的途径是想个最便宜的方法如愿以偿。

路森修　谢谢你,再说下去吧。你的话很有道理,句句说中我的心意。

特拉尼奥　少爷,您那样出神地望着这位姑娘,恐怕没有注意到最重要的一点。

路森修　不,我没有把它忽略过去;我看见她那秀美的容颜,就是天神看见了她,也会向她屈膝长跪,请求她准许他吻一吻她的纤手的。

特拉尼奥　此外您没有注意到什么吗?您没有听见她那姊姊怎样破口骂人,大大地闹了一场,把人家耳朵都嚷聋了吗?

路森修　特拉尼奥,我看见她的樱唇微启,她嘴里吐出的气息,把空气都熏得充满了麝兰的香味。我看见她的一切都是圣洁而美妙的。

特拉尼奥　他已经着了迷了,我必须把他叫醒。少爷,请您醒醒吧;您要是爱这姑娘,就该想法把她弄到手里。事情是这样的:她的姊姊是个泼辣凶悍的女子,除非她的父亲先把她姊姊嫁出去,那么少爷,您的爱人只好待在家里做个老处女;他因为不愿让那些求婚的人向她麻烦,所以已经把她关起来不让她出来了。

路森修　啊,特拉尼奥!他真是个狠心的父亲!可是你没有听说他正在留心为她访寻一个好教师吗?

特拉尼奥　是的,少爷,我正在这上面想法子呢。

路森修　我有了计策了,特拉尼奥。

特拉尼奥　妙极了,也许我们不谋而合。

路森修　你先说吧。

特拉尼奥　我知道您想去做她的教书先生。

路森修　是啊,你看这件事可做得到?

特拉尼奥　做不到;您去做了教书先生,有谁替您在这儿帕度亚充当文森修的公子？有谁可以替您主持家务，研究学问，招待朋友，访问邻里，宴请宾客？

路森修　不要紧，我已经仔细想过了。我们初到此地，还不曾到什么人家里去过，人家也不认识我们两人谁是主人谁是仆人，所以我想这样：你就顶替我的名字，代我主持家务，指挥仆人；我自己改名换姓，扮做一个从弗罗棱萨、那不勒斯或是比萨来的穷苦书生。就这么办吧。特拉尼奥，你快快脱下衣服，戴上我的华贵的帽子，披上我的外套。等比昂台罗来了，就叫他侍候你；可是我还要先嘱咐他说话小心些。

（二人交换服装。）

特拉尼奥　那是很必要的。少爷，既然这是您的意思，我也只好从命，因为在我们临走的时候，老爷曾经吩咐过我，"你要听少爷的话，用心做事。"虽然我想他未必想到会有今天的情形；可是因为我敬爱路森修，所以我愿意自己变成路森修。

路森修　很好，特拉尼奥，因为路森修正在恋爱着一个人。她那惊鸿似的一面，已经摄去了我的魂魄；为了博取她的芳心，我甘心做一个奴隶。这狗才来了。

比昂台罗上。

路森修　喂，你到什么地方去了？

比昂台罗　我到什么地方去了！咦，怎么，您在什么地方？少爷，是特拉尼奥把您的衣服偷了呢，还是您把他的衣服偷了？还是两个人你偷我的我偷你的？究竟是怎么一回事呀？

路森修　你过来，我对你说，现在不是说笑话的时候，你好好听我的话。我上岸以后，因为跟人家吵架，杀死了一个人，恐怕被人看见,所以叫特拉尼奥穿上我的衣服,假扮做我的样子,我自己穿了他的衣服逃走。为了保全性命,我只好离开你们,你要好好侍候他,就像侍候我自己一样,你懂了吗?

比昂台罗　少爷,我一点都不懂!

路森修　你嘴里不许说出一声特拉尼奥来,特拉尼奥已经变成路森修了。

比昂台罗　算他运气,我也这样变一变就好了!

特拉尼奥　我更希望路森修能够得到巴普提斯塔的小女儿。可是我要劝你无论在什么人面前,都要规规矩矩,在私下我是特拉尼奥,当着人我就是你的主人路森修;这并不是我要在你面前摆什么架子,我只是为少爷的好处着想。

路森修　特拉尼奥,我们去吧。我还要你做一件事,你也必须去做一个求婚的人,你不必问为什么,总之我自有道理。

(同下。)

　　　　舞台上方观剧者的谈话。

仆　甲　老爷,您在瞌睡了,您没有听戏吗?

斯　赖　不,我在听着。好戏好戏,下面还有吗?

小　童　还刚开始呢,夫君。

斯　赖　是一本非常的杰作,夫人;我希望它快些完结!(继续看戏。)

第二场　同前。霍坦西奥家门前

　　　　彼特鲁乔及葛鲁米奥上。

彼特鲁乔　我暂时离开了维洛那,到帕度亚来访问朋友,尤其要看看我的好朋友霍坦西奥;他的家大概就在这里,葛鲁米奥……上去,打。

葛鲁米奥　打,老爷! 叫我打谁? 有谁冒犯您了吗?

彼特鲁乔　混蛋,我说向这儿打,好好地给我打。

葛鲁米奥　好好地给您打,老爷! 哎哟,老爷,小人哪里有这胆量,敢向您这儿打?

彼特鲁乔　混蛋,我说给我打门,给我使劲儿打,不然我就要打你几个耳光。

葛鲁米奥　主人又闹脾气了。您叫我先打您,就为的是让我事后领略谁尝的苦处更多。

彼特鲁乔　你还不听吗? 你要不肯打,我就敲敲看,我倒要敲敲你这面锣,看到底有多响。(揪葛鲁米奥耳朵。)

葛鲁米奥　救人,列位乡亲们,救人! 我主人疯了。

彼特鲁乔　我叫你打你就打,混账东西。

　　　霍坦西奥上。

霍坦西奥　啊,我道是谁,原来是我的老朋友葛鲁米奥! 还有我的好朋友彼特鲁乔! 你们在维洛那都好?

彼特鲁乔　霍坦西奥先生,你是来劝架的吗? 真是得瞻尊颜,三生有幸。

霍坦西奥　光临敝舍,蓬荜生辉,可敬的彼特鲁乔先生,起来吧,葛鲁米奥,起来吧,我叫你们两人言归于好。

葛鲁米奥　哼,他咬文嚼字地说些什么都没关系,老爷。就是按法律,我这回也有理由辞掉不干了。您知道吗,老爷? 他叫我打他,使劲地打他,老爷。可是,仆人哪里有这样欺侮主人的呢,虽然他糊里糊涂,也总是二十来岁的大个子了。我倒恨不得当初真老实打他几下,这会儿就不会吃这个苦头了。

彼特鲁乔　没脑筋的混蛋。霍坦西奥,我叫他上去打门,可是死说活说他也不肯。

葛鲁米奥　打门?我的老天爷呀!您不是明明说:"狗才,向这儿打,向这儿敲,好好地给我打,使劲地给我打"吗?这会儿又说起"打门"来了吗?

彼特鲁乔　狗才,听我告诉你,滚蛋,要不然趁早住口。

霍坦西奥　彼特鲁乔,别生气。我可以给葛鲁米奥担保,你这个葛鲁米奥是一个服侍你多年的仆人,忠实可靠,很有风趣。刚才的事完全是出于误会。可是,告诉我,好朋友,是哪一阵好风把你们从维洛那吹到帕度亚来了?

彼特鲁乔　因为年轻人倘不在外面走走,老是待在家里,孤陋寡闻,终非长策,所以风才把我吹到这儿来了。不瞒你说,霍坦西奥,家父安东尼奥已经不幸去世,所以我才到这异乡客地,想要物色一位妻房,成家立业;我袋里有的是钱,家里有的是财产,闲着没事,出来见见世面也好。

霍坦西奥　彼特鲁乔,你既然想娶一个妻子,我倒想起一个人来了;可惜她脾气太坏,又长得难看,我想你一定不会中意;不过我可以向你保证她很有钱;可是因为你是我的好朋友,我还是不要把她介绍给你的好。

彼特鲁乔　霍坦西奥,咱们是知己朋友,用不着多说废话。如果你真认识什么女人,财富多到足以作彼特鲁乔的妻子,那么既然我的求婚主要是为了钱,无论她怎样淫贱老丑,泼辣凶悍,我都一样欢迎;尽管她的性子暴躁得像起着风浪的怒海,也不能影响我对她的好感,只要她的嫁奁丰盛,我就心满意足了。

葛鲁米奥　霍坦西奥大爷,你听,他说的都是老老实实的真心话，只要有钱，就是把一个木人泥偶给他做妻子他也要；倘然她是一个满嘴牙齿落得一个不剩的老太婆，浑身病痛有五十二匹马合起来那么多，他也满不在乎，可就是得有钱。

霍坦西奥　彼特鲁乔，我们既然已经谈起了这件事，那么我要老实告诉你，我刚才说的话，一半是笑话。彼特鲁乔，我可以帮助你娶到一位妻子，又有钱，又年轻，又美貌，而且还受过良好的教育；她就是有一个很大的缺点，脾气非常之坏，撒起泼来，谁也吃她不消，即使我是个身无立锥之地的穷光蛋，她愿意倒贴一座金矿嫁给我，我也要敬谢不敏的。

彼特鲁乔　算了吧，霍坦西奥，你可不知道金钱的好处哩。我只要你告诉我她父亲的名字就够了。尽管她骂起人来像秋天的雷鸣一样震耳欲聋，我也要把她娶了回去。

霍坦西奥　她的父亲是巴普提斯塔·米诺拉，是一位彬彬有礼的绅士；她的名字叫做凯瑟丽娜·米诺拉，在帕度亚以善于骂人出名。

彼特鲁乔　我虽然不认识她，可是我认识她的父亲，他和先父也是老朋友。霍坦西奥，我要是不见她一面，我会睡不着觉的，所以我要请你恕我无礼，匆匆相会，又要向你告别了。要是你愿意陪着我去，那可再好没有了。

葛鲁米奥　霍坦西奥大爷，您让他趁着这股兴致就去吧。说句老实话，她要是也像我一样了解他，她就会明白对于像他这样的人，骂死也是白骂。她也许会骂他一二十声死人杀千刀，可是那算得了什么，他要是开口骂起人来，说不定就会亮家伙。我告诉您吧，她要是顶撞了他，他会随手给她一下子，把她眼睛堵死，什么都看不见。您还没有知道他呢。

霍坦西奥　等一等，彼特鲁乔，我要跟你同去。因为在巴普提斯塔手里还有一颗无价的明珠,他的美丽的小女儿比恩卡,她是我生命中最珍贵的东西,可是巴普提斯塔却把她保管得非常严密,不让向她求婚的人们有亲近她的机会。他恐怕凯瑟丽娜有了我刚才说过的那种缺点,没有人愿意向她求婚,所以一定要让凯瑟丽娜这泼妇嫁了人以后,方才允许人家向比恩卡提起亲事。

葛鲁米奥　凯瑟丽娜这泼妇!一个姑娘家,什么头衔不好,一定要加上这么一个头衔!

霍坦西奥　彼特鲁乔,我的好朋友,现在我要请求你一件事。我想换上一身朴素的服装,扮成一个教书先生的样子,请你把我举荐给巴普提斯塔,就说我精通音律,可以做比恩卡的教师。我用了这个计策,就可以有机会向她当面求爱,不至于引起人家的疑心了。

葛鲁米奥　好狡猾的计策!瞧,现在这班年轻人瞒着老年人干的好事!

　　　葛莱米奥、路森修化装挟书上。

葛鲁米奥　大爷,大爷,您瞧谁来啦?

霍坦西奥　别闹,葛鲁米奥!这是我的情敌。彼特鲁乔,我们站到旁边去。

葛鲁米奥　好一个卖弄风流的哥儿!

葛莱米奥　啊,很好,我已经看过那张书单了。听着,先生。我就去叫人把它们精工装订起来;必需注意每一本都是讲恋爱的,其他什么书籍都不要教她念。你懂得我的意思吗?巴普提斯塔先生给你的待遇当然不会错的,就是我也还要给你一份谢礼哩。把这张纸也带去。我还要叫人把这些书熏得香喷喷的,因为她自己比任何香料都要芬芳。你预备读些什么东西给她听?

路森修　我无论向她读些什么,都是代您申诉您的心曲,就像您自己在她面前一样;而且也许我所用的字句,比您自己所用的更为适当,也未可知,除非您也是一个读书人,先生。

葛莱米奥　啊,学问真是好东西!

葛鲁米奥　啊,这家伙真是傻瓜!

彼特鲁乔　闭嘴,狗才!

霍坦西奥　葛鲁米奥,不要多话。葛莱米奥先生,您好!

葛莱米奥　咱们遇见得巧极了,霍坦西奥先生。您知道我现在到什么地方去吗?我是到巴普提斯塔他家里去的。我答应他替比恩卡留心访寻一位教师,算我运气,找到了这位年轻人,他的学问品行,都可以说得过去,他读过不少诗书,而且都是很好的诗书哩。

霍坦西奥　那好极了。我也碰到一位朋友,他答应替我找一位很好的声乐家来教她音乐,我对于我那心爱的比恩卡总算也尽了责任了。

葛莱米奥　我可以用我的行为证明,比恩卡是我心爱的人。

葛鲁米奥　他也可以用他的钱袋证明。

霍坦西奥　葛莱米奥,现在不是我们争风吃醋的时候,你要是对我客客气气,我可以告诉你一个好消息,对于我们两人都是一样有好处的。这位朋友我刚才偶然遇到,他已经答应愿意去向那泼妇凯瑟丽娜求婚,而且只要她的嫁奁丰盛,他就可以和她结婚。

葛莱米奥　这当然很好,可是霍坦西奥,你有没有把她的缺点告诉他?

彼特鲁乔　我知道她是一个喜欢吵吵闹闹的长舌妇,倘然她只有这一点毛病,那我以为没有什么要紧。

葛莱米奥　你说没有什么要紧吗,朋友?请教贵乡?

彼特鲁乔　舍间是维洛那,已故的安东尼奥就是家父。我因为遗产颇堪温饱,所以很想尽情玩玩,过些痛痛快快的日子。

葛莱米奥　啊,你要过痛快的日子,却去找这样一位妻子,真是奇怪!可是你要是真有那样的胃口,那么我是非常赞成你去试一试的,但凡有可以效劳之处,请老兄尽管吩咐好了。可是你真的要向这头野猫求婚吗?

彼特鲁乔　那还用得着问吗?

葛鲁米奥　他要不向她求婚,我就把她绞死。

彼特鲁乔　我倘不是为了这一件事情,何必到这儿来?你们以为一点点的吵闹,就可以使我掩耳退却吗?难道我不曾听见过狮子的怒吼?难道我不曾听见过海上的狂风暴浪,像一头疯狂的巨熊一样咆哮?难道我不曾听见过战场上的炮轰,天空中的霹雳?难道我不曾在白刃相交的激战中,听见过震天的杀声,万马的嘶奔,金鼓的雷鸣?你们现在却向我诉说女人的口舌如何可怕;就是把一枚栗子丢在火里,那爆声也要比它响得多哩。嘿,你们想捉了个跳蚤来吓小孩子吗?

葛鲁米奥　反正他是不害怕的。

葛莱米奥　霍坦西奥,这位朋友既然不以为意,那就再好也没有了,他自己既然人财两得,而且也帮了我们很大的忙。

霍坦西奥　他所需要的一切求婚费用,就归我们两个人共同担负吧。

葛莱米奥　很好,只要他能够娶她回去。

葛鲁米奥　只要我能够吃饱肚皮。

313

　　　　　　特拉尼奥盛装偕比昂台罗上。

特拉尼奥　列位先生请了！我要大胆借问一声,到巴普提斯塔·米诺拉先生家里去打哪一条路走最近?

比昂台罗　您说的就是有两位漂亮小姐的那位老先生吗?

特拉尼奥　就是他,比昂台罗。

葛莱米奥　先生,您说的不就是她——

特拉尼奥　也许是他,也许是她,这和你有什么相干?

彼特鲁乔　大概不是爱骂人的那个她吧?

特拉尼奥　先生,我不爱骂人的人。比昂台罗,我们走吧。

路森修　(旁白)特拉尼奥,你装扮得很好。

霍坦西奥　先生,请您慢走一步。请问您也是要去向您刚才说起的那位小姐求婚的吗?

特拉尼奥　假如我是去求婚的,那不会有什么罪吧?

葛莱米奥　只要你乖乖地给我回去,那就什么事都没有。

特拉尼奥　咦,我倒要请问,官塘大路,你走得我走不得?

葛莱米奥　她可不用你多费心。

特拉尼奥　这是什么理由?

葛莱米奥　告诉你吧,因为她是葛莱米奥大爷的爱人。

霍坦西奥　因为她是霍坦西奥大爷的意中人。

特拉尼奥　两位先生少安毋躁,你们倘然都是通达事理的君子,请听我说句话儿。巴普提斯塔是一位有名望的绅士,我的父亲和他也是素识,他的女儿就是再美十倍,也应该有比现在更多十倍的男子向她求婚,为什么我就不能在其中参加一份呢?勒达①的美貌的女儿有一千个求婚者,那么美貌

---

① 勒达(Leda),古代斯巴达王后,宙斯与之通而生海伦。

的比恩卡为什么不能在她原有的求婚者之外,再加上一个呢？虽然帕里斯希望鳌头独占,路森修却也要参加这一场竞赛。

葛莱米奥　啊,这个人的口才会把我们全都压倒哩。

路森修　让他试试身手吧,我知道他会临阵怯退的。

彼特鲁乔　霍坦西奥,你们这样尽说废话,有什么意思？

霍坦西奥　请问尊驾有没有见过巴普提斯塔的女儿？

特拉尼奥　没有,可是我听说他有两个女儿,大的那个是出名的泼辣,小的那个是出名的美貌温文。

彼特鲁乔　诸位,那个大的已经被我定下了,你们不用提她。

葛莱米奥　对了,这一份艰巨的工作,还是让我们伟大的英雄去独力进行吧。

彼特鲁乔　新来的朋友,让我告诉你,你听人家说起的那个小女儿,被她的父亲看管得非常严紧,在他的大女儿没有嫁人以前,他拒绝任何人向他的小女儿求婚,也不愿意把她许嫁给任何人。

特拉尼奥　这样说来,那么我们都要仰仗尊驾的大力,就是小弟也要沾您老兄的光了。您要是能够娶到他的大女儿,给我们开辟出一条路来,好让我们有机会争取他的小女儿,无论这一场幸运落在哪一个人身上,对您老兄总是一样终生感激的。

霍坦西奥　您说得有理,既然您说您自己也是一个求婚者,那么您对于这位朋友也该给他一些酬报才是,因为我们大家都是一样仰赖着他。

特拉尼奥　这没有问题,为了表示我的诚意,我想就在今天下午,请在场各位,大家在一块儿欢宴一次,恭祝我们共同的爱人的健康。我们应该像法庭上打官司的律师,在竞争的时候是冤家对头,在吃吃喝喝的时候还是像好朋友一样。

葛鲁米奥
比昂台罗　　妙极妙极！咱们大家走吧。

霍坦西奥　这建议果然很好,就这样决定吧。彼特鲁乔,让我来给你洗尘,款待款待你。(同下。)

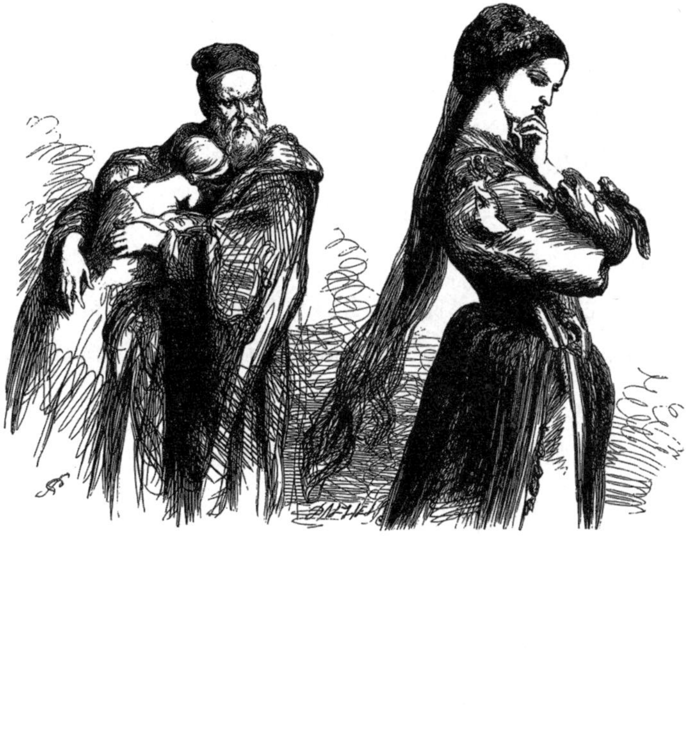

第 二 幕

第一场　帕度亚。巴普提斯塔家中一室

　　凯瑟丽娜及比恩卡上。

比恩卡　好姊姊,我是你的亲妹妹,不要把我当作婢子奴才一样看待。你要是不喜欢我身上穿戴的东西,那么请你松开我手上的捆缚,我会自己把它们拿下来的;只要你吩咐我,我把裙子脱下来都可以;你要我怎么做,我就怎么做,因为你是姊姊,我是应该服从你的。

凯瑟丽娜　那么我要问你,在那些向你求婚的男人中间,你最爱哪一个?你可不许说谎。

比恩卡　相信我,姊姊,在一切男子中间,我到现在还没有遇到一个特别中我心意的人。

凯瑟丽娜　丫头,你说谎!是不是霍坦西奥?

比恩卡　姊姊,你要是喜欢他,我可以发誓我一定竭力帮助你得到他。

凯瑟丽娜　噢,那么你大概希望嫁到一个比霍坦西奥更有钱的人;你要葛莱米奥把你终生供养吗?

比恩卡　你是为了他才这样恨我吗?不,你是说着玩的;我现在

知道了,你刚才的话原来都是说着玩的。凯德好姊姊,请你松开我的手吧。

凯瑟丽娜　你说我说着玩,我就打着你玩。(打比恩卡。)

　　　　　巴普提斯塔上。

巴普提斯塔　怎么,怎么,这丫头!又在撒泼吗?比恩卡,你站开些。可怜的孩子!你看,她给你欺侮得哭起来了。你去做你的针线活儿吧,别理她。你这恶鬼一样的贱人!她从来不曾惹过你,你怎么又欺侮她了?她什么时候顶撞过你一句?

凯瑟丽娜　她嘴里一声不响,心里却瞧不起我;我气不过,非叫她知道些厉害不可。(追比恩卡。)

巴普提斯塔　怎么,当着我的面你也敢这样放肆吗?比恩卡,你快进去。(比恩卡下。)

凯瑟丽娜　啊!你不让我打她吗?好,我知道了,她是你的宝贝,她一定要嫁个好丈夫;我就只好在她结婚的那一天光着脚跳舞,因为你偏爱她的缘故,我一辈子也嫁不出去,死了在地狱里也只能陪猴子玩。不要跟我说话,我要去找个地方坐下来痛哭一场。你看着吧,我总有一天要报仇的。(下。)

巴普提斯塔　世上还有比我更倒霉的父亲吗?可是谁来了?

　　　　　葛莱米奥率路森修作寒士装束、彼特鲁乔率霍坦西奥化装乐师、特拉尼奥率比昂台罗携七弦琴及书籍各上。

葛莱米奥　早安,巴普提斯塔先生!

巴普提斯塔　早安,葛莱米奥先生!各位先生,你们都好?

彼特鲁乔　您好,老先生。请问,您不是有一位美貌贤德的令嫒名叫凯瑟丽娜吗?

巴普提斯塔　先生,我有一个小女名叫凯瑟丽娜。

葛莱米奥　你说话太莽撞了,要慢慢地说到题目上去。

彼特鲁乔　葛莱米奥先生,请你不用管我。巴普提斯塔先生,我是从维洛那来的一个绅士,因为久闻令嫒美貌多才,端庄贤淑,品格出众,举止温柔,所以不揣冒昧,到府上来做一个不速之客,瞻仰瞻仰这位心仪已久的绝世佳人。为了表示我的寸心起见,我特地介绍这位朋友给您,(介绍霍坦西奥)他熟谙音律,精通数理,可以担任令嫒的教师,我知道她对于这两门功课一定研究有素。您要是不嫌弃我,就请把他收留下来;他的名字叫里西奥,是曼多亚人。

巴普提斯塔　你们两位我都一样欢迎。可是说起小女凯瑟丽娜,我实在非常抱歉,她是仰攀不上您这样的一位人物的。

彼特鲁乔　看来您是疼惜令嫒,不愿把她遣嫁,否则就是您对我这个人不大满意。

巴普提斯塔　哪里的话,我说的是实在情形。请问贵乡何处,尊姓大名?

彼特鲁乔　贱名是彼特鲁乔,安东尼奥是我的先父,他在意大利是很有一点名望的。

巴普提斯塔　我跟他是很熟的,您原来就是他的贤郎,欢迎欢迎!

葛莱米奥　彼特鲁乔,不要尽管一个人说话,让我们也说几句吧;退后一步,你真太自鸣得意啦。

彼特鲁乔　啊,对不起,葛莱米奥先生,我也巴不得把事情早点讲妥呢。

葛莱米奥　我相信你一定会成功,可是以后你要是后悔今天不该来此求婚,可不要抱怨别人。巴普提斯塔先生,我相信您一定很乐意接受他这份礼物;我因为平常多蒙您另眼相看,十分厚待,所以也要同样地为您效劳,现在特地把这位青年学士介绍给您。(介绍路森修)他曾经在里姆留学多年,对于希腊文、拉丁文以及其他各国语言,都非常精通,不下于那位先生对音乐和数学的造诣。他的名字叫堪比奥,请您准许他在您这儿服务吧。

巴普提斯塔　我非常感谢您的好意,葛莱米奥先生;堪比奥,我很欢迎你。(向特拉尼奥)可是这位先生好像是从外省来的,恕我冒昧,请问尊驾来此有何贵干?

特拉尼奥　巴普提斯塔先生,我才要请您多多原谅呢,因为我初到贵地,居然敢大胆前来,向您美貌贤德的令媛比恩卡小姐求婚,实在是冒昧万分。我也知道您的意思是要先给您那位大令媛许配了婚姻,然后再谈其他,所以我现在唯一的请求,是希望您在知道我的家世以后,能够给我一个和其他各位求婚者同等的机会。这一件不值钱的乐器,和这一包希腊文和拉丁文的书籍,是奉献给两位女公子的一点小小礼物,您要是不嫌菲薄,受纳下来,那就是我莫大的荣幸了。

巴普提斯塔　台甫是路森修,请问府上在什么地方?

特拉尼奥　敝乡是比萨,文森修就是家严。

巴普提斯塔　啊,他是比萨地方数一数二的人物,我闻名已久,您就是他的令郎,欢迎欢迎!(向霍坦西奥)你把这琴拿了,(向路森修)你把这几本书拿了,我就叫人领你们去见你们的学生。喂,来人!

　　　一仆人上。

巴普提斯塔　你把这两位先生领去见大小姐二小姐,对她们说这两位就是来教她们的先生,叫她们千万不可怠慢。(仆人领霍坦西奥、路森修下）诸位，我们现在先到花园里散一会儿步，然后吃饭。你们都是难得的佳宾，请你们相信我是诚心欢迎你们的。

彼特鲁乔　巴普提斯塔先生，我事情很忙，不能每天到府上来求婚。您知道我父亲的为人，您也可以根据我父亲的为人，推测到我这个人是不是靠得住！他去世以后，全部田地产业都已归我承继下来，我自己亲手也挣下了一些家产。现在我要请您告诉我，要是我得到了令媛的垂青，您愿意拨给她怎样一份嫁奁？

巴普提斯塔　我死了以后，我的田地的一半都给她，另外再给她二万个克朗。

彼特鲁乔　很好，您既然答应了我这样一份嫁奁，我也可以向她保证要是我比她先死，我的一切田地产业都归她所有。我们现在就把契约订好，双方各执一份为凭吧。

巴普提斯塔　好的，可是最要紧的，还是先去把她的爱求到了再说。

彼特鲁乔　啊，那算得了什么难事！告诉您吧，老伯，她固然脾气高傲，我也是天性刚强；两股烈火遇在一起，就把怒气在燃料上消磨净尽了。一星星的火花，虽然会被微风吹成烈焰，可是一阵拔山倒海的飓风，却可以把大火吹熄；我对她就是这样，她见了我一定会屈服的，因为我是个性格暴躁的人，我不会像小孩子一样谈情说爱。

巴普提斯塔　那么很好，愿你马到成功！可是你要准备着听几句刺耳的话呢。

彼特鲁乔　那我也有恃无恐，尽管狂风吹个不停，山岳是始终屹立不动的。

霍坦西奥头破血流上。

巴普提斯塔　怎么,我的朋友!你怎么这样面无人色?

霍坦西奥　我是吓成这个样子的。

巴普提斯塔　怎么,我的女儿是不是一个可造之才?

霍坦西奥　我看令媛很可以当兵打仗去;只有铁链可以锁住她,我这琴儿是经不起她一敲的。

巴普提斯塔　难道她不能学会用琴吗?

霍坦西奥　不然,她用琴打人的手段十分高明。我不过告诉她她把音柱弄错了,按着她的手教她怎样弹奏,她就冒起火来,喊道:"你管这些玩意儿叫琴柱吗?好,我就筑你几下。"说着就砰的给我迎头一下子,琴给她敲通了,我的头颈也给琴套住了;我像一个戴枷的犯人一样站着发怔,一面她还骂我弹琴的无赖,沿街卖唱的叫化子,以及诸如此类的难听的话,好像她是有意要寻我的晦气。

彼特鲁乔　哎呀,好一个勇敢的姑娘!我现在更加十倍地爱她了。啊,我真想跟她谈谈天!

巴普提斯塔　(向霍坦西奥)好,你跟我去,请不要懊恼;你可以去教我的小女儿,她很愿意虚心学习,很懂得好歹。彼特鲁乔先生,您愿意陪我们一块儿走走呢,还是让我叫我的女儿凯德出来见您?

彼特鲁乔　有劳您去叫她出来吧,我就在这儿等着她。(巴普提斯塔、葛莱米奥、特拉尼奥、霍坦西奥等同下)等她来了,我要提起精神来向她求婚:要是她开口骂人,我就对她说她唱的歌儿像夜莺一样曼妙;要是她向我皱眉头,我就说她看上去像浴着朝露的玫瑰一样清丽;要是她默不作声,我就恭维她的能言善辩;要是她叫我滚蛋,我就向她道谢,好像她留我多住一个星期一样；要是她不愿意嫁给我,我就向她请问吉期。她已经来啦,彼特鲁乔,现在要看看你的本领了。

  凯瑟丽娜上。

彼特鲁乔　早安,凯德,我听说这是你的小名。

凯瑟丽娜　算你生着耳朵会听,可是我这名字是会刺痛你的耳朵的。人家提起我的时候,都叫我凯瑟丽娜。

彼特鲁乔　你骗我,你的名字就叫凯德,你是可爱的凯德,人家有时也叫你泼妇凯德;可是你是世上最美最美的凯德,凯德大厦的凯德,我最娇美的凯德,因为娇美的东西都该叫凯德。所以,凯德,我的心上的凯德,请你听我诉说:我因为到处听见人家称赞你的温柔贤德,传扬你的美貌娇姿,虽然他们嘴里说的话,还抵不过你实在的好处的一半,可是我的心却给他们打动了,所以特地前来向你求婚,请你答应嫁给我做妻子。

凯瑟丽娜　打动了你的心!哼!叫那打动你到这儿来的那家伙再打动你回去吧,我早知道你是个给人搬来搬去的东西。

彼特鲁乔　什么东西是给人搬来搬去的?

凯瑟丽娜　就像一张凳子一样。

彼特鲁乔　对了,来,坐在我的身上吧。

凯瑟丽娜　驴子是给人骑坐的,你也就是一头驴子。

彼特鲁乔　女人也是一样,你就是一个女人。

凯瑟丽娜　要想骑我,像尊驾那副模样可不行。

彼特鲁乔　好凯德,我不会叫你承担过多的重量,因为我知道你年纪轻轻——

凯瑟丽娜　要说轻,像你这样的家伙的确抓不住;要说重,我的分量也够瞧的。

彼特鲁乔　够瞧的！够——刁的。

凯瑟丽娜　叫你说着了,你就是个大笨雕。

彼特鲁乔　啊,我的小鸽子,让大雕捉住你好不好?

凯瑟丽娜　你拿我当驯良的鸽子吗?鸽子也会叼虫子哩。

彼特鲁乔　你火性这么大,就像一只黄蜂。

凯瑟丽娜　我倘然是黄蜂,那么留心我的刺吧。

彼特鲁乔　我就把你的刺拔下。

凯瑟丽娜　你知道它的刺在什么地方吗?

彼特鲁乔　谁不知道黄蜂的刺是在什么地方?在尾巴上。

凯瑟丽娜　在舌头上。

彼特鲁乔　在谁的舌头上?

凯瑟丽娜　你的,因为你话里带刺。好吧,再会。

彼特鲁乔　怎么,把我的舌头带在你尾巴上吗?别走,好凯德,我是个冠冕堂皇的绅士。

凯瑟丽娜　我倒要试试看。(打彼特鲁乔。)

彼特鲁乔　你再打我,我也要打你了。

凯瑟丽娜　绅士只动口,不动手。你要打我,你就算不了绅士,算不了绅士也就别冠冕堂皇了。

彼特鲁乔　你也懂得绅士的冠冕和章服吗,凯德?欣赏欣赏我吧!

凯瑟丽娜　你的冠冕是什么?鸡冠子?

彼特鲁乔　要是凯德肯作我的母鸡,我也宁愿作老实的公鸡。

凯瑟丽娜　我不要你这个公鸡;你叫得太像鹌鹑了。

彼特鲁乔　好了好了,凯德,请不要这样横眉怒目的。

凯瑟丽娜　我看见了丑东西,总是这样的。

彼特鲁乔　这里没有丑东西,你应当和颜悦色才是。

凯瑟丽娜　谁说没有?

彼特鲁乔　请你指给我看。

凯瑟丽娜　我要是有镜子,就可以指给你看。

彼特鲁乔　啊,你是说我的脸吗?

凯瑟丽娜　年轻轻的,识见倒很老成。

彼特鲁乔　凭圣乔治起誓,你会发现我是个年轻力壮的汉子。

凯瑟丽娜　哪里?你一脸皱纹。

彼特鲁乔　那是思虑过多的缘故。

凯瑟丽娜　你就思虑去吧。

彼特鲁乔　请听我说,凯德;你想这样走了可不行。

凯瑟丽娜　倘然我留在这儿,我会叫你讨一场大大的没趣的,还是放我走吧。

彼特鲁乔　不,一点也不,我觉得你是无比的温柔。人家说你很暴躁,很骄傲,性情十分乖僻,现在我才知道别人的话完全是假的,因为你是潇洒娇憨,和蔼谦恭,说起话来腼腼腆腆的,就像春天的花朵一样可爱。你不会颦眉蹙额,也不会斜着眼睛看人,更不会像那些性情嚣张的女人们一样咬着嘴唇;你不喜欢在谈话中间和别人顶撞,你款待求婚的男子,都是那么温和柔婉。为什么人家要说凯德走起路来有些跛呢?这些爱造谣言的家伙!凯德是像榛树的枝儿一样娉婷纤直的。啊,让我瞧瞧你走路的姿势吧,你那轻盈的步伐是多么醉人!

凯瑟丽娜　傻子,少说些疯话吧!去对你家里的下人们发号施令去。

彼特鲁乔　在树林里漫步的狄安娜女神,能够比得上在这间屋子里姗姗徐步的凯德吗?啊,让你做狄安娜女神,让她做凯德吧,你应当分给她几分贞洁,她应当分给你几分风流!
凯瑟丽娜　你这些好听的话是向谁学来的?
彼特鲁乔　我这些话都是不假思索,随口而出。
凯瑟丽娜　准是你妈妈口里的;你不过是个愚蠢学舌的儿子。
彼特鲁乔　我的话难道不是火热的吗?
凯瑟丽娜　勉强还算暖和。
彼特鲁乔　是啊,可爱的凯瑟丽娜,我正打算到你的床上去暖和暖和呢。闲话少说,让我老实告诉你,你的父亲已经答应把你嫁给我做妻子,你的嫁奁也已经议定了,你愿意也好,不愿意也好,我一定要和你结婚。凯德,我们两人是天造地设的一双佳偶,我真喜欢你,你是这样的美丽,你除了我之外,不能嫁给别人,因为我是天生下来要把你降伏的,我要把你从一个野性的凯德变成一个柔顺听话的贤妻良母。你的父亲来了,你不能不答应,我已经下了决心,一定要娶凯瑟丽娜做妻子。

　　巴普提斯塔、葛莱米奥及特拉尼奥重上。

巴普提斯塔　彼特鲁乔先生,您跟我的女儿谈得怎么样啦?
彼特鲁乔　难道还会不圆满吗?我知道我一定不会失败。
巴普提斯塔　啊,怎么,凯瑟丽娜我的女儿!你怎么不大高兴?
凯瑟丽娜　你还叫我女儿吗?你真是一个好父亲,要我嫁给一个疯疯癫癫的汉子,一个轻薄的恶少,一个胡说八道的家伙,他以为凭着几句疯话,就可以把事情硬干成功。
彼特鲁乔　老伯,事情是这样的:人家所讲的关于她的种种的话,都是错的,就是您自己也有些不大知道令媛的为人;她那些泼辣的样子,都是故意装出来的,其实她一点不倔强,却像鸽子一样地柔和,她一点不暴躁,却像黎明一样地安静,她的忍耐、她的贞洁,可以和古代的贤媛媲美;总而言之,我们彼此的意见十分融洽,我们已经决定在星期日举行婚礼了。

凯瑟丽娜　我要看你在星期日上吊!

葛莱米奥　彼特鲁乔,你听,她说她要看你在星期日上吊。

特拉尼奥　这就是你所夸耀的成功吗?看来我们的希望也都完了!

彼特鲁乔　两位不用着急,我自己选中了她,只要她满意,我也满意,不就行了吗?我们两人刚才已经约好,当着人的时候,她还是装做很泼辣的样子。我告诉你们吧,她那么爱我,简直不能叫人相信;啊,最多情的凯德!她挽住我的头颈,把我吻了又吻,一遍遍地发着盟誓,我在一霎眼间,就完全被她征服了。啊,你们都是不曾经历过恋爱妙谛的人,你们不知道男人女人私下在一起的时候,一个最不中用的懦夫也会使世间最凶悍的女人驯如绵羊。凯德,让我吻一吻你的手。我就要到威尼斯去购办结婚礼服去了。岳父,您可以预备酒席,宴请宾客了。我可以断定凯瑟丽娜在那天一定打扮得非常美丽。

巴普提斯塔　我不知道应当怎么说,可是把你们两人的手给我,彼特鲁乔,愿上帝赐您快乐!这门亲事算是定妥了。

葛莱米奥
特拉尼奥　阿门!我们愿意在场作证。

彼特鲁乔　岳父,贤妻,各位,再见了。我要到威尼斯去,星期日就在眼前了。我们要有很多的戒指,很多的东西,很好的陈设。凯德,吻我吧,我们星期日就要结婚了。(彼特鲁乔、凯瑟丽娜各下。)

葛莱米奥　有这样速成的婚姻吗？

巴普提斯塔　老实对两位说吧,我现在就像一个商人,因为货物急于出手,这注买卖究竟做得做不得,也在所不顾了。

特拉尼奥　这是一笔使你摇头的滞货,现在有人买了去,也许有利可得,也许人财两空。

巴普提斯塔　我也不希望什么好处,但愿他们婚后平安无事就是了。

葛莱米奥　他娶了这样一位夫人去,一定会家宅安宁的。可是巴普提斯塔先生,现在要谈到您的第二位令媛了,我们好容易才盼到这一天。你我是邻居素识,而且我是第一个来求婚的人。

特拉尼奥　可是我对于比恩卡的爱,是不能用言语来形容,也不是您所能想像得到的。

葛莱米奥　你是个后生小子,哪里会像我一样真心爱人。

特拉尼奥　瞧你胡须都斑白了,你的爱情是冰冻的。

葛莱米奥　你的爱情会把人烧坏。无知的小儿,退后去,你不懂得应该让长者居先的规矩吗？

特拉尼奥　可是在娘儿们的眼睛里,年轻人是格外讨人喜欢的。

巴普提斯塔　两位不必争执,让我给你们公平调处；我们必须根据实际的条件判定谁是锦标的得主。你们两人中谁能够答应给我的女儿更重的聘礼,谁就可以得到我的比恩卡的爱。葛莱米奥先生,您能够给她什么保证？

葛莱米奥　第一,您知道我在城里有一所房子,陈设着许多金银器皿,金盆玉壶给她洗纤纤的嫩手,室内的帷幕都用古代的锦绣制成,象牙的箱子里满藏着金币,杉木的橱里堆垒着锦毡绣帐、绸缎绫罗、美衣华服、珍珠镶嵌的绒垫、金线织成的流苏以及铜锡用具，一切应用的东西。在我的田庄里，我还有一百头乳牛，一百二十头公牛，此外的一切可以依此类推。我必须承认我自己已经上了几岁年纪，要是我明天死了，这一切都是她的，只要当我活着的时候，她愿意做我一个人的妻子。

特拉尼奥　这"一个人"三个字加得很妙！巴普提斯塔先生，请您听我说：我父亲只有我一个儿子，我是他唯一的后嗣，令嫒倘然嫁给了我，我可以把我在比萨城内三四所像这位葛莱米奥老先生所有的一样好的房子归在她的名下，此外还有田地上每年两千块金圆的收入，都给她作为我死后的她的终身的产业。葛莱米奥先生，您听了我的话很不舒服吗？

葛莱米奥　田地上每年两千块金圆的收入！我的田地都加起来也不值那么多，可是我除了把我所有的田地给她之外，还可以给她一艘大商船，现在它就在马赛的码头边停泊着。啊，你听我说起了一艘大商船，吓得说不出话来了吗？

特拉尼奥　葛莱米奥，你去打听打听，我的父亲有三艘大商船，还有两艘大划船，十二艘小划船，我可以把这些都划给她；你要是还有什么家私给她的话，我都可以加倍给她。

葛莱米奥　不，我的家私尽在于此，她可以得到我所有的一切。您要是认为满意的话，那么我和我的财产都是她的。

特拉尼奥　您已经有言在先，令嫒当然是属于我的。葛莱米奥已经给我压倒了。

巴普提斯塔　我必须承认您所答应的条件比他强，只要令尊能够亲自给她保证，她就可以嫁给您；否则恕我说句不客气的话，要是您比令尊先死，那么她的财产岂不是落了空？

特拉尼奥　那您可太多心了，他年纪已经老了，我还年轻得很哩。

葛莱米奥　难道年轻的人就不会死?

巴普提斯塔　好,两位先生,我已经这样决定了。你们知道下一个星期日是我的大女儿凯瑟丽娜的婚期;再下一个星期,就是比恩卡的婚期,您要是能够给她确实的保证,她就嫁给您,否则就嫁给葛莱米奥。多谢两位光临,现在我要失陪了。

葛莱米奥　再见,巴普提斯塔先生。(巴普提斯塔下)我可不把你放在心上,你这败家的浪子!你父亲除非是一个傻子,才肯把全部财产让你来挥霍,活到这一把年纪来受你的摆布。哼!一头意大利的老狐狸是不会这样慷慨的,我的孩子!(下。)

特拉尼奥　这该死的坏老头子!可是我刚才吹了那么大的牛,无非是想要成全我主人的好事,现在我这个冒牌的路森修,却必须去找一个冒牌的文森修来认做父亲。笑话年年有,今年分外多,人家都是先有父亲后有儿子,这回的婚事却是先有儿子后有父亲。(下。)

第 三 幕

第一场　帕度亚。巴普提斯塔家中一室

　　　　路森修、霍坦西奥及比恩卡上。

路森修　喂,弹琴的,你也太猴急了;难道你忘记了她的姊姊凯瑟丽娜是怎样欢迎你的吗?

霍坦西奥　谁要你这酸学究多嘴!音乐是使宇宙和谐的守护神,所以还是让我先去教她音乐吧;等我教完了一点钟,你也可以给她讲一点钟的书。

路森修　荒唐的驴子,你因为没有学问,所以不知道音乐的用处!它不是在一个人读书或是工作疲倦了以后,可以舒散舒散他的精神吗?所以你应当让我先去跟她讲解哲学,等我讲完了,你再奏你的音乐好了。

霍坦西奥　嘿,我可不能受你的气!

比恩卡　两位先生,先教音乐还是先念书,那要看我自己的高兴,你们这样争先恐后,未免太不成话了。我不是在学校里给先生打手心的小学生,我念书没有规定的钟点,自己喜欢学什么便学什么,你们何必这样子呢?大家不要吵,请坐下来;您把乐器预备好,您一面调整弦音,他一面给我讲书;等

您调好了音,他的书也一定讲完了。

霍坦西奥　好,等我把音调好以后,您可不要听他讲书了。(退坐一旁。)

路森修　你去调你的乐器吧,我看你永远是个不入调的。

比恩卡　我们上次讲到什么地方?

路森修　这儿,小姐:Hac ibat Simois; hic est Sigeia tellus; Hic steterat Priami regia celsa senis.①

比恩卡　请您解释给我听。

路森修　Hac ibat,我已经对你说过了,Simois,我是路森修,hic est,比萨地方文森修的儿子,Sigeia tellus,因为希望得到你的爱,所以化装来此;Hic steterat,冒充路森修来求婚的,Priami,是我的仆人特拉尼奥,regia,他假扮成我的样子,celsa senis,是为了哄骗那个老头子。

霍坦西奥　(回原处)小姐,我的乐器已经调好了。

比恩卡　您弹给我听吧。(霍坦西奥弹琴)哎呀,那高音部分怎么这样难听!

路森修　朋友,你吐一口唾沫在那琴眼里,再给我去重新调一下吧。

比恩卡　现在让我来解释解释看:Hac ibat Simois,我不认识你;hic est Sigeia tellus,我不相信你;Hic steterat Priami,当心被他听见;regia,不要太自信;celsa senis,不必灰心。

霍坦西奥　小姐,现在调好了。

路森修　只除了下面那个音。

---

① 拉丁文,引自奥维德的《书信集》(Epistolae),原文大意为:"这里流着西摩亚斯河,这里是西基亚平原;这里耸立着普里阿摩斯的雄伟的宫殿。"

霍坦西奥　说得很对;因为有个下流的混蛋在捣乱。我们的学究先生倒是满神气活现的!(旁白)这家伙一定在向我的爱人调情,我倒要格外注意他才好。

比恩卡　慢慢地我也许会相信你,可是现在我却不敢相信你。

路森修　请你不必疑心,埃阿西得斯就是埃阿斯,他是照他的祖父取名的。

比恩卡　你是我的先生,我必须相信你,否则我还要跟你辩论下去呢。里西奥,现在要轮到你啦。两位好先生,我跟你们随便说着玩的话,请不要见怪。

霍坦西奥　(向路森修)你可以到外面去走走,不要打搅我们,我这门音乐课用不着三部合奏。

路森修　你还有这样的讲究吗?(旁白)好,我就等着,我要留心观察他的行动,因为我相信我们这位大音乐家有点儿色迷迷起来了。

霍坦西奥　小姐,在您没有接触这乐器、开始学习手法以前,我必须先从基本方面教起,简简单单地把全部音阶向您讲述一个大概,您会知道我这教法要比人家的教法更有趣更简捷。我已经把它们写在这里。

比恩卡　音阶我早已学过了。

霍坦西奥　可是我还要请您读一读霍坦西奥的音阶。

比恩卡　(读)

　　　　G 是"度",你是一切和谐的基础,

　　　　A 是"累",霍坦西奥对你十分爱慕;

　　　　B 是"迷",比恩卡,他要娶你为妻,

　　　　C 是"发",他拿整个心儿爱着你;

　　　　D 是"索",也是"累",一个调门两个音,

E是"拉",也是"迷",可怜我一片痴心。

这算是什么音阶？哼,我可不喜欢那个。还是老法子好,这种稀奇古怪的玩意儿我不懂。

一仆人上。

仆　人　小姐,老爷请您不要读书了,叫您去帮助他们把大小姐的房间装饰装饰,因为明天就是大喜的日子了。

比恩卡　两位先生,我现在要少陪了。（比恩卡及仆人下。）

路森修　她已经去了,我还待在这儿干吗？（下。）

霍坦西奥　可是我却要仔细调查这个穷酸,我看他好像在害着相思。比恩卡,比恩卡,你要是甘心降尊纡贵,垂青到这样一个呆鸟身上,那么谁爱要你,谁就要你吧;如果你这样水性杨花,霍坦西奥也要和你一刀两断,另觅新欢了。（下。）

第二场　同前。巴普提斯塔家门前

巴普提斯塔、葛莱米奥、特拉尼奥、凯瑟丽娜、比恩卡、路森修及从仆等上。

巴普提斯塔　（向特拉尼奥）路森修先生,今天是定好彼特鲁乔和凯瑟丽娜结婚的日子,可是我那位贤婿到现在还没有消息。这成什么话呢？牧师等着为新夫妇证婚,新郎却不知去向,这不是笑话吗！路森修,您说这不是一桩丢脸的事吗？

凯瑟丽娜　谁也不丢脸,就是我一个人丢脸。你们不管我愿意不愿意,硬要我嫁给一个疯头疯脑的家伙,他求婚的时候那么性急,一到结婚的时候,却又这样慢腾腾了。我对你们说吧,他是一个疯子,他故意装出这一副穷形极相来开人家的玩笑；他为了要人家称赞他是一个爱寻开心的角色，会去向一千个女人求婚，和她们约定婚期，请好宾朋，宣布订婚，可是却永远不和她们结婚。人家现在将要指点着苦命的凯瑟丽娜说，"瞧！这是那个疯汉彼特鲁乔的妻子，要是他愿意来和她结婚。"

特拉尼奥　不要懊恼，好凯瑟丽娜；巴普提斯塔先生，您也不要生气。我可以保证彼特鲁乔没有恶意，他今天失约，一定有什么缘故。他虽然有些莽撞，可是我知道他是个很有见识的人；虽然爱开玩笑，然而人倒是很诚实的。

凯瑟丽娜　算我倒霉碰到了他！（哭泣下，比恩卡及余众随下。）

巴普提斯塔　去吧，孩子，我现在可不怪你伤心；受到这样的欺侮，就是圣人也会发怒，何况是你这样一个脾气暴躁的泼妇。

　　　　　比昂台罗上。

比昂台罗　少爷，少爷！新闻！旧新闻！您从来没有听见过这样奇怪的新闻！

巴普提斯塔　什么，新闻，又是旧新闻？这是怎么回事？

比昂台罗　彼特鲁乔来了，这不是新闻吗？

巴普提斯塔　他已经来了吗？

比昂台罗　没有。

巴普提斯塔　这话怎么讲？

比昂台罗　他就要来了。

巴普提斯塔　他什么时候可以到这里？

比昂台罗　等他站在这地方和你们见面的时候。

特拉尼奥　可是你说你有什么旧新闻？

比昂台罗　彼特鲁乔就要来了；他戴着一顶新帽子，穿着一件旧马甲,他那条破旧的裤子脚管高高卷起;一双靴子千疮百孔,可以用来插蜡烛,一只用扣子扣住,一只用带子缚牢;他还佩着一柄武器库里拿出来的锈剑,柄也断了,鞘子也坏了,剑锋也钝了;他骑的那匹马儿,鞍鞯已经蛀破,镫子不知像个什么东西;那马儿鼻孔里流着涎,上腭发着炎肿,浑身都是疮疖,腿上也肿,脚上也肿,再加害上黄疸病、耳下腺炎、脑脊髓炎、寄生虫病,弄得脊梁歪转,肩膀脱骱;它的前腿是向内弯曲的,嘴里衔着只有半面拉紧的马衔,头上套着羊皮做成的缰勒,因为防那马儿颠踬,不知拉断了多少次,断了再把它结拢,现在已经打了无数结子,那肚带曾经补缀过六次,还有一副天鹅绒的女人用的马鞦,上面用小钉嵌着她名字的两个字母,好几块地方是用粗麻线补缀过的。

巴普提斯塔　谁跟他一起来的?

比昂台罗　啊,老爷!他带着一个跟班,装束得就跟那匹马差不多,一只脚上穿着麻线袜,一只脚上穿着罗纱的连靴袜,用红蓝两色的布条做着袜带,破帽子上插着一卷烂纸充当羽毛,那样子就像一个妖怪,哪里像个规规矩矩的仆人或者绅士的跟班!

特拉尼奥　他大概一时高兴,所以打扮成这个样子;他平常出来的时候,往往装束得很俭朴。

巴普提斯塔　不管他怎么来法,既然来了,我也就放了心了。

比昂台罗　老爷,他可不会来。

巴普提斯塔　你刚才不是说他来了吗?

比昂台罗　谁来了?彼特鲁乔吗?

巴普提斯塔　是啊,你说彼特鲁乔来了。

比昂台罗　没有,老爷。我说他的马来了,他骑在马背上。

巴普提斯塔　那还不是一样吗？

比昂台罗　圣杰美为我做主！

　　　　　我敢跟你打个赌，

　　　　　一匹马，一个人，

　　　　　比一个，多几分，

　　　　　比两个，又不足。

　　　　　　彼特鲁乔及葛鲁米奥上。

彼特鲁乔　喂，这一班公子哥儿呢？谁在家里？

巴普提斯塔　您来了吗？欢迎欢迎！

彼特鲁乔　我来得很莽撞。

巴普提斯塔　你倒是不吞吞吐吐。

特拉尼奥　可是我希望你能打扮得更体面一些。

彼特鲁乔　打扮有什么要紧？反正我得尽快赶来。但是凯德呢？我的可爱的新娘呢？老丈人，您好？各位先生，你们怎么都皱着眉头？为什么大家出神呆看，好像瞧见了什么奇迹，什么彗星，什么稀奇古怪的东西一样？

巴普提斯塔　您知道今天是您举行婚礼的日子，我们刚才很觉得扫兴，因为担心您也许不会来了；现在您来了，却这样一点没有预备，更使我们扫兴万分。快把这身衣服换一换，它太不合您的身份，而且在这样郑重的婚礼中间，也会让人瞧着笑话的。

特拉尼奥　请你告诉我们什么要紧的事情绊住了你，害你的尊夫人等得这样久？难道你这样忙，来不及换一身像样一些的衣服吗？

彼特鲁乔　说来话长，你们一定不愿意听；总而言之，我现在已经守约前来，就是有些不周之处，也是没有办法；等我有了空，再向你们解释，一定使你们满意就是了。可是凯德在哪里？我应该快去找她，时间不早了，该到教堂里去了。

特拉尼奥　你穿得这样不成体统，怎么好见你的新娘？快到我的房间里去，把我的衣服拣一件穿上吧。

彼特鲁乔　谁要穿你的衣服？我就这样见她又有何妨？

巴普提斯塔　可是我希望您不是打算就这样和她结婚吧。

彼特鲁乔　当然，就是这样；别啰哩啰嗦了。她嫁给我，又不是嫁给我的衣服；假使我把这身破烂的装束换掉，就能够补偿我为她所花的心血，那么对凯德和我说来都是莫大的好事。可是我这样跟你们说些废话，真是个傻子，我现在应该向我的新娘请安去，还要和她亲一个正名定分的嘴哩。（彼特鲁乔、葛鲁米奥、比昂台罗同下。）

特拉尼奥　他打扮得这样疯疯癫癫，一定另有用意。我们还是劝他穿得整齐一点，再到教堂里去吧。

巴普提斯塔　我要跟去，看这事到底怎样了局。（巴普提斯塔、葛莱米奥及从仆等下。）

特拉尼奥　少爷，我们不但要得到她的欢心，还必须得到她父亲的好感，所以我也早就对您说过，我要去找一个人来扮做比萨的文森修，不管他是什么人，我们都可以利用他达到我们的目的。我已经夸下海口，说是我可以给比恩卡多重的一份聘礼，现在再找了个冒牌的父亲来，叫他许下更大的数目，这样您就可以如愿以偿，坐享其成，得到一位如花似玉的夫人了。

路森修　倘不是那个教音乐的家伙一眼不放松地监视着比恩卡的行动，我倒希望和她秘密举行婚礼，等到木已成舟，别人就是不愿意也无可如何了。

特拉尼奥　那我们可以慢慢地等机会。我们要把那个花白胡子的葛莱米奥、那个精明的父亲米诺拉、那个可笑的音乐家、自作多情的里西奥，全都哄骗过去，让我的路森修少爷得到最后胜利。

　　　　葛莱米奥重上。

特拉尼奥　葛莱米奥先生，您是从教堂里来的吗？

葛莱米奥　正像孩子们放学归来一样，我走出了教堂的门，也觉得如释重负。

特拉尼奥　新娘新郎都回来了吗？

葛莱米奥　你说他是个新郎吗？他是个卖破烂的货郎，口出不逊的郎中，那姑娘早晚会明白的。

特拉尼奥　难道他比她更凶？哪有这样的事？

葛莱米奥　哼，他是个魔鬼，是个魔鬼，简直是个魔鬼！

特拉尼奥　她才是个魔鬼母夜叉呢。

葛莱米奥　嘿！她比起他来，简直是头羔羊，是只鸽子，是个傻瓜呢。我告诉你，路森修先生，当那牧师正要问他愿不愿意娶凯瑟丽娜为妻的时候，他就说，"是啊，他妈的！"他还高声赌咒，把那牧师吓得连手里的《圣经》都掉下来了；牧师正要弯下身子去把它拾起来，这个疯狂的新郎又一拳把他连人带书、连书带人地打在地上，嘴里还说，"谁要是高兴，让他去把他搀起来吧。"

特拉尼奥　牧师站起来以后，那女人怎么说呢？

葛莱米奥　她吓得浑身发抖，因为他顿足大骂，就像那牧师敲诈了他似的。可是后来仪式完毕了，他又叫人拿酒来，好像他是在一艘船上，在一场风波平静以后，和同船的人们开怀畅饮一样；他喝干了酒，把浸在酒里的面包丢到教堂司事的脸上，他的理由只是因为那司事的胡须稀疏干枯，好像要向他讨些东西吃似的。然后他就搂着新娘的头颈，亲她的嘴，那咂嘴的声音响得那样厉害，弄得四壁都发出了回声。我看见这个样子，倒觉得非常不好意思，所以就出来了。闹得乱哄哄的这一班人，大概也要来了。这种疯狂的婚礼真是难得看见。听！听！那边不是乐声吗？(音乐。)

    彼特鲁乔、凯瑟丽娜、比恩卡、巴普提斯塔、霍坦西奥、葛鲁米奥及扈从等重上。

彼特鲁乔 各位来宾，各位朋友，我谢谢你们的好意。我知道你们今天想要参加我的婚宴，已经为我备下了丰盛的酒席，可惜我因为事情很忙，不能久留，所以我想就此告别了。

巴普提斯塔 难道你今晚就要去吗？

彼特鲁乔 我必须在天色未暗以前赶回去。你们不要奇怪，要是你们知道我还有些什么事情必须办好，你们就要催我快去，不会留我了。我谢谢你们各位，你们已经看见我把自己奉献给这个最和顺、最可爱、最贤惠的妻子了。大家不要客气，陪我的岳父多喝几杯，我一定要走了，再见。

特拉尼奥 让我们请您吃过了饭再走吧。

彼特鲁乔 那不成。

葛莱米奥 请您赏我一个面子，吃了饭去。

彼特鲁乔 不能。

凯瑟丽娜 让我请求你多留一会儿。

彼特鲁乔 我很高兴。

凯瑟丽娜 你高兴留着吗？

彼特鲁乔 因为你留我，所以我很高兴；可是我不能留下来，你怎么请求我都没用。

凯瑟丽娜　你要是爱我,就不要去。

彼特鲁乔　葛鲁米奥,备马!

葛鲁米奥　大爷,马已经备好了;燕麦已经把马都吃光了。

凯瑟丽娜　好,那么随你的便吧,我今天可不去,明天也不去,要是一辈子不高兴去,我就一辈子不去。大门开着,没人拦住你,你的靴子还管事,就趿拉着走吧。可是我却要等自己高兴的时候再去;你刚一结婚就摆出这种威风来,将来我岂不要整天看你的脸色吗?

彼特鲁乔　啊,凯德!请你不要生气。

凯瑟丽娜　我生气你便怎样?爸爸,别理他,我说不去就不去。

葛莱米奥　你看,先生,已经热闹起来了。

凯瑟丽娜　诸位先生,大家请入席吧。我知道一个女人倘然一点不知道反抗,她会终生被人愚弄的。

彼特鲁乔　凯德,你叫他们入席,他们必须服从你的命令。大家听新娘的话,快去喝酒吧,痛痛快快地高兴一下,否则你们就给我上吊去。可是我那娇滴滴的凯德必须陪我一起去。哎哟,你们不要睁大了眼睛,不要顿足,不要发怒,我自己的东西难道自己作不得主?她是我的家私,我的财产;她是我的房屋,我的家具,我的田地,我的谷仓,我的马,我的牛,我的驴子,我的一切;她现在站在这地方,看谁敢碰她一碰。谁要是挡住我的去路,不管他是个什么了不得的人物,我都要对他不起。葛鲁米奥,拿出你的武器来,我们现在给一群强盗围住了,快去把你的主妇救出来,才是个好小子。别怕,好娘儿们,他们不会碰你的,凯德,就算他们是百万大军,我也会保护你的。(彼特鲁乔、凯瑟丽娜、葛鲁米奥同下。)

巴普提斯塔　让他们去吧,去了倒清静些。

葛莱米奥　倘不是他们这么快就去了，我笑也要笑死了。

特拉尼奥　这样疯狂的婚姻今天真是第一次看到。

路森修　小姐，您对于令姊有什么意见？

比恩卡　我说，她自己就是个疯子，现在配到一个疯汉了。

葛莱米奥　我看彼特鲁乔这回讨了个制伏他的人去了。

巴普提斯塔　各位高邻朋友，新娘新郎虽然缺席，桌上有的是美酒佳肴。路森修，您就坐在新郎的位子上，让比恩卡代替她的姊姊吧。

特拉尼奥　比恩卡现在就要学做新娘了吗？

巴普提斯塔　是的，路森修。来，各位，我们进去吧。（同下。）

第 四 幕

第一场　彼特鲁乔乡间住宅中的厅堂

葛鲁米奥上。

葛鲁米奥　他妈的,马这样疲乏,主人这样疯狂,路这样泥泞难走!谁给人这样打过?谁给人这样骂过?谁像我这样辛苦?他们叫我先回来生火,好让他们回来取暖。倘不是我小小壶儿容易热,等不到走到火炉旁边,我的嘴唇早已冻结在牙齿上,舌头冻结在上颚上,我那颗心也冻结在肚子里了。现在让我一面扇火,一面自己也烘烘暖吧,像这样的天气,比我再高大一点的人也要受寒的。喂!寇提斯!

寇提斯上。

寇提斯　谁在那儿冷冰冰地叫着我?
葛鲁米奥　是一块冰。你要是不相信,可以从我的肩膀上一直滑到我的脚跟。好寇提斯,快给我生起火来。
寇提斯　大爷和他的新夫人就要来了吗,葛鲁米奥?
葛鲁米奥　啊,是的,寇提斯,是的,所以快些生火呀,可别往上浇水。
寇提斯　她真是像人家所说的那样一个火性很大的泼妇吗?

葛鲁米奥　在冬天没有到来以前,她是个火性很大的泼妇;可是像这样冷的天气,无论男人、女人、畜生,火性再大些也是抵抗不住的。连我的旧主人,我的新主妇,带我自己全让这股冷气制伏了,寇提斯大哥。

寇提斯　去你的,你这三寸钉!你自己是畜生,别和我称兄道弟的。

葛鲁米奥　我才有三寸吗?你脑袋上的绿头巾有一尺长,我也足有那么长。你要再不去生火,我可要告诉我们这位新奶奶,谁都知道她很有两手,一手下去,你就吃不消。谁叫你干这种热活却是那么冷冰冰的!

寇提斯　好葛鲁米奥,请你告诉我,外面有什么消息?

葛鲁米奥　外面是一个寒冷的世界,寇提斯,只有你的工作是热的;所以快生起火来吧,鞠躬尽瘁,自有厚赏。大爷和奶奶都快要冻死了。

寇提斯　火已经生好,你可以讲新闻给我听了。

葛鲁米奥　好吧,"来一杯,喝一杯!"你爱听多少新闻都有。

寇提斯　得了,别这么急人了。

葛鲁米奥　那你就快生火呀;我这是冷得发急。厨子呢?晚饭烧好了没有?屋子收拾了没有?芦草铺上了没有?蛛网扫净了没有?用人们穿上了新衣服白袜子没有?管家披上了婚礼制服没有?公的酒壶、母的酒瓶,里外全擦干净了没有?桌布铺上了没有?一切都布置好了吗?

寇提斯　都预备好了,那么请你讲新闻吧。

葛鲁米奥　第一,你要知道,我的马已经走得十分累了,大爷和奶奶也闹翻了。

寇提斯　怎么?

葛鲁米奥　从马背上翻到烂泥里,因此就有了下文。

寇提斯　讲给我听吧,好葛鲁米奥。

葛鲁米奥　把你的耳朵伸过来。

寇提斯　好。

葛鲁米奥　(打寇提斯)喏。

寇提斯　我要你讲给我听,谁叫你打我?

葛鲁米奥　这一个耳光是要把你的耳朵打清爽。现在我要开始讲了。首先:我们走下了一个崎岖的山坡,奶奶骑着马在前面,大爷骑着马在后面——

寇提斯　是一匹马还是两匹马?

葛鲁米奥　这跟你有什么关系?

寇提斯　咳,就是人马的关系。

葛鲁米奥　你要是知道得比我还仔细,那么请你讲吧。都是你打断了我的话头,否则你可以听到她的马怎样跌了一跤,把她压在底下;那地方是怎样的泥泞,她浑身脏成怎么一个样子;他怎么让那马把她压住,怎么因为她的马跌了一跤而把我痛打;她怎么在烂泥里爬起来把他扯开;他怎么骂人;她怎么向他求告,她是从来不曾向别人求告过的;我怎么哭;马怎么逃走;她的马缰怎么断了;我的马鞯怎么丢了;还有许许多多新鲜的事情,现在只有让它们永远埋没,你到死也不能长这一分见识了。

寇提斯　这样说来,他比她还要厉害了。

葛鲁米奥　是啊,你们等他回来瞧着吧。可是我何必跟你讲这些话?去叫纳森聂尔、约瑟夫、尼古拉斯、腓力普、华特、休格索普他们这一批人出来吧,叫他们把头发梳光,衣服刷干净,袜带要大方而不扎眼,行起礼来不要忘记屈左膝,在吻手以前，连大爷的马尾巴也不要摸一摸。他们都预备好了吗？

寇提斯　都预备好了。

葛鲁米奥　叫他们出来。

寇提斯　你们听见吗？喂！大爷就要来了，快出来迎接去，还要服侍新奶奶哩。

葛鲁米奥　她自己会走路。

寇提斯　这个谁不知道？

葛鲁米奥　你就好像不知道，不然你干吗要叫人来扶着她？

寇提斯　我是叫他们来给她帮帮忙。

葛鲁米奥　用不着，她不是来向他们告帮的。

　　　　众仆人上。

纳森聂尔　欢迎你回来，葛鲁米奥！

腓力普　你好，葛鲁米奥！

约瑟夫　啊，葛鲁米奥！

尼古拉斯　葛鲁米奥，好小子！

纳森聂尔　怎么样，小伙子？

葛鲁米奥　欢迎你；你好，你；啊，你；好小子，你；现在我们打过招呼了，我的漂亮的朋友们，一切都预备好，收拾清楚了吗？

纳森聂尔　一切都预备好了。大爷什么时候可以到来？

葛鲁米奥　就要来了，现在大概已经下马了；所以你们必须——哎哟，静些！我听见他的声音了。

　　　　彼特鲁乔及凯瑟丽娜上。

彼特鲁乔　这些混账东西都在哪里？怎么门口没有一个人来扶我的马镫，接我的马？纳森聂尔！葛雷古利！腓力普！

众仆人　有，大爷；有，大爷。

彼特鲁乔　有,大爷!有,大爷!有,大爷!有,大爷!你们这些木头人一样的不懂规矩的奴才!你们可以不用替主人做事,什么名分都不讲了吗?我先打发他回来的那个蠢材在哪里?

葛鲁米奥　在这里,大爷,还是和先前一样蠢。

彼特鲁乔　这婊子生的下贱东西!我不是叫你召齐了这批狗头们,到大门口来接我的吗?

葛鲁米奥　大爷,纳森聂尔的外衣还没有做好,盖勃里尔的鞋子后跟上全是洞,彼得的帽子没有刷过黑烟,华特的剑在鞘子里锈住了拔不出来,只有亚当、拉尔夫和葛雷古利的衣服还算整齐,其余的都破旧不堪,像一群叫化子似的。可是他们现在都来迎接您了。

彼特鲁乔　去,混蛋们,把晚饭拿来。(若干仆人下)(唱)"想当年,我也曾——"那些家伙全——坐下吧,凯德,你到家了,嗯,嗯,嗯,嗯。

　　　　数仆持食具重上。

彼特鲁乔　怎么,到这时候才来?——可爱的好凯德,你应当快乐一点。——混账东西,给我把靴子脱下来!死东西,有耳朵没有?(唱)"有个灰衣的行脚僧,在路上奔波不停——"该死的狗才!你把我的脚都拉痛了;我非得揍你,好叫你脱那只的时候当心一点。(打仆人)凯德,你高兴起来呀。喂!给我拿水来!我的猎狗特洛伊罗斯呢?嗨,小子,你去把我的表弟腓迪南找来。(仆人下)凯德,你应该跟他见个面,认识认识。我的拖鞋在什么地方?怎么,没有水吗?凯德,你来洗手吧。(仆人失手将水壶跌落地上,彼特鲁乔打仆人)这狗娘养的!你故意让它跌在地下吗?

凯瑟丽娜　请您别生气,这是他无心的过失。

彼特鲁乔　这狗娘养的笨虫!来,凯德,坐下来,我知道你肚子饿了。是由你来做祈祷呢,好凯德,还是我来做?这是什么?羊肉吗?

仆　甲　是的。

彼特鲁乔　谁拿来的?

仆　甲　是我。

彼特鲁乔　它焦了;所有的肉都焦了。这批狗东西!那个混账厨子呢?你们好大胆子,知道我不爱吃这种东西,敢把它拿了出来!(将肉等向众仆人掷去)盆儿杯儿盘儿一起还给你们吧,你们这些没有头脑不懂规矩的奴才!怎么,你在咕噜些什么?等着,我就来跟你算账。

凯瑟丽娜　夫君,请您不要那么生气,这肉烧得还不错哩。

彼特鲁乔　我对你说,凯德,它已经烧焦了;再说,医生也曾经特别告诉我不要碰羊肉;因为吃了下去有伤脾胃,会使人脾气暴躁的。我们两人的脾气本来就暴躁,所以还是挨些饿,不要吃这种烧焦的肉吧。请你忍耐些,明天我叫他们烧得好一点,今夜我们两个人大家饿一夜。来,我领你到你的新房里去。(彼特鲁乔、凯瑟丽娜、寇提斯同下。)

纳森聂尔　彼得,你看见过这样的事情吗?

彼　得　这叫做即以其人之道,还治其人之身。

　　　　　寇提斯重上。

葛鲁米奥　他在哪里?

寇提斯　在她的房间里,向她大讲节制的道理,嘴里不断骂人,弄得她坐立不安,眼睛也不敢看,话也不敢说,只好呆呆坐着,像一个刚从梦里醒来的人一般,看样子怪可怜的。快去,快去!他来了。(四人同下。)

　　　　　彼特鲁乔重上。

彼特鲁乔　我已经开始巧妙地把她驾驭起来,希望能够得到美满的成功。我这只悍鹰现在非常饥饿,在她没有俯首听命以前,不能让她吃饱,不然她就不肯再练习打猎了。我还有一个制服这鸷鸟的办法,使她能呼之则来,挥之则去;那就是总叫她睁着眼,不得休息,拿她当一只乱扑翅膀的倔强鹞子一样对待。今天她没有吃过肉,明天我也不给她吃;昨夜她不曾睡觉,今夜我也不让她睡觉,我要故意嫌被褥铺得不好,把枕头、枕垫、被单、绒毯向满房乱丢,还说都是为了爱惜她才这样做;总之她将要整夜不能合眼,倘然她昏昏思睡,我就骂人吵闹,吵得她睡不着。这是用体贴为名惩治妻子的法子,我就这样克制她的狂暴倔强的脾气;要是有谁知道还有比这更好的驯悍妙法,那么我倒要请教请教。(下。)

第二场　帕度亚。巴普提斯塔家门前

　　　　　特拉尼奥及霍坦西奥上。

特拉尼奥　里西奥朋友,难道比恩卡小姐除了路森修以外,还会爱上别人吗?我告诉你吧,她对我很有好感呢。

霍坦西奥　先生,为了证明我刚才所说的话,你且站在一旁,看看他是怎样教法。(二人站立一旁。)

　　　　　比恩卡及路森修上。

路森修　小姐,您的功课念得怎么样啦?

比恩卡　先生,您在念什么?先回答我。

路森修　我念的正是我的本行:《恋爱的艺术》。

比恩卡　我希望您在这方面成为一个专家。

路森修　亲爱的,我希望您做我实验的对象。(二人退后。)

霍坦西奥　哼,他们的进步倒是很快!现在你还敢发誓说你的爱人比恩卡只爱着路森修吗?

特拉尼奥　啊,可恼的爱情!朝三暮四的女人!里西奥,我真想不到有这种事情。

霍坦西奥　老实告诉你吧,我不是里西奥,也不是一个音乐家。我为了她不惜降低身价,乔扮成这个样子;谁知道她不爱绅士,却去爱上一个穷酸小子。先生,我的名字是霍坦西奥。

特拉尼奥　原来足下便是霍坦西奥先生,失敬失敬!久闻足下对比恩卡十分倾心,现在你我已经亲眼看见她这种轻狂的样子,我看我们大家把这一段痴情割断了吧。

霍坦西奥　瞧,他们又在接吻亲热了!路森修先生,让我握你的手,我郑重宣誓,今后决不再向比恩卡求婚,像她这样的女人,是不值得我像过去那样对她盲目恋慕的。

特拉尼奥　我也愿意一秉至诚,作同样的宣誓,即使她向我苦苦哀求,我也决不娶她。不害臊的!瞧她那副浪相!

霍坦西奥　但愿除了他以外,所有的人都发誓把比恩卡舍弃。至于我自己,我一定坚守誓言;三天之内,我就要和一个富孀结婚,她已经爱我很久,可是我却迷上了这个鬼丫头。再会吧,路森修先生,讨老婆不在乎姿色,有良心的女人才值得我去爱她。好吧,我走了。主意已拿定,决不更改。(霍坦西奥下;路森修、比恩卡上前。)

特拉尼奥　比恩卡小姐,祝您爱情美满!我刚才已经窥见你们的秘密,而且我已经和霍坦西奥一同发誓把您舍弃了。

比恩卡　特拉尼奥,你又在说笑话了。可是你们两人真的都已经发誓把我舍弃了吗?

特拉尼奥　是的,小姐。

路森修　那么里西奥不会再来打搅我们了。

特拉尼奥　不骗你们,他现在决心要娶一个风流寡妇,打算求婚结婚都在一天之内完成呢。

比恩卡　愿上帝赐他快乐!

特拉尼奥　他还要把她管束得十分驯服呢。

比恩卡　他不过说说罢了,特拉尼奥。

特拉尼奥　真的,他已经进了御妻学校了。

比恩卡　御妻学校!有这样一个所在吗?

特拉尼奥　是的,小姐,彼特鲁乔就是那个学校的校长,他教授着层出不穷的许多驯伏悍妇的妙计和对付长舌的秘诀。

　　　　　比昂台罗奔上。

比昂台罗　啊,少爷,少爷!我守了半天,守得腿酸脚软,好容易给我发现了一位老人家,他从山坡上下来,看他的样子倒还适合我们的条件。

特拉尼奥　比昂台罗,他是个什么人?

比昂台罗　少爷,他也许是个商店里的掌柜,也许是个三家村的学究,我也弄不清楚,可是他的装束十分规矩,他的神气和相貌都像个老太爷的样子。

路森修　特拉尼奥,我们找他来干吗呢?

特拉尼奥　他要是能够听信我随口编造的谣言,我可以叫他情情愿愿地冒充文森修,向巴普提斯塔一口答应一份丰厚的聘礼。把您的爱人带进去,让我在这儿安排一切。(路森修、比恩卡同下。)

　　　　　老学究上。

学　究　上帝保佑您先生!

特拉尼奥　上帝保佑您,老人家!您是路过此地,还是有事到此?

学　究　先生,我想在这儿耽搁一两个星期,然后动身到罗马去;要是上帝让我多活几年,我还希望到特里坡利斯去一次。

特拉尼奥　请问府上是什么地方?

学　究　敝乡是曼多亚。

特拉尼奥　曼多亚吗,老先生!哎哟,糟了!您敢到帕度亚来,难道不想活命了吗?

学　究　怎么,先生!我不懂您的话。

特拉尼奥　曼多亚人到帕度亚来,都是要处死的。您还不知道吗?你们的船只只能停靠在威尼斯,我们的公爵和你们的公爵因为发生争执,已经宣布不准敌邦人民入境的禁令。大概您是新近到此,否则应该早就知道的。

学　究　唉,先生!这可怎么办呢?我还有从弗罗棱萨汇来的钱,要在这儿取出来呢!

特拉尼奥　好,老先生,我愿意帮您一下忙。第一要请您告诉我,您有没有到过比萨?

学　究　啊,先生,比萨是我常去的地方,那里是以正人君子多而出名的。

特拉尼奥　在那些正人君子中间,有一位文森修您认识不认识?

学　究　我不认识他,可是听到过他的名字;他是一个非常豪富的商人。

特拉尼奥　老先生,他就是家父;不骗您,他的相貌可有点儿像您呢。

比昂台罗　（旁白）就像苹果跟牡蛎差不多一样。

特拉尼奥　您现在既然有生命的危险,那么我看您不妨暂时权充家父,您生得像他,这总算是您的运气。您可以住在我的家里,受我的竭诚款待,可是您必须注意您的说话行动,别让人瞧出破绽来！您懂得我的意思吧,老先生；您可以这样住下来,等到办好了事情再走。如果不嫌怠慢,那么就请您接受我的好意吧。

学　究　啊,先生,这样您真是我的救命恩人了,我一定永远不忘您的大德。

特拉尼奥　那么跟我去装扮起来。不错,我还要告诉您一件事:我跟这儿一位巴普提斯塔的女儿正在议订婚约,只等我的父亲来通过一注聘礼,关于这件事情我可以仔细告诉您一切应付的方法。现在我们就去找一身合适一点的衣服给您穿吧。（同下。）

第三场　彼特鲁乔家中一室

凯瑟丽娜及葛鲁米奥上。

葛鲁米奥　不,不,我不敢。

凯瑟丽娜　我越是心里委屈,他越是把我折磨得厉害。难道他娶了我来,是要饿死我吗？到我父亲门前求乞的叫化,也总可以讨到一点布施；这一家讨不到,那一家总会给他一些冷饭残羹。可是从来不知道怎样恳求人家、也从来不需要向人恳求什么的我,现在却吃不到一点东西,得不到一刻钟的安眠；他用高声的詈骂使我不能合眼,让我饱听他的喧哗的吵闹；尤其可恼的,他这一切都借着爱惜我的名义,好像我一睡着就会死去,吃了东西就会害重病一样。求求你去给我找些食物来吧,不管什么东西,只要可以吃的就行。

葛鲁米奥　您要不要吃红烧蹄子?

凯瑟丽娜　那好极了,请你拿来给我吧。

葛鲁米奥　恐怕您吃了会上火。清炖大肠好不好?

凯瑟丽娜　很好,好葛鲁米奥,给我拿来。

葛鲁米奥　我不大放心,恐怕它也是上火的。胡椒牛肉好不好?

凯瑟丽娜　那正是我爱吃的一道菜。

葛鲁米奥　嗯,可是那胡椒太辣了点儿。

凯瑟丽娜　那么就是牛肉,别放胡椒了吧。

葛鲁米奥　那可不成,您要吃牛肉,一定得放胡椒。

凯瑟丽娜　放也好,不放也好,牛肉也好,别的什么也好,随你的便给我拿些来吧。

葛鲁米奥　那么好,只有胡椒,没有牛肉。

凯瑟丽娜　给我滚开,你这欺人的奴才!(打葛鲁米奥)你不拿东西给我吃,却向我报出一道道的菜名来逗我;你们瞧着我倒霉得意,看你们得意到几时!去,快给我滚!

　　　彼特鲁乔持肉一盆,与霍坦西奥同上。

彼特鲁乔　我的凯德今天好吗?怎么,好人儿,不高兴吗?

霍坦西奥　嫂子,您好?

凯瑟丽娜　哼,我浑身发冷。

彼特鲁乔　不要这样垂头丧气的,向我笑一笑吧。亲爱的,你瞧我多么至诚,我自己给你煮了肉来了。(将肉盆置桌上)亲爱的凯德,我相信你一定会感谢我这一片好心的。怎么!一句话也不说吗?那么你不喜欢它;我的辛苦都白费了。来,把这盆子拿去。

凯瑟丽娜　请您让它放着吧。

彼特鲁乔　最微末的服务,也应该得到一声道谢;你在没有吃这肉之前,应该谢谢我才是。

凯瑟丽娜　谢谢您,夫君。

霍坦西奥　哎哟,彼特鲁乔先生,你何必这样！嫂子,让我奉陪您吧。

彼特鲁乔　（旁白）霍坦西奥,你倘然是个好朋友,请你尽量大吃。——凯德,这回你可高兴了吧;吃得快一点。现在,我的好心肝,我们要回到你爸爸家里去了;我们要打扮得非常体面,我们要穿绸衣,戴绢帽、金戒;高高的绉领,飘飘的袖口,圆圆的裙子,肩巾,折扇,什么都要备着两套替换;还有琥珀的镯子,珍珠的项圈,以及诸如此类的玩意儿。啊,你还没有吃好吗？裁缝在等着替你穿新衣服呢。

　　　　裁缝上。

彼特鲁乔　来,裁缝,让我们瞧瞧你做的衣服;先把那件袍子展开来——

　　　　帽匠上。

彼特鲁乔　你有什么事？

帽　匠　这是您叫我做的那顶帽子。

彼特鲁乔　啊,样子倒像一只汤碗。一个绒制的碟子！呸,呸！寒碜死了,简直像个蚌壳或是胡桃壳,一块饼干,一个胡闹的玩意儿,只能给洋娃娃戴。拿去！换一顶大一点的来。

凯瑟丽娜　大一点的我不要;这一顶式样很新,贤媛淑女们都是戴这种帽子的。

彼特鲁乔　等你成为一个贤媛淑女以后,你也可以有一顶;现在还是不要戴它吧。

霍坦西奥　（旁白）那倒还要经过相当的时间哩。

凯瑟丽娜　哼,我相信我也有说话的权利;我不是三岁小孩,比你尊长的人,也不能禁止我自由发言,你要是不愿意听,还是请你把耳朵塞住吧。我这一肚子的气恼,要是再不让我的嘴把它发泄出来,我的肚子也要气破了。

彼特鲁乔　是啊,你说得一点不错,这帽子真不好,活像块牛奶蛋糕,丝织的烧饼,值不了几个子儿。你不喜欢它,所以我才格外爱你。

凯瑟丽娜　爱我也好,不爱我也好,我喜欢这顶帽子,我只要这一顶,不要别的。（帽匠下。）

彼特鲁乔　你的袍子吗?啊,不错;来,裁缝,让我们瞧瞧看。哎哟,天哪!这算是什么古怪的衣服?这是什么?袖子吗?那简直像一尊小炮。怎么回事,上上下下都是折儿,和包子一样。这儿也是缝,那儿也开口,东一道,西一条,活像剃头铺子里的香炉。他妈的!裁缝,你把这叫做什么东西?

霍坦西奥　（旁白）看来她帽子袍子都穿戴不成了。

裁　　缝　这是您叫我照着流行的式样用心裁制的。

彼特鲁乔　是呀,可是我没有叫你做得这样乱七八糟。去,给我滚回你的狗窠里去吧,我以后决不再来请教你了。我不要这东西,拿去给你自己穿吧。

凯瑟丽娜　我从来没有见过一件比这更漂亮、更好看的袍子了。你大概想把我当作一个木头人一样随你摆布吧。

彼特鲁乔　对了,他想把你当作木头人一样随意摆布。

357

裁　　缝　她说您想把她当作木头人一样随意摆布。

彼特鲁乔　啊,大胆的狗才!你胡说,你这拈针弄线的傻瓜,你这个长码尺、中码尺、短码尺、钉子一样长的混蛋!你这跳蚤,你这虫卵,你这冬天的蟋蟀!你拿着一绞线,竟敢在我家里放肆吗?滚!你这破布头,你这不是东西的东西!我非得好生拿尺揍你一顿,看你这辈子还敢不敢胡言乱语。好好的一件袍子,给你剪成这个样子。

裁　　缝　您弄错了,这袍子是我们东家照您吩咐的样子作起来的,葛鲁米奥一五一十地给我们讲了尺寸和式样。

葛鲁米奥　我什么都没讲;我就把料子给他了。

裁　　缝　你没说怎么作吗?

葛鲁米奥　那我倒是说了,老兄,用针线作。

裁　　缝　你没叫我们裁吗?

葛鲁米奥　这些地方是你放出来的。

裁　　缝　不错。

葛鲁米奥　少跟我放肆;这些玩意儿是你装上的,少跟我装腔。你要是放肆装腔,我是不买账的。我老实告诉你:我叫你们东家裁一件袍子,可是没有叫他裁成碎片。所以你完全是信口胡说。

裁　　缝　这儿有式样的记录,可以作证。

彼特鲁乔　你念念。

葛鲁米奥　反正要说是我说的,那记录也是撒谎。

裁　　缝　(读)"一:肥腰身女袍一件。"

葛鲁米奥　老爷,我要是说过肥腰身,你就把我缝在袍子的下摆里,拿一轴黑线把我打死。我明明就说女袍一件。

彼特鲁乔　往下念。

裁　　缝　（读）"外带小披肩。"

葛鲁米奥　披肩我倒是说过。

裁　　缝　（读）"灯笼袖。"

葛鲁米奥　我要的是两只袖子。

裁　　缝　（读）"袖子要裁得花样新奇。"

彼特鲁乔　嘿,毛病就出在这儿。

葛鲁米奥　那是写错了,老爷,那是写错了。我不过叫他裁出袖子来,再给缝上。你这家伙要是敢否认我说的半个字,就是你小拇指上套着顶针,我也敢揍你。

裁　　缝　我念的完全没有错。你要敢跟我到外面去,我就给你点颜色看。

葛鲁米奥　算数,你拿着账单,我拿着码尺,看咱们谁先求饶。

霍坦西奥　老天在上,葛鲁米奥!你拿着他的码尺,他可就没的耍了。

彼特鲁乔　总而言之,这袍子我不要。

葛鲁米奥　那是自然,老爷,本来也是给奶奶作的。

彼特鲁乔　卷起来,让你的东家拿去玩吧。

葛鲁米奥　混蛋,你敢卷?卷起我奶奶的袍子,让你东家玩去?

彼特鲁乔　怎么了,你这话里有什么意思?

葛鲁米奥　哎呀,老爷,这意思可是你万万想不到的。卷起我奶奶的袍子,让他东家玩去!嘿,这太不成话了!

彼特鲁乔　（向霍坦西奥旁白）霍坦西奥,你说工钱由你来付。

　　　　　（向裁缝）快拿去,走吧走吧,别多说了。

霍坦西奥　（向裁缝旁白）裁缝,那袍子的工钱我明天拿来给你。他一时使性子说的话,你不必跟他计较;快去吧,替我问你们东家好。（裁缝下。）

彼特鲁乔　好吧,来,我的凯德,我们就老老实实穿着这身家常便服,到你爸爸家里去吧。只要我们袋里有钱,身上穿得寒酸一点,又有什么关系?因为使身体阔气,还要靠心灵。正像太阳会从乌云中探出头来一样,布衣粗服,可以格外显出一个人的正直。樫鸟并不因为羽毛的美丽,而比云雀更为珍贵;蝮蛇并不因为皮肉的光泽,而比鳗鲡更有用处。所以,好凯德,你穿着这一身敝旧的衣服,也并不因此而降低了你的身价。你要是怕人笑话,那么让人家笑话我吧。你还是要高高兴兴的,我们马上就到你爸爸家里去喝酒作乐。去,叫他们准备好,我们就要出发了。我们的马在小路那边等着,我们走到那里上马。让我看,现在大概是七点钟,我们可以在吃中饭以前赶到那里。

凯瑟丽娜　我相信现在快两点钟了,到那里去也许赶不上吃晚饭呢。

彼特鲁乔　不是七点钟,我就不上马。我说的话,做的事,想着的念头,你总是要跟我闹别扭。好,大家不用忙了,我今天不去了。你倘然要我去,那么我说是什么钟点,就得是什么钟点。

霍坦西奥　唷,这家伙简直想要太阳也归他节制哩。(同下。)

第四场　帕度亚。巴普提斯塔家门前

特拉尼奥及老学究扮文森修上。

特拉尼奥　这儿已是巴普提斯塔的家了,我们要不要进去看望他?

学　　究　那还用说吗?我倘然没有弄错,那么巴普提斯塔先生也许还记得我,二十年以前,我们曾经在热那亚做过邻居哩。

特拉尼奥　这样很好,请你随时保持着做一个父亲的庄严风度吧。

学　究　您放心好了。瞧,您那跟班来了。我们应该把他教导一番才是。

　　　　比昂台罗上。

特拉尼奥　你不用担心他。比昂台罗,你要好好侍候这位老先生,就像他是真的文森修老爷一样。

比昂台罗　嘿!你们放心吧。

特拉尼奥　可是你看见巴普提斯塔没有?

比昂台罗　看见了,我对他说,您的老太爷已经到了威尼斯,您正在等着他今天到帕度亚来。

特拉尼奥　你事情办得很好,这几个钱拿去买杯酒喝吧。巴普提斯塔来啦,赶快装起一副严肃的面孔来。

　　　　巴普提斯塔及路森修上。

特拉尼奥　巴普提斯塔先生,我们正要来拜访您。(向学究)父亲,这就是我对您说起过的那位老伯。请您成全您儿子的好事,答应我娶比恩卡为妻吧。

学　究　吾儿且慢!巴普提斯塔先生,久仰久仰。我这次因为追索几笔借款,到帕度亚来,听见小儿向我说起,他跟令嫒十分相爱。像先生这样的家声,能够仰攀,已属万幸,我当然没有不赞成之理;而且我看他们两人情如胶漆,也很愿意让他早早成婚,了此一桩心事。要是先生不嫌弃的话,那么关于问名纳聘这一方面的种种条件,但有所命,无不乐从;先生的盛名我久已耳闻,自然不会斤斤计较。

巴普提斯塔　文森修先生,恕我不会客套,您刚才那样开诚布公的说话,我听了很是高兴。令郎和小女的确十分相爱,如果是伪装,万不能如此逼真;您要是不忍拂令郎之意,愿意给小女一份适当的聘礼,那么我是毫无问题的,我们就此一言为定吧。

特拉尼奥　谢谢您,老伯。那么您看我们最好在什么地方把双方的条件互相谈妥?

巴普提斯塔　舍间恐怕不大方便,因为属垣有耳,我有许多仆人,也许会被他们听了泄漏出去;而且葛莱米奥那老头子痴心不死,也许会来打扰我们。

特拉尼奥　那么还是到敝寓去吧,家父就在那里耽搁,我们今夜可以在那边悄悄地把事情谈妥。请您就叫这位尊驾去请令媛出来;我就叫我这奴才去找个书记来。但恐事出仓促,一切招待未能尽如尊意,要请您多多原谅。

巴普提斯塔　不必客气,这样很好。堪比奥,你到家里去叫比恩卡梳洗梳洗,我们就要到一处地方去;你也不妨告诉她路森修先生的尊翁已经到了帕度亚,她的亲事大概就可以定夺下来了。

比昂台罗　但愿神明祝福她嫁得一位如意郎君!

特拉尼奥　不要惊动神明了,快快去吧。巴普提斯塔先生,请了。我们只有些薄酒粗肴,谈不上什么款待;等您到比萨来的时候,才要好好地请您一下哩。

巴普提斯塔　请了。(特拉尼奥、巴普提斯塔及老学究下。)

比昂台罗　堪比奥!

路森修　有什么事,比昂台罗?

比昂台罗　您看见我的少爷向您睒着眼睛笑吗?

路森修　他向我眯着眼睛笑又怎么样？

比昂台罗　没有什么，可是他要我慢走一步，向您解释他的暗号。

路森修　那么你就解释给我听吧。

比昂台罗　他叫您不要担心巴普提斯塔，他正在和一个冒牌的父亲讨论关于他的冒牌的儿子的婚事。

路森修　那便怎样？

比昂台罗　他叫您带着他的女儿一同到他们那里吃晚饭。

路森修　带着她去又怎样？

比昂台罗　您可以随时去找圣路加教堂里的老牧师。

路森修　这到底是什么意思？

比昂台罗　我也不知道是什么意思，我只知道趁着他们都在那里假装谈条件的时候，您就赶快同着她到教堂里去，找到了牧师执事，再找几个靠得住的证人，取得"只此一家，不准翻印"的权利。这倘不是您盼望已久的好机会，那么您也从此不必再在比恩卡身上转念头了。（欲去。）

路森修　听我说，比昂台罗。

比昂台罗　我不能待下去了。我知道有一个女人，一天下午在园里拔菜喂兔子，就这样莫名其妙地跟人家结了婚了；也许您也会这样。再见，先生。我的少爷还要叫我到圣路加教堂去，叫那牧师在那边等着你和你的附录，也就是随从。（下。）

路森修　只要她肯，事情就好办；她一定愿意的，那么我还疑惑什么？不要管它，让我直截了当地对她说；堪比奥要是不能把她弄到手，那才是怪事哩。（下。）

第五场　公　路

　　　　　彼特鲁乔、凯瑟丽娜、霍坦西奥及从仆等上。

彼特鲁乔　走,走,到我们老丈人家里去。主啊,月亮照得多么光明!

凯瑟丽娜　什么月亮!这是太阳,现在哪里来的月亮?

彼特鲁乔　我说这是月亮的光。

凯瑟丽娜　这明明是太阳光。

彼特鲁乔　我指着我母亲的儿子——那就是我自己——起誓,我要说它是月亮,它就是月亮,我要说它是星,它就是星,我要说它是什么,它就是什么,你要是说我说错了,我就不到你父亲家里去。来,掉转马头,我们回去了。老是跟我闹别扭,闹别扭!

霍坦西奥　随他怎么说吧,否则我们永远去不成了。

凯瑟丽娜　我们已经走了这么远,请您不要再回去了吧。您高兴说它是月亮,它就是月亮;您高兴说它是太阳,它就是太阳;您要是说它是蜡烛,我也就当它是蜡烛。

彼特鲁乔　我说它是月亮。

凯瑟丽娜　我知道它是月亮。

彼特鲁乔　不,你胡说,它是太阳。

凯瑟丽娜　那么它就是太阳。可是您要是说它不是太阳,它就不是太阳;月亮的盈亏圆缺,就像您心性的捉摸不定一样。随您叫它是什么名字吧,您叫它什么,凯瑟丽娜也叫它什么就是了。

霍坦西奥　彼特鲁乔,恭喜恭喜,你已经得到胜利了。

彼特鲁乔　好,往前走!正是顺水行舟快,逆风打桨迟。且慢,那边有谁来啦?

　　　　　文森修作旅行装束上。

彼特鲁乔　(向文森修)早安,好姑娘,你到哪里去?亲爱的凯德,老老实实告诉我,我可曾看见过一个比她更娇好的淑女?她颊上又红润,又白嫩,相映得多么美丽!点缀在天空中的繁星,怎么及得上她那天仙般美的脸上那一双眼睛的清秀?可爱的美貌姑娘,早安!亲爱的凯德,因为她这样美,你应该和她亲热亲热。

霍坦西奥　把这人当作女人,他一定要发怒的。

凯瑟丽娜　年轻娇美的姑娘,你到哪里去?你家住在什么地方?你的父亲母亲生下你这样美丽的孩子,真是几生修得;不知哪个幸运的男人,有福消受你这如花美眷!

彼特鲁乔　啊,怎么,凯德,你疯了吗?这是一个满脸皱纹的白发衰翁,你怎么说他是一个姑娘?

凯瑟丽娜　老丈,请您原谅我一时眼花,因为太阳光太眩耀了,所以看出来什么都是迷迷糊糊的。现在我才知道您是一位年尊的老丈,请您千万恕我刚才的唐突吧。

彼特鲁乔　老伯伯,请你原谅她;还要请问你现在到哪儿去,要是咱们是同路的话,那么请你跟我们一块儿走吧。

文森修　好先生,还有你这位淘气的娘子,萍水相逢,你们把我这样打趣,倒把我弄得莫名其妙。我的名字叫文森修,舍间就在比萨,我现在要到帕度亚去,瞧瞧我的久别的儿子。

彼特鲁乔　令郎叫什么名字?

文森修　他叫路森修。

彼特鲁乔　原来尊驾就是路森修的尊翁,那巧极了,算来你还是

>   我的姻伯呢。这就是拙荆,她有一个妹妹,现在多半已经和令郎成了婚了。你不用吃惊,也不必忧虑,她是一个名门淑女,嫁奁也很丰富,她的品貌才德,当得起君子好逑四字。文森修老先生,刚才多多失敬,现在我们一块儿看你令郎去吧,他见了你一定是异常高兴的。

文森修　您说的是真话,还是像有些爱寻开心的旅行人一样,路上见了什么人就随便开开玩笑?

霍坦西奥　老丈,我可以担保他的话都是真的。

彼特鲁乔　来,我们去吧,看看我的话究竟是真是假;你大概因为我先前和你开过玩笑,所以有点不相信我了。(除霍坦西奥外皆下。)

霍坦西奥　彼特鲁乔,你已经鼓起了我的勇气。我也要照样去对付我那寡妇!她要是倔强抗命,我就记着你的教训,也要对她不客气了。(下。)

第 五 幕

第一场　帕度亚。路森修家门前

    比昂台罗、路森修及比恩卡自一方上；葛莱米奥在另一方行走。

比昂台罗　少爷,放轻脚步快快走,牧师已经在等着了。

路森修　我会飞了过去的,比昂台罗。可是他们在家里也许要叫你做事,你还是回去吧。

比昂台罗　不,我要把您送到教堂门口,然后再奔回去。(路森修、比恩卡、比昂台罗同下。)

葛莱米奥　真奇怪,堪比奥怎么到现在还不来。

    彼特鲁乔、凯瑟丽娜、文森修及从仆等上。

彼特鲁乔　老伯,这就是路森修家的门前;我的岳父就住在靠近市场的地方,我现在要到他家里去,暂时失陪了。

文森修　不,我一定要请您进去喝杯酒再走。我想我在这里是可以略尽地主之谊的。嘿,听起来里面已经相当热闹了。(叩门。)

葛莱米奥　他们在里面忙得很,你还是敲得响一点。

    老学究自上方上,凭窗下望。

学　究　谁在那里把门都要敲破了？

文森修　请问路森修先生在家吗？

学　究　他人是在家里，可是你不能见他。

文森修　要是有人带了一二百镑钱来，送给他吃吃玩玩呢？

学　究　把你那一百镑钱留着自用吧，我一天活在世上，他就一天不愁没有钱用。

彼特鲁乔　我不是告诉过您吗？令郎在帕度亚是人缘极好的。废话少讲，请你通知一声路森修先生，说他的父亲已经从比萨来了，现在在门口等着和他说话。

学　究　胡说，他的父亲就在帕度亚，正在窗口说话呢。

文森修　你是他的父亲吗？

学　究　是啊，你要是不信，不妨去问问他的母亲。

彼特鲁乔　（向文森修）啊，怎么，朋友！你原来假冒别人的名字，这真是岂有此理了。

学　究　把这混账东西抓住！我看他是想要假冒我的名字，在这城里向人讹诈。

比昂台罗重上。

比昂台罗　我看见他们两人一块儿在教堂里，上帝保佑他们一帆风顺！可是谁在这儿？我的老太爷文森修！这可糟了，我们的计策都要败露了。

文森修　（见比昂台罗）过来，死鬼！

比昂台罗　借光，请让我过去。

文森修　过来，狗才！你难道忘记我了吗？

比昂台罗　忘记你！我怎么会忘记你？我见也没有见过你哩。

文森修　怎么，你这该死的东西！你难道没有见过你家主人的父亲文森修吗？

比昂台罗　啊,你问起我们的老太爷吗?瞧那站在窗口的就是他。

文森修　真的吗?(打比昂台罗。)

比昂台罗　救命!救命!救命!这疯子要谋害我啦!(下。)

学　究　吾儿,巴普提斯塔先生,快来救人!(自窗口下。)

彼特鲁乔　凯德,我们站在一旁,瞧这场纠纷怎样解决。(二人退后。)

　　　　老学究自下方重上;巴普提斯塔、特拉尼奥及众仆上。

特拉尼奥　老头儿,你是个什么人,敢动手打我的仆人?

文森修　我是个什么人!嘿,你是个什么人?哎呀,天哪!你这家伙!你居然穿起绸缎的衫子、天鹅绒的袜子、大红的袍子,戴起高高的帽子来了!啊呀,完了!完了!我在家里舍不得花一个钱,我的儿子和仆人却在大学里挥霍到这个样子!

特拉尼奥　啊,是怎么一回事?

巴普提斯塔　这家伙疯了吗?

特拉尼奥　瞧你这一身打扮,倒像一位明白道理的老先生,可是你说的却是一派疯话。我就是佩戴些金银珠玉,那又跟你什么相干?多谢上帝给我一位好父亲,他会供给我的花费。

文森修　你的父亲!哼!他是在贝格摩做船帆的。

巴普提斯塔　你弄错了,你弄错了。请问你知道他叫什么名字?

文森修　他叫什么名字?你以为我不知道他的名字吗?我把他从三岁起抚养长大,他的名字叫做特拉尼奥。

学　究　去吧,去吧,你这疯子!他的名字是路森修,我叫文森修,他是我的独生子。

文森修　路森修!啊!他已经把他的主人谋害了。我用公爵的名义请你们赶快把他抓住。啊,我的孩子,我的孩子!狗才,快对我说,我的儿子路森修在哪里?

特拉尼奥　去叫一个官差来。

　　　　　　　一仆人偕差役上。

特拉尼奥　把这疯子抓进监牢里去。岳父大人,叫他们把他好好看管起来。

文森修　把我抓进监牢里去!

葛莱米奥　且慢,官差,你不能把他送进监牢。

巴普提斯塔　您不用管,葛莱米奥先生,我说非把他抓进监牢里不可。

葛莱米奥　宁可小心一点,巴普提斯塔先生,也许您会上人家的圈套。我敢发誓这个人才是真的文森修。

学　究　你有胆最就发个誓看看。

葛莱米奥　不,我不敢发誓。

特拉尼奥　那么你还是说我不是路森修吧。

葛莱米奥　不,我知道你是路森修。

巴普提斯塔　把那呆老头儿抓去!把他关起来!

文森修　你们这里是这样对待外方人的吗?好混账的东西!

　　　　　　　比昂台罗偕路森修及比恩卡重上。

比昂台罗　啊,我们的计策要完全败露了!他就在那里。不要去认他,假装不认识他,否则我们就完了!

路森修　(跪下)亲爱的爸爸,请您原谅我!

文森修　我的最亲爱的孩子还在人世吗?(比昂台罗、特拉尼奥及老学究逃走。)

比恩卡　(跪下)亲爱的爸爸,请您原谅我!

巴普提斯塔　你做错了什么事要我原谅?路森修呢?

路森修　路森修就在这里,我是这位真文森修的真正的儿子,已经正式娶您的女儿为妻,您却受了骗了。

葛莱米奥　他们都是一党,现在又拉了个证人来欺骗我们了!

文森修　那个该死的狗头特拉尼奥竟敢对我这样放肆,现在到哪儿去了?

巴普提斯塔　咦,这个人不是我们家里的堪比奥吗?

比恩卡　堪比奥已经变成路森修了。

路森修　爱情造成了这些奇迹。我因为爱比恩卡,所以和特拉尼奥交换地位,让他在城里顶替着我的名字;现在我已经美满地达到了我的心愿。特拉尼奥的所作所为,都是我强迫他做的;亲爱的爸爸,请您看在我的面上原谅他吧。

文森修　这狗才要把我送进监牢里去,我一定要割破他的鼻子。

巴普提斯塔　(向路森修)我倒要请问你,你没有得到我的允许,怎么就可以和我的女儿结婚?

文森修　您放心好了,巴普提斯塔先生,我们一定会使您满意的。可是他们这样作弄我,我一定要去找着他们出出这一口闷气。(下。)

巴普提斯塔　我也要去把这场诡计调查一个仔细。(下。)

路森修　不要害怕,比恩卡,你爸爸不会生气的。(路森修、比恩卡下。)

葛莱米奥　我的希望已成画饼,可是我也要跟他们一起进去,分一杯酒喝喝。(下。)

　　　　　　彼特鲁乔及凯瑟丽娜上前。

凯瑟丽娜　夫君,我们也跟着去瞧瞧热闹吧。

彼特鲁乔　凯德,先给我一个吻,我们就去。

凯瑟丽娜　怎么!就在大街上吗?

彼特鲁乔　啊！你觉得嫁了我这种丈夫辱没了你吗？

凯瑟丽娜　不，那我怎么敢；我只是觉得这样接吻，太难为情了。

彼特鲁乔　好，那么我们还是回家去吧。来，我们走。

凯瑟丽娜　不，我就给你一个吻。现在，我的爱，请你不要回去了吧。

彼特鲁乔　这样不很好吗？来，我的亲爱的凯德，知过则改永远是不嫌迟的。（同下。）

第二场　路森修家中一室

> 室中张设筵席。巴普提斯塔、文森修、葛莱米奥、老学究、路森修、比恩卡、彼特鲁乔、凯瑟丽娜、霍坦西奥及寡妇同上；特拉尼奥、比昂台罗、葛鲁米奥及其他仆人等随侍。

路森修　虽然经过了长久的争论，我们的意见终于一致了；现在偃旗息鼓，正是我们杯酒交欢的时候。我的好比恩卡，请你向我的父亲表示欢迎；我也要用同样诚恳的心情，欢迎你的父亲。彼特鲁乔姻兄，凯瑟丽娜大姊，还有你，霍坦西奥，和你那位亲爱的寡妇，大家不要客气，在婚礼酒筵之后再来个尽情醉饱，都请坐下来吧，让我们一面吃，一面谈话。（各人就座。）

彼特鲁乔　这真是饱食终日，无所用心了！

巴普提斯塔　彼特鲁乔贤婿，帕度亚的风气是这么好客的。

彼特鲁乔　帕度亚人都是那么和和气气的。

霍坦西奥　对于你我两人，我希望这句话是真的。

彼特鲁乔　我敢说霍坦西奥一定叫他的寡妇唬着了。

寡　妇　我会唬着了？那才是没有的事。

彼特鲁乔　您太多心了,可是您还是没猜透我的意思;我是说霍坦西奥一定怕您。

寡　　妇　头眩的人以为世界在旋转。

彼特鲁乔　您这话可是一点也不转弯抹角。

凯瑟丽娜　嫂子,请教这句话是什么意思?

寡　　妇　我知道他的心事。

彼特鲁乔　知道我的心事?霍坦西奥不吃醋吗?

霍坦西奥　我的寡妇意思是说她明白你的处境。

彼特鲁乔　你倒会圆场。好寡妇,为了这个,您就该吻他一下。

凯瑟丽娜　"头眩的人以为世界在旋转。"请您解释解释这句话是什么意思。

寡　　妇　尊夫因为家有悍妇,所以以己度人,猜想我的丈夫也有同样不可告人的隐痛。现在您懂得我的意思了吧?

凯瑟丽娜　您的意思真坏!

寡　　妇　既然是指您,自然好不了。

凯瑟丽娜　我和您比起来总还算不错哩。

彼特鲁乔　对,给她点厉害看,凯德!

霍坦西奥　给她点厉害看,寡妇!

彼特鲁乔　我敢赌一百马克,我的凯德能把她压倒。

霍坦西奥　压倒她的活儿应该由我来干。

彼特鲁乔　果然不愧是男子汉。我敬你一钟,老兄。(向霍坦西奥敬酒。)

巴普提斯塔　葛莱米奥先生,您看这些傻子们唇枪舌剑多有意思?

葛莱米奥　是啊,真是说得头头是道。

比恩卡　头头是道!要是赶上个嘴快的人,准得说您的头头是道其实是头头是角。

文森修　哎哟,媳妇,您听见这话就醒了吗?

比恩卡　醒了,可不是吓醒的。我又要睡了。

彼特鲁乔　那可不行;既然你开始挑衅,我也得让你尝我一两箭!

比恩卡　你拿我当鸟吗?我要另择新枝了,你就张弓搭箭地跟在后面追吧。列位,少陪了。(比恩卡、凯瑟丽娜及寡妇下。)

彼特鲁乔　特拉尼奥先生,她也是你瞄准的鸟儿,可惜给她飞去了;让我们为那些射而不中的人干一杯吧。

特拉尼奥　啊,彼特鲁乔先生,我给路森修占了便宜去;我就像他的猎狗,为他辛苦奔走,得来的猎物都被主人拿去了。

彼特鲁乔　应答虽然快,比方却有点狗臭气。

特拉尼奥　还是您好,先生,自己猎来,自己享用,可是人家都说您那头鹿儿把您逼得走投无路呢。

巴普提斯塔　哈哈,彼特鲁乔!现在你给特拉尼奥说中要害了。

路森修　特拉尼奥,你把他挖苦得很好,我要谢谢你。

霍坦西奥　快快招认吧,他是不是说着了你的心病?

彼特鲁乔　他挖苦的虽然是我,可是他的讥讽仅仅打我身边擦过,我怕受伤的十分之九倒是你们两位。

巴普提斯塔　不说笑话,彼特鲁乔贤婿,我想你是娶着了一个最悍泼的女人了。

彼特鲁乔　不,我否认。让我们赌一个东道,各人去叫他自己的妻子出来,谁的妻子最听话,出来得最快的,就算谁得胜。

霍坦西奥　很好。赌什么东道?

路森修　二十个克朗。

彼特鲁乔　二十个克朗!这样的数目只好让我拿我的鹰犬打

赌;要是拿我的妻子打赌,应当加二十倍。

路森修　那么一百克朗吧。

霍坦西奥　好。

彼特鲁乔　就是一百克朗,一言为定。

霍坦西奥　谁先去叫?

路森修　让我来。比昂台罗,你去对你奶奶说,我叫她来见我。

比昂台罗　我就去。(下。)

巴普提斯塔　贤婿,我愿意代你拿出一半赌注,比恩卡一定会来的。

路森修　我不要和别人对分,我要独自下注。

　　　　比昂台罗重上。

路森修　啊,她怎么说?

比昂台罗　少爷,奶奶叫我对您说,她有事不能来。

彼特鲁乔　怎么!她有事不能来!这算是什么答复?

葛莱米奥　这样的答复也算很有礼貌的了,希望尊夫人不给你一个更不客气的答复。

彼特鲁乔　我希望她会给我一个更满意的答复。

霍坦西奥　比昂台罗,你去请我的太太立刻出来见我。(比昂台罗下。)

彼特鲁乔　哈哈!请她出来!那么她总应该出来的了。

霍坦西奥　老兄,我怕尊夫人随你怎样请也请不出来。

　　　　比昂台罗重上。

霍坦西奥　我的太太呢?

比昂台罗　她说您在开玩笑,不愿意出来;她叫您进去见她。

彼特鲁乔　更糟了,更糟了!她不愿意出来!嘿,是可忍,孰不可忍!葛鲁米奥,到你奶奶那儿去,说,我命令她出来见我。

（葛鲁米奥下。）

霍坦西奥　我知道她的回答。

彼特鲁乔　什么回答？

霍坦西奥　她不高兴出来。

彼特鲁乔　她要是不出来，就算是我晦气。

　　　　凯瑟丽娜重上。

巴普提斯塔　呀，我的天，凯瑟丽娜果然来了！

凯瑟丽娜　夫君，您叫我出来有什么事？

彼特鲁乔　你的妹妹和霍坦西奥的妻子呢？

凯瑟丽娜　她们都在火炉旁边谈天。

彼特鲁乔　你去叫她们出来；她们要是不肯出来，就把她们打出来见她们的丈夫。快去。（凯瑟丽娜下。）

路森修　真是怪事！

霍坦西奥　怪了怪了；这预兆着什么呢？

彼特鲁乔　它预兆着和睦、亲爱和恬静的生活，尊严的统治和合法的主权，总而言之，一切的美满和幸福。

巴普提斯塔　恭喜恭喜，彼特鲁乔贤婿！你已经赢了东道；而且在他们输给你的现款之外，我还要额外给你二万克朗，算是我另外一个女儿的嫁奁，因为她已经完全变了一个人了。

彼特鲁乔　为了让你们知道我这东道不是侥幸赢得，我还要向你们证明她是多么听话。瞧，她已经用她的妇道，把你们那两个桀骜不驯的妻子俘虏来了。

　　　　凯瑟丽娜率比恩卡及寡妇重上。

彼特鲁乔　凯瑟琳，你那顶帽子不好看，把那玩意儿脱下，丢在地上吧。（凯瑟丽娜脱帽掷地上。）

寡　妇　谢谢上帝！我还没有像她这样傻法！

比恩卡　呸！你把这算做什么愚蠢的妇道？

路森修　比恩卡,我希望你的妇道也像她一样愚蠢就好了;为了你的聪明,我已经在一顿晚饭的工夫里损失了一百个克朗。

比恩卡　你自己不好,反来怪我。

彼特鲁乔　凯瑟琳,你去告诉这些倔强的女人,做妻子的应该向她们的夫主尽些什么本分。

寡　妇　好了,好了,别开玩笑了;我们不要听这些个。

彼特鲁乔　说吧,先讲给她听。

寡　妇　用不着她讲。

彼特鲁乔　我偏要她讲;先讲给她听。

凯瑟丽娜　哎呀！展开你那颦蹙的眉头,收起你那轻蔑的瞥视,不要让它伤害你的主人,你的君王,我的支配者。它会使你的美貌减色,就像严霜啮噬着草原,它会使你的名誉受损,就像旋风摧残着蓓蕾;它绝对没有可取之处,也丝毫引不起别人的好感。一个使性的女人,就像一池受到激动的泉水,混浊可憎,失去一切的美丽,无论怎样喉干吻渴的人,也不愿把它啜饮一口。你的丈夫就是你的主人、你的生命、你的所有者、你的头脑、你的君王;他照顾着你,扶养着你,在海洋里陆地上辛苦操作,夜里冒着风波,白天忍受寒冷,你却穿得暖暖的住在家里,享受着安全与舒适。他希望你贡献给他的,只是你的爱情,你的温柔的辞色,你的真心的服从;你欠他的好处这么多,他所要求于你的酬报却是这么微薄！一个女人对待她的丈夫,应当像臣子对待君王一样忠心恭顺;倘使她倔强使性,乖张暴戾,不服从他正当的愿望,那么她岂不是一个大逆不道、忘恩负义的叛徒？应当长跪乞和的时候,她却向他挑战;应当尽心竭力服侍他、敬爱他、顺从他的时候,她却企图篡夺主权,发号施令:这一种愚蠢的行为,真是女人的耻辱。我们的身体为什么这样柔软无力,耐不了苦,熬不起忧患?那不是因为我们的性情必须和我们的外表互相一致,同样的温柔吗?听我的话吧,你们这些倔强而无力的可怜虫!我的心从前也跟你们一样高傲,也许我有比你们更多的理由,不甘心向人俯首认输,可是现在我知道我们的枪矛只是些稻草,我们的力量是软弱的,我们的软弱是无比的,我们所有的只是一个空虚的外表。所以你们还是挫抑你们无益的傲气,跪下来向你们的丈夫请求怜爱吧。为了表示我的顺从,只要我的丈夫吩咐我,我就可以向他下跪,让他因此而心中快慰。

彼特鲁乔　啊,那才是个好妻子!来,吻我,凯德。

路森修　老兄,真有你的!

文森修　对顺从的孩子们说,这一番话大有好处。

路森修　对暴戾的女人说,这一番话可毫无是处。

彼特鲁乔　来,凯德,我们好去睡了。我们三个人结婚,可是你们两人都输了。(向路森修)你虽然采到了明珠,我却赢了东道;现在我就用得胜者的身份,祝你们晚安!(彼特鲁乔、凯瑟丽娜下。)

霍坦西奥　你已经降伏了一个悍妇,可以踌躇满志了。

路森修　她会这样被他降伏,倒是一桩想不到的事。(同下。)